SCHAAMTE

Van Salman Rushdie zijn verschenen

Middernachtskinderen
De glimlach van een jaguar
Is er dan niets meer heilig?
Haroen en de zee van verhalen
Vaderland in de verbeelding
De duivelsverzen

Salman Rushdie

SCHAAMTE

Vertaald door J. en H.M. Verheydt

PANDORA

Voor Sameen

Pandora Pockets maakt deel uit van Uitgeverij Contact
Vierde druk
Oorspronkelijke titel *Shame*
© 1983 Salman Rushdie
© 1984, 1994 Nederlandse vertaling J. en H.M. Verheydt
Omslagontwerp Jos Peters, Huizen
Foto auteur Jane Bown/© ABC-Press, Amsterdam
NUGI 301
CIP/ISBN 90 254 5526 3

Inhoud

1 Ontsnappingen uit het moederland 9
   EEN De goederenlift 10
   TWEE Een halssnoer van schoenen 25
   DRIE Smeltend ijs 45

2 De duellisten 59
   VIER Achter het scherm 60
   VIJF Het verkeerde wonder 74
   ZES Erekwesties 94

3 Schande, goed nieuws en de maagd 117
   ZEVEN Blozen 118
   ACHT De Schoonheid en het Beest 151

4 In de vijftiende eeuw 181
   NEGEN Alexander de Grote 182
   TIEN De gesluierde vrouw 203
   ELF Alleenspraak van een gehangene 228
   TWAALF Stabiliteit 248

5 De dag des oordeels 273

   Verantwoording 296

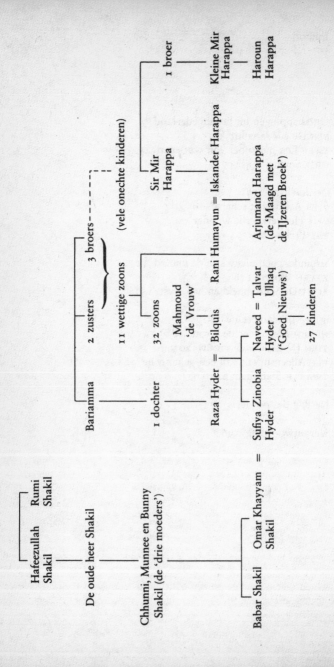

Verklarende woordenlijst

Ahura Mazda ook wel Ormazd genoemd; in de Zoroastrische godsdienst de voornaamste god van het goede
almirah kast
amma mamma
avatar een in geïncarneerde vorm naar de aarde afdalende godheid;
ook wel de manifestatie als zodanig
ayah kindermeid
baba vadertje, baasje
burqa het lichaam geheel omhullend gewaad van mohammedaanse
vrouwen
chadar mantel, cape
chapati ook wel chupatty; klein, plat, dun soort brood van grof, onge-
zuurd deeg
charpoy ledikant van lichte constructie
dhobi wasbaas
dhow Arabisch, met latijnzeil getuigd zeilschip
djinn een geest die lager is dan een engel, zowel een dierlijke als een
menselijke gedaante kan aannemen en bovennatuurlijke macht over
de mens heeft
dupatta omslagdoek, sjaal
gaotakia bolster of cilindervormig kussen
goenda straatschender, tuig
hakim kruidendokter, ook wel wijze man
hamal koelie, bediende
hoeri volgens de koran een eeuwig jong blijvende maagd met gazelle-
ogen in het paradijs, ter verlustiging der gelukzaligen
hubsjee inboorling, neger
jalebi zoet hapje
jawan soldaat
kebab aan het spit geroosterd vlees
khansama kok
khichri rijst met spliterwten
kukri gebogen, naar de punt toe breder wordend mes; equivalent van
de Indonesische kris
kurta lange blouse

laddoe zoet hapje

làm, mìm, sìn tekens in het Arabische schrift van het Oerdoe

lathi lange, zware en met metaal verstevigde bamboe wapenstok, speciaal in gebruik bij de politie

lotah pot, kom of kruik voor water

maidan open ruimte in of nabij een stad, ook wel paradeplaats

mohajir immigrant

muezzin mohammedaanse tempelfunctionaris die van boven uit de minaret de gebedsuren afroept

mullah mohammedaanse godgeleerde, geestelijke

patang vlieger

purdah gordijn dat dient om mohammedaanse of hindoevrouwen aan het oog van mannen of vreemden te onttrekken; ook het gebruik zelf

puri soort gefrituurde broodbol

roohafza verfrissende drank

samosa hartig hapje

shèn, rè, mèm tekens in het Arabische schrift van het Oerdoe

sirih bladeren van de betelplant

sjalwar pantalon of pofbroek, door zowel mannen als vrouwen gedragen

takht massief houten verhoging om op te zitten

tantara! nabootsing van trompetgeschal; zoiets als ons 'tetteretet!'

Thug boef; lid van een godsdienstige organisatie van rovers en moordenaars in India, omstreeks 1825 onderdrukt

tobah! uitroep als: 'foei!' of 'genoeg!'

zabar ons *accent grave*

zamindar landeigenaar

zenana-vleugel vrouwenverblijven

1 Ontsnappingen uit het moederland

In het afgelegen grensplaatsje Q., dat vanuit de lucht gezien nog het meest lijkt op een onevenwichtig geproportioneerde halter, woonden eens drie lieftallige, en liefhebbende, zusters. Hun namen ... maar hun ware namen werden nooit gebruikt, net als het beste porselein van het huishouden, dat na de nacht van hun gemeenschappelijke tragedie achter slot en grendel geborgen werd in een kast waarvan men na verloop van tijd vergat waar zij stond, zodat het geweldige duizenddelige, door de firma Gardner in het tsaristische Rusland vervaardigde servies tot een mythe werd, in het feitelijke bestaan waarvan de familie al bijna niet meer geloofde ... die drie zusters zou ik nu zonder verder uitstel moeten vertellen, droegen de achternaam Shakil, en stonden alom bekend (te beginnen met de oudste, en op volgorde van hun leeftijd) als Chhunni, Munnee en Bunny.

En toen, op een dag, stierf hun vader. De oude heer Shakil, die ten tijde van zijn dood al achttien jaar weduwnaar was, had de gewoonte opgevat het stadje waarin hij woonde steevast 'een poel van verderf' en 'een afschuwelijk gat' te noemen. Tijdens zijn laatste delirium begon hij een onophoudelijke en in hoofdzaak onverstaanbare alleenspraak, tussen de troebele flarden waarvan de bedienden lange, obscene tirades konden onderscheiden, vloeken en verwensingen zó woest, dat de lucht rond zijn bed er heftig door in beroering kwam. In deze slotrede gaf de verbitterde oude kluizenaar nog eens lucht aan zijn levenslange haat jegens zijn woonplaats, waarbij hij nu eens demonen aanriep om die verzameling lage, vaalgrijze en schots en scheef door elkaar gebouwde onderkomens rond de bazaar te vernietigen, en dan weer met zijn door de dood omfloerste woorden de koele, gewitkalkte zelfvoldaanheid van het kantonnement met de grond gelijk maakte. Want dat waren de twee bollen die het stadje de vorm van een halter gaven: aan de ene kant de oude stadskern en aan de andere kant het kantonnement, eerstgenoemde bewoond door de inheemse, gekoloniseerde bevolking, en laatstgenoemde door de uitheemse kolonisten, de Angrez, ofte wel de Britse sahibs. De oude Shakil verachtte beide werelden en had zich al vele jaren geleden teruggetrokken in zijn hoge, gigantische huis, dat aan een fort deed denken en opgetrokken was rond een putachtige, lichtloze binnenplaats. Het huis stond naast een open *mai-*

dan, precies halverwege de bazaar en het kantonnement. Door een van de weinige ramen die zich aan de buitenkant van het bouwsel bevonden, was het de heer Shakil mogelijk vanaf zijn doodsbed naar de koepel van een groot, paleisachtig hotel te staren dat als een luchtspiegeling uit de onuitstaanbare straten van het kantonnement opreees. Daarbinnen waren gouden kwispedoors te vinden, tamme aapjes in uniformen met glimmende koperen knopen en met piccolopetjes op, en een voltallig orkest dat iedere avond in een bepleisterde balzaal speelde te midden van een onstuimige chaos van exotische planten, gele rozen, witte magnolia's en smaragdgroene, tot aan het plafond reikende palmen – kortom, dit was Hotel Flashman, waarvan de grote vergulde koepel reeds toen scheuren en barsten vertoonde, maar die niettemin glom van ergerlijke trots op zijn kortstondige, ten ondergang gedoemde glorie; die koepel waaronder de geüniformeerde en gelaarsde officieren van de Angrez, de witgestropdaste burgers en de hunkerend kijkende dames met hun kleine krulletjes zich iedere avond plachten te verzamelen. Ze kwamen uit hun bungalows hierheen om te dansen en de illusie met elkaar te delen van kleurrijk te zijn, terwijl ze in feite alleen maar blank waren, of eerder grauw door de schadelijke inwerking van de blakerende hitte op hun tere, door wolken gekoesterde huid, en ook door hun gewoonte donkere Bourgogne te drinken in de waanzinnige zonnehitte van het middaguur, daarmee een verheven minachting voor hun lever aan de dag leggend. De oude man hoorde de muziek van de imperialisten die uit het vergulde hotel kwam, zwaar van de weemoedige vrolijkheid van de wanhoop, en hij vervloekte het droomhotel met luide, heldere stem.

'Doe dat raam dicht,' schreeuwde hij, 'opdat ik tenminste niet naar die herrie hoef te luisteren terwijl ik sterf,' en toen de oude meid Hashmat Bibi de luiken had vergrendeld ontspande hij zich, waarna hij zijn laatste krachten bijeenschraapte en zijn dodelijke, waanzinnige woordenstroom een andere wending gaf.

'Kom vlug.' Hashmat Bibi rende de kamer uit naar de dochters van de oude man. 'Jullie vader-ji is bezig zichzelf naar de duivel te verwensen.' Want na met de buitenwereld afgerekend te hebben had de heer Shakil de woede van zijn stervensmonoloog op zichzelf gericht en was bezig om eeuwige verdoemenis af te smeken voor zijn ziel. 'God mag weten wat zijn ergernis opgewekt heeft,' zei Hashmat vertwijfeld, 'maar hij gaat zo op een heel verkeerde manier heen.'

De weduwnaar had zijn kinderen grootgebracht met de hulp van Perzische minnen, christelijke *ayah*'s en een ijzeren zedenleer die in hoofdzaak mohammedaans was, hoewel Chhunni placht te zeggen dat de zon hem harder had gemaakt. De drie meisjes waren tot op zijn sterfdag binnengehouden in dat grote doolhofachtige huis; nagenoeg zonder opleiding hadden ze al die tijd opgesloten gezeten in de *zenana*-vleugel, waar ze elkaar aangenaam bezighielden door eigen geheimtalen te bedenken en te fantaseren over hoe een man er wel uit mocht zien zonder kleren aan, en tijdens de jaren vóór hun puberteit hadden ze zich allerlei bizarre geslachtsdelen voorgesteld, zoals bijvoorbeeld openingen in de borst waarin hun tepels wellicht precies zouden passen, 'want voor zover we toen wisten,' zouden ze elkaar op latere leeftijd vol verwondering in herinnering brengen, 'zou de bevruchting net zo goed via de borst hebben kunnen plaatsvinden.' Deze onophoudelijke gevangenschap had tussen de zusters een innige band gesmeed, die nooit geheel en al verbroken zou worden. Ze brachten hun avonden achter een getralied venster zittend door, terwijl ze naar de gouden koepel van het luisterrijke hotel keken en heen en weer wiegden op de maat van die wonderlijke dansmuziek ... en er gaan geruchten dat ze tijdens de lome, hete middagen indolent elkaars lichamen plachten te verkennen, en 's avonds duistere toverformules uitspraken om het ogenblik van hun vaders verscheiden te verhaasten. Maar boze tongen plegen nu eenmaal van alles te beweren, vooral wanneer het mooie vrouwen betreft die ver buiten het bereik van de ontkledende ogen van mannen wonen. Maar het is bijna zeker waar dat het tijdens die jaren is geweest, lang voor het baby-schandaal dus, dat deze drie, die stuk voor stuk met de abstracte hartstocht van hun maagdelijkheid naar kinderen verlangden, hun geheim verbond sloten om een drieëenheid te blijven vormen, voor altijd met elkaar verbonden door de intimiteiten van hun jeugdjaren, zelfs nadat er kinderen kwamen: dat wil zeggen, ze kwamen overeen de baby's met elkaar te delen. Ik kan het lasterlijke verhaal bevestigen noch ontzenuwen dat deze overeenkomst op schrift gesteld en ondertekend werd met het dooreengemengde menstruatiebloed van het in afzondering levende drietal, en dat zij vervolgens tot as verbrand werd zodat zij uitsluitend in de gewelven van hun geheugen bewaard bleef.

Maar twintig jaar lang zouden ze slechts één kind hebben, en de naam van dat kind zou Omar Khayyam zijn.

Dit alles gebeurde in de veertiende eeuw. Uiteraard bedien ik me daarbij van de mohammedaanse tijdrekening: u moet niet denken dat dit soort verhalen altijd betrekking heeft op lang, lang geleden. Tijd laat zich niet zo gemakkelijk homogeniseren als melk, en in die contreien was de veertiende eeuw tot zeer kort geleden nog in volle gang.

Toen Hashmat Bibi hun kwam vertellen dat hun vaders laatste ogenblikken waren aangebroken, gingen de gezusters naar hem toe, gekleed in hun kleurrijkste gewaden. Ze troffen hem aan in de greep van een verstikkende schaamte waarin hij, hijgend en steunend en somber gebiedend, van God verlangde tot in alle eeuwigheid verbannen te mogen worden naar een of andere verlaten uithoek van Jahannum, een grensgebied van de hel. Toen zweeg hij, en snel stelde Chhunni, de oudste dochter, hem de enige vraag die de drie jonge vrouwen ook maar enigszins interesseerde: 'Vader, we worden nu zeker erg rijk, ja hè, dat is toch zo?'

'Sletten,' schold de stervende man, 'reken daar maar niet op.'

De bodemloze zee van rijkdom waarop, naar iedereen verondersteld had, het fortuin van de familie Shakil dreef, bleek de ochtend na zijn van liederlijke taal vergezeld overlijden slechts een dorre krater te zijn. De verzengende zon van zijn financiële onbekwaamheid (die hij tientallen jaren lang met succes had weten te verbergen achter een indrukwekkend patriarchaal voorkomen, zijn heetgebakerdheid en de aanmatigende hoogmoed die zijn giftigste nalatenschap aan zijn dochters was) had alle oceanen van geld doen opdrogen, zodat Chhunni, Munnee en Bunny tijdens de hele rouwperiode de schulden voldeden op de aflossing waarvan zijn schuldeisers bij de oude man nooit hadden durven aandringen toen hij nog leefde, maar op welker betaling (plus samengestelde interest) ze thans absoluut weigerden ook nog maar een ogenblik langer te wachten. De meisjes kwamen uit hun levenslange afzondering te voorschijn met uitdrukkingen van welopgevoede walging op hun gezicht tegenover deze aasgieren die klapwiekend kwamen neerstrijken om zich te goed te doen aan het karkas van hun vaders verregaande zorgeloosheid en omdat ze grootgebracht waren met de opvatting dat geld een van de twee onderwerpen was waarover het verboden was met vreemden te spreken, gaven ze hun fortuin weg door klakkeloos, zonder zich de moeite te getroosten ze te lezen, alle documenten te ondertekenen die de geldschieters hun voorlegden. Het resultaat was dat al die uitgestrekte landerijen rondom Q., die zo'n vijfentachtig procent van de enige goede boomgaarden en vruchtbare landbouwgrond in die grotendeels onvruchtbare streek besloegen, geheel en al verloren waren gegaan; alles wat de drie zusters was overgebleven was dat onbestierbare, kolossale huis, dat van onder tot boven volgepropt stond met bezittingen, en waarin nog die weinige bedienden ronddoolden die weigerden te vertrekken, niet zozeer daartoe bewogen door trouw dan wel door die doodsangst voor de buitenwereld die de levenslange gevangene kenmerkt. En – zoals dat wellicht overal ter wereld bij aristocratisch opgevoede personen gebruikelijk is – de gezusters reageerden op het nieuws dat ze geruïneerd waren door te besluiten een feest te geven.

In latere jaren vertelden ze elkaar het verhaal van die beruchte gala-avond met een kinderlijk genoegen dat hun de illusie gaf weer jong te zijn. 'Ik had invitaties laten drukken in het kantonnement,' placht Chhunni Shakil te beginnen, naast haar zusters op een oude houten schommelbank gezeten. Terwijl ze vol vermaak giechelde wanneer ze aan dat avontuur uit het verleden terugdacht, vervolgde ze: 'En wat voor invitaties! In reliëf, met gouden letters, en op kaartjes zo stijf als hout. Het was alsof we het noodlot daarmee in het oog spuwden.'

'Evenals onze overleden vader in de gesloten ogen,' voegde Munnee eraan toe. 'Hem zou het een volkomen schaamteloze handelwijze hebben toegeschenen, een gruwel, en het bewijs dat hij er niet in geslaagd was ons zijn wil op te leggen.'

'Precies zoals,' vervolgde Bunny, 'onze ondergang het bewijs leverde dat hij ook op ander gebied gefaald had.'

Aanvankelijk scheen het hun nog toe dat de schaamte die hun vader op zijn sterfbed had gevoeld veroorzaakt was door de wetenschap dat het bankroet ophanden was, maar weldra begonnen hun gedachten naar minder prozaïsche mogelijkheden uit te gaan. 'Misschien,' opperde Chhunni, 'heeft hij op zijn sterfbed een visioen van de toekomst gezien.'

'Mooi zo,' zeiden haar zusters. 'Dan is hij tenminste onder even beroerde omstandigheden gestorven als die waaronder hij ons heeft laten leven.'

Het nieuws dat de gezusters Shakil zich aan de grote wereld zouden presenteren, ging als een lopend vuurtje door het stadje. En op de langverwachte avond vond in het oude huis een ware invasie plaats van begaafde muzikanten, die met hun driesnarige dumbirs, hun zevensnarige saranda's, hun rietfluiten en hun trommels in dat puriteinse bouwwerk voor het eerst na twintig jaar weer feestelijke muziek deden weerklinken; er gingen hele regimenten bakkers, banketbakkers en verkopers van lekkere hapjes met een arsenaal aan eetwaren naar binnen, zodat er in de uitstalkasten en op de toonbanken van het stadje niets meer te vinden was, want dit alles vulde nu de reusachtige, veelkleurige tent die op de binnenplaats was opgezet, en waarvan het met spiegeltjes bezette doek de luister van de getroffen voorbereidingen weerkaatste. Het bleek echter dat het snobisme dat de vader de gezusters met de paplepel had ingegoten de gastenlijst op rampzalige wijze had besmet. De meeste burgers van Q. waren al dodelijk beledigd geweest te ontdekken dat ze het gezelschap van de drie glansrijke dames, wier goudomrande invitaties het gesprek van de dag waren, niet waardig werden geacht. Maar alsof dit nog niet erg genoeg was, bleek nu dat de zusters zich ook nog schuldig hadden gemaakt aan de onvergeeflijkste aller fouten: uitnodigingen hadden, minachtend voorbijgaand aan de deurmatten van de inheemse achtenswaardigen, ook hun weg gevonden naar het kantonnement van de Angrez, en naar de balzaal van de dansende sahibs. De toegang tot het reeds zo lang voor iedereen ontoegankelijke huis bleef de plaatselijke bevolking versperd, op slechts een handjevol na; maar na het cocktailuurtje bij Hotel Flashman zag men een menigte in uniformen en baljaponnen gestoken vreemdelingen het huis van de zusters binnengaan. De imperialisten! De sahibs met de grauwe huid, in gezelschap van hun gehandschoende begums! Luidruchtig en een neerbuigende minzaamheid uitstralend betraden ze de tent met de flonkerende spiegeltjes.

'Er werden alcoholische dranken geserveerd.' De oude Chhunni klapte verrukt in de handen bij het ophalen van deze schandelijke herinnering. Maar dat was het punt waar het ophalen van herinneringen altijd bleef steken, en waar de drie dames altijd eigenaardig vaag begonnen te worden, zodat ik niet in staat ben de onwaarschijnlijke beweringen uit de weg te ruimen die in de loop der jaren rond dat feest als paddestoelen uit de grond zijn geschoten.

Kan het werkelijk gebeurd zijn dat de weinige niet-blanke gasten – plaatselijke *zamindars* en hun echtgenoten, wier rijkdom eens luttel was vergeleken bij de miljoenen van Shakil – diep verontwaardigd op een kluitje bijeenstonden en onheilspellende blikken wierpen naar de vrolijk rondhuppelende sahibs? En dat zij na slechts enkele ogenblikken allen gelijktijdig waren vertrokken, zonder het brood te hebben gebroken of het zout aangeroerd te hebben, de zusters achterlatend in het gezelschap van de koloniale autoriteiten? Hoe waarschijnlijk is het dat de drie zusters, met ogen die schitterden van antimonium en opwinding, zwijgend en ernstig van de ene officier naar de andere officier gingen alsof ze hen taxeerden, alsof ze keurden of snorren wel genoeg glansden en kaken wel voldoende wilskracht toonden? En dat (zo wil het de legende) de meisjes Shakil vervolgens alledrie tegelijk in de handen klapten en de muzikanten gelastten dansmuziek in westerse stijl te gaan spelen: menuetten, walsen, foxtrots, polka's en gavottes – muziek die iets noodlottigs en demonisch kreeg toen ze aan de verontwaardigde instrumenten van de virtuozen werd ontwrongen?

Men zegt dat het dansen de hele nacht voortduurde. Nu zou het schandaal van een dergelijke gebeurtenis op zichzelf al voldoende zijn geweest om de zojuist ouderloos geworden meisjes tot uitgestotenen te maken, maar erger moest nog komen. Kort nadat het feest ten einde was, nadat de diep verontwaardigde musici vertrokken waren en de bergen onaangeroerd gebleven voedsel voor de straathonden waren geworpen – want in hun voornaamheid stonden de zusters niet toe dat voedsel dat voor hun gelijken bestemd was geweest onder de armen zou worden verdeeld – begon in de bazaars van Q. het gerucht de ronde te doen dat een van de drie verwaande meisjes tijdens die wilde nacht in gezegende omstandigheden was gebracht.

O, wat een schande, wat een onuitsprekelijke schande!

Maar als de gezusters Shakil al door enig schaamtegevoel gekweld werden, dan lieten ze daar in elk geval niets van blijken. In plaats daarvan zonden ze Hashmat Bibi, een van de bedienden die geweigerd hadden te vertrekken, Q. in, waar ze de bekwaamste klusjesman van het plaatsje, een zekere Mistri Yakoob Balloch, huurde en tevens het allergrootste geïmporteerde hangslot kocht dat bij ijzerhandel 'Allah's Wil Geschiede' te vinden was. Dit hangslot was zo groot en zwaar dat Hashmat Bibi zich genoodzaakt zag het naar huis te laten brengen op de rug van een gehuurde muilezel, welks eigenaar aan de oude meid vroeg: 'Waarvoor hebben die begums van je dit slot nu nog nodig? Het binnendringen is al gebeurd.' Waarop Hashmat antwoordde, terwijl ze scheel keek om haar woorden kracht bij te zetten: 'Mogen je kleinzoons urineren op je armoedzaaiersgraf.'

De gehuurde klusjesman, Mistri Yakoob, was zo onder de indruk van de bijtende kalmte van het stokoude wijf dat hij onder haar toezicht gewillig werkte, zonder enig commentaar te durven geven. Ze liet hem aan de buitenkant van het huis een vreemdsoortige goederenlift vervaardigen, groot genoeg om drie volwassen mensen te kunnen bevatten, door middel waarvan voorwerpen met behulp van een stel door motoren aangedreven katrollen van de straat naar de bovenste verdiepingen van het huis, of vice versa, omhoog konden worden getakeld. Hashmat Bibi legde er de nadruk op dat het hele gevaarte zodanig geconstrueerd moest worden dat het bediend zou kunnen worden zonder dat een van de bewoners van het grote herenhuis zich daarvoor aan een van de ramen behoefde te vertonen; nog geen glimp van een pink mocht kunnen worden opgevangen. Vervolgens somde ze de ongewone beveiligingen op die ze verlangde dat hij in het bizarre mechanisme moest aanbrengen. 'Installeer hier,' zo gelastte ze hem, 'een pal met een veer, die vanuit het huis kan worden bediend, en waardoor de hele bodem van de lift er zomaar ineens uitvalt. En breng daar, daar en daar een aantal verborgen panelen aan waaruit stiletto's van vijfenveertig centimeter lengte naar buiten kunnen schieten – scherp, heel scherp. Mijn meesteressen moeten beschermd zijn tegen indringers.'

De goederenlift bevatte derhalve vele afschuwelijke geheimen. De Mistri voltooide zijn werk zonder ooit ook maar één van de drie gezusters Shakil te zien te hebben gekregen, maar toen hij een paar weken later in een greppel langs de weg stierf, met beide handen zijn maag vasthoudend en zich in bochten wringend terwijl hij bloed spuwde in het zand, ging het gerucht dat die schaamteloze vrouwen hem hadden laten vergiftigen om er zeker van te kunnen zijn dat hij over zijn laatste en uiterst geheimzinnige opdracht zou blijven zwijgen. Het is echter niet meer dan billijk erop te wijzen dat het medische bewijs in dit geval sterk in tegenspraak is met deze lezing van het gebeurde. Yakoob Balloch, die al enige tijd af en toe aan pijn in de blindedarmstreek leed, is bijna met zekerheid een natuurlijke dood gestorven, waarbij zijn doodsstrijd niet veroorzaakt werd door de sluipende vergiften van de – naar verondersteld – moorddadige zusters, maar door zoiets banaals als een wel degelijk dodelijke buikvliesontsteking. Of iets van dien aard.

De dag brak aan waarop men zag hoe de drie nog aanwezige mannelijke bedienden van de gezusters Shakil de enorme voordeuren van massief djati-hout met koperbeslag dichtduwden. Vlak voordat die poort der eenzaamheid zich achter de zusters sloot om gedurende meer dan een halve eeuw ongeopend te blijven, ving de kleine menigte buiten te hoop gelopen nieuwsgierigen nog net iets op van een kruiwagen, waarop het kolossale hangslot dof lag te glanzen. En toen de deuren even later gesloten waren, kondigden de geluiden van het grote slot dat op zijn plaats werd aangebracht, en vervolgens die van de sleutel die erin omgedraaid werd, het begin aan van de zonderlinge opsluiting van de schandaleuze dames, en tevens van hun bedienden.

Tijdens haar laatste bezoek aan het stadje bleek Hashmat Bibi een aantal gesloten enveloppen te hebben achtergelaten dat gedetailleerde instructies bevatte voor de vooraanstaande leveranciers van goederen en diensten van het plaatsje; zodat in het vervolg, op de daarvoor aangewezen dagen en tijdstippen, de wasvrouw, de kleermaker en de schoenmaker op wie de keuze was gevallen, alsmede de uitverkoren verkopers van vlees, fruit, garen en band, bloemen, schrijfbenodigdheden, groenten, peulvruchten, boeken, buitenlandse tijdschriften, kranten, zalfjes en andere smeersels, parfums, antimonium, strookjes eucalyptusbast voor het reinigen van de tanden, specerijen, stijfsel, zeep, keukengerei, schilderijlijsten, speelkaarten en snaren voor muziekinstrumenten, hun opwachting kwamen maken aan de voet van Mistri Yakoobs laatste schepping. Daar plachten ze dan fluitsignalen in code te geven, waarna de goederenlift zoemend naar de begane grond afdaalde, met schriftelijke bestellingen erin. Op deze wijze wisten de dames Shakil zich volkomen en voor altijd terug te trekken uit de wereld, en keerden ze vrijwillig terug tot dat kluizenaarsbestaan welks einde ze na hun vaders dood slechts zo kortstondig hadden kunnen vieren; maar de door hen getroffen maatregelen waren van een dusdanige hooghartigheid dat hun afzondering eerder een daad van trots dan van boetedoening leek.

Er dringt zich thans een delicate vraag aan ons op: Hoe konden ze voor dit alles betalen?

Met enige verlegenheid om hunnentwil, en zuiver en alleen om te tonen dat schrijver dezes, die zich al zovele malen genoodzaakt heeft gezien vragen in een toestand van onbeantwoorde dubbelzinnigheid te laten, ook tot het geven van duidelijke antwoorden in staat is wanneer het niet anders kan, wil ik hier onthullen dat Hashmat Bibi een laatste gesloten enveloppe had afgegeven bij het minst fatsoenlijke etablissement van het stadje, achter welks deuren met de koranische geboden tegen het maken van woekerrenten werd gespot en planken en bergkasten kreunden onder het gewicht van de daar opgetaste restanten van ontelbare vergane geschiedenissen ... verdomme nog toe. Laat ik eerlijk de waarheid zeggen: ze ging naar het pandjeshuis. En voortaan kwam ook de pandjesbaas, de nooit verouderende, broodmagere Chalaak Sahib met zijn onschuldige grote ogen, zijn opwachting maken onderaan bij de goederenlift (onder dekking van de duisternis, zoals hem opgedragen was) om de waarde te taxeren van de voorwerpen die hij daarin aantrof, en vervolgens contante betaling daarvoor omhoog te zenden naar het inwendige van het stille huis, ten bedrage van circa achttien en een half procent van de marktwaarde van de aldus onherroepelijk verpande en verbeurde kostbaarheden. Zo gebruikten de drie moeders van de op komst zijnde Omar Khayyam Shakil het verleden, het enige kapitaal dat hun nog restte, als een middel om de toekomst mee te kopen.

Maar wie was er nu eigenlijk zwanger?

Chhunni, de oudste, Munnee, de middelste, of 'kleine' Bunny, de baby van het drietal? Niemand is er ooit achter gekomen, het kind zelf later ook niet. Hun geheimhouding was absoluut, en ze zagen geen enkel detail over het hoofd. Stelt u het zich eens voor: ze lieten de bedienden eden en trouw zweren op de koran. De bedienden deelden hun vrijwillige gevangenschap met hen, en de enige manier waarop ze het huis verlieten was zo stijf als een plank, in witte lakens gewikkeld, en uiteraard via de door Yakoob Balloch geconstrueerde route. Gedurende die hele zwangerschapsperiode werd geen enkele arts naar het huis ontboden, en tevens legden de zusters, in de wetenschap dat onzorgvuldig bewaarde geheimen altijd kans zien te ontsnappen, hetzij onder een deur door, hetzij door een sleutelgat of open raam, zodat uiteindelijk iedereen alles weet, en niemand weet hoe ... maar ik herhaal: gedurende al die tijd legden de zusters die unieke, hartstochtelijke eendracht die hun opvallendste kenmerk was aan de dag door – althans twee van hen deden dat – de complete scala van symptomen te veinzen die de derde noodgedwongen moest vertonen.

Hoewel er tussen Chhunni en Bunny een leeftijdsverschil van ongeveer vijf jaar bestond, begonnen de zusters in deze periode, doordat ze zich precies eender kleedden en misschien ook door onbegrijpelijke gevolgen van het ongewone leven dat ze verkozen hadden, zo sterk op elkaar te lijken dat zelfs de bedienden zich zo nu en dan vergisten. Ik heb hen als schoonheden beschreven, maar toch hadden ze niet het vollemaansgezicht en de amandelvormige ogen van het door de dichters in die contreien zo beminde type, doch veeleer een wilskrachtige kin, een forse lichaamsbouw en een doelbewuste tred, wat hen tot vrouwen maakte van wie een bijna benauwende charismatische kracht uitging. Bij alle drie begonnen middel en boezem nu gelijktijdig uit te dijen, en wanneer de zwangere 's morgens misselijk was, begonnen de andere twee in zulk een volmaakt gesynchroniseerd medeleven te braken dat onmogelijk vast te stellen viel welke maag het eerst in opstand was gekomen. Op identieke wijze zwollen hun baarmoeders op totdat de vrucht voldragen was. Het is natuurlijk mogelijk dat dit alles bewerkstelligd werd met behulp van listen en kunstgrepen, kussens en gewatteerde vullingen, en misschien zelfs flauwte-opwekkende dampen; maar het is mijn rotsvaste overtuiging dat een dergelijke uitleg op schromelijke wijze te kort doet aan de liefde die er tussen de zusters bestond. In weerwil van de biologische onwaarschijnlijkheid daarvan ben ik bereid te zweren dat ze er zo van ganser harte naar verlangden het moederschap van hun zuster te delen en de openbare schande van een buitenechtelijke bevruchting in de particuliere triomf van een vurig begeerde groepsbaby te transformeren, dat er, kortweg gezegd, naast de echte zwangerschap sprake was van twee schijnzwangerschappen, terwijl de gelijktijdigheid van hun gedragingen het functioneren van een soort groepsdenken doet vermoeden.

Ze sliepen in hetzelfde vertrek. Ze hadden last van dezelfde verlangens – marsepein, jasmijnblaadjes, dennezaadjes, modderbaden – en op dezelfde tijdstippen; de veranderingen in hun metabolismen hielden precies gelijke tred met elkaar. Ze gingen hetzelfde wegen, zich op hetzelfde ogenblik uitgeput voelen, en werden iedere ochtend tegelijk wakker, alsof er iemand een bel had geluid. Ze voelden identieke pijnen; in drie baarmoeders schopten en draaiden een enkele baby en zijn twee denkbeeldige evenbeelden zich om met de precisie van een goed gedrild dansgezelschap... Ik wil zelfs zover gaan te zeggen dat de drie zusters zich door hun identieke lijden ten volle het recht verwierven als gemeenschappelijke moeders van het verwachte kind te worden beschouwd. En toen voor een van hen – haar naam zal ik zelfs niet proberen te raden – de tijd gekomen was, was niemand anders er getuige van bij wie het water brak, of wier hand het was die de slaapkamerdeur aan de binnenkant op slot deed. Geen ogen van buitenstaanders aanschouwden de drievoudige bevalling, één echt, twee onecht; of het ogenblik waarop lege ballonnen ineenzakten terwijl tussen het derde paar dijen, als in een gangetje, het onwettige kind verscheen; of het moment waarop handen Omar Khayyam Shakil bij de enkels ondersteboven hielden en hem op de rug sloegen.

Onze held, Omar Khayyam, haalde dus voor het eerst adem in dat onwaarschijnlijk grote herenhuis met de ontelbare vertrekken; en toen hij zijn ogen opendeed zag hij, ondersteboven hangend, door het open raam de lugubere toppen van de Onmogelijke Bergen aan de horizon. Een – maar welke? – van zijn drie moeders had hem bij de enkels gevat en hem net zolang bewerkt totdat hij, nog altijd naar de omgekeerde bergpieken starende, voor het eerst inademde en begon te schreeuwen.

Toen Hashmat Bibi een sleutel in het deurslot hoorde omdraaien en ze bedeesd de kamer binnenkwam met eten en drinken, schone lakens, sponzen, zeep en handdoeken, zag ze de drie gezusters bijeengezeten in het ruime bed, dat zelfde bed waarin hun vader gestorven was, een kolossaal mahoniehouten hemelbed rond de vier stijlen waarvan slangen van houtsnijwerk zich omhoogkronkelden naar het brokaten Eden van het baldakijn. Ze hadden alledrie het verhitte, opgetogen gezicht dat het waarachtig voorrecht van de moeder is; de baby werd doorgegeven van borst tot borst, en geen van de zes stond droog.

De jonge Omar Khayyam werd er geleidelijk aan van doordrongen dat zijn geboorte zowel voorafgegaan als gevolgd was door bepaalde onregelmatigheden. Wat eraan voorafgegaan was hebben we al behandeld, en voor wat het erop volgende betreft:

'Ik heb pertinent geweigerd,' vertelde zijn oudste moeder, Chhunni, hem op zijn zevende verjaardag, 'je de naam van God in het oor te fluisteren.'

En op zijn achtste verjaardag vertrouwde Munnee, zijn middelste moeder, hem toe: 'We piekerden er niet over je hoofdje kaal te scheren. Je had toch zulk prachtig diepzwart haar toen je geboren werd. Dat liet ik door niemand afknippen. Geen kwestie van!'

Precies een jaar later was de beurt aan zijn jongste moeder om een streng gezicht te trekken. 'Onder geen beding,' deelde Bunny hem mee, 'zou ik er ooit toestemming voor hebben gegeven je voorhuid te laten verwijderen. Wat is dat voor een raar idee, zo'n besnijdenis? Het is toch zeker geen bananeschil.'

Omar Khayyam Shakil was zijn leven begonnen zonder de voordelen van verminking, de tussenkomst van een barbier, of goddelijke
goedkeuring. Velen zouden dit als een nadeel beschouwen.

Geboren als hij was in een doodsbed, waaromheen (behalve gordijnen
en muskietennetten) ook het spookbeeld hing van een grootvader die
zichzelf stervende naar de randgebieden van de hel had verwenst, en
met als eerste aanblik een omgekeerde bergketen, was Omar Khayyam
Shakil vanaf zijn prilste jeugd behept met een gevoel van onderste-
boven-heid, een gevoel dat de wereld op zijn kop stond. En ook met
iets dat nog veel erger was: de angst dat hij op de rand van de wereld
woonde, zo dicht bij die rand dat hij er ieder ogenblik af kon vallen.
Door een oude telescoop, vanuit de ramen van de bovenste verdieping
van het huis, keek het kind Omar Khayyam uit over de leegte van het
landschap dat Q. omringde, wat hem ervan overtuigde dat hij zich
nabij de uiterste Rand van Alles moest bevinden, en dat aan gene zijde
van de Onmogelijke Bergen aan de horizon dat grote niets moest liggen waarin hij, in zijn nachtmerries, met eentonige regelmaat was begonnen te vallen. De meest verontrustende eigenschap van deze dromen was het gevoel dat in zijn slaap over hem kwam: dat zijn tuimelin-
gen in de lege ruimte om de een of andere reden zo hoorden, dat hij niet
beter verdiende … hij ontwaakte te midden van de muskietennetten,
hevig zwetend en zelfs schreeuwend bij het besef dat hij door zijn dromen op zijn waardeloosheid werd gewezen. Het was nieuws waarmee
hij niet ingenomen was.
Zo kwam het dat Omar Khayyam in die halfrijpe jaren zijn besluit
nam dat onherroepelijk zou blijken, en wel het besluit zijn nachtrust te
bekorten, een doelstelling voor het leven, die hem tegen het eind, tegen
de tijd dat zijn vrouw in rook opging zo ver had gebracht – maar nee,
we mogen niet toestaan dat een eind voorafgaat aan een midden en een
begin, ook al hebben recente wetenschappelijke experimenten ons getoond dat binnen bepaalde gesloten systemen en onder enorme druk
de tijd ertoe gebracht kan worden in omgekeerde richting te verlopen,
zodat een gevolg aan zijn oorzaak voorafgaat. Dit is nu juist het soort
nutteloze vooruitgang waaraan vertellers geen enkele aandacht mogen
schenken; dat leidt slechts tot waanzin! – dat hij aan slechts veertig
minuten slaap per nacht genoeg had om zich verkwikt te voelen. Wat
was hij nog jong toen hij het verrassend volwassen besluit nam uit de
onappetijtelijke realiteit van zijn dromen te ontsnappen naar de ietwat
aanvaardbaardere illusies van zijn in wakkere toestand doorgebracht
dagelijks leven! 'Kleine vleermuis' noemden zijn drie moeders hem
toegeeflijk toen ze hoorden van zijn nachtelijke omzwervingen door de

onuitputtelijke vertrekken van hun huis, met om zijn schouders een wapperende donkergrijze *chadar*, die hem bescherming bood tegen de koude van de winternachten; maar of hij opgroeide tot een in een cape gehulde kruisridder of een gemantelde bloedzuiger, tot een Batman of een Dracula, dat laat ik aan de lezer over om te beslissen.

(Zijn latere echtgenote, de oudste dochter van generaal Raza Hyder, leed eveneens aan slapeloosheid; maar Omar Khayyams slapeloosheid valt niet met de hare te vergelijken, want terwijl de zijne door hemzelf gewild was placht zij, de domme Sufiya Zinobia, in bed liggend haar oogleden tussen duim en wijsvinger dicht te knijpen, alsof ze het bewustzijn door haar wimpers heen als stofjes of tranen kon uitdrijven. En zij brandde en roosterde in diezelfde kamer waarin haar echtgenoot geboren en diens grootvader gestorven was, naast dat bed van slangen en het Paradijs ... vervloekt zij deze ongehoorzame Tijd! Ik beveel deze sterfscène onmiddellijk weer achter de coulissen te verdwijnen: sha-zam!)

Tegen de tijd dat hij tien jaar oud was, was Omar zich inmiddels dankbaar gaan voelen voor de omringende, beschermende aanwezigheid van die bergen aan de westelijke en zuidelijke horizon. De Onmogelijke Bergen: u zult die naam niet in uw atlassen aantreffen, al is de schaal ook nog zo groot. Aardrijkskundigen hebben echter ook hun beperkingen; de jonge Omar Khayyam, die verliefd werd op een wonderlijk glanzende koperen telescoop die hij opgediept had uit de chaotische overvloed van dingen die zijn ouderlijk huis tot de nok toe vulde, was er zich steeds van bewust dat eventuele schepsels van silicium of uit gassen bestaande monsters die wellicht de sterren van de iedere nacht boven zijn hoofd voorbijdrijvende Melkweg bewoonden, hun domicilies nooit zouden hebben herkend aan de hand van zijn door veelvuldig gebruik beduimelde sterrenkaarten. 'We hadden onze redenen voor de naam die we onze eigen bergketen gegeven hebben,' zei hij in zijn latere leven altijd.

De spleetogige, granietharde leden van de stammen die in die bergen woonden, en die zich zo nu en dan vertoonden in de straten van Q. (waarvan de zachter geaarde bewoners naar de andere kant overstaken om de afschuwelijke stank en de onzachte aanraking met de schouders van de lompe bergbewoners uit de weg te gaan) noemden de bergketen ook wel 'het dak van het Paradijs'. De bergen, en ook de hele streek en Q. zelf, trouwens, hadden te lijden van periodieke aardbevingen; het was een onstabiele zone, en de bergstammen geloofden dat de bevingen werden veroorzaakt door het naar buiten treden van engelen uit spleten en barsten in de rotsen. Lang voordat zijn eigen broer een gevleugelde en goudkleurig glanzende man zag die vanaf een dak naar hem stond te kijken, was Omar Khayyam Shakil zich al bewust geworden van de aannemelijke theorie dat het paradijs zich niet in de hemel maar onder zijn voeten bevond, zodat de bewegingen van de aardkorst voor hem het bewijs vormden dat de engelen inderdaad belang stelden in het werelds gebeuren. De vorm van de bergketen veranderde voortdurend onder deze door de engelen uitgeoefende druk. Vanuit de rimpelige, okerkleurige berghellingen verhief zich een oneindige hoeveelheid versteende, op pilaren lijkende formaties, waarvan de geologische lagen zich zo scherp aftekenden dat het was alsof de kolossale kolommen opgericht waren door titanen die bedreven waren geweest in de kunst van het steenhouwen ... ook deze goddelijke droomtempels verhieven zich en stortten neer met het komen en gaan der engelen.

De hel boven en het paradijs beneden; ik ben tamelijk lang bij deze beschrijving van de onstabiele wildernis van Omar Khayyams oorsprong blijven stilstaan om de stellingen te onderstrepen dat hij tussen twee eeuwigheden opgroeide waarvan hij de gebruikelijke orde juist als precies omgekeerd ervoer; dat de gevolgen van dergelijke handstandjes moeilijker te meten zijn dan die van aardbevingen, want welke uitvinder heeft een patent verworven voor een seismograaf van de ziel?; en dat hun aanwezigheid de onbesneden, niet toegefluisterde, ongeschoren Omar Khayyam in nog sterkere mate het gevoel gaf een bijzonder iemand te zijn.

Maar ik heb me nu lang genoeg in de open lucht opgehouden, en moet mijn vertelling uit de zon naar binnen halen voordat ze door luchtspiegelingen of een zonnesteek wordt getroffen. Later, aan het andere uiteinde van zijn leven (de toekomst laat zich blijkbaar niet tegenhouden en sijpelt onstuitbaar terug in het verleden), toen zijn naam in alle kranten was komen te staan vanwege de schandalen met betrekking tot de vermoorde mensen zonder hoofd, ontsloot Farah Rodrigues, de dochter van een douanebeambte, haar lippen en stelde het verhaal in vrijheid van de dag waarop de bijna volwassen Omar Khayyam, zelfs toen al een dikke jongeling met een ontbrekende overhemdsknoop ter hoogte van zijn navel, haar vergezeld had naar haar vaders post aan de landsgrens, vijfenzestig kilometer ten westen van Q. Ze zat in een clandestien brandewijnlokaal en sprak tegen de aanwezigen in het algemeen, met die kakelende stem als van versplinterd glas waartoe de tijd en de lucht van de wildernis haar voorheen zo kristallen lach hadden gereduceerd: 'Ik zweer je, het was gewoon niet te geloven. We kwamen daar aan in de jeep, en meteen daalde er een wolk neer die op de grond bleef hangen, precies langs de grens, alsof hij die zonder een visum niet kon oversteken, en die Shakil schrok daar zo van dat hij het bewustzijn verloor. Hij werd duizelig en viel flauw, hoewel hij met allebei zijn benen stevig op de grond stond.'

Zelfs in de tijd dat hij zijn hoogste aanzien had bereikt, zelfs nadat Raza Hyder president was geworden en hij met diens dochter was getrouwd, werd Omar Khayyam Shakil zo nu en dan nog geplaagd door die vreemde duizeligheid, door dat gevoel een randwezen, een man aan de buitenkant, te zijn. Eens, tijdens de periode van zijn vriendschap en slemppartijen met Iskander Harappa, boemelaar en miljonair, radicaal denker, eerste minister, en ten slotte wonderen verrichtend lijk, beschreef Omar Khayyam zichzelf in een dronken bui aan Isky. 'Je ziet hier voor je,' vertrouwde hij hem toe, 'een vent die niet eens de held van zijn eigen leven is; een man die geboren en opgegroeid is als buitenstaander. Erfelijkheid speelt een belangrijke rol, vin-je ook niet?' 'Dat is een beklemmende gedachte' antwoordde Iskander Harappa.

Omar Khayyam Shakil werd grootgebracht door niet minder dan drie moeders, zonder dat er ook maar één vader te bekennen was, een mysterie dat later, toen Omar inmiddels al twintig jaar oud was, nog vergroot werd door de geboorte van een jongere broer, die eveneens door elk van de drie vrouwelijke ouders de hare werd genoemd, en wiens ontvangenis blijkbaar niet minder onbevlekt was geweest. Al even verontrustend voor de opgroeiende jongeling was de belevenis voor het eerst verliefd te worden, en met waggelende en verhitte vastberadenheid achter de voluptueuze onbereikbare figuur van een zekere Farah de Perzische (geboren Zoroaster) aan te lopen, een bezigheid die bij alle plaatselijke jongelingen, met uitzondering van zijn eigen, vanaf de geboorte op zichzelf staande ik, bekend stond als 'het Noodlot tarten'.

Iemand die last heeft van duizelingen, overal buiten staat, alles ondersteboven ziet, dolverliefd is, 's nachts niet slaapt, naar de sterren tuurt en nog een vetzak is bovendien: wat is dat voor een held?

Een paar weken nadat Russische troepen Afghanistan waren binnengevallen keerde ik naar huis terug, om mijn ouders en mijn zusters te bezoeken en met mijn eerstgeboren zoon te pronken. Mijn familie woont, hoewel ze geen militaire familie is, in 'Defensie', een wijk van de Coöperatieve Vereniging voor Huisvesting van Officieren van de Pakistaanse Defensie. 'Defensie' is een deftige wijk van Karachi; slechts weinigen van de militairen die in de gelegenheid waren gesteld daar tegen spotprijzen grond te kopen, konden het zich veroorloven er een huis op te laten bouwen.

Het was hun echter ook niet toegestaan de onbebouwde percelen te verkopen. Om een aan een officier toebehorend stuk grond in 'Defensie' te kopen diende je een ingewikkeld contract op te stellen. Onder de bepalingen van dit contract bleef de grond het eigendom van de verkoper, niettegenstaande het feit dat je hem de volle marktprijs had betaald en nu een klein fortuin spendeerde om er je eigen huis op te laten bouwen volgens je eigen specificaties. In theorie was je gewoon een aardige vent, een weldoener die vanuit zijn grenzeloze liefdadigheid besloten had de arme officier een dak boven zijn hoofd te schenken. Het contract verplichtte de verkoper er echter ook toe een derde partij aan te wijzen, die alle volmachten over het eigendom bezat wanneer het huis eenmaal voltooid was. Die derde partij was in werkelijkheid door jou zelf aangewezen, en wanneer de bouwvakkers klaar waren en naar huis gingen, droeg hij het bezit eenvoudig aan jou over. Zodoende waren er voor dit proces twee afzonderlijke handelingen van goedwilligheid nodig. 'Defensie' was bijna geheel en al bebouwd op basis van deze vriendjespolitiek. Deze geest van kameraadschap, van onzelfzuchtige samenwerking voor het bereiken van een gemeenschappelijk doel, is het vermelden waard.

Het was een elegante oplossing. De verkoper werd rijk, de tussenpersoon kreeg zijn honorarium, jij kreeg je huis, en dat alles zonder dat iemand een wet overtrad. Het sprak dus vanzelf dat niemand zich ooit afvroeg hoe het kwam dat de begerenswaardigste bouwterreinen van de stad op zo'n manier waren toegewezen aan de militairen van de verdedigingsmacht. Ook deze houding blijft een onderdeel van datgene wat aan 'Defensie' ten grondslag ligt: er hangen daar vele onuitge sproken vragen in de lucht. Maar ze verspreiden slechts een zwakke geur, en de bloemen in de vele bloeiende tuinen, de bomen die langs de lanen staan en de door de mooie, gesoigneerde dames van de buurt gedragen parfums overheersen die andere, al te abstracte geur volkomen. Het is er een komen en gaan van diplomaten, zakenlieden van internationaal formaat, zoons van voormalige dictators, sterren uit de amusementswereld, textielmagnaten en beroemde cricketspelers. Het wemelt er van nieuwe Datsuns en Toyota's. En de naam 'Defensiekringen', die sommigen als een symbool in de oren zou kunnen klinken (een symbool dat staat voor de wederzijds voordelige verbintenis tussen 's lands gevestigde orde en haar gewapende macht), heeft in de stad die bijklank niet. Het is niet meer dan een naam.

Op een avond, kort na mijn aankomst, ging ik op bezoek bij een oude vriend, een dichter. Ik had me verheugd op een van onze lange gesprekken, en op het horen van zijn mening omtrent recente gebeurtenissen in Pakistan, en over Afghanistan natuurlijk. Zoals gewoonlijk was zijn huis vol bezoekers; niemand scheen erin geïnteresseerd te zijn over iets anders te praten dan over cricketwedstrijden tussen Pakistan en India. Ik nam met mijn vriend aan een tafeltje plaats, en we begonnen een partijtje schaak. Maar wat ik werkelijk wilde, was de ware toedracht van een en ander te weten te komen, en ten slotte bracht ik de onderwerpen ter sprake die me bezighielden, te beginnen met een vraag omtrent de terechtstelling van Zulfikar Ali Bhutto. Maar slechts de helft van die vraag kwam me over de lippen; de andere helft sloot zich aan bij de gelederen van de vele onuitgesproken vragen in die wijk, want ik kreeg een buitengewoon pijnlijke schop tegen mijn schenen en schakelde, zonder een kik te geven, midden in mijn zin weer over op de sport als gespreksonderwerp. Ook bespraken we de beginnende hausse in de verkoop van video-apparatuur.

Mensen kwamen binnen en gingen weer weg, deden de ronde en lachten. Na ongeveer drie kwartier zei mijn vriend: 'Nu is het o.k.' Ik vroeg: 'Wie was het?' Hij noemde de naam van de verklikker die in deze groep was binnengedrongen. Ze behandelden hem allemaal beleefd en voorkomend, zonder te laten merken dat ze wisten waarom hij daar was, aangezien hij anders zou verdwijnen en ze de volgende keer misschien niet zouden weten wie de verklikker onder hen was. Later maakte ik kennis met de spion. Het was een aardige, onderhoudende kerel met een eerlijk gezicht, die ongetwijfeld blij was dat hij niets te horen kreeg dat de moeite van het rapporteren waard was. Er was een soort evenwichtstoestand bereikt. Opnieuw trof het me hoeveel aardige kerels er in Pakistan waren, en hoe de wellevendheid die in al die tuinen bloeide de lucht parfumeerde.

Sinds mijn laatste bezoek aan Karachi had mijn vriend de dichter vele maanden in de gevangenis doorgebracht, en wel om sociale redenen. Dat wil zeggen, hij kende iemand die op zijn beurt weer iemand kende die de vrouw was van de aangetrouwde achterneef van de stiefoom van iemand die misschien, maar misschien ook niet, een flat had gedeeld met iemand die geweren smokkelde naar de guerrillastrijders in Baluchistan. In Pakistan kun je, als je maar de juiste mensen kent, overal komen, zelfs in de gevangenis. Mijn vriend wil nog steeds niet praten over wat er gedurende die maanden met hem gebeurd is, maar anderen hebben me verteld dat hij er na zijn vrijlating een hele tijd slecht aan toe is geweest. Ze zeiden dat ze hem bij de enkels onderstenboven opgehangen en geslagen hadden, alsof hij een pasgeboren baby was wiens longen tot functioneren gedwongen moesten worden opdat hij kon brullen, of in dit geval verklikken. Ik heb hem nooit gevraagd of hij gegild heeft, en of door een raam ondersteboven hangende bergtoppen te zien waren geweest.

Waarheen ik me ook wend of keer, overal zijn dingen om je voor te schamen. Maar met schaamte is het net als met al het andere: als je er lang genoeg mee leeft, wordt het tot een onderdeel van je vertrouwde omgeving. In 'Defensie' is schaamte te vinden in ieder huis, hetzij brandend in een asbak, hetzij ingelijst aan een wand hangend, of in de vorm van een bedsprei. Maar niemand neemt er nog notitie van. En iedereen is even beschaafd.

Misschien zou mijn vriend dit verhaal eigenlijk moeten doen, of een ander hemzelf betreffend relaas, maar hij schrijft geen gedichten meer. Daarom neem ik hier zijn plaats in, en verzin datgene wat mijzelf nooit overkomen is, waarbij het u zal opvallen dat ook mijn held al bij de enkels heeft gehangen, en dat zijn naam de naam van van een beroemd dichter is; maar geen kwatrijnen zijn ooit aan zijn pen ontsproten.

Buitenstaander! Je komt op verboden terrein! Je hebt geen recht om over dit onderwerp te schrijven! ... Ik weet het: ik ben nog nooit gearresteerd. Noch is het waarschijnlijk dat dat ooit gebeuren zal. *Stroper! Letterdief! We verwerpen je gezag. We kennen jou, met die vreemde taal van je die je om je heen gewikkeld hebt als een vlag: wat kunnen het anders zijn dan leugens die je met je gespleten tong over ons vertelt?* Ik antwoord daarop door nóg een aantal vragen te stellen: dient de geschiedenis voortaan als het exclusieve eigendom te worden beschouwd van degenen die eraan hebben deelgenomen? Voor welke gerechtshoven worden dergelijke aanspraken gedaan, en door welke grenscommissies worden de opgeëiste gebieden in kaart gebracht?

Kunnen alleen de doden spreken?

Ik houd mezelf voor dat dit een afscheidsroman gaat worden: mijn laatste woorden over die Oriënt waarvan ik me al vele jaren geleden ben gaan losmaken. Maar ik geloof mezelf niet altijd wanneer ik dit zeg. Want het is een deel van de wereld waarmee ik, of ik dat nu prettig vind of niet, nog steeds verbonden ben, ook al is het slechts door elastische banden.

Om nog even op Afghanistan terug te komen: na mijn terugkeer in Londen ontmoette ik tijdens een diner een vooraanstaand Brits diplomaat, iemand die carrière had gemaakt in, en specialist was op het gebied van 'mijn' deel van de wereld. Hij verklaarde dat het heel terecht was, 'na Afghanistan', dat het westen de dictatuur van president Zia ul-Haq ondersteunde. Ik had mijn kalmte niet mogen verliezen, maar ik kon me niet beheersen. Niet dat ik er iets mee opschoot. Toen we wat later van tafel opstonden, zei zijn echtgenote, een bedaarde, beschaafde vrouw die al die tijd kalmerende en verzoenende geluiden had laten horen, tegen me: 'Vertelt u me eens, waarom ontdoet men zich in Pakistan niet van die Zia op, nou ja, u weet wel, de gebruikelijke manier?'

Beschamende dingen, beste lezer, behoren niet exclusief aan de Oriënt toe.

Het land waar dit verhaal zich afspeelt is niet Pakistan, althans niet helemaal. Er zijn twee landen, één echt en één fictief, die bijna dezelfde ruimte beslaan, of bijna tenminste. Mijn verhaal en mijn fictieve land maken, net als ikzelf, in hun bestaan een lichte hoek met de werkelijkheid. Ik heb deze excentriciteit nodig gevonden, maar over de waarde ervan valt natuurlijk te twisten. Maar mijn mening schrijf ik niet uitsluitend over Pakistan.

Ik heb het land geen naam gegeven. En ook is het helemaal niet zo dat Q. in werkelijkheid Quetta is. Maar ik wil het niet overdrijven: wanneer ik aan de grote stad toekom zal ik die Karachi noemen, en zal ze een 'Defensie' bevatten.

Als dichter neemt Omar Khayyam een vreemde plaats in. In Perzië, zijn geboorteland, is hij nooit bijster populair geweest, en in het Westen bestaat hij slechts in een vertaling die in feite een geheel nieuwe bewerking van zijn verzen is, in vele gevallen sterk afwijkend van de geest (om van de inhoud nog maar te zwijgen) van het origineel. Ook ik ben een vertaald man. Ik ben wat je noemt *overgezet*. Men neemt over het algemeen aan dat er bij een vertaling altijd iets verloren gaat; ik houd vast aan het denkbeeld – en voer als bewijs daarvoor het succes van Fitzgeralds vertaling van Khayyams *Rubáiyát* aan – dat er ook iets bij gewonnen kan worden.

'Toen ik je door mijn dierbare telescoop aanschouwde,' vertelde Omar Khayyam Shakil Farah Zoroaster op de dag dat hij haar zijn liefde verklaarde, 'gaf dat me de kracht om de macht van mijn moeders te breken.' 'Gluurder,' antwoordde ze, 'wat een geluk. Je ballen zijn gewoon te vroeg ingedaald en toen ben je hitsig geworden, dat is alles. Probeer me niet op te schepen met je familieproblemen.' Ze was twee jaar ouder dan hij, maar Omar Khayyam moest niettemin toegeven dat zijn lieveling grof in de mond was...

...Behalve de naam van een groot dichter had het kind ook de familienaam van zijn moeders gekregen. En als om te onderstrepen wat ze ermee bedoeld hadden hem naar de onsterfelijke Khayyam te noemen, gaven de drie zusters ook een naam aan dat slecht verlichte bouwwerk vol gangen dat nu het enige domein was dat ze nog bezaten: het huis kreeg de naam 'Nishapur'. Zo groeide een tweede Omar op in een tweede verblijfplaats van die naam, en terwijl hij opgroeide ving hij bij tijd en wijle een vreemde blik op in de zes ogen van zijn drie moeders, een blik die scheen te zeggen: Schiet een beetje op, we wachten op je gedichten. Maar (ik herhaal het) geen Rubáiyát ontsproot ooit aan zijn pen.

Zijn kinderjaren waren, naar welke maatstaf ook gemeten, uitzonderlijk geweest, want wat op moeders en bedienden van toepassing was, gold vanzelfsprekend ook voor onze perifere held. Omar Khayyam bracht twaalf lange jaren, de meest beslissende jaren van zijn ontwikkeling, opgesloten in die kluizenaarswoning door, afgezonderd in die derde wereld die noch stoffelijk, noch geestelijk was, maar eerder een soort geconcentreerd verval dat uit de ontbindende overblijfselen van die twee vertrouwdere soorten kosmos bestond, een wereld waarin hij – behalve met de door motteballen, spinnewebben en lagen stof bedekte overvloed van in een staat van verval verkerende voorwerpen – voortdurend in botsing kwam met de vervagende, maar nog steeds in de lucht hangende kwalijke uitwasemingen van verworpen denkbeelden en vergeten dromen. Het zorgvuldig berekende gebaar waarmee zijn drie moeders zich van de wereld hadden afgesloten had een broeierig, verstikkend entropisch milieu doen ontstaan waarin, het rottingsproces van het verleden ten spijt, niets nieuws scheen te kunnen groeien, en daaraan zo spoedig mogelijk te ontsnappen werd Omar Khayyams vurigst gekoesterde jeugdige wens. Zich in die afschuwelijk vage schemerwereld onbewust van de kromming van ruimte en tijd, ten gevolge waarvan hij die het langst en het hardst blijft doorrennen uiteindelijk, hijgend en puffend en met verrekte en om genade schreeuwende spieren, onherroepelijk weer bij de startlijn terugkeert, droomde hij van uitwegen, want te midden van het claustrofobische 'Nishapur' had hij het gevoel dat zijn leven op het spel stond. Hij was tenslotte een nieuweling in dat onvruchtbare en door de tand des tijds aangetaste labyrint.

Hebt u wel eens gehoord van die wolfskinderen, gezoogd – naar we moeten aannemen – aan de ruige en veelvoudige tepels van een harig, tegen de maan huilend moederdier? Wanneer ze na verloop van tijd ontdekt en uit de troep gered worden, bijten ze hun redders gemeen in de arm; in netten en kooien worden ze, stinkend naar rauw vlees en uitwerpselen, in het geëmancipeerde licht van de wereld gebracht, met een brein dat te onvolmaakt gevormd is om zich meer dan de meest fundamentele beginselen van de beschaving eigen te kunnen maken... Ook Omar Khayyam was aan te veel borsten gezoogd, en gedurende een kleine vierduizend dagen had hij rondgedoold door dat van voorwerpen wemelende oerwoud dat 'Nishapur' was: zijn ommuurde wildernis, zijn moederland; totdat hij erin slaagde de grenzen opengegooid te krijgen door een verjaardagswens te doen die niet te bevredigen was door iets dat in de contraptie van Mistri Balloch omhoog kon worden gehesen.

'Hou toch eens op met voor jongen-uit-het-oerwoud te spelen,' zei Farah spottend toen Omar dat bij haar probeerde, 'je bent godverdomme geen aapmens, klootzak die je bent.' En voor wat zijn opvoeding betrof had ze gelijk; maar tevens had ze daarmee het wilde, het boosaardige in hem verloochend, en hij zou op haar eigen lichaam bewijzen dat ze zich in dat opzicht vergist had.

Maar alles op zijn tijd: twaalf jaar lang had hij vrije toegang tot alle delen van het huis. Er werd hem slechts weinig ontzegd (behalve de vrijheid). Hij was een verwende, listige blaag; wanneer hij maar even jankte, liefkoosden zijn moeders hem... en nadat de nachtmerries begonnen waren en hij met minder slaap begon te volstaan, drong hij steeds dieper door in de schijnbaar bodemloze diepten van zijn in verval verkerende domein. U kunt mij geloven wanneer ik u vertel dat hij door gangen strompelde die al zolang onbetreden waren geweest dat zijn in sandalen gestoken voeten tot aan de enkels wegzonken in het stof; dat hij vernielde trappen ontdekte die reeds lang geleden onbegaanbaar waren gemaakt door aardbevingen die ze aan de ene kant hadden omgetoverd in bergen vol vlijmscherpe uitsteeksels en ze aan de andere kant hadden doen wegvallen, aldus duistere, vreeswekkende afgronden onthullend... In de stilte van de nacht en bij de eerste geluiden van de dageraad ging hij op verkenning uit, terug in de geschiedenis, tot in wat hem eenvoudig de archeologische oudheid van 'Nishapur' toescheen, en ontdekte hij in *almirah's* waarvan het hout van de deuren onder zijn tastende vingers uit elkaar viel de ongelofelijke vormen van in de Kotdiji-stijl beschilderd neolithisch aardewerk; of viel zijn blik in keukenverblijven waarvan het bestaan zelfs niet meer vermoed werd, zonder het te weten op bronzen werktuigen van een waarlijk fabelachtige ouderdom; of placht hij, in regionen van dat kolossale paleis die allang geleden verlaten waren vanwege het verval van hun sanitaire voorzieningen, te delven in de door aardbevingen blootgelegde warwinkel van bakstenen rioleringen die al eeuwenlang uit de tijd waren.

Eenmaal raakte hij volkomen de weg kwijt en rende hij radeloos in kringetjes rond – als een tijdreiziger die zijn magische capsule kwijt is en vreest dat hij nooit meer een uitweg uit de om hem heen ineenstortende geschiedenis van zijn ras zal kunnen vinden – om eenklaps stokstijf te blijven staan, en vol afschuw te staren naar een vertrek waarvan de buitenmuur gedeeltelijk verwoest was door enorme dikke, naar water zoekende boomwortels. Hij was misschien tien jaar oud toen hij deze ontdekking deed en voor het eerst een blik op de onbelemmerde buitenwereld wierp. Hij behoefde slechts door de verwoeste muur naar buiten te lopen – maar hij was zonder voldoende waarschuwing met dit geschenk geconfronteerd en toen hij zich zo onverhoeds overvallen zag door de onthutsende belofte van het door het gat naar binnen stromende licht van de dageraad, draaide hij zich om en vluchtte weg, in zijn doodsangst blindelings de weg terugvindend naar zijn veilige, geborgen kamer. Naderhand, toen hij tijd had gehad om tot bezinning te komen, trachtte hij op zijn schreden terug te keren, gewapend met een kluwen touw; maar hoe hij ook zijn best deed, hij slaagde er nooit meer in de weg terug te vinden naar die plek in de doolhof van zijn kinderjaren waar de minotaurus van het verboden zonlicht huisde.

'Zo nu en dan vond ik skeletten,' bezwoer hij de ongelovige Farah, 'van mensen zowel als van dieren.' En zelfs daar waar de beenderen ontbraken, werd hij door reeds lang dode bewoners van het huis achtervolgd. O nee, niet op de manier als u denkt! Niet door gejammer of door rammelende ketenen! Maar wel door onbelichaamde gevoelens en de verstikkende nevelen van eeuwenoude verwachtingen, angsten en liefdes; en ten slotte, buiten zichzelf geraakt door de door voorvaderen bezwangerde, spookachtig drukkende sfeer die in die verre uithoeken van het vervallen bouwwerk heerste, nam Omar Khayyam wraak (niet lang na het voorval van de verwoeste muur) op zijn onnatuurlijke omgeving. Het is met een pijnlijk vertrokken gezicht dat ik zijn vandalisme beschrijf: met een bezemsteel en een ontvreemd bijltje gewapend liep hij als een dolleman door stoffige gangen en door maden aangevreten slaapkamers, sloeg glazenkastjes kort en klein, vernielde aftandse, vergeten divans en verpulverde wormstekige bibliotheken; kristal, schilderijen, roestige helmen, de flinterdunne restanten van kostelijke zijden tapijten werden onherstelbaar vernield. 'Dáár,' krijste hij te midden van de kadavers van zijn nutteloze, afgeslachte familiegeschiedenis, 'pak áán, ouwe rommel!' – en toen barstte hij (nadat hij het schuldige bijltje en de schoonvegende bezem erbij had neergegooid) onlogisch in tranen uit.

Het moet gezegd worden dat zelfs in die dagen niemand de verhalen van de jongen over de oneindige uitgestrektheid van het huis geloofde. 'Eniggeboren kinderen,' kraste Hashmat Babi, 'altijd, altijd leven die in hun verbeelding, de stakkers.' En ook de drie mannelijke bedienden lachten hem uit: 'Als we jou moesten geloven, *baba*, zouden we gaan denken dat dit huis zó groot, zó groot geworden is dat er voor de rest van de wereld geen plaats meer op aarde kan zijn!' En de drie moeders, op hun favoriete schommelbank gezeten, deden de zaak af door toegeeflijk te knikken en hun handen naar hem uit te strekken om hem over zijn bolletje te aaien. 'Hij heeft tenminste een levendige fantasie,' zei Munnee. Moeder Bunny was het daarmee eens: 'Een gevolg van zijn dichterlijke naam.' Aangezien ze bang waren dat hij 's nachts misschien slaapwandelde, gaf mama Chhunni een van de bedienden opdracht zijn slaapmat voortaan voor de deur van Omar Khayyams kamer uit te rollen; maar de jongen had de meer naar het fantasmagorische zwemende zones van 'Nishapur' toen inmiddels zelf al voorgoed tot verboden terrein verklaard. Nadat hij zich op de heerscharen van de geschiedenis had gestort als een wolf (of een wolfskind) op een kudde schapen, beperkte Omar Khayyam Shakil zich voortaan tot de welbetreden, aangeveegde en bewoonde centrale delen van het huis.

Iets – het is denkbaar dat het wroeging was – voerde hem naar het met donkere panelen gelambrizeerde studeervertrek van zijn grootvader, een kamer vol boeken langs de wanden, waarin de drie zusters sinds de dood van de oude man nooit meer een voet hadden gezet. Hier ontdekte hij dat het air van grote geleerdheid van de heer Shakil net zo'n komedie was geweest als diens verondersteld zakelijk talent, want de boeken waren alle voorzien van het ex-libris van een zekere kolonel Arthur Greenfield, en vele pagina's waren nog niet opengesneden. Het was de bibliotheek van een gentleman, in haar geheel gekocht van de onbekende kolonel, en gedurende haar hele verblijf in huize Shakil was ze nog nooit gebruikt. Nu stortte Omar Khayyam zich erop, en wel met grote geestdrift.

Hier moet ik hem prijzen om zijn autodidactische gaven. Want tegen de tijd dat hij 'Nishapur' verliet, had hij zich de kennis van het klassiek Arabisch en Perzisch eigen gemaakt; ook had hij Latijn, Frans en Duits geleerd, en dat alles met behulp van de in leer gebonden woordenboeken en de ongebruikte teksten hem nagelaten door de bedrieglijke ijdelheid van zijn grootvader. En de boeken waarin de jongeling zich verdiepte! Verluchte manuscripten van de gedichten van Ghalib; boekdelen vol brieven door mogols aan hun zonen geschreven; Burtons vertaling van de *Alf laylah wa laylah*, en de *Reizen* van Ibn Battuta, en de Quissa of het relaas van de legendarische avonturier Hatim Tai... ja, ja, ik zie wel in dat ik me moet terugtrekken (zoals Farah Omar gelastte terug te trekken) en de misleidende voorstelling van de *mowgli*, de jongen van het oerwoud, moet herzien.

De voortdurende overbrenging van voorwerpen vanuit de woonverblijven naar het pandjeshuis via de goederenlift bracht met regelmatige tussenpozen verborgen zaken aan het licht. Die kolossale vertrekken, boordevol met de materiële erfenis van generaties van roofzuchtighebberige voorvaderen, begonnen geleidelijk aan leeg te raken, zodat er tegen de tijd dat Omar Khayyam tien en een half was voldoende ruimte was ontstaan om je erin te kunnen roeren zonder bij iedere stap tegen meubels aan te stoten. Op een dag zonden de drie moeders een bediende naar het studeervertrek om een kostelijk besneden notehouten kamerscherm uit hun leven te verwijderen, met daarop afgebeeld de mythische ronde berg Olaf, compleet met de dertig vogels die daarop voor God speelden. Door het wegtrekken van dit vogelparlement onthulde zich aan Omar Khayyams ogen een boekenkastje, volgepropt met werken over de theorie en de praktijk van hypnose: mantra's in het Sanskriet, handboeken die de wijsheid van de Perzische magiërs bevatten, een in leer gebonden exemplaar van de Finse *Kalevala*, een verslag van de door pater Gassner van Klosters onder hypnose verrichte duiveluitdrijvingen en geestenbezweringen, alsmede een studie van de theorie van het 'dierlijk magnetisme' van de hand van Franz Mesmer zelf; ook (en deze waren buitengewoon nuttig) een aantal goedkope uitgaven van handboeken voor doe-het-zelvers. Gulzig begon Omar Khayyam deze boeken te verslinden, die als enige in de hele bibliotheek niet de naam van de belezen kolonel droegen; zij vormden de ware nalatenschap van zijn grootvader, en ze brachten hem tot zijn levenslange bemoeienis met die geheimzinnige wetenschap waarvan een zo ontzagwekkende macht ten goede of ten kwade uitgaat.

De huisbedienden hadden al even weinig te doen als hij, want zijn moeders waren geleidelijk aan buitengewoon laks geworden voor wat zulke zaken als koken en zindelijkheid betrof. Zo werden de drie mannelijke bedienden Omar Khayyams eerste, gewillige proefpersonen. Zich oefenend met behulp van een blinkende munt van vier anna's wist hij dat hij een aangeboren gave voor deze kunst bezat: het kostte hem geen enkele moeite zijn stem vlak en eentonig te houden en hen in trance te brengen, waarbij hij onder andere te weten kwam dat de geslachtsdrift die zijn moeders sedert zijn geboorte volledig verloren schenen te hebben, bij deze mannen niet op soortgelijke wijze was gedoofd. In hun trance gaven ze blijmoedig de geheimen van hun wederzijdse liefkozingen prijs, en zegenden het moederlijke drietal vanwege het feit dat het hun levensomstandigheden dusdanig had gewijzigd dat hun ware verlangens hun duidelijk hadden kunnen worden. Deze tevreden, driezijdige liefde van de mannelijke bedienden vormde een merkwaardig tegenwicht voor de gelijksoortige, maar volkomen platonische liefde die de drie zusters voor elkaar koesterden. (Maar Omar Khayyams verbittering bleef groeien, ondanks het feit dat hij door zoveel intimiteit en genegenheid omringd was.)

Ook Hashmat Bibi stemde erin toe 'in te slapen'. Ze moest zich van Omar voorstellen dat ze op een zachte roze wolk dreef. 'Je zinkt steeds dieper, steeds dieper weg in die wolk,' klonk zijn monotone stem terwijl ze op haar slaapmat lag. 'Het is aangenaam in die wolk te zijn; je wilt er dieper steeds dieper in wegzinken.' Deze experimenten zouden echter een tragisch neveneffect hebben. Kort na zijn twaalfde verjaardag kwamen de drie elkaar minnende mannelijke bedienden zijn moeders melden, en ze staarden beschuldigend naar hun jonge meester terwijl ze spraken, dat Hashmat zichzelf blijkbaar door eigen wil de dood in gedreven had; vlak voordat ze de laatste adem uitblies hadden ze haar nog horen mompelen: '...dieper, steeds dieper naar het hart van de rozige wolk.' Nadat de oude vrouw via de bemiddelende krachten van de stem van de jonge hypnotiseur een blik in de wereld van het niet-zijn had kunnen werpen, had ze eindelijk de ijzeren wil laten varen waarmee ze zich al die tijd, volgens haar eigen bewering meer dan honderdtwintig jaar lang, aan het leven had vastgeklampt. De drie moeders hielden even op met schommelen en gelastten Omar Khayyam het mesmerisme voortaan achterwege te laten. Maar er had zich toen inmiddels al een verandering in zijn wereld voorgedaan. Ik zal een klein eindje terug in de tijd moeten gaan om die verandering te beschrijven.

Wat eveneens in die langzaam leger wordende vertrekken werd gevonden was de reeds eerder vermelde telescoop, waardoor Omar Khayyam vanuit vensters op de bovenste verdiepingen (voor die van de benedenverdieping zaten permanent vergrendelde luiken en tralies) naar de wereld tuurde, die hij als een heldere ronde schijf zag, als een soort maan die alleen voor zijn genoegen bestond. Hij keek naar vliegergevechten tussen kleurige *patangs* met lange staarten, waarvan de touwen waren zwartgeverfd en in gesmolten glas gedoopt om ze vlijmscherp te maken; hij hoorde de kreten van de overwinnaars – 'Boi-oi-oi! Boi-oi!' die tot hem kwamen, gedragen op de korrelige wind; eens kwam een groen-met-witte vlieger, waarvan het touw doorgesneden was, door zijn open raam naar binnen vallen. En toen kort voor zijn twaalfde verjaardag op de maan van zijn oculair eensklaps de onwaarschijnlijk aantrekkelijke gestalte van Farah Zoroaster verscheen, die op dat tijdstip nog pas veertien was maar reeds een lichaam bezat dat zich bewoog met de fysieke wijsheid van een volwassen vrouw, toen kreeg hij op slag de baard in de keel, terwijl onder de gordel zekere andere dingen naar omlaaggleden om, zij het ietwat voortijdig, hun voorbestemde plaats in te nemen in tot dusverre lege uitstulpingen. Terstond werd zijn verlangen naar de buitenwereld tot een doffe pijn in het kruis, een verscheurend gevoel in de lendenen; wat volgde was misschien onvermijdelijk.

Hij was niet vrij. Zijn bewegingsvrijheid binnen het huis was slechts de schijnvrijheid van een beest in een dierentuin, en zijn moeders waren de hem verzorgende oppassers. Zijn drie moeders: wie anders deed in zijn hart de overtuiging postvatten slechts een randfiguur te zijn, die toekeek van achter de coulissen van zijn eigen leven? Twaalf jaar lang sloeg hij hen gade, en ja, het moet gezegd worden, hij haatte hen om hun innige saamhorigheid, om de manier waarop ze gearmd heen en weer deinden op hun krakende schommelbank, om hun neiging giechelend terug te vallen op de geheimtaaltjes van hun meisjesjaren, om de manier waarop ze elkaar omhelsden, de hoofden bij elkaar staken en fluisterden over God mocht weten wat, en om de manier waarop ze elkaars zinnen afmaakten. De binnen de muren van 'Nishapur' opgesloten Omar Khayyam was door het vreemde besluit van zijn moeders buiten de mensenmaatschappij gesloten; en door deze drieëenheid van zijn moeders werd dat gevoel van buitengesloten te zijn, van te midden van zoveel voorwerpen nergens bij te horen, nog verdubbeld.

Twaalf jaren eisen hun tol. Aanvankelijk had de fiere trots die Chhunni, Munnee en Bunny ertoe gebracht had God, hun vaders nagedachtenis en hun plaats in de samenleving te verwerpen hen in staat gesteld die gedragsnormen te handhaven die zo ongeveer het enige waren dat hun vader hun nagelaten had. Ze plachten iedere ochtend binnen enkele seconden van elkaar op te staan, hun tanden te poetsen (vijftig maal op en neer, vijftig maal heen en weer) met stukjes eucalyptusbast, en dan, identiek gekleed, olieden en kamden ze elkanders haar en vlochten witte bloemen door de strakke zwarte knoetjes die ze van hun lokken maakten. Ze spraken de bedienden, en ook elkaar aan met de beleefde vorm van de tweede persoon enkelvoud. De onbuigzaamheid van hun houding en de nauwgezetheid van hun huishoudelijke instructies verleenden een wettigende schijn aan al hun handelingen, met inbegrip van (wat ongetwijfeld de opzet was) het voortbrengen van een onwettig kind. Maar heel geleidelijk aan begonnen ze hun greep te verliezen.

Op de dag van Omar Khayyams vertrek naar de grote stad verklapte zijn oudste moeder hem een geheim, waardoor het mogelijk wordt het tijdstip vast te stellen waarop hun aftakeling een aanvang had genomen. 'We hadden er eigenlijk nooit mee willen ophouden je de borst te geven,' bekende ze. 'Je zult inmiddels wel weten dat het voor een jongen van zes niet gebruikelijk is nog altijd aan de borst te zijn, maar jij dronk van een half dozijn borsten, voor elk jaar één. Het was ons grootste genoegen, maar op je zesde verjaardag hebben we er afstand van gedaan, en daarna is niets meer geweest zoals het was; we zagen niet langer de zin en het nut van allerlei dingen.'

Gedurende de daarop volgende zes jaar, naarmate hun borsten opdroogden en verschrompelden, begonnen de drie gezusters die stevigheid en rechtheid van lijf en leden te verliezen die een aanzienlijk deel van hun schoonheid had bepaald. Ze verslapten, hun haar begon in de knoop te zitten, wat er in de keuken gebeurde interesseerde hen niet meer, en de bedienden konden doen en laten waar ze zin in hadden. Maar hun aftakeling voltrok zich toch nog altijd in hetzelfde tempo en op precies gelijke wijze; de banden van hun identiteit bleven onverbroken.

Let wel: de gezusters Shakil hadden nooit een behoorlijke opvoeding genoten, behalve voor wat manieren betrof, terwijl hun zoon, tegen de tijd dat hij de baard in de keel kreeg, al een soort autodidactisch wonderkind was. Hij probeerde zijn moeders te interesseren in hetgeen hij leerde, maar of hij hun nu de fraaiste bewijzen van euclidische stellingen voorlegde of op welsprekende wijze uitweidde over de platonische voorstelling van de holle ruimte, ze wilden niets van die hun onvertrouwde denkbeelden weten. 'Allemaal koeterwaals van de Angrez,' zei moeder Chhunni, en als één vrouw haalden de drie moeders de schouders op. 'Wie zal ooit kunnen begrijpen wat er in het brein van die gekke lieden omgaat?' vroeg Munnee, de middelste, en uit haar afwijzende toon bleek dat de zaak daarmee was afgedaan. 'Die lezen hun boeken van links naar rechts.'

De platburgerlijke bekrompenheid van zijn moeders accentueerde Omar Khayyams ontluikende en nog slechts gedeeltelijk gevormde gevoel dat hij er niet bij hoorde, niet alleen omdat hij een begaafd kind was wiens gaven door zijn ouders aan afzender werden geretourneerd, maar ook omdat hij vermoedde dat, hoe geleerd hij ook mocht zijn, het standpunt van zijn moeders zijn ontwikkeling in de weg stond. Hij leed onder het gevoel verdwaald te zijn in een wolk, waarvan de gordijnen zo nu en dan uiteenweken om hem even een verleidelijk uitzicht op de hemel te bieden... en in weerwil van wat hij tegen Hashmat Bibi had gemompeld vond de jongen nevelige toestanden allerminst aantrekkelijk.

Maar goed: Omar Khayyam Shakil is nu bijna twaalf. Hij is boven zijn gewicht, en zijn zojuist potent geworden voortplantingsorgaan is voorzien van een huidplooi die verwijderd had behoren te worden. Zijn moeders zien de zin van hun bestaan niet meer zo helder, terwijl hij daarentegen van de ene dag op de andere in staat is geraakt tot hoogten van agressie die hem als inschikkelijke dikke jongen tot dusverre vreemd zijn geweest. Ik opper drie oorzaken daarvoor (en heb die al laten doorschemeren): ten eerste, zijn blik op de veertienjarige Farah in de maancirkel van zijn telescooplens; ten tweede, zijn verlegenheid over zijn veranderd stemgeluid, dat onbeheerst heen en weer schiet tussen schorheid en hoge uithalen terwijl een lelijke bobbel in zijn keel op en neer dobbert als een kurk; ten derde, vooral niet te vergeten, de aloude (en steeds weer nieuwe) veranderingen die de biochemie van de puberteit teweeg pleegt te brengen in de persoonlijkheid van de opgroeiende jongeling... Zich niet bewust van deze samenspanning van duivelse krachten in hun zoon, begaan de drie moeders de vergissing Omar Khayyam te vragen wat hij voor zijn verjaardag wil hebben.

Hij verrast hen door op korzelige toon te antwoorden: 'Dat geven jullie me toch nooit, dus wat heeft het voor zin?' Hijgend uitgebrachte geluiden van moederlijke ontsteltenis. Zes handen vliegen omhoog naar drie hoofden en nemen de houding aan van hoor, zie en spreek geen kwaad. Moeder Chhunni (met haar handen over haar oren): 'Hoe kan hij zoiets zeggen? Waar hééft de jongen het over?' En de middelste moeder, Munnee, klaaglijk, terwijl ze tussen haar vingers door gluurt: 'Iemand heeft ons engeltje van streek gemaakt, dat is duidelijk.' En de jongste moeder, Bunny, neemt haar handen voor haar mond weg en zegt: 'Vraag! Je hoeft maar te vragen! Wat kunnen we je weigeren? Wat is er zo onmogelijk dat we het niet zouden doen?'

Als een jammerkreet ontsnapt het aan zijn lippen: 'Laat me naar buiten, weg uit dit afschuwelijke huis,' en in de pijnlijke stilte die zijn woorden hebben opgeroepen laat hij op zachtere toon volgen: 'en vertel me de naam van mijn vader.'

'De brutaliteit! Wat een brutale aap!' – deze woorden zijn afkomstig van zijn middelste moeder, Munnee; vervolgens trekken haar zusters haar mee om een gesloten kring te vormen; met de hoofden bij elkaar gestoken en hun armen om elkaars middel geslagen staan ze dicht bijeen in die stuitende houding van eensgezindheid die de toekijkende jongen zo onverteerbaar vindt.

'Heb ik het niet gezegd?' – steunend, kreunend en in gekwelde falsettonen – 'Jullie wilden het toch per se weten?'

Maar nu valt er een verandering waar te nemen. Uit de moederlijke samenscholing stijgen kijvende geluiden op, want de verzoeken van de jongen hebben voor het eerst sedert meer dan tien jaar verdeeldheid onder de gezusters gezaaid. Ze kibbelen, en het ruziën is een moeizame bezigheid die hun niet gemakkelijk afgaat: een twist tussen vrouwen die zich proberen te herinneren wie ze eens waren.

Wanneer ze na verloop van tijd weer opduiken uit het puin van hun met geweld uit elkaar gerukte identiteit doen ze heldhaftige pogingen om tegenover Omar, en tegenover zichzelf, voor te wenden dat er niets ernstigs is voorgevallen; maar hoewel ze alle drie bij het collectief genomen besluit blijven, ziet de jongen wel dat deze eensgezindheid slechts een masker is dat met veel moeite op zijn plaats gehouden wordt.

Het eerst neemt Bunny, de jongste, het woord. 'Het zijn redelijke verzoeken,' zegt ze, 'en tenminste één ervan dient ingewilligd te worden.'

Hij schrikt zich een ongeluk van zijn eigen triomf; de kurk in zijn keel springt op, bijna tot aan zijn tong. 'Welk-welk-welk?' vraagt hij in angstige spanning.

Nu neemt Munnee het van haar zuster over. 'Er zal een nieuwe tas worden besteld, die in het werktuig van de Mistri zal worden bezorgd,' zegt ze plechtig, 'en je zult naar school gaan. Je hoeft daar niet al te blij om te zijn,' voegt ze eraan toe, 'want wanneer je dit huis verlaat, zul je gewond worden door vele nare scheldwoorden die de mensen op straat je als messen zullen toeslingeren.' Munnee, de felste tegenstandster van zijn vrijheid, heeft haar eigen tong gescherpt aan het lemmet van haar nederlaag.

Ten slotte draagt ook zijn oudste moeder nog haar steentje bij. 'Kom weer thuis zonder iemand te slaan,' instrueert ze hem, 'want anders zal dat voor ons een bewijs zijn dat ze je hebben vernederd en je de verboden emotie van de schaamte hebben doen voelen.'

'De uitwerking daarvan zou een totale vernedering zijn,' zegt Munnee nog.

Dat woord: schaamte. Nee, ik moet het schrijven in zijn oorspronkelijke vorm, en niet in deze vreemde taal, die bezoedeld is met verkeerde denkbeelden en het opgehoopte puin van het niet berouwde verleden van haar eigenaars, dit Angrezi waarin ik genoodzaakt ben te schrijven, waardoor ik voor altijd verander wat geschreven staat...

Sharam, dat is het juiste woord, waarvan dit armzalige 'schaamte' een absoluut ontoereikende vertaling is. Drie letters, *shèn rè mèm* (van rechts naar links geschreven, uiteraard) voorzien van *zabar*-accenttekens om de korte klinkers aan te duiden. Een kort woord, dat echter boekdelen vol nuances in zich bergt. Het was niet alleen schaamte die zijn moeders Omar Khayyam verboden te voelen, maar ook: verlegenheid, gegeneerdheid, vernedering, fatsoen, bescheidenheid, bedeesdheid, het gevoel een voorbeschikte plaats in de wereld in te nemen, en nog de nodige andere nuanceringen van gevoelens waarvoor het Engels geen tegenhangers kent. Met hoeveel vastberadenheid je een land ook ontvlucht, je neemt toch altijd wat handbagage mee; kan er aan getwijfeld worden dat Omar Khayyam (om maar bij hem te blijven), nadat het hem reeds op jeugdige leeftijd verhinderd was zich te schamen (onoverg. w.w.: *sharmàna*), gedurende zijn latere jaren, ja, zelfs lang na zijn ontsnapping uit zijn moeders' invloedssfeer, nog onder de invloed van dat merkwaardige verbod bleef?

Lezer: dat kan niet.

Wat is het tegenovergestelde van schaamte? Wat blijft er over wanneer men *sharam* wegneemt? Dat ligt voor de hand: schaamteloosheid.

Ten gevolge van de trots van zijn ouders en zijn uitzonderlijke levensomstandigheden was de emotie waaraan het hem thans verboden werd toe te geven de jonge Omar Khayyam Shakil op twaalfjarige leeftijd volkomen onbekend.

'Wat is dat voor een gevoel?' vroeg hij, en toen zijn moeders zijn verbijstering zagen, trachtten ze het hem uit te leggen. 'Je gezicht wordt heet,' zei Bunny, 'maar je hart begint te rillen.'

'Het doet vrouwen ernaar verlangen te huilen en te sterven,' zei Chhunni, 'maar mannen worden er razend door.'

'Behalve dat het ook wel eens andersom kan zijn,' mompelde zijn middelste moeder met profetische hatelijkheid.

De verdeling van de drie moeders in afzonderlijke wezens begon zich in de daarop volgende jaren steeds duidelijker af te tekenen. Ze kibbelden over de schrikbarendste onbenulligheden, bijvoorbeeld over wie de bestelbriefjes moest schrijven die in de goederenlift werden gelegd, of over de vraag of ze hun dagelijkse pepermunthee met biscuitjes in de salon zouden gebruiken of op het bordes. Het was alsof ze zich, door hun zoon naar buiten te laten gaan de zonverlichte arena's van het stadje in, hadden blootgesteld aan juist datgene waarvoor ze hem de vrijheid gunden het te ondervinden; alsof op die dag toen de wereld voor het eerst hun Omar Khayyam te zien kreeg, de drie gezusters ten slotte alsnog doorboord werden door de verboden pijlen van de *sharam*. Hun ruzies verstomden toen hij zijn tweede ontsnapping pleegde; maar echt herenigd werden ze pas toen ze besloten de daad van het moederschap te herhalen...

En er valt iets nog vreemders te melden: toen ze verdeeld waren geraakt door wat Omar Khayyam voor zijn verjaardag wenste, waren ze al te lang onafscheidelijk geweest om zich nog precies hun vroegere persoonlijkheden te kunnen herinneren, en dus ... welnu, om er verder maar geen doekjes om te winden, het resultaat was dat ze zich op verkeerde wijze individualiseerden en helemaal in de war raakten, zodat Bunny, de jongste, de ontijdige grijze haren kreeg en zich de koninklijke airs gaf die het voorrecht van de oudste zuster hadden behoren te zijn; terwijl de grote Chhunni een verscheurde, wankelmoedige ziel leek te zijn geworden, een zuster die altijd weifelde en de middenweg koos; en Munnee ontwikkelde die irritante, theatrale gemelijkheid die door de generaties heen het traditionele kenmerk van de jongste is geweest en het recht van de benjamin blijft, hoe oud ze ook worden mag. In de chaos van hun wedergeboorte waren de verkeerde hoofden op de verkeerde lichamen terechtgekomen; ze werden tot psychologische centauren, tot een soort kruisingen, net als zeemeerminnen, die half vis, half vrouw zijn; en deze verwarde scheiding van hun persoonlijkheden gaf natuurlijk ook aanleiding tot de gevolgtrekking dat ze nog steeds niet werkelijk afzonderlijke individuen waren, aangezien je hen slechts begrijpen kon door hen als een geheel te beschouwen.

Wie zou dergelijke moeders niet hebben willen ontvluchten? In later jaren zou Omar Khayyam aan zijn kinderjaren terugdenken zoals een afgedankte minnaar zich zijn geliefde herinnert: onveranderlijk en niet tot ouder worden in staat, een herinnering die gevangen gehouden wordt in een kring van hartstochtelijk vuur. Alleen dacht hij er met haatgevoelens aan terug in plaats van met liefde; niet met vuur, maar o zo ijzig. De andere Omar heeft meesterwerken geschreven, geïnspireerd door liefde; het verhaal van onze held daarentegen is armzaliger, wat ongetwijfeld te wijten is aan het feit dat het in gal gemarineerd is.

Nu zou het gemakkelijk zijn te beweren dat hij reeds op jeugdige leeftijd uitgesproken neigingen tot vrouwenhaat ontwikkelde, en dat al zijn latere gedragingen tegenover vrouwen wraakoefeningen waren tegen de herinnering aan zijn moeders. Maar tot zijn verdediging voer ik aan dat hij, wat hij ook doen mocht en wat er ook van hem worden zou, zijn hele leven lang zijn plicht als zoon deed en hun rekeningen voor hen betaalde. De pandjesbaas Chalaak Sahib staakte zijn bezoeken aan de goederenlift, wat toch het bestaan van een zekere mate van liefde bewijst... Maar zover zijn we nog niet: Omar Khayyam is nog niet opgegroeid. Zojuist is de schooltas langs de door de Mistri geconstrueerde weg gearriveerd; nu hangt hij over de schouder van de twaalf jaar oude boeienkoning; nu stapt hij in de goederenlift en begint de schooltas de afdaling terug naar de begane grond. Omar Khayyams twaalfde verjaardag had hem in plaats van verjaarstaart de vrijheid gebracht; tevens, in de tas, blauw gelinieerde schriften, een lei, een afwasbaar houten plankje en een paar ganzepennen om het kronkelige schrift van zijn moedertaal mee te oefenen, krijtjes, potloden, een houten liniaal en een kistje met meetkundige instrumenten: steekpasser, driehoek en graadboog. Plus een klein etheriseerdoosje van aluminium, om kikkers in te vermoorden. Met de wapens van de geleerdheid over zijn schouder verliet Omar Khayyam zijn moeders, die hem zwijgend (en nog altijd eendrachtig) nawuifden.

Nooit zou Omar Khayyam het moment vergeten waarop hij vanuit de goederenlift in het stof stapte van het niemandsland rond het hoge herenhuis van zijn kinderjaren, dat als een paria tussen het kantonnement en het stadje stond; noch zijn eerste aanblik van het ontvangstcomité, waarvan een van de leden een geheel onverwacht soort guirlande bij zich had.

Toen de vrouw van Q.'s handelaar in fijne lederwaren de bestelling van de gezusters voor een schooltas ontving via de loopjongen die ze, overeenkomstig hun vaste instructies, eens in de veertien dagen naar de goederenlift zond, holde zij, Zeenat Kabuli, onmiddellijk naar het huis van haar beste vriendin, de weduwe Farida Balloch, die daar samenwoonde met haar broer Bilal. Het drietal, dat altijd was blijven geloven dat Yakoob Ballochs dood op straat het rechtstreekse gevolg was geweest van het feit dat hij zich met de als kluizenaars levende zusters had ingelaten, was het erover eens dat het levende bewijs van het schandaal van lang geleden op het punt moest staan in het daglicht te treden. Ze vatten post bij het huis van de Shakils om deze gebeurtenis af te wachten, maar niet voordat Zeenat Kabuli van achter in haar winkel een jutezak te voorschijn had gehaald vol oude, halfvergane schoenen, sandalen en pantoffels die voor niemand enige waarde hadden: versleten en afgedankt schoeisel dat nu aaneengeknoopt werd tot de ergste aller beledigingen, namelijk een halssnoer van schoenen. 'Let maar eens op,' bezwoer de weduwe Zeenat Kabuli, 'of ik dat kind die schoenenguirlande niet persoonlijk om de nek hang.'

Toen Farida, Zeenat en Bilal een week lang postten, begon dat onvermijdelijk de aandacht te trekken, zodat hun gezelschap op het moment dat Omar Khayyam uit de goederenlift sprong, inmiddels was vermeerderd met diverse andere gapers en spotters, haveloze straatjongens, werkloze klerken en wasvrouwen die op weg waren naar de waterkant. Eveneens aanwezig was de brievenbesteller van het stadje, Muhammad Ibadalla, die op zijn voorhoofd de *gatta* ofte wel de permanente schaafplek droeg die hem kenmerkte als een godsdienstfanaticus die zijn voorhoofd minstens vijfmaal daags tegen het bidmatje drukte, en waarschijnlijk ook nog die zesde, niet verplichte keer. Deze Ibadalla had zijn baantje te danken aan de boosaardige invloed van het baardig serpent dat naast hem in de hitte stond: de plaatselijke godgeleerde, de beruchte Maulana Dawood, die door het stadje placht rond te rijden op een door de Engelse sahibs geschonken scooter, de brave burgers met verdoemenis dreigend. Genoemde Ibadalla nu bleek vertoornd te zijn over het besluit van de dames Shakil hun brief aan de bovenmeester van de kantonnementsschool niet via de posterijen te verzenden. In plaats daarvan hadden ze hem bijgesloten in de enveloppe die ze, samen met een klein extra honorarium, in de goederenlift omlaag hadden gezonden naar het bloemenmeisje Azra. Ibadalla maakte deze Azra al een tijdje het hof, maar ze lachte hem uit: 'Ik voel niets voor 'n vent die zo veel tijd doorbrengt met z'n achterste hoger dan z'n hoofd.' Het besluit van de zusters de brief aan haar hoede toe te vertrouwen, trof de postbode dus als een persoonlijke belediging, als een opzettelijke ondermijning van zijn status, en ook als nieuw bewijs van hun goddeloosheid, want waren ze door deze schandelijke daad niet een verbond aangegaan met een slet die de draak stak met het gebed? 'Ziet,' schreeuwde Ibadalla dan ook energiek toen Omar Khayyam voet op de grond zette, 'ginds staat het zaad van de Duivel.'

Er had vervolgens een ongelukkig incident plaats. Ibadalla, gebelgd als hij was door de kwestie met Azra, had het eerst gesproken en zich daarmee het ongenoegen op de hals gehaald van zijn beschermheer Maulana Dawood, een verlies van goddelijke steun dat de brievenbesteller alle kans op toekomstige promotie ontnam en zijn haat jegens alles wat Shakil heette nog deed toenemen; want de Maulana beschouwde het natuurlijk als zíjn recht de aanval op dat arme, dikke, vroegrijpe symbool van de vleesgeworden zonde in te zetten. In een poging het initiatief te hernemen wierp Dawood zich op zijn knieën in het stof aan Omars voeten; in vervoering wreef hij zijn voorhoofd heen en weer door het zand en het vuil bij Omars tenen, en riep uit: 'O God! O Kastijder! Doe op deze menselijke gruwel nederdalen Uw verschroeiende fonteinen van vuur!' Etcetera. Deze potsierlijke vertoning irriteerde het drietal dat oorspronkelijk de wacht had gehouden mateloos. 'Wiens eega heeft het leven moeten laten voor een goederenlift?' siste Farida Balloch tegen haar vriendin. 'Die van die schreeuwende ouwe vent soms? Dus wie heeft hier recht van spreken?' Maar haar broer Bilal verspilde geen tijd aan woorden; met de keten van schoenen in de hand beende hij naar voren, en met die stentorstem die het geluid van zijn legendarische naamgenoot, die eerste, zwarte Bilal, de *muezzin* van de Profeet, bijna evenaarde, bulderde hij: 'Knaap! Vlees der schande! Prijs je gelukkig dat ik niet meer doe dan dit! Denk je soms dat ik je niet als een muskiet zou kunnen vermorzelen?' En op de achtergrond, als schorre echo's, galmden straatjongens, wasvrouwen en klerken in koor: 'Het zaad van de duivel! – Fontein van vuur! – Als een muskiet!' Allemaal drongen ze op, Ibadalla en Maulana zowel als de drie wraakzuchtige leden van het comité van waakzaamheid, terwijl Omar daar stond als een door een cobra gehypnotiseerde bunzing, maar overal om hem heen ontwaakten dingen uit hun verstarring, de twaalf jaar lang opgeschorte vooroordelen van het plaatsje kwamen weer tot leven ... Bilal kon nu niet langer wachten, hij rende naar de jongen toe terwijl Dawood zich voor de zeventiende maal ter aarde wierp; de guirlande van schoenen werd in Omars richting geslingerd; en juist op dat moment richtte de Maulana zich weer op om God opnieuw toe te schreeuwen, aldus zijn magere strot tussen het beledigend schoeisel en deszelfs doelwit omhoogstekend, en voordat iemand wist wat er gebeurde, bungelde het noodlottige halssnoer per ongeluk om de nek van de godgeleerde.

Omar Khayyam begon te giechelen; het komt wel meer voor dat angst een dergelijke uitwerking heeft. En de straatjongens giechelden met hem mee; zelfs de weduwe Balloch deed moeite haar lachen te bedwingen tot de tranen haar over de wangen liepen. In die tijd waren de mensen nog niet zo op de dienaren van God gesteld als men ons wil doen geloven dat tegenwoordig het geval is... Maulana Dawood kwam overeind met moordlust op zijn gezicht. Maar aangezien hij niet op zijn achterhoofd gevallen was, wendde hij dat gezicht haastig af van de zeer forsgebouwde Bilal en stak zijn klauwen uit naar Omar Khayyam – die nog net gered werd door de gezegende verschijning van een schoolmeester, de heer Eduardo Rodrigues, die zich een weg door de menigte baande en zoals afgesproken gekomen was om de nieuwe leerling op te halen en naar school te brengen. En Rodrigues werd vergezeld door een droombeeld dat de maanzieke Khayyam met zo veel blijdschap vervulde dat hij terstond het gevaar vergat dat zo nabij was geweest. 'Dit is Farah,' zei Rodrigues tegen hem, 'ze zit twee klassen hoger dan jij.' Het droombeeld keek naar Omar, vervolgens naar de met schoenen omhangen Maulana, die in zijn razernij vergeten had zich van de guirlande te ontdoen, en toen wierp het het hoofd in de nek en begon te brullen van het lachen.

'Godsamme,' zei ze tegen Omar, zodat haar eerste begroeting een achteloze vloek was, 'waarom ben je niet thuis gebleven? De stad zat toch al vol idioten.'

Koel en zo wit als een ijskast stond de kantonnementschool daar te midden van aanstootgevend groene grasperken. Zelfs bomen groeiden voorspoedig in haar tuinen, want de Engelse sahibs lieten grote hoeveelheden van het schaarse water van die streek een omweg maken naar de slangen waarmee de tuinlieden van het kantonnement de hele dag rondslenterden. Het was duidelijk dat die vreemde grauwe wezens uit een natte noordelijke wereld niet in leven konden blijven tenzij gras en bougainvillea's, tamarindes en broodvruchtbomen eveneens gedijden. Wat de menselijke jonge loten betreft die in de school gekweekt werden, die waren blank (of liever gezegd grauw) zowel als bruin, en varieerden in leeftijd van drie tot negentien. Maar boven de leeftijd van acht jaar viel er een sterke vermindering in het aantal Engelse kinderen waar te nemen, en de kinderen in de hoogste klassen waren bijna zonder uitzondering bruin. Wat gebeurde er na hun achtste verjaardag met al die blanke kinderen? Gingen ze dood, verdwenen ze spoorloos of begon hun huid eensklaps grote hoeveelheden donker pigment te produceren? Nee, niets van dat alles. Om achter de ware reden te komen zou het nodig zijn een uitgebreid onderzoek in te stellen in de oude journaals van stoomvaartmaatschappijen en de dagboeken van reeds lang uitgestorven geraakte dames in wat de Engelse kolonisten altijd het moederland plachten te noemen, maar wat in feite een land was van ongehuwd gebleven tantes en andere, minder nauw verwante vrouwelijke familieleden bij wie kinderen konden worden ingekwartierd om ze van de gevaren van een oosterse opvoeding te redden... Maar een dergelijk onderzoek gaat de middelen te boven van schrijver dezes, die dergelijke bijzaken thans onverwijld de rug zal moeten toekeren.

Een school is een school; iedereen weet hoe het daar toegaat. Omar Khayyam was een dikke jongen, en dus kreeg hij wat dikke jongens altijd krijgen: schimpscheuten en spotternijen, in inkt gedoopte propjes achter in zijn nek, scheldnamen, af en toe een pak slaag, niets bijzonders. Toen zijn schoolmakkers merkten dat hij niet van plan was op hatelijkheden omtrent zijn ongebruikelijke afkomst in te gaan, lieten ze hem eenvoudig links liggen en stelden zich tevreden met zo nu en dan een spottend rijmpje op de binnenplaats. Dat kwam hem uitstekend uit. Zonder zich ervoor te schamen en gewend als hij was aan eenzaamheid, begon hij van zijn bijna-onzichtbaarheid te genieten. Vanuit zijn positie aan de rand van het schoolgebeuren schepte hij een afstandelijk genoegen in de activiteiten van de anderen om hem heen en juichte hij in stilte de opkomst of val van deze of gene speelplaatspotentaat toe, of het bij proefwerken of lesbeurten falen van bijzonder onaantrekkelijke klasgenoten: de genietingen van de toeschouwer.

Eens stond hij bij toeval in een schaduwrijk hoekje van het boomrijke schoolterrein en zag twee oudere leerlingen uitbundig vrijen achter een vuurdoorn. Terwijl hij hun geminnekoos gadesloeg ondervond hij een vreemd warm gevoel van bevrediging, en hij besloot naar meer gelegenheden te zoeken om zich aan dit nieuwe tijdverdrijf over te geven. Naarmate hij ouder werd en toestemming kreeg om later van huis weg te blijven, werd hij zeer bedreven in zijn uitverkoren bezigheid; het stadje gaf zijn geheimen prijs aan zijn alomtegenwoordige ogen. Door slecht sluitende blinden bespioneerde hij het geslachtsverkeer van de postbode met de weduwe Balloch en ook, in een andere woning, met Zeenat Kabuli, haar beste vriendin, zodat het geruchtmakende voorval waarbij de postbode, de lederwarenhandelaar en de schreeuwerige Bilal elkaar in een greppel met messen te lijf gingen en alle drie daaraan bezweken, voor hem geen raadsel was; maar wel was hij nog te jong om te begrijpen waarom Zeenat en Farida, die elkaar zouden hebben moeten haten als de pest toen het allemaal aan het licht kwam, in plaats daarvan bij elkaar introkken en na die drievoudige moordpartij de rest van hun dagen in onverbrekelijke vriendschap en kuisheid sleten.

Om het maar eerlijk te zeggen: wat voor een telescoop op lange afstand begonnen was, werd door Omar Khayyam thans van nabij voortgezet. Laten we niet bang zijn het woord 'gluurder' te gebruiken, en ons herinneren dat dit al eens eerder (in verband met die telescoop) is gebezigd, en wel door Farah Zoroaster. Maar nu we hem toch tot voyeur hebben bestempeld, dienen we er ook bij te vermelden dat hij nooit betrapt werd, in tegenstelling tot die vermetele kerel in Agra die, naar men zegt, over een hoge muur keek om het bouwwerk van de Taj Mahal te bespioneren. Ze hebben hem de ogen uitgestoken, althans zo luidt het verhaal, de kijkers van Omar Khayyam daarentegen werden juist wijd geopend door zijn gluurderij, die hem het oneindig rijk geschakeerde en mysterieuze weefsel van het menselijk leven onthulde, evenals de bitterzoete geneugten van leven uit de tweede hand.

Eén ding eindigde in een volslagen mislukking. Het behoeft geen betoog dat wat zijn moeders twaalf jaar lang voor hem verborgen hadden gehouden, door zijn schoolmakkers binnen twaalf minuten uit de doeken werd gedaan: dat wil zeggen, het verhaal van dat legendarische feest waarop besnorde officieren bekeken en getaxeerd waren, en naderhand... Getrouw aan de instructies van zijn moeders begon Omar Khayyam Shakil geen handgemeen toen hij met deze sage getreiterd werd. Hij leefde in moreel opzicht in een soort Eden, en deed de beledigingen met een schouderophalen af; maar voortaan bestudeerde hij de gezichten van de Engelse gentlemen op sporen van gelijkenis met zijn eigen gelaatstrekken, klaar om toe te springen als een onwillekeurige uitdrukking of terloops gebaar misschien de identiteit van zijn onbekende verwekker zou verraden. Hij had echter geen succes. Misschien was die vader allang vertrokken en woonde hij, als hij tenminste nog leefde, in een of andere bungalow aan zee omspoeld door golven van nostalgie naar de horizonnen van zijn vergane glorie, de paar armzalige voorwerpen betastend – ivoren jachthoorns, *kukri's*, een foto van hemzelf op een door een maharadja georganiseerde tijgerjacht – die, op de schoorsteenmantels van zijn levensavond, de vervagende echo's van het verleden in zich borgen, zoals zeeschelpen van verre oceanen zingen... maar dit zijn slechts vruchteloze gissingen. Toen hij er niet in slaagde een vader aan te wijzen koos de jongen er zich uit het beschikbaar mannelijk personeel een uit en schonk die eer zonder enig voorbehoud aan de heer Eduardo Rodrigues, de schoolmeester, die zelf nog niet zo lang geleden in Q. was gearriveerd: op een dag, een paar jaar tevoren, was hij kwiek uit een bus komen stappen, gekleed in een wit kostuum, met een witte deukhoed op het hoofd en een lege vogelkooi in de hand.

Nog een laatste woord over Omar Khayyams gegluur: aangezien zijn drie moeders natuurlijk eveneens via anderen waren gaan leven, want in die dagen van hun verslappende vastberadenheid konden ze dat eenvoudig niet laten, hoorden ze hem bij zijn terugkeer uit de Buitenwereld steevast gretig uit over damesmode en over alle onbenullige details van het leven in het stadje, en wilden ze weten of hij soms nog iets over *hen* had horen zeggen; zo nu en dan verborgen ze daarbij hun gezichten achter hun sjaals, er daarmee blijk van gevend dat ze zich niet langer wisten af te sluiten voor die gevoelens waarover ze de banvloek hadden uitgesproken ... en terwijl ze zo de wereld bespioneerden door de onbetrouwbare ogen van hun zoon (want die vertelde hun natuurlijk niets), had hun eigen gluurderij-via-een-tussenpersoon het gevolg dat zulke dingen al van oudsher verondersteld worden te hebben: hun zedelijk karakter verzwakte erdoor. Misschien verklaart dat ook wel hoe ze ertoe konden komen een herhaling van hun schanddaad te overwegen.

Eduardo Rodrigues was even slank en spits als zijn enorme verzameling potloden, en niemand wist hoe oud hij was. Al naar gelang de hoek waaronder het licht op zijn gezicht viel, kon hij het levendige, onbeschaamde uiterlijk van een tiener aannemen, of het sombere voorkomen van een man die verdrinkt in herinneringen aan een slechts half benut verleden. Aangezien hij uit het zuiden kwam en niemand iets van hem wist, bleef hij een mysterieuze figuur in het stadje. Na zijn aankomst was hij rechtstreeks van het busstation naar de kantonnementsschool gegaan, waar hij er door zijn overredingskracht in was geslaagd nog voor het vallen van de avond een aanstelling als onderwijzer te krijgen. 'Als men het Woord wil verspreiden moet men ongewoon zijn,' was de enige uitleg die hij bereid was te geven.

Hij woonde als betalende gast in een puriteins vertrek bij een van de minder gefortuneerde Engelse sahibs. Aan zijn wanden hingen een crucifix en ook een aantal opgeplakte, goedkope en uit kalenders geknipte afbeeldingen van een zoele kuststreek waar palmen heen en weer wiegden tegen achtergronden van onwaarschijnlijk paarse zonsondergangen, en waarop een gedeeltelijk door klimop overwoekerde barokke kathedraal aan een zeearm stond, die vol *dhows* met vurig gekleurde zeilen lag. Noch Omar Khayyam Shakil, noch Farah Zoroaster, de enige scholieren die ooit dit heiligdom betraden, kon er ook maar een spoor van iets persoonlijkers in ontdekken; het was alsof Eduardo zijn verleden verborgen hield voor de felle stralen van de woestijnzon om te verhinderen dat het verbleken zou. De leegte van het woonverblijf van de onderwijzer werkte zo verblindend op Omar Khayyam, dat hem pas bij zijn derde bezoek de goedkope vogelkooi opviel die boven op de enige kast stond die het vertrek rijk was. Het was een kooi waarvan het verguldsel al lang geleden was gaan afbladderen, en die nog altijd even leeg was als hij op de dag van zijn aankomst in het busstation was geweest. 'Alsof,' fluisterde Farah smalend, 'hij hierheen gekomen is om een vogel te vangen en daar geen kans toe heeft gezien, de stommeling.'

Eduardo en Omar, elk op zijn eigen manier een buitenstaander in Q., werden wellicht tot elkaar aangetrokken door de halfbewuste gewaarwording van de dingen die ze met elkaar gemeen hadden; maar er waren ook nog andere krachten aan het werk. Die krachten zijn voor het gemak allemaal onder te brengen onder één noemer, en ook die is al eens eerder genoemd: 'Het Noodlot tarten.'

Het was de roddelaars van het stadje niet ontgaan dat Eduardo, compleet met vogelkooi en deukhoed, ter plaatse gearriveerd was slechts twee maanden nadat de douanebeambte Zoroaster, minus echtgenote maar met achtjarig dochtertje, naar deze contreien was gezonden. Het duurde dan ook niet lang of ezeldrijvers, ijzerwarenhandelaars en op scooters rondrijdende godgeleerden hadden voor zichzelf uitgemaakt dat de vorige standplaats van deze Zoroaster in dezelfde streek van met klimop begroeide kathedralen en met kokospalmen omzoomdestranden was geweest waarvan de herinnering nog hing om het witte kostuum en de Portugese naam van Rodrigues. Tongen begonnen zich te roeren: 'Waar is de vrouw van die douanevent dan wel? Gescheiden soms, of teruggestuurd naar haar moeder misschien, of vermoord in een vlaag van toorn? En moet je die Farah eens zien, die lijkt geen haar op haar vader!' Maar genoemde tongen moesten ook toegeven dat Farah Zoroaster al evenmin een haar op de onderwijzer leek, dus die verklaring werd met tegenzin afgewezen, vooral nadat het duidelijk werd dat Rodrigues en Zoroaster op buitengewoon goede voet met elkaar stonden. 'Maar waarom zouden ze zo'n douanebeambte dan wel op dood spoor zetten in zo'n baantje hier, aan het einde van de wereld?' Farah had daar een eenvoudig antwoord op. 'Mijn vader is zo stom dat hij gewoon doordroomt nadat hij wakker geworden is. Hij denkt dat we op 'n goeie dag nog eens zullen terugkeren naar waar we nota bene nog nooit geweest zijn: naar dat verdomde land van Akura Mazda. En dichterbij dan deze godvergeten grenspost met Iran konden we niet komen. Kun je je zoiets voorstellen?' jammerde ze. 'Hij heeft zich *vrijwillig* opgegeven!'

Geroddel is net water: het tast oppervlakken af naar zwakke plekken, net zolang tot het punt gevonden is waar het kan binnendringen; en dus was het slechts een kwestie van tijd voordat de brave burgers van Q. op de beschamendste, schandelijkste verklaring van al kwamen. 'O God, een volwassen man die verliefd is op een klein kind. Eduardo en Farah – Wat? Hoe kom je erbij dat zoiets niet gebeuren kan, het komt dagelijks voor; een paar jaar terug nog was er dat andere geval – ja, dat moet het zijn, die christenen zijn zo pervers als het maar kan, God behoede ons voor hen. Hij is zijn kleine sletje dus naar deze uithoek gevolgd, en wie weet hoe ze hem daartoe heeft aangemoedigd, want een vrouw weet immers hoe ze een man moet laten merken of hij gewenst is of niet, zelfs op achtjarige leeftijd al, dat zit nou eenmaal in het bloed.'

Door hun gedrag gaf Eduardo noch Farah ook maar de geringste aanleiding om te veronderstellen dat deze geruchten op waarheid berustten. Inderdaad, Eduardo trouwde niet gedurende die jaren dat Farah opgroeide tot volwassen vrouw; maar ook is het waar dat Farah naast het etiket 'fataal' ook de bijnaam 'ijspegel' had gekregen, en wel vanwege haar onderkoelde ongenaakbaarheid tegenover haar vele bewonderaars, een kilheid die zich ook uitstrekte tot haar betrekkingen met Eduardo Rodrigues. 'Maar natuurlijk doen ze net alsof er niets aan de hand is, wat had je anders gedacht?' konden de roddelaars triomfantelijk aanvoeren, als bewijs dat de gebeurtenissen hen uiteindelijk toch in het gelijk hadden gesteld.

Niettegenstaande zijn voorliefde voor toekijken en afluisteren deed Omar Khayyam Shakil net alsof hij al die verhalen niet hoorde; dat behoort tot wat de liefde zo al vermag. Maar ze drongen wèl tot hem door, onder zijn huid en in zijn bloed, en als kleine splintertjes baanden ze zich een weg naar zijn hart; totdat ook hij er blijk van gaf met diezelfde vermeende christelijke perversies behept te zijn als de onderwijzer Rodrigues. Het is nu eenmaal zo dat als je je een vader uitkiest, je daarmee ook de bijbehorende overgeërfde eigenschappen uitkiest. (Maar Sufiya Zinobia moet nog een paar bladzijden wachten.)

Ik heb te veel alinea's verdaan in gezelschap van roddelaars; laten we terugkeren tot de vaststaande feiten: Eduardo Rodrigues, die, op een de boze tongen voedsel verschaffende wijze vergezeld door Farah, Omar Khayyam kwam ophalen op diens eerste schooldag, een feit dat van de in het plaatsje nog altijd geldende invloed van de naam Shakil getuigde. In de daarop volgende maanden ontdekte Eduardo de uitzonderlijke studieaanleg van de jongen, en schreef hij zijn moeders een brief waarin hij aanbood hun kind te helpen zijn mogelijkheden te verwezenlijken door hem privé-lessen te geven. Vast staat dat zijn moeders het voorstel van de onderwijzer accepteerden; ook dat Eduardo's enige andere privé-leerling Farah Zoroaster was, wier vader geen honorarium behoefde te betalen omdat Eduardo een waarlijk toegewijd onderwijzer was; en ten derde dat, naarmate de jaren verstreken, het drietal Omar, Eduardo en Farah een vertrouwde verschijning in het stadje werd.

Rodrigues, die het vermogen bezat in hoofdletters te spreken, was degene die Omar de kant van een medische carrière uitstuurde. 'Om in het Leven te Slagen,' zei hij te midden van strandansichtkaarten en lege vogelkooi tegen de jongen, 'dient men tot de Onmisbaren te behoren. Ja, maak jezelf Onmisbaar, dat is je Ware ... en wie is het Onmisbaarst? Welnu, degene die het Onmisbare verschaft, natuurlijk! Ik bedoel bijvoorbeeld Goede Raad, Diagnoses en Uitsluitend op Recept verkrijgbare Medicijnen. Word Dokter; dat is wat ik in jou Gezien heb.'

Wat Eduardo (naar mijn mening) in Omar zag, waren de mogelijkheden van zijn ware, perifere aard. Want wat is een dokter per slot van rekening? Een bevoegd gluurder, een vreemde wie we toestaan met zijn vingers en zelfs met zijn hele hand te tasten en te porren waar we de meeste anderen nog geen vingertop zouden laten steken, en die kijkt naar datgene wat we juist angstvallig verborgen proberen te houden; iemand die aan onze sponde zit, een buitenstaander die we toelaten bij onze intiemste momenten (geboorte, dood, enz.), anoniem en als speler van een bijrol, maar paradoxaal genoeg toch ook een centrale figuur, vooral in kritieke situaties... Ja, ja, die Eduardo was een onderwijzer met een vooruitziende blik, dat staat vast. En aangezien Omar Khayyam hem tot vader had verkozen, kwam het ook nooit bij hem op tegen de wensen van zijn leermeester in te gaan. Zo worden levens gevormd.

Maar niet alleen op deze manier; ook door beduimelde boeken vol ezelsoren die thuis toevallig ergens worden ontdekt, en door lang verdrongen eerste liefdes... Toen Omar Khayyam Shakil zestien jaar oud was raakte hij op een dag eensklaps ten prooi aan een geweldige opwinding en blijdschap, toen Farah de Perzische, de fatale Farah Zoroaster hem uitnodigde om met haar mee te komen om een bezoek te brengen aan de douanepost van haar vader.

'...en viel flauw, hoewel hij met allebei zijn benen stevig op de grond stond.' We hebben al iets vernomen van wat er aan de grens gebeurde: hoe er een wolk neerdaalde en hoe Omar Khayyam die per abuis aanzag voor de nachtmerrie van de gapende leegte aan de rand van de aarde uit zijn kinderjaren, en flauwviel. Het is mogelijk dat hij door die flauwte op het idee werd gebracht van wat hij later op die dag zou doen.

Maar eerst de details: op welke toon had Farah hem uitgenodigd? Onbevallig, kortaf, zo van: je bekijkt het maar, het laat me koud of je meekomt of niet. En hoe was ze ertoe gekomen? Door Eduardo, die haar onder vier ogen op het hart had gedrukt: 'Dat is een eenzame jongen, wees aardig tegen hem. Jullie kinderen van bovengemiddelde intelligentie moeten elkaar bijstaan.' (Omar Khayyam was de intelligentste van het stel; hoewel Farah nog altijd twee jaar ouder was dan hij, had hij haar op andere manieren ingehaald, en zat nu in dezelfde klas.) Hoe snel nam Omar Khayyam haar uitnodiging aan? Als de gesmeerde bliksem. Onmiddellijk, of nog vlugger zelfs.

Gedurende de maanden dat er school was woonde Farah door de week op kamers bij een Perzische monteur en zijn vrouw, met wie haar vader speciaal voor dat doel vriendschapsbanden had aangeknoopt. Genoemde monteur nu, een onbetekenende vent die de moeite van een beschrijving niet eens waard is, reed op de vrije dag in kwestie met hen naar de grens in een jeep die hij in reparatie had. En naarmate de grens dichterbij kwam werd Farahs stemming steeds beter, die van Omar slechter...

...Zijn redeloze angst voor de Rand groeide naarmate ze voortreden, terwijl hij achter haar in het open vehikel zat en haar losse haren voor zijn gezicht in de wind wapperden als zwart vuur. Zij echter werd in een uitstekende stemming gebracht door de rit, die rond een uitloper van de bergen en door een pas voerde, waarin ze werden gadegeslagen door de onzichtbare ogen van het achterdochtige bergvolk. De leegte van het grensgebied beviel Farah wel, al liet ze zich in het openbaar ook nog zo schamper over haar vader uit vanwege het feit dat hij zich zo op dood spoor had laten zetten door dit baantje aan te nemen. Ze begon te zingen, waarbij bleek dat ze een melodieuze stem bezat.

Bij de grens: laaghangende wolken, de bezwijming, water dat op een gezicht gesprenkeld wordt, weer tot bewustzijn komen, waar ben ik. Omar Khayyam komt weer tot zichzelf en merkt dat de wolk opgetrokken is, zodat hij nu zien kan dat het grensgebied een weinig indrukwekkend oord is: geen muur, geen politie, geen prikkeldraad of schijnwerpers, geen rood- en witgestreepte slagbomen, alleen maar een rij betonnen paaltjes, die op onderlinge afstand van dertig meter in de kale, harde grond gedreven zijn. Verder zijn er een klein douanekantoortje en een doodlopend spoor dat bruin is geworden van de roest; op de rails staat een enkele achtergelaten goederenwagon, eveneens bruin van vergetelheid. 'De treinen komen niet meer,' zegt Farah. 'De internationale situatie laat het niet toe.'

Een douanebeambte is voor een fatsoenlijk inkomen afhankelijk van een redelijke hoeveelheid verkeer. Er komen goederen binnen, hij legt daar beslag op en heft een niet onredelijk bedrag aan invoerrechten, de eigenaars zijn voor rede vatbaar, er wordt een schikking getroffen, en het gezin van de douanebeambte krijgt nieuwe kleren. Niemand heeft iets op deze regeling tegen; iedereen weet hoe weinig ambtenaren betaald krijgen. De onderhandelingen worden aan beide zijden op eerbare wijze gevoerd.

Er passeren echter maar zeer weinig belastbare goederen het kleine bakstenen gebouwtje dat het machtscentrum van de heer Zoroaster vormt. Onder dekking van de duisternis wandelen de leden van de bergstammen 's nachts tussen paaltjes en rotsblokken door tussen de beide landen heen en weer. Wie zal zeggen wat ze heen en weer sjouwen? Dat is de tragedie van Zoroaster, en ondanks de gratis lessen heeft hij er moeite mee het voortreffelijk onderwijs dat zijn dochter geniet te financieren. Hij troost zichzelf met de woorden: 'Spoedig, heel spoedig nu zal de spoorlijn weer opengaan ...' Maar ook op dit geloof begint zich roest af te zetten; hij staart naar gene zijde van de paaltjes, naar het voorvaderlijk land van Zarathustra, en probeert troost te putten uit de nabijheid daarvan, maar zijn gezicht draagt de laatste tijd een gespannen, strakke trek ... Farah Zoroaster klapt in de handen en rent zigzaggend tussen de zich tot in de onafzienbare verte uitstrekkende paaltjes door. 'Leuk, hè?' roept ze. 'Tiep-taap!' Om haar gunstig gestemd te houden beaamt Omar Khayyam dat het hier inderdaad tiptop is. Zoroaster haalt zonder bitterheid de schouders op en trekt zich met de chauffeur van de jeep in zijn kantoortje terug, na de jongelui gewaarschuwd te hebben zich niet te lang aan de zon bloot te stellen.

Misschien dat ze toch te lang buiten zijn gebleven, en dat Omar Khayyam daardoor de moed kreeg haar zijn liefde te verklaren: 'Toen ik je door mijn telescoop aanschouwde,' etcetera, maar het is niet nodig zijn betoog hier nog eens te herhalen, of Farahs grove antwoord daarop. Nu hij zich afgewezen ziet vraagt Omar Khayyam treurig en op klaaglijke toon: 'Maar waarom dan? Waarom niet? Omdat ik dik ben?' En Farah antwoordt: 'Dat je dik bent zou me niet kunnen schelen, maar je hebt iets lelijks, weet je dat?' – 'Iets lelijks?' – 'Ja, vraag me niet wat, ik weet het niet. *Iets*. Het zit hem zeker in je persoonlijkheid of zo.'

Tot laat in de middag wordt er verder niet gesproken. Omar slingert zich in Farah's kielzog tussen de paaltjes door. Het valt hem op dat aan vele van de paaltjes met touwtjes stukjes gebroken spiegelglas zijn vastgebonden; bij het naderen van elke scherf ziet Farah fragmenten van haarzelf weerspiegeld in het glas en glimlacht ze haar ondoorgrondelijke glimlach. Omar Khayyam Shakil begrijpt dat zijn aangebedene te zeer genoeg aan zichzelf heeft om onder een conventionele inval te bezwijken; zij en de spiegeltjes vormen een tweeëenheid, die geen buitenstaanders nodig heeft om zich compleet te voelen ... En dan, laat in de middag, geïnspireerd door een overdaad aan zon of door zijn flauwte, krijgt hij zijn inval. 'Ben je wel eens gehypnotiseerd?' vraagt hij Farah Zoroaster. En voor het eerst in de geschiedenis kijkt ze hem belangstellend aan.

Naderhand, toen haar buik begon op te zwellen, toen een woedende hoofdonderwijzer haar in zijn kantoortje bij zich riep en haar van school verjoeg vanwege de schande die ze over de goede naam daarvan had gebracht, toen ze het huis uit werd gegooid door haar vader die eensklaps tot de ontdekking kwam dat zijn lege douanierswoning te vol was om plaats te bieden aan een dochter wier buik getuigde van onaanvaardbaar gedrag; toen Eduardo Rodrigues haar heftig tegenstribbelend in zijn onverbiddelijke greep had meegesleurd naar de pas-

toor van het kantonnement en haar gedwongen had met hem te trouwen; toen Eduardo, die zichzelf aldus ten overstaan van de hele wereld
tot de dader had verklaard, uit zijn betrekking ontslagen werd wegens
onbetamelijk gedrag; toen Farah en Eduardo weggereden waren naar
het station in een karretje dat opviel door de bijna volledige afwezigheid van bagage (hoewel ze wel vergezeld werden door een nog altijd
lege vogelkooi, en boze tongen beweerden dat Eduardo Rodrigues ten
slotte toch nog twee vogels gevangen had in plaats van één), toen ze
vertrokken waren en het stadje, na het kortstondig laaiende vuur van
het verfoeilijke drama dat zich in zijn straten had afgespeeld, weer
teruggevallen was in de grauwe as van zijn alledaagse niets ... trachtte
Omar Khayyam troost te putten uit het feit dat, zoals iedere hypnotiseur weet, een van de eerste geruststellende mededelingen in het hypnoseproces, een toverformule die vele malen herhaald wordt, luidt:
'Je zult nu alles doen wat ik je vraag te doen, maar ik zal je niet
vragen iets te doen dat je niet wilt.'
'Ze was gewillig,' hield hij zichzelf voor. 'Dus wie treft schuld? Ze
moet het gewild hebben, en iedereen kent het risico dat eraan verbonden is.'
Maar ondanks dat alles, en ook in weerwil van de handelwijze van
Eduardo Rodrigues, die zo vastberaden, en tegelijk toch ook zo gelaten was geweest dat Omar Khayyam er bijna van overtuigd was geraakt dat de onderwijzer werkelijk de vader was – waarom ook niet,
per slot van rekening? Een vrouw die willig is bij de een, zal ook willig
zijn bij de ander! – ondanks alles had van Omar Khayyam een duivel
bezit genomen die hem halverwege het ontbijt ineens deed sidderen,
hem 's nachts een brandend heet en overdag een ijskoud gevoel bezorgde en maakte dat hij het soms zonder enige reden op straat of terwijl hij
in de goederenlift opsteeg, uitschreeuwde. De vingers van die duivel
strekten zich vanuit zijn maag zonder enige waarschuwing uit naar
diverse delen van zijn inwendige, van zijn adamsappel tot aan zijn
dikke (en ook zijn dunne) darm, zodat hij op sommige momenten bijna stikte en lange onproduktieve uren op de pot doorbracht. Ook bezorgde genoemde duivel hem 's morgens raadselachtig zware ledematen, zodat hij zo nu en dan zijn bed niet uit kon komen, alsmede een
kurkdroge tong en knikkende knieën, en werden zijn tienervoeten erdoor naar goedkope brandewijnlokalen geleid. Wanneer hij dan
zwaaiend en wankelend op weg naar huis en naar de woede van zijn
drie moeders was, kon men hem tegen een waggelende groep lotgenoten horen zeggen: 'Het enige resultaat van deze geschiedenis is dat ik er
eindelijk mijn moeders door ben gaan begrijpen. Dit moet de reden
zijn waarom ze zich opgesloten hebben: om dit te ontvluchten. En wie

zou dat niet willen?' En terwijl de goederenlift naar beneden kwam en hij het dunne gele vocht van zijn schaamte uitbraakte, bezwoer hij zijn metgezellen, die in het stof op de grond bezig waren in slaap te vallen: 'Nou, ik ook, man. Ik moet hier ook aan ontsnappen.'

Op de avond toen Omar Khayyam, inmiddels achttien jaar oud en reeds zwaarder dan vijftig meloenen, thuiskwam en Chhunni, Munnee en Bunny meedeelde dat hij een studiebeurs had gekregen voor de beste medische opleiding in Karachi, wisten de drie zusters hun verdriet over zijn ophanden zijnd vertrek slechts te verbergen door er een grote barricade van voorwerpen omheen op te richten, waarvoor ze van kamer tot kamer holden om ze bij elkaar te halen en op te tasten, totdat er voor hun oude, geliefkoosde schommelbank een grote stapel antieke pracht en luister lag, waaronder de waardevolste juwelen en schilderijen van het huis. 'Een studiebeurs is allemaal goed en .wel,' zei zijn jongste moeder tegen hem, 'maar ook wij kunnen onze jongen geld geven wanneer hij de wereld ingaat'. 'Wat denken die dokters wel?' wilde Chhunni weten, tamelijk vertoornd. 'Dat we te arm zijn om voor je opleiding te betalen, soms? Laat ze met hun liefdadigheid naar de duivel lopen; jouw familie bezit geld in overvloed.' 'Ja, al eeuwenlang,' viel Munnee haar bij. Aangezien hij er niet in slaagde hen ervan te overtuigen dat de toekenning van de studiebeurs een eer was die hij niet wenste te weigeren, zag Omar Khayyam zich genoodzaakt naar het station te vertrekken met zakken die uitpuilden van de bankbiljetten van de pandjesbaas. Om zijn hals hing een guirlande waarvan de honderdenéén versgesneden bloemen een geur afgaven die de onwelriekende herinnering aan dat halssnoer van schoenen, dat zijn hals eens zo op het nippertje had gemist, volkomen overheerste. De geur van deze guirlande was zo sterk dat hij vergat zijn moeders een smakelijk laatste roddelpraatje over te brengen, namelijk dat Zoroaster de douanebeambte ziek was geworden onder de betovering van de steekpenningloze woestenij en de laatste tijd de gewoonte had spiernaakt op betonnen paaltjes te gaan staan, terwijl scherven spiegelglas zijn voeten opensneden. Als hij daar dan zo met uitgestrekte armen en dochterloos stond, sprak Zoroaster tot de zon, die hij smeekte naar de aarde te willen afdalen om de planeet te verzwelgen in haar oogverblindend, louterend vuur. De bergbewoners die met dit verhaal naar Q. kwamen en het in de bazaar rondvertelden, waren de mening toegedaan dat de vurige ijver van de douaneman zo groot was dat zijn streven ongetwijfeld met succes zou worden bekroond, zodat het de moeite waard was alvast voorbereidingen te gaan treffen voor het einde van de wereld.

De laatste met wie Omar Khayyam sprak alvorens de stad der schaamte te ontvluchten, was een zekere Chand Mohammad, die naderhand zou zeggen: 'Die dikzak zag er al niet zo best uit toen ik tegen hem begon te praten, maar toen ik uitgesproken was leek hij nog twee keer zo ziek.' Deze Chand Mohammad was ijsverkoper. Toen Omar Khayyam, die nog steeds niet bij machte was die afschuwelijke zwakte van zich af te schudden die hem al sinds dat voorval aan de grens in haar greep hield, zijn dikke lichaam in een eersteklascoupé hees, kwam Chand op een drafje naar hem toe en zei: 'Het is heet vandaag, sahib. U hebt ijs nodig.' 'Maak dat je wegkomt en ga andere dwazen je bevroren water slijten,' luidde aanvankelijk de reactie van Shakil, die buiten adem en somber gestemd was. Maar Chand bleef aandringen: 'Sahib, vanmiddag gaat de hete wind waaien, en als u dan mijn ijs niet onder uw voeten hebt, zal de hitte het merg uit uw botten doen smelten.'

Dit overtuigende argument bracht Omar Khayyam op andere gedachten. Hij kocht een langwerpige blikken bak, een meter twintig lang, vijfenveertig centimeter breed en dertig diep, waarin een flinke staaf ijs lag, met een laagje zand en zaagsel bestrooid om de levensduur ervan te verlengen. Terwijl hij het zware gewicht steunend de coupé in tilde, maakte de ijsverkoper een grapje. 'Zo is het leven,' zei hij. 'Het ene blok ijs keert naar de stad terug, terwijl het andere in tegenovergestelde richting vertrekt.'

Omar Khayyam gespte zijn sandalen los en zette zijn blote voeten op het ijs, genietend van de weldadige, koele vertroosting die dat hem schonk. Thans wat vrolijker gestemd drukte hij Chand Mohammad meer roepies in de hand dan nodig was, en vroeg terloops: 'Wat praat je daar voor onzin? Hoe kan een blok ijs na de reis ongesmolten naar de stad terugkeren? Je zult de blikken bak bedoelen, leeg of vol gesmolten water.'

'O nee, sahib, grote heer,' zei de ijsventer grijnzend terwijl hij het geld in zijn zak stak, 'dít is een ijspegel die overal heengaat zonder ooit te smelten.'

Uit dikke wangen trok alle kleur weg. Mollige voeten sprongen op van het ijs. Omar Khayyam, die angstig om zich heen keek als vreesde hij dat ze ieder moment zou kunnen verschijnen, sprak nu op een toon die door woede dusdanig veranderd was dat de ijsventer geschrokken achteruitdeinsde. 'Zij? Wanneer? Probeer je me soms te beledigen?' Hij greep de ijsman bij diens haveloze hemd, en er bleef de arme stakker niets anders over dan alles te vertellen, te onthullen dat mevrouw Farah Rodrigues (geboren Zoroaster) een paar uur geleden met deze zelfde trein schaamteloos was teruggekeerd naar het toneel van haar schande, en regelrecht op weg was gegaan naar haar vaders grenspost, 'en dat terwijl hij haar destijds op straat heeft gegooid als een emmer vuil water, sahib, denk u eens in.'

Toen Farah terugkeerde was ze noch vergezeld door een echtgenoot noch door een kind. Niemand kwam ooit te weten wat er van Eduardo geworden was, of van de baby waarvoor hij alles opgeofferd had, zodat de verhalen natuurlijk de ronde konden doen zonder dat de vertellers behoefden te vrezen gelogenstraft te zullen worden: een miskraam; abortus, in weerwil van Rodrigues' katholieke geloof; de baby was na de geboorte op een rotsblok gelegd, in de wieg gesmoord, aan een weeshuis gegeven of op straat te vondeling gelegd, terwijl Farah en Eduardo als onstuimige minnaars paarden op die pittoreske stranden van de ansichtkaarten of in het middenpad van dat met klimop begroeide huis van de christelijke God, totdat ze genoeg van elkaar hadden gekregen; zij gaf hem de bons, hij (haar geile geflirt met anderen zat) gaf haar de bons, ze hadden elkaar gelijktijdig de bons gegeven, maar wat doet het ertoe wie wat met wie heeft gedaan: ze is weer terug, dus houd je zoons achter slot en grendel.

Trots als ze was sprak Farah Rodrigues met niemand in Q., behalve om etenswaren en andere dingen te bestellen in de winkels; totdat ze, op haar oude dag, de verboden dranklokalen begon te bezoeken waar ze, jaren later, herinneringen aan Omar Khayyam zou ophalen nadat zijn naam in de kranten was komen te staan. Bij haar sporadische bezoeken aan de bazaar deed ze haar inkopen zonder iemand in de ogen te zien, en bleef ze alleen staan om zichzelf in elke beschikbare spiegel met openlijke genegenheid te bekijken, wat voor het stadje het bewijs was dat ze nergens berouw van had. Zo kwam het dat, zelfs toen bekend werd dat ze teruggekomen was om voor haar krankzinnige vader te zorgen en de douanepost te beheren om te verhinderen dat zijn Engelse bazen hem zouden ontslaan, de houding van de plaatselijke bevolking ook toen niet milder werd; wie weet wat ze uitspoken daarginds, zeiden de mensen, die naakte vader en die hoerige dochter van hem; daarginds in die woestenij is de beste plaats voor hen, waar niemand het hoeft aan te zien behalve God en de Duivel, en die hebben toch alles al gezien.

En in zijn trein, terwijl zijn voeten opnieuw rustten op een blok smeltend ijs, werd Omar Khayyam Shakil weggevoerd naar de toekomst, ervan overtuigd dat het hem eindelijk gelukt was te ontsnappen, en het koele genot van dat denkbeeld en ook van het ijs bracht een glimlach om zijn lippen, zelfs terwijl de hete wind waaide.

Twee jaar later schreven zijn moeders hem om hem te vertellen dat hij een broertje had gekregen, dat ze Babar hadden genoemd, naar die eerste keizer van de mogoldynastie, die de Onmogelijke Bergen over was gemarcheerd en overal waar hij kwam gezegevierd had. Na die gebeurtenis waren de drie gezusters, eens te meer verenigd door het moederschap, binnen de muren van 'Nishapur' weer vele jaren lang gelukkig en niet van elkaar te onderscheiden.

Toen Omar Khayyam de brief las was zijn eerste reactie een zacht fluitend geluid waaruit iets dat veel van bewondering weg had sprak. 'Die ouwe heksen,' zei hij hardop, 'het is ze voor de tweede keer gelukt'.

2 De duellisten

Dit is een roman over Sufiya Zinobia, de oudste dochter van generaal Raza Hyder en diens vrouw Bilquìs, over wat er voorviel tussen haar vader en voorzitter Iskander Harappa, voorheen eerste minister maar thans niet meer in leven, en over haar verbazingwekkend huwelijk met een zekere Omar Khayyam Shakil, arts, gezette figuur en gedurende enige tijd dikke maatjes met diezelfde Isky Harappa, wiens nek de wonderbaarlijke eigenschap bezat niet gekneusd te kunnen worden, zelfs niet door de strop. Maar misschien zou het juister zijn, zij het tevens raadselachtiger, te zeggen dat Sufiya Zinobia over deze roman gaat, in plaats van andersom.

Hoe dan ook, het is onmogelijk iemand ook maar enigszins te leren kennen zonder eerst iets over haar familieachtergronden te weten te komen; derhalve moet ik dat doen door uit te leggen hoe het kwam dat Bilquìs bang werd van de hete middagwind die de Loe wordt genoemd:

Op de laatste ochtend van zijn leven kleedde haar vader Mahmoud Kemal, ook wel Mahmoud de Vrouw genoemd, zich zoals gewoonlijk in een glimmend blauw, met vuurrode strepen doorschoten tweedelig kostuum. Vervolgens bekeek hij zichzelf goedkeurend in de overdadig versierde spiegel die hij uit de foyer van zijn bioscoop mee naar huis had genomen vanwege de onweerstaanbare lijst naakte cherubijntjes die pijlen afvuurden en op vergulde hoorntjes bliezen, omhelsde zijn achttienjarige dochter en sprak: 'Zoals je ziet, meisje, gaat je vader voornaam gekleed, zoals het de belangrijkste bestuursambtenaar van een roemrijk imperium betaamt.' En toen hij aan de ontbijttafel zat en zij plichtsgetrouw *khichri* op zijn bord begon te scheppen, brulde hij in blijmoedige woede: 'Waarom steek je nog een vinger uit, dochter? Een prinses bedient niet.' Bilquìs boog het hoofd en staarde uit de linker benedenhoek van haar ogen, waarop haar vader luid in de handen klapte. 'Eenvoudig geweldig, Billoe! Voortreffelijk gespeeld!'

Het is vreemd maar waar: de stad van afgodenaanbidders waar dit tafereeltje zich afspeelde – noem haar maar Indraprastha, Puranaqila, of Delhi zelfs – was al vaker geregeerd door mannen die (evenals Mahmoud) geloofden in Al-Lah, ofte wel De God. Tot op de huidige dag wemelt het in de stad van door hen nagelaten bouwwerken: eeuwenoude sterrenwachten, torens om overwinningen te herdenken, en na-tuurlijk ook dat reusachtige rode fort dat een belangrijke rol in ons verhaal zal spelen: Al-Hambra, ofte wel De Rode. En, wat meer zegt, velen van die goddelijke heersers waren van de nederigst denkbare komaf geweest; ieder schoolkind heeft bijvoorbeeld wel eens van de Slavenkoningen gehoord ... maar hoe het ook zij, waar het hier om gaat is dat die hele pretentie van over een imperium te regeren slechts een familiegrap was, want Mahmouds keizerrijk was natuurlijk niets meer dan het Imperium (Cinema voor Sprekende Films), een goor, oogelijk bioscoopje in de oude binnenstad.

'De grootheid van een cinema,' placht Mahmoud graag te zeggen, 'valt af te leiden uit de luidruchtigheid van haar klanten. Ga maar eens naar die luxueuze paleizen in de nieuwe wijken, kijk naar die fluwelen tronen van stoelen en die vestibules vol reflecterende tegels en voel die airconditioning, dan zul je begrijpen waarom het publiek daar zo muisstil is. Het is getemd en geïntimideerd door die luisterrijke omge-ving, en ook door de prijzen van de entreekaartjes. Maar in Mah-mouds Imperium maken de klanten een hels lawaai, behalve dan tij-dens de hits van populaire zangers. Wij zijn geen absolute monarchen, kind, onthoud dat goed; vooral tegenwoordig niet, nu de politie zich tegen ons keert en zelfs weigert te komen om de ergste raddraaiers eruit te gooien, die zo schel fluiten dat horen en zien je vergaat. Maar wat hindert het: het is tenslotte een kwestie van de vrijheid van indivi-duen, daar gaat het om.'

Ja, het was een vijfderangs keizerrijk, maar voor Mahmoud was het heel wat, zoiets als het domein van een Slavenkoning, want was hij zijn carrière niet begonnen daar buiten in die smerige, morsige straten, als een van die nietswaardigen die de bioscoopreclames op kruiwagens door de stad rondduwen en daarbij schreeuwden: 'Wordt thans ver-toond!' en 'Haast u! De zaal loopt vol!' – en zat hij nu niet in een directeurskantoortje, compleet met geldtrommel en sleutels? U ziet: zelfs familiegrappen lopen het risico serieus te worden genomen, en in de aard van vader zowel als dochter school een verborgen neiging de dingen letterlijk op te vatten, en een gebrek aan gevoel voor humor waardoor Bilquìs opgroeide met de onuitgesproken, maar in de hoe-ken van haar neergeslagen ogen smeulende fantasie dat ze een konin-gin was. 'Ik kan je wel zeggen,' placht ze de door engelen omrande spiegel toe te spreken wanneer haar vader naar zijn werk vertrokken was, 'dat het bij mij absolute macht of niets zou zijn! Als ik het daar voor het zeggen had, zouden die raddraaiers niet ongestraft kunnen fluiten!' Zo schiep Bilquìs een heimelijke persoonlijkheid die veel heerszuchtiger en onverbiddelijker was dan die van haar vader de keizer. En in het duister van zijn Imperium nam ze avond aan avond de gigantische, flikkerende droombeelden van prinsessen in zich op, die voor het rumoerige publiek dansten onder de vergulde ruiterfiguur van een geharnaste middeleeuwse ridder die een banier met zich meedroeg waarop het nietszeggende woord *Excelsior* te lezen stond. Het ene droombeeld voedde het andere, en Bilquìs begon zich te bewegen met de voornaamheid die bij een droomkeizerin paste, waarbij ze het hoongeroep van de straatjeugd als complimenten opvatte: 'Taterata!' begroetten ze haar terwijl ze statig voorbijschreed, 'Genade, o door-luchtige hoogheid, o Rani van Khansi!' *Khansi-ki-Rani* noemden ze haar: koningin van de hoest, dat wil zeggen van uitgestoten adem, van ziekelijke opgeblazenheid en winderigheid.

'Pas op,' waarschuwde haar vader haar, 'er is van alles aan het ver-anderen in deze stad; zelfs bijnamen die van de grootste genegenheid getuigen beginnen thans nieuwe en nogal duistere betekenissen te krij-gen.'

Dit was in de tijd vlak voor die roemruchte deling waarbij het oude land in stukken werd gehakt en Al-Lah er een paar door de motten aangevreten partjes van kreeg, een paar stoffige, dorre hectaren in het westen en een paar moerassige oerwouden in het oosten, die de godde-lozen graag kwijt wilden. (Al-Lah's nieuwe land: twee brokken die zestienhonderd kilometer uit elkaar lagen. Een land dat zo onwaar-schijnlijk was dat het bijna echt zou kunnen bestaan.) Maar laten we niet emotioneel worden en volstaan met te zeggen dat de gevoelens zo hoog waren opgelopen dat zelfs de gang naar de bioscoop tot een poli-tieke daad was geworden. De monotheïsten bezochten déze bios-copen, en de wassers van stenen goden díe; de filmliefhebbers waren al verdeeld, nog voor het vermoeide oude land. De aanbidders van de stenen goden beheersten het filmbedrijf, dat spreekt vanzelf, en aange-zien ze vegetariërs waren maakten ze de heel beroemd geworden film *Gai-Wallah*. Misschien heeft u er wel eens van gehoord? Een weinig alledaagse fantasie over een eenzame, gemaskerde held die over de vlakten van de Indus en de Ganges rondzwierf en kudden rundvee van hun hoeders bevrijdde, aldus de heilige, gehoornde en geuierde beesten reddend van het slachthuis. De stenen-goden-aanbidders puilden de bioscopen uit waar deze film werd vertoond; de in slechts één god gelovenden dienden hen van repliek door zich te haasten om geïmpor-teerde, niet-vegetarische westerns te gaan zien waarin koeien werden afgeslacht en de helden van het verhaal zich te goed deden aan bief-stukken. Waarop bendes vertoornde filmliefhebbers zich op de bios-copen van hun vijanden stortten ... kortom, het was een tijd waarin allerlei soorten waanzin hoogtij vierden.

Mahmoud de Vrouw verspeelde zijn Imperium door een enkele vergissing, die een gevolg was van die fatale karakterfout van hem: verdraagzaamheid. 'Het wordt tijd om boven al die dwaasheid van delingen en zo te gaan staan,' deelde hij zijn spiegel op een ochtend mee, en diezelfde dag boekte hij een dubbele voorstelling voor zijn bioscoop: Randolph Scott en Gai-Wallah zouden elkaar op zijn witte doek opvolgen.

Op de dag van de première van dit dubbelprogramma dat zijn ondergang zou worden, veranderde de betekenis van zijn bijnaam voor altijd. De straatjeugd had hem de Vrouw gedoopt omdat hij zich als weduwnaar genoodzaakt had gezien tegelijk een moeder voor Bilquìs te zijn daar zijn vrouw was gestorven toen het meisje nauwelijks twee jaar oud was. Maar nu begon die goedmoedig bedoelde bijnaam een gevaarlijker betekenis te krijgen, en bedoelden de kinderen wanneer ze het over Mahmoud de Vrouw hadden daarmee Mahmoud de Zwakkeling, de Schandelijke, de Dwaas. 'Vrouw,' zuchtte hij gelaten tegen zijn dochter. 'Wat een naam! Is er dan geen eind aan de belastende betekenissen die dat woord in zich kan bergen? Is er ooit een woord geweest met zo'n brede rug, dat tegelijk zo'n vieze klank heeft?'

Het resultaat van het dubbele programma was dat beide kampen, vegetariërs zowel als niet-vegetariërs, het Imperium boycotten. Vijf, zes en toen zeven dagen achtereen draaiden de films voor een lege zaal, waar het schilferende pleisterwerk, de langzaam ronddraaiende plafondventilators, en tijdens de pauze ook de venters van versnaperingen neerkeken op rijen zonder twijfel gammele stoelen waarvan het evenzeer vaststond dat ze onbezet waren; wat dat betrof onderscheidden de voorstellingen van halfvier, halfzeven en halftien zich in niets van elkaar, en zelfs de speciale zondagochtendvoorstelling vermocht niemand door de klapdeuren naar binnen te lokken. 'Geef het toch op,' drong Bilquìs bij haar vader aan. 'Wat wil je toch? Mis je je kruiwagen soms?'

Maar er was een ongedwongen koppigheid in Mahmoud de Vrouw gevaren, en hij kondigde aan dat de dubbele voorstelling wegens daverend succes een Tweede Sensationele Week geprolongeerd zou worden. Zijn eigen kruiwagenjongens lieten hem nu in de steek; niemand was bereid deze omstreden handelswaar in de broeierige stegen en sloppen aan te prijzen; geen stem durfde te verkondigen: 'Wordt thans vertoond!' of 'Wacht niet tot het te laat is!'

Mahmoud en Bilquìs woonden in een hoge pijpenla achter het Imperium, 'pal achter het scherm,' zoals hij placht te zeggen; en op die middag toen de wereld verging en opnieuw begon, werd de dochter van de keizer, die met de bediende alleen thuis was, eensklaps overvallen door de wurgende zekerheid dat haar vader, met de krankzinnige logica van zijn romantische aard, verkozen had in zijn waanzinnige plan te volharden tot de dood erop volgde. Dodelijk beangst door een geluid als van het klapwieken van een engel, een geluid waarvoor ze naderhand geen goede verklaring kon vinden maar dat haar zo luid in de oren klonk dat ze er hoofdpijn van kreeg, rende ze het huis uit, waarbij ze zich slechts de tijd gunde een van ingetogenheid getuigende groene *dupatta* om haar schouders te slaan. Het gevolg was dat ze net op adem stond te komen voor de zware deuren van de bioscoop waarachter haar vader grimmig te midden van lege stoelen naar de voorstelling zat te kijken, toen de hete, vurige wind van de Apocalyps begon te waaien.

De muren van haar vaders Imperium bolden naar buiten als een warme *puri*, terwijl die wind als de hoestbui van een zieke reus haar wenkbrauwen wegschroeide (die nooit meer zouden aangroeien) en haar de kleren van het lijf scheurde zodat ze moedernaakt op straat stond; maar ze merkte niet dat ze naakt was want dit was het einde van de kosmos, en terwijl die buitenaardse wind loeide, zagen haar tranende ogen alles naar buiten komen vliegen: stoelen, boekjes entreekaartjes, ventilators, en vervolgens stukken van haar vaders verminkte lijk en de verschroeide flarden van de toekomst. 'Zelfmoordenaar!' vervloekte ze Mahmoud de Vrouw luidkeels met een stem die door de bom iets krijsends had gekregen. 'Je hebt erom gevraagd!' – en toen ze zich omdraaide en naar huis terug wilde rennen zag ze dat de achterwand van de bioscoop weggeblazen was, en daar, omhooggeslingerd naar de bovenste verdieping van haar hoge, smalle huis, hing de afbeelding van een vergulde ridder, naar wiens banier ze niet hoefde te kijken om te weten dat daarop dat komisch onbekende woord *Excelsior* te lezen stond.

Vraag me niet wie die bom daar neergeplant had; in die tijd waren er een heleboel van zulke planters, zulke hoveniers van het geweld. Misschien was het wel een monotheïstische bom, in het Imperium geplaatst door een van Mahmouds fanatiekere geloofsgenoten, want naar het schijnt kwam de tijdontsteking juist op nul te staan tijdens een nogal suggestieve liefdesscène, en we weten allemaal hoe de ware gelovigen over liefde denken, of de illusie ervan, vooral wanneer er entreegeld moet worden betaald om haar te zien: ze zijn Ertegen. Ze knippen zulke scènes eruit. Van liefde gaat een verderfelijke invloed uit.

Arme Bilquìs. Naakt en wenkbrauwloos stond ze daar onder de vergulde ridder, versuft door de vurige wind; ze zag haar jeugd voorbijvliegen, weggedragen op de vleugels van de ontploffing die nog steeds nagalmde in haar oren. Zij die van huis wegtrekken laten altijd hun verleden achter, hoewel sommigen trachten het mee in te pakken in hun bundels en dozen – maar onderweg sijpelt er dan iets weg uit die dierbare aandenkens en die oude foto's, totdat zelfs hun eigenaars ze niet meer herkennen. Want het is het lot van landverhuizers van hun verleden te worden ontdaan, en naakt te staan te midden van laatdunkende vreemdelingen op wier lichaam ze de rijke gewaden, het goudbrokaat van de continuïteit en de wenkbrauwen van het ergens thuis horen zien prijken – hoe dan ook, wat ik bedoel is dat Bilquìs' verleden haar al verlaten had nog voordat zijzelf de stad verliet; ze stond daar in de goot, ontbloot door de zelfmoord van haar vader, en keek het na. In latere jaren bezocht het haar nog wel eens, zoals een vergeten bloedverwant op bezoek komt, maar lange tijd stond ze wantrouwig tegenover het verleden; ze was de echtgenote van een held met een grote toekomst, dus vanzelfsprekend verwierp ze het verleden, zoals men arme bloedverwanten de deur wijst wanneer ze geld komen lenen.

Ze moet gelopen, of misschien gerend hebben, tenzij er een wonder is gebeurd en ze door een of andere goddelijke macht uit die wind en uit haar troosteloze toestand werd opgetild. Toen ze zich weer van haar omgeving bewust werd voelde ze dat ze tegen een ruwe stenen muur geleund stond; het was avond, en in de droge hitte voelde het steen koel aan tegen haar rug. Mensen dromden in grote kudden langs haar heen, een menigte die zo groot was en zo veel haast had dat haar eerste gedachte was dat de mensenmassa voortgedreven werd door een of andere onvoorstelbare explosie: 'Alweer een bom, mijn God, al die mensen zijn door de kracht ervan weggeblazen!' Maar het was geen bom. Het drong tot haar door dat ze geleund stond tegen de oneindig lange muur van het rode fort dat de oude binnenstad domineerde, terwijl soldaten de menigte door de wijd openstaande poorten naar binnen dreven; sneller dan haar hersens kwamen haar voeten in beweging en voerden haar het gedrang in. Een ogenblik later werd ze zich vol ontzetting weer bewust van haar naaktheid, en begon te roepen: 'Geef me een lap, een doek!', totdat ze besefte dat niemand naar haar luisterde en niemand zelfs maar een blik wierp op het lichaam van het geschroeide maar nog altijd mooie, naakte meisje. Desondanks probeerde ze zich vol schaamte met haar handen en armen te bedekken, ze klampte zich te midden van die kolkende mensenzee aan zichzelf vast alsof ze een strohalm was, en toen voelde ze ineens om haar hals de restanten van een stuk katoen. De van kuisheid getuigende dupatta was aan haar lichaam blijven kleven, vastgehouden door het geronnen bloed van de vele snijwonden en schrammen waarvan ze zich niet eens bewust was geweest. Met de verschroeide flarden van dit kledingstuk van vrouwelijke eerbaarheid tegen haar geheime plaatsen gedrukt begaf ze zich binnen de dofrode muren van het fort, en hoorde de poorten dreunend achter zich sluiten.

In Delhi, in de dagen voor de afscheiding, dreven de autoriteiten alle moslems bijeen, voor hun eigen veiligheid zei men, en sloten hen op in het rode fort, buiten het bereik van de wraak van de stenenbeeldenwassers. Hele families werden daar opgeborgen: grootmoeders, kleine kinderen, verdorven ooms ... ook leden van mijn eigen familie waren daarbij. Ik kan me heel goed voorstellen dat, terwijl mijn bloedverwanten in die parallel lopende kosmos van de geschiedenis op doortocht waren door het Rode Fort, ze misschien iets hebben gevoeld van de fictieve aanwezigheid van Bilquìs Kemal, die zich naakt en vol schrammen langs hen heen spoedde als een geest ... of vice versa. Ja. Of vice versa.

De vloedgolf van menselijke wezens voerde Bilquìs mee naar dat grote, lage, sierlijk rechthoekige paviljoen dat eens de zaal was geweest waar een keizer zijn onderdanen op audiëntie placht te ontvangen; en daar in die galmende ruimte, overweldigd door de vernedering van haar ontklede toestand, viel ze flauw. Van die generatie hadden vele vrouwen, heel normale, fatsoenlijke en respectabele dames van het soort dat nooit iets overkomt en buiten huwelijk, kinderen en de dood ook niet verondersteld wordt ooit iets te beleven, soortgelijke vreemde verhalen te vertellen. Het was een gunstige tijd voor verhalen, mits je in leven bleef om je relaas te kunnen doen.

Kort voor het schandaleuze huwelijk van haar jongste dochter, Goed Nieuws Hyder, vertelde Bilquìs het meisje hoe ze haar toekomstige echtgenoot ontmoet had. 'Toen ik weer tot bewustzijn kwam,' zei ze, 'was het dag, en was ik gewikkeld in een officiersjas. Van wie denk je? Van hem natuurlijk, sufferd, van Raza, je eigen vader. Tja, wat zal ik je zeggen, hij had me daar zien liggen, met al mijn handelswaar te kijk in de etalage, je snapt me wel, en ik neem aan dat de vrijpostige kerel domweg ingenomen was met wat er te zien viel.' *Aaah!* en *tut, tut!* deed Goed Nieuws, gechoqueerdheid veinzend over haar moeders gedurfde, ondeugende taal, waarop Bilquìs verlegen zei: 'Zulke ontmoetingen waren in die tijd niet ongewoon.' Goed Nieuws antwoordde zoals van haar werd verwacht: 'Nou, Amma, dat hij onder de indruk was verbaast me niets.'

Toen Raza de ontvangstzaal binnenkwam was hij voor Bilquìs blijven staan, die nu fatsoenlijk door een jas was bedekt; hij had de hakken tegen elkaar geslagen, gesalueerd en gegrijnsd. 'Tijdens de verkering,' zei hij tegen zijn toekomstige echtgenote, 'pleegt men doorgaans aangekleed te zijn. Het is het voorrecht van een echtgenoot die kledingstukken uiteindelijk te verwijderen ... maar in ons geval gaan we omgekeerd te werk. Ik zal je moeten kleden, van top tot teen, zoals een blozend bruidje eruit behoort te zien.' (Goed Nieuws, die niet wachten kon om zelf te trouwen, zuchtte toen ze dit hoorde. 'Mijn God, waren dat zijn eerste woorden? O, wat romantisch!')

Wat voor indruk had hij op de in militaire overjas gehulde Bilquìs gemaakt? 'Heel lang! En zo'n lichte huidskleur! En zo fier, net 'n koning!' Er zijn geen foto's van hun ontmoeting gemaakt, maar we moeten rekening houden met haar gemoedstoestand op dat ogenblik. Raza Hyder was een meter zeventig: geen reus, dat zult u met me eens zijn. En wat zijn huidskleur betrof – die was beslist donkerder dan Bilquìs' bewonderende ogen bereid waren toe te geven. Maar fier als een koning? Dat is inderdaad aannemelijk. Hij had toen nog slechts de rang van kapitein, maar niettemin is het een geloofwaardige beschrijving.

De eerlijkheid gebiedt ook nog dit van Raza Hyder te zeggen: dat hij genoeg energie bezat om een hele straat te verlichten; dat zijn manieren altijd even onberispelijk waren – zelfs nadat hij voorzitter was geworden trad hij de mensen die hij ontving met zo veel nederigheid tegemoet (wat niet onverenigbaar is met trots) dat slechts zeer weinigen bereid waren naderhand een kwaad woord over hem te zeggen, en dat degenen die dat wel deden het gevoel hadden alsof ze verraad pleegden jegens een vriend; en dat hij op zijn voorhoofd die lichte, maar blijvende schaafwond droeg die we eerder hebben waargenomen op het devote voorhoofd van Ibadalla, de brievenbesteller van Q.: de *gatta* die Raza tot een godvruchtig man bestempelde.

Nog een laatste detail. Er werd van kapitein Hyder gezegd dat hij nadat de moslems in het rode fort bijeen waren gedreven vierhonderd en twintig uren lang niet geslapen had, wat de zwarte wallen onder zijn ogen zou kunnen verklaren. Die wallen zouden zwarter en dikker worden naarmate zijn macht toenam, totdat hij niet langer een zonnebril behoefde te dragen zoals de andere hoge officieren deden, aangezien hij er uitzag alsof hij er toch al voortdurend een op had, zelfs in bed. De toekomstige generaal Hyder, Raz-Matazz, de oude Scherp-als-een-Scheermes in eigen persoon! Hoe zou Bilquìs zo iemand hebben kunnen weerstaan? Ze werd dan ook binnen de kortste keren veroverd.

Tijdens hun verblijf in het fort kwam de kapitein met de wallen onder de ogen regelmatig bij Bilquìs op bezoek, en altijd bracht hij wel een of ander kledingstuk of iets van opsmuk voor haar mee: ze werd bedolven onder blouses, sari's, sandalen, wenkbrauwpotloden om de verloren gegane haren mee te vervangen, beha's en lippenstiften. De techniek van het verzadigingsbombardement is erop berekend een spoedige overgave af te dwingen...Toen haar garderobe groot genoeg was om het afleggen van de militaire overjas toe te staan, paradeerde ze voor hem in de grote zaal. 'Nu ik eraan denk,' zei Bilquìs tegen Goed Nieuws, 'misschien is het toen geweest dat hij die opmerking over dat aankleden maakte.' Want ze herinnerde zich nog hoe ze daarop had geantwoord: ze had haar ogen neergeslagen op de manier zoals de beroemde actrices dat deden, en die haar vader eens zo geprezen had en had bedroefd gezegd: 'Maar wat voor echtgenoot zou ik, zonder hoop op enige bruidsschat, ooit kunnen vinden? Stellig niet zo iemand als die edelmoedige kapitein, die vreemde dames kleedt als koninginnen.'

Raza en Bilquìs verloofden zich onder de verbitterde ogen van de onteigende en ontheemde massa's; en ook daarna bleef het geschenken regenen, lekkernijen zowel als armbanden, frisdranken zowel als stevige maaltijden, en henna zowel als ringen. Raza installeerde zijn verloofde achter een scherm van stenen traliewerk, en plaatste er een jonge infanteriesoldaat bij op wacht om haar territorium te verdedigen. Door dit scherm gescheiden van de doffe, machteloze woede van de massa droomde Bilquìs van haar ophanden zijnde trouwdag, tegen schuldgevoelens beschermd door die oude droom van koningin te zijn die ze lang geleden verzonnen had. 'Tsj, tsj,' deed ze verwijtend tegen de dreigend kijkende vluchtelingen, 'die afgunst van jullie is toch al te erg.'

Venijnige opmerkingen werden haar door het stenen traliewerk toegevoegd: 'Hé, mooie madam! Waar denk je dat hij die chique kleren van je vandaan heeft? Uit kledingmagazijnen soms? Kijk dan maar eens naar beneden, naar de modderbanken in de rivier onder aan de muren van dit fort, en tel de kaalgeroofde, naakte lijken die daar iedere nacht neergesmeten worden!' Gevaarlijke woorden drongen door het traliewerk: aasgier, slet, hoer. Maar Bilquìs klemde haar kaken opeen en hield zichzelf voor: 'Hoe ongemanierd zou het zijn een man te vragen waar hij zijn geschenken vandaan had! Zoiets minderwaardigs, nee, dat zal ik nooit doen.' Deze gevoelens, die haar antwoord vormden op de schimpscheuten van haar medevluchtelingen, kwamen haar nooit echt over de lippen, maar wel vulden ze haar mond, zodat haar getuite lippen een pruilende uitdrukking aannamen.

Ik wil geen oordeel over haar vellen. In die tijd namen de mensen alle middelen te baat om in leven te blijven.

Evenals al het andere werd ook het leger in tweeën gesplitst, en kapitein Hyder ging westwaarts, naar het nieuwe, door de motten aangevreten land Gods. Er vond een huwelijksplechtigheid plaats, en kort daarop zat Bilquìs Hyder naast haar kersverse echtgenoot in een troe-pentransportvliegtuig: een andere vrouw, zojuist getrouwd, op weg naar een veelbelovende nieuwe wereld.

'Wat je daar niet allemaal zult doen, Raz!' riep ze uit. 'Denk je eens in! De grote daden, en de roem die je je zult verwerven!' Raza kreeg rode oren onder de geamuseerde blikken van zijn metgezellen in die stampende, rumoerige Dakota; wat echter niet wegnam dat hij een vergenoegde indruk maakte. En het voorgevoel van Bilquìs is ten slotte uitgekomen. Zij, wier leven in de lucht gevlogen was zodat haar verle-den verdwenen was en in plaats daarvan alleen nog maar die duistere droom van vorstelijkheid was overgebleven, die illusie die zo sterk was dat ze eiste tot werkelijkheid te worden gemaakt – zij, de ontheemde Bilquìs, die nu naar stabiliteit, naar een toestand zonder explosies ver-langde, had in Raza een rotsblok ontwaard waarop ze haar leven zou bouwen. Hij was een man die stevig verankerd was in een rechtlijnig zelfbewustzijn, en dat deed hem onoverwinnelijk lijken, 'werkelijk een reus,' vleide ze hem, fluisterend in zijn oor om niet meer de lachlust van de andere officieren in de cabine te wekken, 'een schitterende ster, net als de acteurs op het witte doek.'

Ik vraag me af hoe ik Bilquìs het best zou kunnen beschrijven. Als een vrouw die ontkleed was door veranderingen, maar zich met zeker-heden wist te omhullen; of als een meisje dat een koningin werd, maar daarbij het vermogen verloor dat iedere bedelares bezit, namelijk dat om zonen te baren, of als die dame wier vader een 'vrouw' was en wier zoon eveneens een meisje bleek te zijn; en wier uitverkoren man, haar niet te evenaren Raz-Matazz, zich ten slotte zelf genoodzaakt zou zien de vernederende zwarte sluier der vrouwen te gaan dragen, of mis-schien als een wezen dat zich in de ondoorgrondelijke greep van het noodlot bevond – want vond de navelstreng die de strop vormde waar-door haar zoon gewurgd werd niet zijn weerklank of evenbeeld in een andere en nog vreeswekkender strop? … Maar ik zie dat ik ten slotte toch weer tot mijn uitgangspunt zal moeten terugkeren, want voor mij is ze de Bilquìs die bang was van de wind, en dat zal ze altijd blijven.

Laat ik eerlijk zijn: niemand houdt van de Loe, die hete, verstikken-de middagwind. We trekken dan onze blinden naar beneden, hangen vochtige doeken voor de ramen en proberen te slapen. Maar naarmate Bilquìs ouder werd, riep de wind vreemde angsten in haar wakker. Het viel haar man en haar kinderen op hoe nerveus en prikkelbaar ze 's middags werd, hoe rusteloos ze rondliep en overal deuren dichtsloeg en op slot deed, totdat Raza Hyder er bezwaar tegen maakte in een huis te wonen waar je je vrouw om een sleutel moest vragen voordat je op de pot kon gaan. Aan haar slanke pols hing tinkelend de loodzware sleutelring van haar neurose. Ze kreeg een afschuw van verplaatsing, en vaardigde een verbod uit op het verzetten van zelfs het onbenulligste huishoudelijke voorwerp. Stoelen, asbakken, bloempotten schoten wortel, tot onbeweeglijkheid verstard door de kracht van haar angstaanjagend sterke wil. 'Mijn Hyder heeft graag alles op zijn vaste plaats staan,' placht ze te zeggen, maar de obsessie dat alles zijn vaste plaats moest hebben was haar kwaal. En er waren dagen dat ze nagenoeg als een gevangene binnenshuis gehouden moest worden, omdat het beschamend en schandelijk zou zijn geweest als een buitenstaander haar in die toestand zou hebben kunnen zien; wanneer de Loe waaide krijste ze namelijk demonisch en ging als een waanzinnige tekeer. Dan riep ze om de bedienden, die moesten komen om de meubels vast te houden ten einde te verhinderen dat de wind ze zou wegblazen als de inhoud van een lang geleden verloren gegaan Imperium, en dan gilde ze tegen haar dochters (wanneer die aanwezig waren) dat ze zich moesten vastklampen aan iets zwaars, aan iets dat vastzat, omdat de vuurwind hen anders mee omhoog zou voeren.

De Loe is een boosaardige wind.

Als dit een realistische roman over Pakistan was, zou ik nu niet over Bilquìs en de wind zitten te schrijven; in plaats daarvan zou ik het over mijn jongste zuster hebben, die tweeëntwintig is en werktuigbouwkunde studeert in Karachi, wier haar niet lang genoeg meer is om op te zitten, en die (in tegenstelling tot mij) het Pakistaanse staatsburgerschap bezit. Op mijn goede dagen beschouw ik haar in mijn gedachten als Pakistan, en dan koester ik een grote genegenheid voor dat land, en kost het me geen moeite het (haar) zijn (haar) liefde voor Coca-Cola, discotheken en snelle, geïmporteerde auto's te vergeven.

Hoewel ik Pakistan al lange tijd ken, heb ik er nooit langer dan een halfjaar achtereen gewoond. Eens zelfs heb ik er slechts twee weken vertoefd. Tussen die perioden van nu eens een halfjaar en dan weer veertien dagen zijn er onderbrekingen van wisselende tijdsduur geweest. Ik heb Pakistan stukje bij beetje leren kennen, op dezelfde manier als waarop ik mijn opgroeiende zuster heb leren kennen. Voor het eerst zag ik haar op nuljarige leeftijd (toen ik me, op mijn veertiende, over haar wieg heenboog en ze me in het gezicht schreeuwde) en vervolgens toen ze drie, vier, zes, zeven, tien, veertien, achttien en eenentwintig was. Ik heb dus negen verschillende jongste zusters gehad om te leren kennen, en met iedere successieve incarnatie heb ik me inniger verwant gevoeld dan met de voorafgaande. (Dat zelfde geldt ook voor het land.)

Ik geloof dat ik hiermee beken dat ik genoodzaakt ben, hoe ik ook over daarginds verkies te schrijven, een beeld van die wereld op te roepen via scherven van gebroken spiegels, precies zoals Farah Zoroaster haar gezicht zag aan die grens met de betonnen paaltjes. Ik moet me schikken in het onvermijdelijke van de ontbrekende stukjes.

Maar stel u voor dat dit nu eens wel een realistische roman was! Denk u eens in wat ik er dan verder nog allemaal in zou moeten opnemen. De kwestie bijvoorbeeld van het langs illegale weg installeren, door de rijkste bewoners van 'Defensie', van verborgen ondergrondse waterpompen waarmee ze water aftappen van de leidingen van hun buren – zodat je aan de groenheid van hun gazons altijd kunt aflezen wie de invloedrijkste mensen zijn (dergelijke aanwijzingen beperken zich niet tot het kantonnement van Q.). En zou ik dan ook de Sind Club in Karachi moeten beschrijven, waar nog altijd een bordje hangt met het opschrift 'Voorbij dit punt verboden voor vrouwen en honden?' Of zou ik de subtiele logica onder de loep moeten nemen van een industrieel programma dat kernreactors bouwt maar geen koelkast kan ontwikkelen? Och hemel – en dan nog die schoolboekjes waarin staat: 'Engeland is geen agrarisch land', en die leraar die bij de beoordeling van een aardrijkskunde proefwerk van mijn jongste zuster eens twee punten aftrok omdat ze daarin tweemaal van de exacte tekst van dat zelfde schoolboek afgeweken was ... hoe pijnlijk, lieve lezer, zou dat alles kunnen worden.

Hoeveel materiaal uit het werkelijke leven zou ik dan wellicht moeten opnemen! Over die voorzitter van het parlement bijvoorbeeld, die destijds in de Nationale Vergadering door de wettig gekozen afgevaardigden letterlijk doodgegooid werd met het meubilair; of over die filmcensor die met zijn rode potlood elk afzonderlijk beeld onder handen nam van die scène uit de film 'Nacht van de Generaals' waarin generaal Peter O'Toole een bezoek aan een kunstgalerij brengt, en alle schilderijen van naakte dames wegkraste die aan de muren hingen, zodat de bioscoopbezoekers getracteerd werden op het surrealistische schouwspel van Peter die door een galerij vol dansende rode kloddders wandelt; of over die chef van de nationale televisie die me eens plechtig vertelde dat 'varkensvlees' een vies woord was; of over het nummer van het tijdschrift *Time* (of was het *Newsweek*?) dat het land niet in kwam omdat er een artikel in stond over de bankrekening die president Ayub Khan er naar beweerd werd in Zwitserland op na zou houden; of over die bandieten langs de hoofdwegen die veroordeeld worden omdat ze als particulier initiatief datgene doen wat de regering als officieel beleid doet; of over volkenmoord in Baluchistan; of over de voorkeursbehandeling bij de recente toekenning van rijksstudiebeurzen, ter financiering van de voltooiing van hun studie in het buitenland, aan leden van de fanatieke Jamaat-partij; of over de poging de sari tot een obsceen kledingstuk te doen verklaren; of over die extra ophangingen – de eerste in twintig jaar – die gelast werden, zuiver en alleen om de terechtstelling van Zulfikar Ali Bhutto een legitiem tintje te geven; of over waarom Bhutto's beul spoorloos verdwenen is, net zoals de vele straatschoffies die dagelijks op klaarlichte dag ontvoerd worden; of over antisemitisme, een interessant verschijnsel onder de invloed waarvan mensen die nog nooit een jood hebben ontmoet alles wat jood is verfoeien en beschimpen ter wille van de solidariteit met de Arabische landen die Pakistan tegenwoordig werk voor zijn arbeiders en broodnodige buitenlandse valuta bieden; of over de smokkelhandel, de geweldig gestegen export van heroïne, de militaire dictators, de onscrupuleuze burgers, de corrupte ambtenaren, de omgekochte rechters en de kranteartikelen waarvan alleen met zekerheid kan worden gezegd dat ze vol leugens staan; of over het vaststellen van de diverse posten op de nationale begroting, met speciale vermelding van de percentages die uitgetrokken worden voor defensie (kolossaal) en voor onderwijs (niet kolossaal). Stelt u zich mijn problemen eens voor!

Als ik een boek van dien aard had zitten schrijven zou ik inmiddels allang vergeefs hebben tegengeworpen dat ik over de wereld in het algemeen schreef, en niet alleen over Pakistan. Het boek zou verboden zijn, in de vuilnisemmer geworpen en verbrand. Al die inspanning voor niets! Realisme kan een schrijver het hart doen breken.

Maar gelukkig ben ik slechts een soort modern sprookje aan het vertellen, zodat er niets aan de hand is; niemand hoeft van streek te raken, of de dingen die ik zeg al te serieus te nemen. Ook hoeft er niet drastisch te worden ingegrepen.

Wat een opluchting!

En nu moet ik eens ophouden met te vertellen waarover ik niet schrijf, want daar is niet veel bijzonders aan; ieder verhaal dat men verkiest te vertellen is een soort censuur op zichzelf: het verhindert de vertelling van andere verhalen … Laat ik dus terugkeren naar mijn sprookje, want terwijl ik veel te veel zat te kletsen is er het een en ander gebeurd.

Onderweg terug naar het verhaal passeer ik Omar Khayyam Shakil, mijn op een zijspoor gerangeerde held, die geduldig wacht tot ik zover ben dat zijn toekomstige bruid, de arme Sufiya Zinobia, haar intrede in dit verhaal kan doen, hals over kop via het geboortekanaal. Hij zal nu niet lang meer hoeven te wachten; ze is bijna op komst.

Ik blijf alleen nog even dralen om op te merken (aangezien het niet onterecht is dit hier te vermelden) dat Omar Khayyam zich tijdens zijn huwelijksleven noodgedwongen zonder morren moest neerleggen bij

Sufiya Zinobia's kinderlijke voorliefde voor het verzetten van het meubilair. In een toestand van hevige opwinding gebracht door deze verboden handelingen verschoof ze tafels, stoelen en lampen wanneer er éven niemand keek, als een soort van geliefkoosd heimelijk spelletje, dat ze met een beangstigend koppige ernst speelde. Omar Khayyam voelde protesten naar zijn lippen stijgen, maar hij slikte ze in, wetend dat het nutteloos zou zijn er iets van te zeggen: 'Waarachtig, vrouw,' zou hij wel willen uitroepen, 'God mag weten wat je denkt te veranderen met al dat voortdurende heen- en weergeschuif.'

Bilquìs ligt klaar wakker in het donker van een spelonkachtig slaap-vertrek, met haar handen over haar borsten gekruist. Wanneer ze al-leen slaapt nemen haar handen altijd vanzelf die houding aan, hoewel haar schoonfamilie die afkeurt. Ze kan er niets aan doen dat ze zichzelf stevig vasthoudt, alsof ze bang is iets te verliezen.

Overal om haar heen in het duister tekenen zich de vage contouren af van andere bedden, van oude *charpoys* met dunne matrassen, waar-op andere vrouwen liggen, elk bedekt door slechts een enkel wit laken; in totaal wel veertig vrouwen, gegroepeerd rond de majesteitelijk klei-ne gedaante van de matriarch Bariamma, die ligt te snurken dat het een lust is. Bilquìs weet inmiddels al voldoende van dit slaapvertrek af om er zeker van te zijn dat de meeste van die gedaanten die ze in het duister vaag kan zien liggen woelen net zo min slapen als zij. Zelfs het gesnurk van Bariamma is wellicht bedrog. De vrouwen liggen op de komst van de mannen te wachten.

Het geluid van de deurknop die omgedraaid wordt is als tromgerof-fel. Op slag komt er een verandering in de hoedanigheid van de nacht. Er hangt nu een verrukkelijke verdorvenheid in de lucht. Een koel zuchtje wind, alsof de binnenkomst van de eerste man iets van die drukkende, kleverige hitte van het hete seizoen heeft weten te verdrij-ven, zodat de plafondventilators wat doeltreffender kunnen rondwen-telen door de kleffe atmosfeer. Veertig vrouwen, waaronder ook Bil-quìs, roeren zich vochtig onder hun lakens ... er komen nog meer mannen binnen. Op hun tenen sluipen ze door de middernachtelijke gangpaden van de slaapzaal en de vrouwen zijn nu heel stil geworden, met uitzondering van Bariamma, die nu nog krachtiger snurkt dan tevoren. Haar gesnurk is als een sirene die aangeeft dat de kust veilig is en de mannen de nodige moed verschaft.

Het meisje in het bed naast Bilquìs, Rani Humayun, die nog niet getrouwd is en derhalve vannacht geen bezoek verwacht, fluistert in het donker tegen haar: 'Daar komen de veertig rovers.'

En nu klinken er zachte geluiden in het donker: koorden van char-poys die iets meegeven onder het extra gewicht van een tweede li-chaam, geritsel van kledingstukken, en de zwaardere ademhaling van de binnendringende echtgenoten. Geleidelijk aan krijgt de duisternis een soort eigen ritme, dat zich versnelt, een hoogtepunt bereikt en daarna vertraagt. Vervolgens een geschuifel van vele blote voeten naar de deur, verscheidene malen achtereen het tromgeroffel van de deurknop die omgedraaid wordt, en ten slotte stilte, want nu ze dat met goed fatsoen kan doen is Bariamma geheel opgehouden met snurken, zoals de beleefdheid dat gebiedt.

Rani Humayun, die een van de meest begeerde vangsten van het huwelijksseizoen heeft gedaan en deze slaapzaal binnenkort zal verlaten om met Iskander Harappa te trouwen, de jonge miljonair met de lichte huidskleur en de zinnelijk volle lippen, die in het buitenland gestudeerd heeft – Rani Humayun, die net als Bilquìs achttien jaar oud is, heeft vriendschap gesloten met de kersverse bruid van haar neef Raza. Bilquìs geniet (hoewel ze doet alsof ze erdoor gechoqueerd is) van Rani's boosaardige overpeinzingen met betrekking tot de slaapaccommodaties in dit huishouden. 'Denk je eens in,' giechelt Rani terwijl ze samen bezig zijn de dagelijkse specerijen fijn te stampen, 'wie zou kunnen weten of haar echte echtgenoot tot haar gekomen was? En wie zou zich daarover beklagen? Ik zeg je, Billoe, al die getrouwde dames en heren hebben het best naar hun zin met deze familieregeling. Ik zweer je, het zou best kunnen dat ooms het met hun nichtjes doen en broers met hun schoonzusters, we zullen nooit weten wie de werkelijke pappies van de kinderen zijn!' Bilquìs bloost bevallig, en bedekt Rani's mond met een naar koriander geurende hand. 'Hou op, lieve vriendin, met die onzedelijke gedachten van je!'

Maar Rani laat zich de mond niet snoeren. 'Nee, Bilquìs, ik zeg je, jij bent nieuw hier, maar ik ben in dit huis opgegroeid, en ik zweer je bij de haren op het hoofd van onze Bariamma dat deze regeling, die zogenaamd getroffen is omwille van het fatsoen etcetera, alleen maar een excuus is voor de grootste orgie op aarde.'

Bilquìs wijst haar er maar niet op (want wat zou het onwellevend zijn dat te doen) dat de piepkleine, bijna dwergachtige Bariamma niet alleen tandeloos en blind is maar ook geen enkele haar meer op haar stokoude hoofd heeft. De matriarch draagt een pruik.

Waar zijn we, en wanneer? – In een groot familiehuis in de oude wijk van de stad aan de kust die ik, aangezien ik geen andere keus heb, Karachi zal moeten noemen. Raza Hyder, die evenals zijn vrouw wees is, heeft haar (meteen na uit de Dakota te zijn gestapt waarmee ze naar het westen zijn gevlogen) aan de schoot van zijn familie aan moederskant toevertrouwd; Bariamma is zijn grootmoeder. 'Hier moet je blijven,' zei hij tegen Bilquìs, 'tot de toestand wat kalmer is geworden en we kunnen zien wat wat is, en wat niet.' Momenteel is Hyder dus tijdelijk gehuisvest op de legerbasis, terwijl zijn bruid te midden van slaap veinzende schoonfamilieleden ligt, wetend dat haar 's nachts geen man zal komen bezoeken. — En ja, ik zie dat ik mijn verhaal een tweede oneindig groot herenhuis heb binnengevoerd, dat de lezer misschien al vergelijkt met een huis ergens ver weg in het grensplaatsje Q.; maar wat een contrast vormen die twee met elkaar! Want dit is allerminst een hermetisch afgesloten vesting; dit huis barst, puilt letterlijk uit van familieleden en aanverwant personeel.

'Ze leven hier nog altijd op de oude dorpsmanier,' waarschuwde Raza Bilquìs alvorens haar achter te laten in dat huis waar de mening heerste dat het blote feit van het getrouwd zijn alleen een vrouw niet ontsloeg van de schande en de oneer die het gevolg zijn van de wetenschap dat ze geregeld met een man slaapt; wat dan ook de reden was waarom Bariamma, zonder er ooit met een woord over te reppen, het idee van de veertig rovers had bedacht. En natuurlijk ontkenden de vrouwen allemaal dat iets van dien aard ooit plaatsvond, zodat, wanneer er zich zwangerschappen voordeden, dit als door toverij geschiedde — alsof alle ontvangenissen onbevlekt, en alle geboorten maagdelijk waren. In dit huis had men het denkbeeld van voortplanting zonder bevruchting geaccepteerd om andere, onaangenaam lichamelijke denkbeelden buiten de deur te houden.

Bilquìs, het meisje dat ervan droomde koningin te zijn, dacht zonder het uit te spreken: 'O God, stelletje onbenullen uit de rimboe. Achterlijke lieden, dorpsgekken, volkomen onontwikkeld, en daar zit ik mee opgescheept.' Hardop zei ze gedwee tegen Raza: 'Er valt veel voor de oude traditie te zeggen.' Raza knikte ernstig ten teken dat hij het met haar eens was; toen ze dat zag zonk het hart haar nog verder in de schoenen.

Het sprak vanzelf dat Bilquìs, de laatst aangekomene, het jongste familielid, in het imperium van Bariamma niet als een koningin werd behandeld.

'Let maar eens op of we geen zonen krijgen,' zei Raza tegen Bilquìs. 'In mijn moeders familie groeien de jongens aan de bomen.'

Verdwaald in dit oerwoud van nieuwe familieleden en rondzwervend door het matriarchale tehuis raadpleegde Bilquìs, op zoek naar die stambomen, de familiekoran en vond ze daar ook op hun traditionele plaats: hele wingerden van genealogische ranken, ingeschreven achter in het heilige boek. Ze ontdekte dat er sedert de in geslachtelijk opzicht evenwichtige generatie van Bariamma, die twee zusters had (Raza's oudtantes van moederszijde en allebei weduwe) alsmede drie broers — een huiseigenaar, een nietsnut en een zwakzinnige — er in de hele familie slechts twee meisjes waren voorgekomen. Een daarvan was Raza's overleden moeder, en de andere Rani Humayun, die stond te popelen om te ontsnappen uit dat huis dat nooit vaarwel gezegd werd door de erin geboren zoons, die er hun vrouwen installeerden om er te wonen en zich te vermenigvuldigen als kippen in een legbatterij. Aan moederskant had Raza in totaal elf wettige en naar aangenomen werd minstens negen onwettige ooms, welke laatsten de nakomeling-schap vormden van de oudoom die een nietsnut en een vrouwengek was geweest. Afgezien van Rani kon hij op een totaal generaal van tweeëndertig binnen de echt geboren neven bogen. (De vermeende na-komelingen van de bastaardooms werden geen vermelding in de koran waardig geacht.) Van deze enorme voorraad bloedverwanten resideer-de een aanzienlijk percentage in de kleine, maar oppermachtige scha-duw van Bariamma; de nietsnut en de idioot waren ongehuwd, maar wanneer de huiseigenaar kwam logeren kreeg diens vrouw een van de bedden in Bariamma's zenana-vleugel toegewezen. Op het tijdstip waarover ik thans spreek waren huiseigenaar en echtgenote aanwezig; verder acht van de elf wettige ooms met hun eega's en ongeveer (Bil-quìs had er moeite mee hen te tellen) negenentwintig neven, alsmede Rani Humayun. Zesentwintig echtgenotes van neven vulden de rest van het zondige slaapvertrek, en als je de drie zusters van de oudste generatie meetelde, was Bilquìs zelf nummer veertig.

Het duizelde Bilquìs Hyder. Als gevangene van een taal die voor elk voorstelbaar familielid een afzonderlijke soortnaam bevatte, zodat de verbijsterde nieuwelinge zich niet achter zulke algemene benamingen als 'oom', 'neef' of 'tante' verschuilen kon maar voortdurend op haar aanstootgevende onwetendheid werd betrapt, zag Bilquìs zich het zwijgen opgelegd door de meute van haar schoonfamilie. Ze sprak nagenoeg geen woord meer, behalve wanneer ze met Rani of met Raza alleen was, en verwierf zich zodoende de drieledige reputatie van on-schuldig zoet kind, voetveeg en dwaas. Daar Raza dikwijls dagenlang weg was, waardoor ze verstoken bleef van de bescherming en de vleie-rij die de andere vrouwen dagelijks van hun mannen genoten, kreeg ze tevens de status van arm kind, iets waartoe het gemis van haar wenk-brauwen (dat door geen potloodwerk te verdoezelen viel, al was het ook nog zo kunstig gedaan) nog bijdroeg. Dank zij een en ander kreeg ze een beetje meer dan haar deel van de huishoudelijke taken toegewe-zen, en kreeg ze ook een beetje meer dan haar deel te verduren van Bariamma's scherpe tong. Toch werd ze ook bewonderd, zij het met tegenzin, want de familie had een hoge dunk van Raza, en de vrouwen moesten toegeven dat hij een goede man was die zijn vrouw niet sloeg. Deze definitie van goedheid deed Bilquìs schrikken, want het was nooit bij haar opgekomen dat ze wel eens geslagen zou kunnen worden, en ze bracht dit onderwerp bij Rani ter sprake. 'O ja, reken maar,' antwoordde die. 'Slaan dat ze allemaal doen! Klets! Pats! Soms doet het je hart goed ernaar te kijken. Maar het is ook oppassen geblazen. Een goede man kan bederven, net als vlees, als je hem niet koel houdt.'

In haar officiële capaciteit van arm kind zag Bilquìs zich tevens verplicht iedere avond aan Bariamma's voeten te zitten terwijl de blinde oude dame de familieverhalen vertelde. Dat waren lugubere en pikante geschiedenissen over scheidingen, faillissementen, perioden van langdurige droogte, bedrog door vrienden, kindersterfte, borstaandoeningen, mannen die in de kracht van hun leven waren geveld, onvervulde verwachtingen, vergane schoonheid, vrouwen die afzichtelijk dik waren geworden, smokkelhandel, opium schuivende dichters, wegkwijnende maagden, vervloekingen, tyfus, bandieten, homoseksualiteit, onvruchtbaarheid, frigiditeit, verkrachtingen, de hoge prijzen van levensmiddelen, gokkers, dronkelappen, moorden, zelfmoorden en God. Bariamma's zachte, ietwat monotone opsomming van deze catalogus van familiegruwelen had tot resultaat dat ze er op de een of andere manier onschadelijk, veilig door werden gemaakt, gemummificeerd in de balsem van haar eigen, onbetwistbare achtenswaardigheid. Door het vertellen van deze verhalen werd het vermogen van de familie bewezen ze te overleven en ondanks alles haar greep op haar eer en haar onwankelbare code van zedelijk gedrag te behouden. 'Om tot de familie te behoren,' zei Bariamma tegen Bilquìs, 'moet je alles van ons weten, en ons ook alles over jou vertellen.' En zo zag Bilquìs zich gedwongen, op een avond (Raza was aanwezig, maar deed geen poging haar daarvoor te behoeden) het verhaal te vertellen van het einde van Mahmoud de Vrouw en haar naaktheid in de straten van Delhi. 'Hindert niet,' sprak Bariamma goedkeurend toen de schande van deze onthullingen Bilquìs deed beven van schaamte, 'je hebt tenminste kans gezien je *dupatta* om te houden.'

Daarna hoorde Bilquìs haar verhaal dikwijls navertellen wanneer er twee of meer leden van de familie bijeen waren, in de hete hoekjes vol hagedissen op de binnenplaats, of op zomeravonden onder de sterrenhemel op de dakterrassen, in de kinderkamers om de kinderen vrees in te boezemen, en zelfs in het boudoir van de zwaar met juwelen behangen en met henna geverfde Rani op de ochtend van haar bruiloft; want dat soort verhalen vormde de lijm die de stam bijeenhield en de generaties met elkaar verbond in een web van gefluisterde geheimen. Haar verhaal onderging aanvankelijk enige veranderingen tijdens het navertellen, maar allengs kreeg het een vaste vorm, en daarna zou niemand, verteller noch toehoorder, ook maar de geringste afwijking van de gewijde, heilige tekst meer toestaan. Toen dat punt was bereikt wist Bilquìs dat ze een lid van de familie was geworden; in de heiligverklaring van haar verhaal lagen zowel inwijding als bloedverwantschap besloten. 'Het navertellen van familiegeschiedenissen,' zei Raza tegen zijn vrouw, 'is voor ons een ritueel van bloedverwantschap.'

Maar noch Raza noch Bilquìs had kunnen weten dat hun verhaal nog maar nauwelijks begonnen was, dat het sappigste en bloederigste aller sappig-bloederige sagen zou worden, en dat het, in een tijd die nog komen moest, steevast beginnen zou met de volgende zin (die naar de mening van de familie al de juiste weerklanken voor de aanhef van een dergelijke vertelling bevatte):

'Het was de dag waarop de enige zoon van de toekomstige president Raza Hyder gereïncarneerd zou worden.'

'Ja, ja,' juichten de toehoorders dan, 'díe moet je ons vertellen, die is de beste van allemaal.'

In dat hete seizoen kondigden de beide zojuist van elkaar afgesplitste naties het begin van vijandelijkheden langs de grens van Kasjmier aan. In het hete seizoen gaat er niets boven een oorlog in het noorden. Officieren, voetvolk en koks waren allen blij gestemd terwijl ze zich op weg begaven naar de koelte van de bergen. 'Hé, makker, wat 'n bof, hè?' 'Zeg dat wel, mafkees, dit jaar zal ik tenminste niet in die verdomde hitte sterven.' O, joviale kameraadschap van de door klimaat bevoordeelden! *Jawans* trokken ten strijde met de roekeloze uitgelatenheid van vakantiegangers. Het was onvermijdelijk dat er doden vielen; maar ook daaraan hadden de organisatoren van de oorlog gedacht. Degenen die op het slagveld vielen werden regelrecht eersteklas naar de zoet geurende tuinen van het Paradijs gevlogen, om daar tot in alle eeuwigheid op hun wenken bediend te worden door vier verrukkelijke *hoeri's*, onberoerd door man of *djinn*. 'Welke van de zegeningen van uw Heer,' informeert de koran, 'zoudt ge weigeren?'

Het moreel der troepen was uitstekend; Rani Humayun evenwel was zeer verstoord, want het zou onvaderlandslievend zijn geweest in oorlogstijd een bruiloftsreceptie te geven. Dit evenement was uitgesteld, en ze stampvoette. Raza Hyder echter stapte vergenoegd in de gecamoufleerde jeep waarmee hij aan de kokende waanzin van de stad in de zomer zou ontsnappen, en juist op dat ogenblik fluisterde zijn vrouw hem in het oor dat ze ook nog een ander soort blijde gebeurtenis verwachtte. (In navolging van Bariamma heb ik net gedaan alsof ik niets zag en luid gesnurkt terwijl Raza Hyder een bezoek aan de slaapzaal der veertig vrouwen bracht, om dit wonder mogelijk te maken.)

Raza stootte zo'n triomfantelijke kreet uit dat Bariamma, die binnenshuis op haar *takht* zat, er in de verwarring van haar zwetende blindheid van overtuigd raakte dat haar kleinzoon al bericht van een of andere roemrijke overwinning ontvangen had, zodat ze, toen een dergelijk bericht enkele weken later inderdaad arriveerde, eenvoudigweg antwoordde: 'Hoor je dat nu pas? Dat wist ik een maand geleden al.' (Dit was nog in de tijd voordat de bevolking erachter kwam dat haar kant bijna altijd verloor, zodat de leiders van de natie, op briljante wijze het hoofd biedend aan deze uitdaging, niet minder dan duizend-en-één verschillende manieren vervolmaakten om de eer van de ondergang te redden.)

'Hij komt!' schreeuwde Raza zo hard dat zijn vrouw er doof van werd, aarden kruiken van de hoofden van dienstmaagden tuimelden en de ganzen ervan schrokken. 'Wat heb ik je gezegd, vrouw?' Hij zette zijn pet wat zwieriger op het hoofd, gaf zijn vrouw een wat al te flinke klets op de buik, legde zijn handpalmen tegen elkaar en maakte duikbewegingen. '*Woesj!*' schreeuwde hij. '*Vroem*, vrouw! Zo komt hij er straks aan!' En hij raasde met brullende motor weg naar het noorden, na beloofd te hebben een grote overwinning te zullen behalen ter ere van zijn ophanden zijnde zoon, en een Bilquìs achterlatend die, aangezien ze voor het eerst werd overspoeld door de solipsistische golven van het moederschap, niets van de tranen in de ogen van haar man had gemerkt, tranen die de zwarte wallen daaronder in fluwelen zakjes veranderden en die tot de eerste aanwijzingen behoorden dat de toekomstige sterke man van de natie tot het soort behoorde dat al te gemakkelijk huilt... Onder vier ogen met de gefrusteerde Rani Humayun kraaide Bilquìs trots: 'Vergeet die dwaze oorlog; het werkelijk belangrijke nieuws is dat ik bezig ben een jongen te maken die met jouw ongeboren dochter gaat trouwen.'

Ziehier een uittreksel van de door de familie in ere gehouden sage van Raza en Bilquìs, weergegeven in die voorgeschreven bewoordingen – een verandering zou grove heiligschennis zijn:

'Toen we hoorden dat onze Razoe een verrassingsaanval had gedaan die zo gewaagd was dat er geen andere mogelijkheid overbleef dan hem een triomf te noemen, weigerden we aanvankelijk onze oren te geloven (want reeds in die dagen waren zelfs de scherpste oren behept geraakt met het gebrek dat ze volkomen onbetrouwbaar werden wanneer ze op de radionieuwsbulletins werden afgesteld; op zulke momenten hoorde iedereen dingen die onmogelijk gebeurd konden zijn). Maar toen knikten we, want we begrepen dat een man wiens vrouw op het punt staat hem een zoon te baren tot alles in staat is. Ja, het was de ongeboren jongen die verantwoordelijk was voor deze overwinning, de enige in de geschiedenis van onze strijdkrachten, die de basis vormde voor Raza's reputatie onoverwinnelijk te zijn, een reputatie die al spoedig zelf onoverwinnelijk werd, zodat zelfs de lange, vernederende jaren van zijn verval niet bij machte bleken haar te vernietigen. Als een held keerde hij terug, na voor ons heilige nieuwe land een bergvallei te hebben veroverd die zo hooggelegen en zo ontoegankelijk was dat zelfs geiten daarboven moeite hadden met ademhalen; zo onversaagd was hij, zo geweldig, dat het alle ware patriotten de adem benam – en u moet niets geloven van die propaganda volgens welke de vijand niet eens de moeite had genomen dat gebied te verdedigen; er is verwoed gevochten – en met slechts twintig man heeft hij de vallei ingenomen! Dat kleine groepje giganten, die vermetele waaghalzen, en met onze dappere Razoe aan het hoofd – wie zou hen hebben kunnen tegenhouden? Wie zou hun de weg hebben kunnen versperren?

'Alle volkeren houden er oorden op na die voor hen een overweldigende betekenis hebben. "Aansu!" huilden we van trots; vervuld van ware vaderlandsliefde snikten we: "Stel je toch eens voor – hij heeft de Aansu-ki-Wadi veroverd!" Het is een feit: om de verovering van dat legendarische "tranendal" moesten we allemaal op even onbedaarlijke wijze huilen als waar de veroveraar ervan in later jaren beroemd om zou worden. Maar na een poosje begon het duidelijk te worden dat niemand wist wat ze moesten doen met dat oord waar je speeksel bevroor voordat het de grond raakte; dat wil zeggen, behalve Iskander Harappa natuurlijk, die, met droge ogen als altijd, naar het departement Bergstammen en Buitengewesten stapte en min of meer de hele mikmak kocht, voor een appel en een ei, en boter bij de vis. En een paar jaar later waren er daarboven hotels voor skiërs, en geregelde luchtdiensten, en heersten er 's avonds Europese toestanden die de plaatselijke bergbewoners deden flauwvallen van schaamte. Maar heeft Raz, onze grote held, ooit iets van die buitenlandse valuta's te zien gekregen?' (Hier slaat de vertelster zichzelf onveranderlijk met de vlakke handpalm tegen het voorhoofd.) 'Nee, en hoe zou hij dat ook gekund hebben, die grote dommme soldaat? Isky is er altijd het eerst bij. Maar' (en nu slaat de vertelster de raadselachtigste, onheilspellendste toon aan waartoe ze in staat is), 'wat telt is wie er het laatst overblijft.'

Op dit punt gekomen moet ik de legende onderbreken. Het duel tussen Raza Hyder (vanwege zijn wapenfeit in Aansu tot majoor bevorderd) en Iskander Harappa, dat weliswaar in Aansu begon maar daar beslist niet eindigde, zal nog een poosje moeten wachten; want nu de oude Scherp-als-een-Scheermes weer in de stad is, en er opnieuw vrede heerst, staat die bruiloft voor de deur die de beide doodsvijanden tot aangetrouwde neven, tot *familie* van elkaar zal maken.

Met neergeslagen ogen ziet Rani Humayun in een ring van spiegels haar bruidegom naderen; door een getulbande stoet van vrienden op de schouders gedragen, zit hij op een gouden schaal. Later, nadat ze bezwijmd was onder het gewicht van haar juwelen; weer bijgebracht was door de zwangere Bilquìs die vervolgens zelf in onmacht was gevallen; geld in haar schoot geworpen had gekregen door beurtelings alle leden van haar familie; door haar sluier had gezien hoe haar stokoude, geile oudoom de vrouwelijke verwanten van haar kersverse echtgenoot in de billen kneep (wetend dat ze zich vanwege zijn grijze haren daarover niet zouden beklagen), ten slotte de sluier naast haar had opgetild terwijl een vreemde hand de hare optilde, en ze lang en aandachtig het gezicht had bestudeerd van Iskander Harappa, die zijn overweldigende seksuele aantrekkingskracht voor een groot deel te danken had aan de rimpelloze zachtheid van zijn vijfentwintigjarige wangen – waaromheen zich lange lokken krulden die vreemd genoeg reeds de kleur van zuiver zilver hadden en die op zijn kruin dunner werden zodat de gouden ronding van zijn schedel zichtbaar was – en waartussen ze lippen gewaar was geworden die eveneens krulden en waarvan de aristocratische wreedheid ietwat gecompenseerd werd door hun zinnelijke dikte – de lippen, dacht ze, van een zwarte *hubsjee*, een gedachte die een eigenaardig zondige riling van genot door haar heen deed gaan ... later, nadat ze samen met hem naar een slaapvertrek was gereden dat weelderig was ingericht met oude zwaarden, geïmporteerde Franse wandtapijten en Russische romans; nadat ze vol angst en beven was afgestegen van een witte hengst wiens geslachtsdeel duidelijk zichtbaar stram in de houding stond; nadat ze de deuren van haar huwelijk achter zich had horen sluiten in dit andere huis waarvan de voornaamheid het huis van Bariamma op een bouwvallige dorpshut deed lijken – toen ze met olie ingewreven en naakt op een bed lag waarvoor de man die haar zojuist tot volwassen vrouw had gemaakt met lome blik op haar schoonheid stond neer te kijken, maakte zij, Rani Harappa, haar eerste ware opmerking als echtgenote.

'Wie was die vent,' vroeg ze, 'die dikzak wiens paard onder hem in elkaar zakte toen jouw stoet eraan kwam? Volgens mij moet het die schurk zijn geweest, die dokter of zoiets, van wie iedereen zegt dat hij zo'n slechte invloed op je heeft.'

Iskander Harappa keerde haar de rug toe en stak een sigaar op. 'Laat één ding goed tot je doordringen,' hoorde ze hem zeggen, 'jij maakt niet uit wie mijn vrienden zijn.'

Maar Rani, ten prooi aan de slappe lach bij de herinnering aan dat fiere paard dat het onder het kolossale gewicht van Omar Khayyam Shakil had begeven en was neergezegen met de benen gespreid naar de vier windstreken van het kompas – en zich ook nog koesterend in de zachte gloed van hun liefdesspel van zoëven – maakte sussende geluiden: 'Ik wilde alleen maar zeggen, Isky, wat een schaamteloos iemand hij moet zijn, omdat hij zich overal met die enorme buik en zo vertoont.'

Omar Khayyam op dertigjarige leeftijd: vijf jaar ouder dan Iskander Harappa en meer dan tien jaar ouder dan Isky's bruid keert hij in onze kleine vertelling terug als iemand die een goede reputatie als arts, maar een slechte reputatie als menselijk wezen geniet; een dégeneré van wie dikwijls gezegd wordt dat hij in het geheel geen schaamte schijnt te kennen: 'de man kent de betekenis van het woord niet eens', alsof een belangrijk bestanddeel van zijn opvoeding over het hoofd is gezien; of misschien heeft hij met opzet verkozen dat woord uit zijn vocabulaire te schrappen, uit vrees dat de explosieve aanwezigheid daarvan te midden van de herinneringen aan zijn handelingen, zowel in het heden als in het verleden, hem uit elkaar zou kunnen doen barsten als een oude pot. Rani Harappa heeft haar vijand op de juiste wijze geïdentificeerd, en met een huivering denkt ze wel voor de honderdste keer sinds het gebeurde terug aan dat ogenblik tijdens haar bruiloftsfeest waarop een bediende Iskander Harappa de telefonische boodschap kwam overbrengen dat de premier zojuist vermoord was. Toen Iskander Harappa opstond, om stilte verzocht en de ontzette gasten het nieuws bekend maakte, was er wel een halve minuut lang een onbehaaglijke stilte blijven hangen, totdat de stem van Omar Khayyam Shakil, waarin iedereen de alcohol had horen doorklinken, eensklaps uitgeroepen had: 'De schoft! Als hij dood is, nou, dan is hij dood. Waarom moet hij hier zo nodig het feest komen bederven?'

In die tijd was alles kleiner dan het nu is; zelfs Raza Hyder was nog slechts majoor. Maar hij was, net als de stad zelf, in opkomst en maakte een snelle groei door, maar op een domme manier, zodat ze beide steeds meer verziekten naarmate ze groter werden. Maar laat ik u eerst vertellen hoe de toestand was, in die tijd vlak na de afsplitsing: de oudere inwoners van de stad, die gewend waren geweest in een land te leven dat ouder was dan de tijd zelf, en die derhalve langzaam werden afgesleten door de onafwendbaar terugkerende getijden van het verleden, hadden een lelijke schok gekregen door de onafhankelijkheid, toen hun te verstaan was gegeven niet alleen zichzelf, maar ook het land zelf voortaan als nieuw te beschouwen.

Welnu, hun voorstellingsvermogen was eenvoudigweg niet op die taak berekend, dat begrijpt u wel; zodat het diegenen waren die werkelijk nieuw waren, met andere woorden de verre neven, verwanten en vage kennissen en volslagen vreemden die vanuit het oosten kwamen binnenstromen om zich in het land Gods te vestigen, die de boel overnamen en op poten zetten. Het nieuwe van die tijd gaf een nogal wankel gevoel; het had iets ontheemds, iets onstandvastigs. Overal in de stad (die toen uiteraard nog de hoofdstad was) bezwendelden aannemers de boel door te weinig cement in de funderingen van nieuwe huizen te verwerken, werden van tijd tot tijd mensen – en niet alleen eerste ministers – doodgeschoten, werden kelen doorgesneden in steegjes en werden bandieten tot miljardairs, maar dat lag in de lijn der verwachtingen. De geschiedenis was oud en verroest, ze was een machine die duizenden jaren lang door niemand in bedrijf was gesteld, en nu werd er ineens een maximaal rendement van verlangd. Het verbaasde niemand dat er zich ongelukken voordeden ... nou ja, er gingen wel een paar stemmen op die zeiden: als dit het land is dat we aan onze God hebben gewijd, wat is het dan voor een God die toestaat dat – maar die stemmen werd het zwijgen opgelegd nog voordat ze hun vragen uitgesproken hadden en ze werden voor hun eigen bestwil onder de tafel tegen de schenen geschopt, want er zijn nu eenmaal dingen die niet gezegd mogen worden. Nee, het is méér dan dat: er zijn dingen die niet waar mogen zijn.

Hoe het ook zij: door de verovering van Aansu had Raza Hyder inmiddels al bewezen welke voordelen de energie verschaffende toevloed van immigranten, van een nieuw soort wezens met zich meebracht; maar energie of geen energie, hij was niet bij machte te verhinderen dat zijn eerstgeboren zoon in de baarmoeder door wurging om het leven kwam.

Opnieuw huilde hij (naar de mening van zijn grootmoeder van moederskant) te gemakkelijk. Juist toen hij zijn flinkheid had behoren te demonstreren begon hij tranen met tuiten te huilen, zelfs in het openbaar. Men zag hoe de tranen langs de was van zijn dikke snor omlaagdropen, en weer glinsterden de zwarte wallen onder zijn ogen als kleine plasjes olie. Maar Bilquìs, zijn vrouw, plengde daarentegen geen enkele traan.

'Hé, Raz,' troostte ze haar echtgenoot met woorden waaruit de broze zekerheid van haar wanhoop sprak: 'Kop op, Razoe. We krijgen hem volgende keer wel weer terug.'

'Ouwe Scherp-als-een-Scheermes, pfff, het zou wat,' zei Bariamma smalend tegen iedereen die ze maar tegenkwam. 'Weet je dat hij die naam voor zichzelf heeft bedacht en zijn soldaten toen formeel bevolen heeft hem zo te noemen? Oud Lekkend Waterreservoir was beter geweest.'

De navelstreng had zich om de hals van de baby gewikkeld en was aldus tot een strop geworden (een voorbode van andere stroppen), tot het adembenemende zijden wurgkoord van een *Thug*; er kwam dus een kind ter wereld dat gehandicapt was door de niet ongedaan te maken pech, reeds dood te zijn voordat het geboren werd. 'Wie kan zeggen waarom God zulke dingen doet?' zei Bariamma onbarmhartig tegen haar kleinzoon. 'Maar we leggen ons erbij neer, we moeten ons eraan onderwerpen, en niet huilen als een klein kind waar vrouwen bij zijn.'

Niettemin was het feit dat hij morsdood was een handicap die de jongen op lovenswaardig dappere wijze wist te overwinnen. Binnen luttele maanden, of waren het slechts weken, had de zo tragisch tot kadaver geworden zuigeling het op school en universiteit tot nummer één gebracht, had hij dapper gevochten in een oorlog, was hij met de rijkste schoonheid van de stad getrouwd en opgeklommen tot een hoge positie in de regering. Hij was kranig, populair en knap, en het feit dat hij nu een lijk was scheen van niet veel meer belang dan als hij lichtelijk mank had gelopen of een klein spraakgebrek had gehad.

Natuurlijk weet ik heel goed dat de jongen in werkelijkheid omgekomen was voordat hij zelfs maar de tijd had gehad een naam te krijgen. Zijn prestaties en heldendaden van daarna speelden zich geheel en al af in de verwarde fantasie van Raza en Bilquìs, waar ze iets van een dusdanig tastbare realiteit aannamen dat ze om een levend wezen begonnen te schreeuwen die ze zou kunnen uitvoeren en verwezenlijken. Bezeten door de fictieve triomfen van hun doodgeboren zoon stortten Raza en Bilquìs zich geestdriftig op elkaar en zwoegden verwoed maar zwijgend op en neer in de familieslaapzaal vol blindheid voorwendende vrouwen, want ze waren tot de overtuiging gekomen dat een tweede zwangerschap een daad van vervanging zou zijn, en dat God (want zoals we weten was Raza een vroom man) erin had toegestemd hun gratis een nieuw exemplaar te zenden voor de beschadigde waar die ze met de eerste leverantie hadden ontvangen, alsof Hij directeur was van een gerenommeerd postorderbedrijf. Bariamma, die overal achter kwam, klakte luid met de tong over die reïncarnatie-onzin, omdat ze besefte dat dit iets was dat ze als een ziektekiem met zich mee hadden gebracht uit dat land van afgodenaanbidders dat ze verlaten hadden; maar vreemd genoeg nam ze hen er nooit streng over onder handen, aangezien ze blijkbaar begreep dat de geest nu eenmaal vreemde wegen pleegt te bewandelen om aan verdriet het hoofd te bieden. Dus zal ze haar aandeel in de verantwoording moeten dragen voor wat volg-de;ze had haar plicht niet mogen verzaken alleen maar omdat die pijn-lijk was, en ze had de gedachte aan wedergeboorte in de kiem moeten smoren toen ze dat nog kon, maar het schoot ook zo snel wortel, en toen was het te laat en niet meer voor discussie vatbaar.

Vele jaren later, toen Iskander Harappa in het beklaagdenbankje stond in die rechtszaal waar over zijn leven of dood werd beslist, met een gezicht zo grauw als het geïmporteerde kostuum dat hij droeg, dat door een kleermaker voor hem gemaakt was toen hij nog tweemaal zoveel woog, bracht hij Raza honend die obsessie met reïncarnatie in herinnering. 'Deze leider die zesmaal daags bidt, en voor de nationale televisie nog wel!' zei Isky met een stem waarvan de sirenenzang door het verblijf in de gevangenis ontstemd was geraakt. 'Ik herinner me dat ik hem er eens op heb moeten wijzen dat de *avatar*-theorie ketterij was. Hij heeft natuurlijk nooit naar me geluisterd, maar Raza Hyder heeft er nu eenmaal een gewoonte van gemaakt nooit naar vriendschappelij-ke raad te luisteren.' En buiten de rechtszaal kon men de stoutmoedi-ger leden van Harappa's uiteenvallend gevolg horen mompelen dat generaal Hyder per slot van rekening grootgebracht was in die vijan-delijke staat aan de andere kant van de grens, en dat er bewijzen waren van een overgrootmoeder aan vaderskant die Hindoe was geweest, zodat zijn bloed al lang geleden door die goddeloze denkbeelden was besmet.

En weliswaar trachtten Iskander en Rani allebei de Hyders tot ande-re gedachten te brengen, maar het enige resultaat was dat Bilquìs' lip-pen van obstinaatheid zo strak kwamen te staan als een gespannen trommelvel. Rani Harappa was op dat tijdstip in verwachting, ze had dat snel en moeiteloos voor elkaar gekregen, en voor Bilquìs was het inmiddels al een prestigekwestie geworden nooit te doen wat haar oude boezemvriendin van de slaapzaal haar aanried, waarvoor een van de redenen kan zijn geweest dat zij, Bilquìs, er ondanks al dat nachtelijk gezwoeg moeite mee leek te hebben in verwachting te raken.

Toen Rani in plaats van aan een mannelijke telg het leven schonk aan een dochtertje was dat voor Bilquìs een troost, zij het een schrale, want opnieuw had een droom van haar in het stof gebeten: de wens-droom van een huwelijk tussen hun beider eerstgeborenen. De zojuist geboren mejuffrouw Arjumand Harappa was nu natuurlijk ouder dan enige toekomstige Hyder van het mannelijk geslacht ooit zou kunnen zijn, zodat een dergelijke verbintenis uitgesloten was. Het kwam erop neer dat Rani in elk geval haar deel van de afspraak was nagekomen, en haar bekwaamheid in dat opzicht deed de putdiepe terneergesla-genheid van Bilquìs nog toenemen.

En onder Bariamma's dak begon dat onnatuurlijke vrouwmens dat alleen maar dode baby's kon voortbrengen het mikpunt te worden van allerlei spotternijen en smalende opmerkingen, want de familie was trots op haar vruchtbaarheid. Op een avond, toen Bilquìs zich te slapen had gelegd na eerst haar wenkbrauwen afgewassen te hebben waardoor ze weer op een geschrokken konijn leek, lag ze jaloers naar het lege bed te staren waarin eens Rani Harappa had gelegen, toen een bijzonder venijnige nicht, Duniyazad Begum, haar vanuit het bed aan de andere kant nachtzwarte beledigingen begon toe te sissen: 'De schande van je onvruchtbaarheid wordt niet alleen door jou gedragen, madam. Weet je dan niet dat schande collectief is? De schande van één van ons drukt op ons allen, en doet ons gebukt gaan. Zie wat je de familie van je echtgenoot aandoet, en hoe je hen beloont die je in huis hebben opgenomen toen je als berooide vluchtelinge hier aankwam uit dat goddeloze land daarginds.'

Bariamma had het licht uitgedaan – de hoofdschakelaar hing aan een koord boven haar bed – en reeds overheerste haar gesnurk alle geluiden in de duisternis van het *zenana*-vertrek. Maar Bilquìs bleef niet stil in bed liggen; ze kwam overeind en stortte zich op Duniyazad Begum, die daar al op had liggen vlassen, en nu rolde het tweetal zachtjes over de vloer, de handen verstrengeld in elkaars haar en de knieën rammend in weke vlezige delen. Er werd geluidloos gevochten, zo groot was de macht die de matriarch zelfs in het donker uitoefende, maar het nieuws verspreidde zich op de vleugels van de duisternis door het vertrek en de vrouwen gingen overeind zitten in hun bedden om toe te kijken. Toen de mannen kwamen werden ook zij zwijgende toeschouwers bij deze strijd op leven en dood, in de loop waarvan Duniyazad verscheidene handen haar uit haar weelderig begroeide oksels verloor en Bilquìs een tand brak op de klauwende vingers van haar tegenstandster; totdat Raza Hyder de slaapzaal binnenkwam en hen scheidde. Het was op dat moment dat Bariamma eensklaps ophield met snurken en het licht aandeed, aldus een uitweg verschaffend aan al die toejuichingen en al dat gegil dat men in het donker had opgekropt. Terwijl vrouwen toesnelden om de kale, blinde matriarch een ruggesteun van *gaotakia*-peluwen te bezorgen verklaarde Bilquìs, nog natrillend in de armen van haar echtgenoot, dat ze weigerde nog langer onder dit dak te blijven wonen waar ze zo belasterd werd. 'Man, je weet dat ik in betere omstandigheden ben grootgebracht dan deze,' zei ze, zich hullend in de schamele restanten van haar jeugd als koninginnetje; 'en als mijn kinderen niet komen dan is dat omdat ik ze hier in deze dierentuin niet kan maken, zoals al die anderen doen, net alsof het beesten zijn of zo.'

'Ja ja, we weten wel dat je jezelf te goed voor ons vindt.' Bariamma had het laatste woord terwijl ze met een sissend geluid als van een leeglopende ballon in de *gaotakia*'s wegzonk. 'Neem haar dan maar mee hiervandaan, Raza m'n jongen,' zei ze met die stem die klonk als het gonzen van een horzel. 'En jij, begum Billoe, scheer je weg. Wanneer je dit huis verlaat zal je schande met jou vertrekken, en zal onze lieve Duniya, die je aangevallen hebt omdat ze de waarheid sprak, geruster kunnen slapen. Vort, *mohajir!* Immigrante die je bent! Pak je spullen, en vlug een beetje. Smeer 'm naar welke goot je ook verkiezen mag.'

Ook ik weet iets van dat immigrant-zijn af. Ik ben een emigrant uit één land (India) en een vreemde in twee (Engeland, waar ik woon, en Pakistan, waarheen mijn familie tegen mijn zin is verhuisd). En ik houd er een theorie op na dat de wrok die wij *mohajirs* oproepen verband houdt met het feit dat we de zwaartekracht hebben overwonnen. Wij hebben kans gezien datgene te doen waarvan iedereen al van oudsher droomt, datgene waarom ze de vogels benijden: we zijn weggevlogen, gevlucht.

Ik vergelijk zwaartekracht met het gevoel ergens thuis te horen. Beide verschijnselen zijn aantoonbaar: mijn voeten blijven op de grond, en nooit ben ik kwader geweest dan op de dag toen mijn vader me vertelde dat hij het huis in Bombay had verkocht waarin ik mijn kinderjaren had doorgebracht. Maar geen van beide verschijnselen wordt begrepen. We kennen de zwaartekracht, maar niet haar oorsprong; en om te verklaren waarom we aan onze geboorteplaats gehecht raken, doen we net alsof we bomen zijn en spreken we van wortels. Kijk eens onder uw voeten. U zult geen knoestige groeisels door de zolen naar buiten zien komen. Wortels, zo denk ik wel eens, zijn een conservatieve mythe, bedoeld om ons op onze plaats te houden.

De anti-mythen van de zwaartekracht en van het ergens thuishoren dragen dezelfde naam: vlucht. *Migratie: v., het zich-verplaatsen, bijvoorbeeld in vlucht, van de ene streek naar de andere.* Vliegen en vluchten: allebei zijn het manieren om de vrijheid op te zoeken ... iets vreemds met betrekking tot de zwaartekracht is, tussen haakjes, dat hoewel die nog steeds niet begrepen wordt, niemand moeite schijnt te hebben met het theoretisch tegendeel daarvan: de anti-zwaartekracht. Maar het bestaan van een anti-thuishoren wordt door de moderne wetenschap niet erkend ... laten we eens aannemen dat ICI, of Ciba-Geigy of Pfizer of Roche, of ik veronderstel zelfs de NASA, met een antizwaartekrachtpil op de proppen zou komen. De luchtvaartmaatschappijen van de wereld zouden natuurlijk van de ene dag op de andere failliet gaan. De slikkers van dergelijke pillen zouden zich losmaken van de grond en omhoog zweven totdat ze wegzonken in de wolken. Het zou nodig worden speciale waterdichte vliegpakken te ontwerpen. En wanneer de pil na verloop van tijd uitgewerkt was, zou je eenvoudigweg weer zachtjes terugdalen naar de aarde, maar vanwege de heersende windsnelheden en de draaiende beweging van de planeet zou je op een andere plek neerkomen. Een op de gebruiker afgestemde internationale manier van reizen zou te verwezenlijken zijn door voor verschillende reisafstanden pillen van verschillende sterkte te vervaardigen. Er zou een of andere stuwmotor geconstrueerd moeten worden om mee te sturen, wellicht in de vorm van een ransel. Door massaproduktie zou dit binnen het bereik van ieder gezin kunnen worden gebracht. Nu ziet u het verband tussen zwaartekracht en 'wortels': de pil zou van ons allen trekvogels maken. We zouden omhoog zweven, ons stuwmotortje gebruiken om de juiste breedtegraad te bereiken, en de rondwentelende planeet de rest laten doen.

Wanneer individuen zich losmaken van hun geboorteland worden ze emigranten genoemd. Wanneer naties hetzelfde doen (zoals Bangladesj bijvoorbeeld) wordt die daad afscheiding genoemd. Wat is het beste aan geëmigreerde mensen en afgescheiden naties? Volgens mij dat ze zo hoopvol zijn. Kijkt u maar eens naar de ogen van zulke mensen op oude foto's. Door de verblekende sepiatinten heen straalt de hoop je onverflauwd tegemoet. En wat is het ergste? Dat is de leegheid van de bagage. Ik heb het over onzichtbare koffers, en niet over die van de stoffelijke, wellicht kartonnen, soort die een paar van hun betekenis beroofde aandenkens bevat: we hebben ons losgemaakt van meer dan vaderlandse grond alleen. We zijn omhoog gezweefd weg van de geschiedenis, weg uit de herinnering, weg uit de Tijd.

Ik ben wellicht ook zo iemand. Pakistan is wellicht ook zo'n land.

Het is welbekend dat de naam 'Pakistan' een acroniem is dat oorspronkelijk in Engeland werd bedacht door een groep islamitische intellectuelen: P voor de Panjabi's, A voor de Afghanen, K voor de Kasjmieri's, de S voor Sind, en het 'tan' naar ze zeggen voor Baluchistan. (Het zal u opvallen dat over de oostelijke vleugel met geen woord gesproken wordt; voor Bangladesj werd in die naam nooit een plaatsje ingeruimd, en dus volgde het de stille wenk uiteindelijk op en scheidde zich op zijn beurt af van de secessionisten. Probeert u zich eens voor te stellen wat zo'n dubbele secessie de mensen doet!) — Het was dus een in ballingschap geboren woord dat vervolgens oostwaarts trok, 'overgezet' ofte wel vertaald werd, en zich als zodanig aan de geschiedenis opdrong; een teruggekeerde emigrant die zich op afgescheiden grondgebied vestigde als een palimpsest op het verleden. Een palimpsest versluiert datgene wat zich eronder bevindt. Voor de opbouw van Pakistan was het nodig Indische geschiedenis te verdonkeremanen en te ontkennen dat er vlak onder het oppervlak van de Pakistaanse standaardtijd Indische eeuwen lagen. Het verleden werd herschreven; er was geen andere mogelijkheid.

Wie eigenden zich de taak van het herschrijven van de geschiedenis toe? De immigranten, de *mohajirs*. In welke talen? In het Oerdoe en in het Engels, allebei geïmporteerde talen, hoewel de ene van minder ver kwam dan de andere. Je zou de verdere geschiedenis van Pakistan kunnen zien als een duel tussen twee lagen tijd, waarbij de verborgen wereld zich een weg baande terug omhoog, door die haar opgedrongen laag heen. Wat iedere kunstenaar in werkelijkheid verlangt te doen is de wereld zijn of haar zienswijze op te leggen; en Pakistan, die afbladderende, in stukken uiteenvallende en steeds meer door innerlijke strijd verscheurde palimpsest, zou beschreven kunnen worden als een falen van de dromende geest. Misschien waren de gebruikte pigmenten de verkeerde, en niet duurzaam, net als die van Leonardo; of misschien had de kunstenaar zich het land alleen maar *onvoldoende verbeeld* en was het een beeld vol onverenigbare elementen geworden; de het middenrif bloot latende sari's van de immigranten versus de ingetogen, inheemse *sjalwars* en *kurta's* van de Sindhi, het Oerdoe versus het Panjabi en het nu versus het verleden: een wonder dat verkeerd uitgevallen is.

Wat mij betreft: net als alle emigranten ben ook ik een fantast. Ik bouw denkbeeldige landen op en probeer die de bestaande op te leggen. Ook ik heb met het probleem van de geschiedenis te kampen: wat te behouden, wat op de vuilnishoop te gooien, hoe vast te houden aan wat het geheugen kwijt wil, en hoe met veranderingen om te gaan. En om nog eens op dat denkbeeld van die 'wortels' terug te komen, ik moet zeggen dat ik er niet helemaal in geslaagd ben me daarvan te bevrijden. Zo nu en dan zie ik mezelf wel degelijk als een boom, en in wat je vlagen van grootheidswaan zou kunnen noemen, zelfs als de esseboom Yggdrasil, de wereldboom uit de Noorse mythologie. De es Yggdrasil heeft drie wortels. Een daarvan hangt in de poel der kennis bij het Walhalla, waar Odin komt drinken. Een tweede wordt langzaam verteerd in het nimmer dovende vuur van Muspellheim, het rijk van de vuurgod Surtur, en de derde wordt geleidelijk aan doorgeknaagd door een angstaanjagend beest, de Nidhögg genaamd. En wanneer vuur en monster er twee van de drie vernietigd hebben, zal de es omvallen, en zal alles in duisternis gedompeld worden. De godenschemering: de doodsdroom van een boom.

Het palimpsest-land van mijn verhaal heeft, ik herhaal het, geen eigen naam. De uitgeweken Tsjechische schrijver Kundera heeft eens geschreven: 'Een naam betekent continuïteit met het verleden, en mensen zonder een verleden zijn mensen zonder naam.' Maar ik heb te maken met een verleden dat weigert zich te laten verdrukken, dat dagelijks strijd levert met het heden; het is dus misschien wat al te ongevoelig van me mijn sprookjesland een naam te onthouden.

Er is een apocrief verhaal dat Napier, na een geslaagde veldtocht in wat nu het zuiden van Pakistan is, de volgende schuldbewuste, uit slechts één woord bestaande boodschap naar Engeland zond: 'Peccavi'. 'Ik heb gezondigd', wat in het Engels evenwel verkeerd gespeld kan worden als *I have Sind*. Ik kom in de verleiding mijn denkbeeldig Pakistan naar deze tweetalige (en fictieve, want nooit echt gebezigde) woordspeling te noemen. Laat het dus *Peccavistan* heten.

Het was de dag waarop de enige zoon van de toekomstige generaal Raza Hyder gereïncarneerd zou worden.

Bilquìs had de bevruchting verhinderende tegenwoordigheid van Bariamma de rug toegekeerd en was verhuisd naar een eenvoudige woning voor gehuwde officieren en hun vrouwen, die zich op het terrein van de legerbasis bevond; en niet lang na haar ontsnapping was ze zwanger geworden, precies zoals ze voorspeld had. 'Wat heb ik je gezegd?' zei ze triomfantelijk. 'Wacht maar, Raz, de kleine engel komt terug, je zult het zien.' Bilquìs schreef haar hervonden vruchtbaarheid toe aan het feit dat ze nu eindelijk geluid kon maken tijdens hun liefdesspel, 'zodat de kleine engel die op zijn wedergeboorte wacht, kan horen wat er gaande is en dienovereenkomstig kan reageren,' zei ze vol genegenheid tegen haar echtgenoot, en deze blijde opmerking deed hem ervan afzien te antwoorden dat het niet alleen engelen waren die zich binnen gehoorbereik van haar hartstochtelijk gekreun en wilde liefdeskreten bevonden, maar ook alle andere getrouwde officieren van de legerbasis, met inbegrip van zijn commandant alsmede een aantal jongere kerels, zodat hij zich in de mess nogal wat plagerijen had moeten laten welgevallen.

Bij Bilquìs begonnen de weeën – de wedergeboorte was ophanden. Raza Hyder zat stijf rechtop in een wachtkamer van de kraamafdeling van het militaire hospitaal, en wachtte af. En na acht uren van krijsen en persen, van gesprongen adertjes in haar wangen en van het liederlijk taalgebruik dat dames alleen tijdens bevallingen is toegestaan, kreeg ze het eindelijk, floep! voor elkaar: het wonder van een nieuw leven. Raza Hyders dochter werd om kwart over twee 's middags geboren, maar dat was nog niet alles: ze was even springlevend als haar grote broer morsdood was geweest.

Toen het ingebakerde kind Bilquìs overhandigd werd, kon die niet nalaten zwakjes uit te roepen: 'Mijn God, is dat alles? Al dat gehijg en gepuf, om alleen dit muisje eruit te persen?'

De heldin van ons verhaal, dat verkeerde wonder, Sufiya Zinobia, was als baby zo klein als men nog maar zelden een baby had gezien. (Ze bleef klein naarmate ze opgroeide, daarin leek ze op haar bijna dwergachtige overgrootmoeder van vaderskant, wier naam, Bariamma, ofte wel 'Grote Moeder', altijd al een soort familiegrap was geweest.)

Bilquìs gaf het verrassend kleine bundeltje terug aan de vroedvrouw, die het naar de gang droeg, naar de vol ongerustheid wachtende vader. 'Een dochter, sahib majoor, en zo mooi, net als de dag zelf, vindt u ook niet?' In de kraamkamer stroomde de uitgeputte moeder de stilte uit alle poriën; in de wachtkamer was ook Raza stil. Stilte: van oudsher de taal der verslagenheid.

Verslagenheid? Maar we hebben het hier over de Ouwe Scherp-als-een-Scheermes in eigen persoon, de veroveraar van gletschers, de bedwinger van bevroren bergweiden en schapen met ijspegels in hun vacht! Was de toekomstige sterke man van de natie dan zo gemakkelijk te verpletteren? Wis en waarachtig niet. Leidde de ontstellende mededeling van de vroedvrouw tot onvoorwaardelijke overgave? Niet in het minst. Raza begon te redetwisten, en de woorden werden met kracht uitgestoten, onstuitbaar als tanks. De muren van het hospitaal beefden en weken terug; paarden steigerden en wierpen hun berijders af op de nabijgelegen polovelden.

'Er worden wel vaker vergissingen gemaakt!' schreeuwde Raza. 'Afschuwelijke blunders zijn niet onbekend! Mijn eigen aangetrouwde achterneef in de vijfde graad bijvoorbeeld, toen die geboren werd...! Geen tegenspraak, vrouwmens, ik sta erop de directeur van dit hospitaal te spreken!'

En nog luider zelfs: 'Baby's doen niet schoon hun intrede in deze wereld!'

En als kanonskogels kwamen de woorden over zijn lippen: 'Geslachtsdelen! Kunnen! Verkeerd! Beoordeeld! Worden!'

Raza Hyder bleef razen en tieren. De vroedvrouw salueerde stram; vergeet niet dat dit een militair hospitaal was, en Raza was hoger in rang dan zij; dus gaf ze toe dat, ja, wat de sahib majoor daar zei, behoorde zeker tot de mogelijkheden. Waarna ze wegvluchtte. Hoop herleefde in de vochtige ogen van de vader, en ook in de vergrote pupillen van Bilquìs, die al dat lawaai natuurlijk gehoord had. En nu was het de baby die, nu haar wezenskenmerken in twijfel getrokken werden, zweeg en in een gepeins verviel.

De directeur (een brigadegeneraal) trad het bevende vertrek binnen waar de toekomstige president de biologie poogde te beïnvloeden door een daad van bovenmenselijke wilskracht. Zijn woorden, gezaghebbend, definitief en hoger in rang dan die van Raza, sloegen alle hoop de bodem in. De doodgeboren zoon stierf opnieuw, en zelfs zijn geest werd uitgedoofd door de fatale woorden van de esculaap: 'Een vergissing is uitgesloten. Gelieve op te merken dat het kind gewassen is. En wel voordat het ingebakerd werd. De kwestie van het geslacht is boven alle twijfel verheven. Sta mij toe dat ik mijn gelukwensen aanbied.' Maar welke vader zou er zich zonder strijd bij neerleggen dat zijn zoon, tweemaal verwekt, op zo'n manier ter dood werd gebracht? Raza rukte de windsels weg; toen hij tot de zich daaronder bevindende baby doorgedrongen was, wees hij met priemende vinger onder de gordel: 'Dáár! Ik vraag u, meneer, wat is dàt dan?' – 'Wat we hier zien zijn de te verwachten verschijnselen, en ook de na de geboorte niet ongebruikelijke lichte zwelling van het vrouwelijk ... – 'Een bobbel!' kreet Raza vertwijfeld. 'Is dit niet duidelijk en ontegenzeglijk een *bobbel*, dokter?'

Maar de brigadegeneraal had het vertrek verlaten.

'En op dat moment,' – ik citeer weer uit de familielegende – 'toen haar ouders zich gedwongen zagen de onveranderbaarheid van haar geslacht toe te geven en zich, zoals het geloof verlangt, aan de wil van God te onderwerpen; op dat zelfde ogenblik begon dat kersverse en slaperige wezentje in Raza's armen – het is werkelijk waar! – te blozen.'

O, Sufiya Zinobia met je vlammende konen!

Het is mogelijk dat bovengenoemd voorval tijdens het vele vertellen en oververtellen ervan wat verfraaid is, maar ik wacht me er wel voor de geloofwaardigheid van mondelinge overleveringen in twijfel te trekken. Men zegt dat de baby bij de geboorte al bloosde.

Toen al, zelfs toen al, viel ze te gemakkelijk ten prooi aan schaamte.

Er is een gezegde dat zegt dat de kikker die in de schacht van een waterput kwaakt, schrikt van de dreunende stem van de reuzenkikker die hem antwoord.

Toen in het district van Q. de grote gasvelden werden ontdekt in de Naaldenvallei, werd het onvaderlandslievende gedrag van de onge-breidelde plaatselijke bergstammen tot een zorgwekkende nationale kwestie. Nadat het team van boormeesters, landmeters en gasdeskun-digen dat naar de vallei was gestuurd om plannen te maken voor de winning van het gas aangevallen was door de bergbewoners, die elk lid van genoemd team gemiddeld achttien komma zesenzestig maal ver-krachtten (waarvan dertien komma zevenennegentig aanrandingen van achteren en slechts vier komma negenenzestig via de mond) alvo-rens honderd procent van de experts de strot door te snijden, verzocht de eerste minister van de deelstaat, Aladdin Gichki, om militaire assis-tentie. De commandant van de strijdkrachten die waren aangewezen voor de bescherming van de van onschatbare waarde zijnde gasbron-nen was niemand anders dan Raza Hyder, de held van de expeditie naar Aansu-ki-Wadi, en inmiddels al tot kolonel opgeklommen. Zijn benoeming vond algemeen bijval. 'Wie kan er beter een kostelijke bergvallei verdedigen,' informeerde het belangrijkste dagblad van de natie, *Oorlog*, retorisch, 'dan de veroveraar van nog zo'n juweel?' De Oude Scherp-als-een-Scheermes zelf legde, staande op de treeplank van de zojuist van airconditioning voorziene posttrein naar het wes-ten, de volgende verklaring af tegenover een verslaggever van dat zelf-de blad: 'Die struikrovers zijn de kikkers in de waterput, waarde heer, en met Gods hulp zal ik de reus zijn die ze de stuipen op het lijf jaagt.'

Op dat tijdstip was zijn dochtertje Sufiya Zinobia vijftien maan-den oud, en samen met zijn vrouw Bilquìs vergezelde ze kolonel Hy-der op zijn reis naar de Onmogelijke Bergen. En nauwelijks had hun trein het station verlaten of er begonnen geluiden van 'goddeloos geslemp' (Raza's woorden) in hun coupé door te dringen. Raza informeerde bij de conducteur naar de identiteit van zijn buren. 'Buitengewoon belangrijke personen, kolonel,' luidde het ant-woord, 'het zijn bepaalde directeuren en ook vrouwelijke filmsterren directeuren en ook vrouwelijke filmsterren van een beroemd bioscoop-bedrijf.' Raza Hyder haalde de schouders op. 'Dan zullen we ons die herrie moeten laten welgevallen, want ik ben niet van plan me te verlagen door met bioscoopfiguren te gaan redetwisten.' Toen ze dat hoorde vertrok Bilquìs haar lippen tot een strakke, bloedeloze glimlach, en probeerde ze met felle blik de spiegel aan de wand te doorboren die haar scheidde van de imperiums van haar verleden.

Het rijtuig was van een nieuw model, met een gang die langs de coupédeuren liep, en toen Bilquìs een paar uur later terugkeerde van het damestoilet boog een jongeling met lippen zo dik als die van Iskander Harappa zich uit de verdorven coupé van de bioscoopmensen naar buiten en maakte smakkende zoengeluiden tegen haar, terwijl hij haar met een door whisky benevelde stem tedere complimentjes toefluisterde: 'Ik zweer je, liefje, ze kunnen hun spullen uit het buitenland wat mij betreft houden. Er gaat nog altijd niets boven produkten van eigen bodem, geen twijfel aan.' Bilquìs kon hem met zijn ogen als het ware in haar borsten voelen knijpen, maar om de een of andere onverklaarbare reden maakte ze geen gewag van deze inbreuk op haar eerbaarheid toen ze weer aan de zijde van haar echtgenoot was teruggekeerd.

Ook Raza Hyders eer kreeg een lelijke slag te incasseren op die reis, of om precies te zijn aan het einde daarvan, want toen ze in Q. op het station van het kantonnement aankwamen, zagen ze zich op het perron opgewacht door een menigte die de omvang had van een sprinkhanenzwerm, populaire hitnummers zong en bij wijze van verwelkoming met bloemen gooide en met vlaggetjes zwaaide, en hoewel Bilquìs Raza zijn snorpunten zag opdraaien kwam er geen woord over haar glimlachende lippen om hem op de voor de hand liggende waarheid te wijzen, namelijk dat deze ontvangst niet voor de kolonel maar voor het ordinaire tuig van de coupé naast de hunne was bedoeld. Hyder stapte met uitgespreide armen uit de trein en een toespraak op de lippen, waarin hij de veiligheid van de voor de welvaart zo belangrijke gasbel zou garanderen, en werd bijna onder de voet gelopen door de handtekeningenjagers en zomen-van-gewaden-kussers die op de zedig en ingetogen kijkende filmactrices afstormden. (Aldus uit zijn evenwicht gebracht ontging het hem dat een jongeling met dikke lippen bij wijze van afscheid wriemelende vingerbewegingen maakte in de richting van Bilquìs.) De kwetsuur die zijn trots hier had opgelopen verklaarde veel van wat volgde: op de onlogische manier de vernederden eigen begon hij zijn vrouw verwijten te maken, die immers een cinematische achtergrond met zijn tegenstanders gemeen had – waarop zijn woede over de verknoeide reïncarnatie van zijn enige zoon weer ontwaakte en de zojuist geslagen bruggen tussen zijn vrouw en de filmliefhebbers overstak, totdat Raza onbewust de oppervlakkige bioscoop-bezoekers van Q. de schuld begon te geven van zijn voortplantings-moeilijkheden.

Problemen in een huwelijk zijn als moessonwater dat zich op een plat dak verzamelt. Je beseft niet dat het er ligt, maar het wordt zwaarder en zwaarder, het zoekt naar zwakke plekken, totdat op een dag het hele dak op je hoofd naar beneden komt ... Sindbad Mengal latend voor wat hij was – de jongeling met de zoenlippen, de jongste zoon van de president-directeur van het bioscoopconcern, die was gekomen om de leiding op zich te nemen over alle cinema-activiteiten in die streek, met beloften van elke week nieuwe programma's, de bouw van nieuwe bioscooppaleizen en geregelde persoonlijke optredens door topsterren en populaire zangers en zangeressen – borgen de Hyders hun eigen beloften van komende triomfen weg en baanden zich door de jubelende menigte een weg naar de uitgang van het station.

In Hotel Flashman werden ze naar een benauwend naar mottenballen ruikende bruidssuite gebracht door een aan seniele aftakeling lijdende kruier, die nog vergezeld werd door een van de laatste getrainde aapjes in piccolo-uniform, en die, door diepe wanhoop gedreven, niet nalaten kon Raza Hyders arm aan te raken en te vragen: 'Alstublieft, eerbiedwaardige heer, weet u wanneer de Engelse sahibs weer terugkomen?'

En Rani Harappa?

Waar ze ook kijkt, overal turende gezichten; waar ze ook luistert, overal hoort ze stemmen die zich bedienen van een vocabulaire van zulk een bontgeschakeerde obsceniteit dat haar luisterende oren er alle kleuren van de regenboog van krijgen. Op een ochtend spoedig na haar aankomst in haar nieuwe huis wordt ze wakker en betrapt een paar boerenmeiden erop dat ze in haar laden met kledingstukken zitten te rommelen. Ze halen er met kant afgezette, geïmporteerde lingerie uit en houden die omhoog, en bekijken robijnrode lippenstiften. 'Wat denken jullie eigenlijk wel? Wat doen jullie daar?' De twee meisjes draaien zich om en staren haar onbeschaamd aan, zonder de kledingstukken, cosmetica en kammen terug te leggen. 'O, Isky's vrouw, maak je maar geen zorgen, Isky's ayah heeft gezegd dat we mochten gaan kijken.' 'We hebben vloeren geboend, en daarom heeft ze ons toestemming gegeven.' 'Hè, Isky's vrouw, als ik jou was zou ik maar voorzichtig zijn op de vloeren die we geboend hebben! Ze zijn gladder dan een apekontje, dat kan ik je verzekeren.' Rani komt op haar ellebogen overeind in bed, en haar stem vecht om de slaap af te schudden.

'Maak dat je wegkomt! Blozen jullie niet van schaamte dat je hier durft te komen? Vooruit, smeer 'm, anders …' De meisjes wuiven zich koelte toe, alsof er een laaiend haardvuur in de kamer brandt. 'God, wat is het hier heet!' 'Hé, Isky's vrouw, doop je tong eens in water!' Ze schreeuwt: 'Hoe durf je zo onbesch…', maar ze vallen haar in de rede. 'Maak je niet zo druk, dame, in dit huis geldt nog steeds wat Isky's ayah zegt.' De meiden begeven zich, uitdagend met de heupen wiegend, naar de deur. En blijven in de deuropening nog even staan voor een laatste hatelijke opmerking: 'Gedver, die Isky geeft z'n vrouw goeie kleren. Van alles het beste, dat is een ding dat zeker is.' 'Dat is waar. Maar als een pauw in het oerwoud danst, is er niemand om zijn staart te bewonderen.'

'En zeg tegen Isky's – zeg de ayah dat ik mijn dochtertje wens te zien,' roept ze, maar de meisjes hebben de deur al achter zich dichtgetrokken, en een van hen roept van uit de gang: 'Waarom zoveel kapsones? Het kind komt wel wanneer ze zover is.'

Rani Harappa huilt al niet meer, niet langer zegt ze tegen haar spiegel: *Dit kan niet waar zijn*, of zucht van ongegronde heimwee naar de slaapzaal van de veertig rovers. Met dochter, maar zonder echtgenoot is ze hier gestrand in deze uithoek van de kosmos: op Mohenjo, het landgoed van de Harappa's in Sind, dat van horizon tot horizon reikt, geplaagd wordt door een chronisch gebrek aan water en bevolkt is met smadelijk lachende monsters, 'Uitgesproken Frankensteins.' Ze beeldt zich niet langer in dat Iskander niet weet hoe ze hier behandeld wordt. 'Hij weet het,' zegt ze tegen haar spiegel. Haar beminde echtgenoot, haar bruidegom op de gouden schaal. 'Een vrouw wordt slapper, wijder nadat ze een kind heeft gebaard,' vertrouwt ze de spiegel toe, 'en mijn Isky houdt van strak en nauw.' Dan vliegt haar hand naar haar mond en rent ze naar de deur en naar de ramen om zich ervan te vergewissen dat niemand het gehoord heeft.

Wat later zit ze, gekleed in *sjalwar* en *kurta* van Italiaanse crêpe de chine, op de koelste veranda en borduurt aan een sjaal, terwijl ze een kleine stofwolk aan de horizon gadeslaat. Nee, hoe zou dat Isky kunnen zijn, die is immers in de stad met zijn boezemvriend Shakil; ik heb altijd geweten dat daar ellende van kwam, al vanaf de eerste keer dat ik hem zag, dat tonronde varken. Nee, waarschijnlijk is het alleen maar zo'n kleine windhoos, die voorthuppelt door het kreupelhout.

De aarde van Mohenjo is weerspannig. Ze bakt haar mensen tot keiharde rotsklompen, als in een oven. De paarden in de stallen zijn van ijzer gemaakt, en het vee heeft botten van diamant. De vogels hier hakken met hun snavels kluiten aarde los, vermengen die met speeksel tot een soort modder en bouwen daar nesten van; er zijn haast geen bomen, behalve in het kleine bos waar het spookt, en waar zelfs de ijzeren paarden op hol slaan en ervandoor gaan ... terwijl Rani zit te borduren ligt een uil te slapen in een uitholling in de grond. Slechts een vleugeltip is te zien.

'Als ik hier vermoord werd, zou het nieuws nooit buiten het land-goed bekend worden.' Rani is er niet zeker van of ze dit hardop heeft gezegd of niet. Haar door eenzaamheid losgemaakte gedachten komen haar tegenwoordig wel vaker over de lippen zonder dat ze zich daar-van bewust is, en dikwijls zijn ze bovendien in tegenspraak met elkaar, want de volgende gedachte die bij haar opkomt terwijl ze hier zo zit onder de zware dakbalken van de veranda is deze: 'Ik houd van dit huis.'

Langs alle vier de zijden van het huis lopen veranda's; een lange, met muskietengaas overdekte gaanderij verbindt het huis met de keuken-bungalow. Het is een van de wonderen van dit huis dat *chapati's* op hun reis over de houten plankieren van dit pad naar de eetzaal niet afkoelen, en dat soufflés nooit inzakken. Verder zijn er olieverfschilde-rijen en kroonluchters en hoge plafonds, en een plat, geasfalteerd dak waarop ze eens, voordat hij haar hier achterliet, op een ochtend is neergeknield om door een bovenlicht giechelend neer te kijken op haar echtgenoot die nog in bed lag. Het familiebezit van de Harappa's, waar Iskander geboren is. 'Ik heb tenminste dit stukje van hem, deze grond, zijn eerste thuis. Wat een schaamteloos iemand moet ik toch zijn, Bilquìs, om genoegen te nemen met zo'n klein stukje van mijn man.' En Bilquìs, aan de andere kant van de lijn in Q.: 'Best mogelijk dat jij daar tevreden mee bent, liever, maar ik zou daar nooit genoe-gen mee kunnen nemen, niks hoor. Goed, mijn Raza zit momenteel bij dat gas, maar je kunt me je medeleven gerust besparen, liefje, want wanneer hij thuiskomt mag hij misschien doodmoe zijn, maar zó doodmoe toch ook weer niet, als je begrijpt wat ik bedoel.'

De stofwolk heeft nu het dorp Mir bereikt, dus is het een bezoeker en geen windhoos. Ze probeert haar opwinding te bedwingen. Het dorp draagt de naam van Iskanders vader, sir Mir Harappa, inmiddels overleden, maar eens vol trots door de Engelse autoriteiten geridderd voor bewezen diensten. Iedere dag wordt zijn ruiterstandbeeld gerei-nigd van de vogelstront. De in steen vereeuwigde sir Mir kijkt even hautain op het ziekenhuis van het dorp neer als op het bordeel: kort-om, het toppunt van een verlichte *zamindar*... 'Een bezoeker.' Ze klapt in de handen, ze luidt de bel. Lange tijd gebeurt er niets, totdat eindelijk Isky's ayah, een grof gebouwde vrouw met zachte, onbeëelte handen, een kruik granaatappellimonade komt brengen. 'Je hoeft niet zo'n drukte te maken, Isky's vrouw, de huishouding van je echtgenoot weet hoe ze gasten moet ontvangen.' Achter de ayah komt de oude, dove en halfblinde Gulbaba aangelopen, en achter hem een spoor van gemorste pimpernoten dat leidt naar de halflege schaal in zijn handen. 'O God, die bedienden van je, lieverd,' heeft Bilquìs eens interlokaal als haar mening te kennen gegeven, 'al die ouwe sukkels die nog zijn overgebleven van vijfhonderd jaar geleden. Je moet beslist eens met ze naar de dokter gaan om ze pijnloos een spuitje te laten geven. Wat jij niet allemaal over je kant laat gaan! Je hebt al de naam van koningin, zorg nu dat je de faam van een koningin krijgt.'

Ze schommelt heen en weer in haar stoel op de veranda terwijl ze ongehaast verder borduurt, en voelt hoe de jeugd en de opgewektheid druppel voor druppel uit haar worden geperst door de druk van de verstrijkende minuten, en dan komen de ruiters de binnenplaats opgereden en herkent ze Iskanders neef, Kleine Mir Harappa, van het landgoed Daro, dat vlak over de noordelijke horizon begint. In deze contreien nemen horizons de plaats in van afrasteringen.

'Begum Rani,' schreeuwt Kleine Mir al vanaf zijn paard, 'het heeft geen zin mij hier de schuld van te geven. Geef je echtgenoot maar liever de schuld; je zou hem eens wat moeten intomen. Neem me niet kwalijk, maar de vent is een echte schoft, ik ben buiten mezelf van woede.'

Een dozijn gewapende ruiters stijgt af en begint het huis te plunderen, terwijl Mir zijn ros laat zwenken en steigeren en de vrouw van zijn neef rechtvaardigingen toeslingert, ten prooi aan een onbezonnen, door gehinnik geaccentueerde razernij die hem alle beheersing over zijn tong doet verliezen. 'Wat weet je eigenlijk van die ossereet af, mevrouw? – Je mag me afzuigen, maar ik weet er álles van. Die pezerik, het homoseksueel zwijn. Vraag de dorpelingen er maar eens naar, hoe die fraaie vader van hem zijn vrouw opsloot en iedere nacht in het bordeel doorbracht, hoe een hoer verdween nadat haar dikke buik niet meer te verklaren was door wat ze at, en hoe lady Harappa toen ineens met een baby in haar armen liep, terwijl iedereen wist dat ze al in geen tien jaar meer genaaid was. Zo vader, zo zoon, dat is mijn eerlijke overtuiging, en als het je niet bevalt kan ik er ook niks aan doen. Dat incestueuze bastaardgebroed van lijkenetende aasgieren, denkt hij soms dat hij me ongestraft publiekelijk kan beledigen? Wie is de oudste van ons tweeën, ik of die vent die zieke ezels het stront uit het gat zuigt? Wie is de grootste landeigenaar van ons beiden, ik, of hij, met zijn vijftien vierkante centimeter grond waarop zelfs de luizen nog honger lijden? Zeg hem maar wie er koning is in deze streek. Vertel hem maar eens wie hier kan doen waar hij zin in heeft, en dat hij als moordenaar en verkrachter van zijn eigen grootmoeder op z'n blote knieën naar me toe moet komen kruipen om m'n voeten te kussen en me om vergiffenis te smeken, die knabbelaar aan de linkertepel van een kraai. Deze dag zal hem tonen wie hier de baas is.'

Schilderijen uit de school van Rubens worden door plunderaars uit vergulde lijsten gesneden; van Sheraton-stoelen worden de poten geamputeerd. Antiek zilver wordt in versleten oude zadeltassen gestouwd. Karaffen van geslepen glas versplinteren op kostelijke tapijten. Maar te midden van het geweld van deze strafexpeditie gaat Rani rustig door met haar borduurwerk. De oude bedienden, de ayah, Gulbaba, de meiden die de vloeren hebben geboend, stalknechts en dorpelingen uit het dorp Mir staan en hurken op een afstandje, toekijkend en luisterend, en Kleine Mir, een fiere ruiterfiguur, de lange, havikachtige vleeswording van het standbeeld in het dorp, doet er pas het zwijgen toe als zijn mannen weer op hun paarden zitten. 'Een man z'n eer zetelt in z'n vrouwen,' schreeuwt hij nog. 'Dus toen hij me die hoer afnam, ontnam hij me daarmee ook mijn eer, zeg hem dat maar, de kleine over het paard getilde pisdrinker. Vertel hem maar van de kikker in de put, en hoe de reuzenkikker hem geantwoord heeft. Zeg hem dat hij er goed aan zal doen angst te koesteren, en dat hij zich gelukkig mag prijzen dat ik een zachtmoedig man ben. Ik had mijn eer ook kunnen herwinnen door hem van de zijne te beroven. Dame, ik zou alles, maar dan ook alles met je kunnen doen, en wie zou het me durven verhinderen? Hier zijn mijn wetten, de wetten van Mir, die gelden. Salaam aleikum.' Het stof van de vertrekkende ruiters daalt neer op het oppervlak van de onaangeroerde granaatappellimonade, en zinkt vervolgens om een dikke laag bezinksel op de bodem van de kruik te vormen. 'Ik kan het hem eenvoudig nog niet vertellen,' zegt Rani aan de telefoon tegen Bilquìs. 'Het bezorgt me een te groot gevoel van schaamte.'

'O Rani, je zit wel in de problemen, lieverd,' leeft Bilquìs aan de andere kant van de legertelefoonlijn met haar mee. 'Wat bedoel je met dat je van niets weet? Neem mij nou, weggestopt net als jij, maar zelfs in dit achterlijke gat weet ik waar heel Karachi over praat. Lieverd, wie heeft er niet gezien hoe jouw Isky en die dikke dokter samen de bloemetjes buiten zetten, hoe ze naar voorstellingen van buikdanseressen gaan en naar de zwembadterrassen van de internationale hotels waar de naakte blanke vrouwen zich ophouden? Waarom denk je dat hij je heeft weggestopt waar je nu zit? Alcohol, gokken, opium, wie weet wat ze allemaal uitspoken. Vrouwen met hun waterdichte vijgebladjes. Neem me niet kwalijk, lieverd, maar iemand zal het je toch moeten vertellen. Hanengevechten, berengevechten, gevechten tussen slangen en wezels, die Shakil weet alles te regelen, net als een pooier of zo iemand. En om hoeveel vrouwen het gaat? O kindlief. Tijdens diners graait hij onder tafel naar hun dijen. Ze zeggen dat die twee met filmcamera's naar de hoerenbuurt gaan. Natuurlijk is het duidelijk waar het die Shakil om te doen is, op deze manier krijgt die nul met zijn herkomst van niks het mondaine leven immers op een presenteerblaadje aangeboden, misschien hebben sommigen van die vrouwen er wel niets op tegen doorgegeven te worden, kruimels die van de tafel van de rijken afvallen, je begrijpt wel wat ik bedoel. Maar hoe het ook zij, lieverd, waar het om gaat is dat die Isky van jou zijn neef diens sappigste Franse snolletje pal van onder zijn neus heeft weggekaapt tijdens een of ander groot cultureel evenement, het spijt me dat ik het zeggen moet maar de hele stad wist ervan, en het was toch zo komisch Mir daar te zien staan terwijl Isky met die lichtekooi wegliep, o mijn God, ik snap niet dat je je de ogen niet uit het hoofd huilt. Waar maak je je dan wel druk om? Werkelijk, je zou zo langzamerhand moeten weten wie je vriendin is, en wie achter je rug je naam door het slijk haalt. Je zou me eens aan de telefoon moeten horen, lieverd, hoe ik je verdedig, als een tijgerin gewoon; je hebt er gewoon geen idee van, kind, terwijl jij daarginds de baas zit te spelen over al die antieke Gulbaba's van je en zo.'

In de ravage van de eetzaal komt ze de ayah tegen, die verdrietig klokkende geluiden loopt te maken. 'Deze keer is hij te ver gegaan,' zegt de ayah. 'Toch zo'n ondeugende jongen, die Isky van me. Altijd moest hij zijn neef op de kast jagen. Ditmaal is hij te ver gegaan, de kleine deugniet.'

Waar ze ook kijkt, overal turende gezichten, en waar ze ook luistert, overal hoort ze stemmen. Ze wordt gadegeslagen als ze, blozend van vernedering, Iskander opbelt om hem het nieuws te vertellen. (Ze heeft er vijf dagen voor nodig gehad om genoeg moed te verzamelen.) Bij wijze van antwoord spreekt Iskander Harappa slechts vier woorden: 'Het leven is lang.'

Raza Hyder voerde zijn gassoldaten naar de Naaldenvallei na een week waarin hun activiteiten het stadje zo in opschudding hadden gebracht dat de eerste minister van de deelstaat, Gichki, Raza bevolen had in looppas te vertrekken, voordat de voorraad maagden die de vrijgezellen van Q. ter beschikking stond dreigde te zullen slinken tot een punt waarop het zedelijk evenwicht van de streek in gevaar zou komen. De soldaten werden vergezeld door talrijke architecten, ingenieurs en bouwvakarbeiders, die allemaal natte broeken hadden van paniek, aangezien om veiligheidsredenen geen van hen ingelicht was over het lot van het vooruitgezonden team totdat ze in Q. waren gearriveerd, waar ze onmiddellijk magnifiek geschilderde en uitvoerige versies van het verhaal te horen hadden gekregen van alle straatventers. De bouwvakkers zaten nu te snikken in afgesloten vrachtwagens; soldaten op wacht hoonden: 'Lafaards! Baby's! Vrouwen!' Raza in zijn met wapperende vlag getooide jeep hoorde niets van dit alles. Zijn gedachten keerden telkens weer terug naar de gebeurtenissen van de vorige dag, toen hij in het hotel was bezocht door een kruiperige gnoom wiens losse gewaad sterk naar scooteruitlaatgassen rook: Maulana Dawood, de oude godgeleerde, rond wiens magere kippenek eens een halssnoer van schoenen had gehangen.

'Heer, eerbiedwaardige heer, ik voel me geïnspireerd door het aanschouwen van uw heldhaftig voorhoofd.' De *gatta*, de schaafplek op Raza's voorhoofd die op devotie duidde, was hem niet ontgaan.

'Nee, o wijste aller wijzen, ik ben het die verootmoedigd en tevens vereerd ben door uw bezoek.' Raza Hyder zou nog minstens elf minuten in deze trant hebben kunnen doorgaan, en dus was hij een beetje teleurgesteld toen de heilige man slechts knikte en op gedecideerde toon zei: 'Goed, ter zake dus. U weet van die Gichki, natuurlijk. Niet te vertrouwen.'

'O nee?'

'Absoluut niet. Een buitengewoon corrupt individu. Maar dat is natuurlijk allemaal in uw dossiers te vinden.'

'Sta mij toe mijn voordeel te doen met de kennis van iemand die ter plaatse woont en het weten kan...'

'Hij is net als al onze politici tegenwoordig. Geen vreze voor God, en grote smokkelaffaires. Maar dit zal u vervelen; het leger is immers terdege vertrouwd met zulke zaken.'

'Gaat u verder, alstublieft.'

'Vreemde afgoderij, heer, en niets minder. Duivelse praktijken uit het buitenland.'

De dingen waarvan Gichki beschuldigd werd ze langs sluipwegen Gods reine en pure land binnen te brengen: ijskasten, met de voet bediende naaimachines, Amerikaanse populaire muziek, opgenomen bij achtenzeventig toeren per minuut, beeldromans met liefdesverhalen die de hartstochten van de plaatselijke maagden deden oplaaien, airconditioning-installaties voor huiselijk gebruik, koffiepercolators, rokken, Duitse zonnebrillen, colaconcentraten, plastic speelgoed, Franse sigaretten, voorbehoedmiddelen, motorrijtuigen waarvoor geen belasting werd betaald, drijfstangkoppen, Axminster-tapijten, repeteergeweren, zondige parfums, bustehouders, slipjes van kunstzijde, landbouwmachines, boeken, potloden met vlakgom aan het uiteinde en fietsbanden zonder binnenband. De douanebeambte van de grenspost was krankzinnig, en zijn schaamteloze dochter was in ruil voor geregelde gratificaties bereid net te doen alsof ze niets zag. Het resultaat was dat al deze artikelen uit de Hel op klaarlichte dag het land konden binnenkomen, via de openbare weg, waarna ze hun weg vonden naar de zwarte markten, tot in de hoofdstad nog wel. 'Het leger,' zei Dawood nadat hij zijn stem tot een gefluister had laten dalen, 'mag het niet laten bij het uitroeien van wilde bergstammen. In Godsnaam, heer.'

'Zeg waar u op doelt.'

'Dat is dit, heer. Gebed is het zwaard des geloofs. Is volgens dezelfde redenatie het zwaard van de gelovige, gehanteerd ter wille van God, dan niet een vorm van heilig gebed?'

Er verscheen een ondoorgrondelijke uitdrukking in kolonel Hyders ogen. Hij wendde zich af en keek uit het raam, naar een immens groot huis dat een onbewoonde indruk maakte. Vanuit een venster op de bovenste verdieping van het huis richtte een jonge knaap een verrekijker op het hotel. Raza draaide zich weer om naar de Maulana. 'Gichki, zegt u.'

'Hier is het Gichki, ja. Maar het is overal hetzelfde. Het zijn de ministers!'

'Ja,' zei Hyder afwezig, 'het zijn ministers, dat is waar.'

'Dan heb ik gezegd wat ik te zeggen had en neem nu afscheid, waarbij ik mij voor u in het stof buig, want deze ontmoeting was mij een voorrecht. God is groot.'

'Ga met God.'

Raza ging op weg naar de bedreigde gasvelden met bovenvermelde conversatie in zijn geestesoor, en met voor zijn geestesoog het beeld van een kleine jongen met een verrekijker, alleen voor een bovenraam. Een jongen die de zoon van iemand was; een drop verscheen op de wang van de Oude Scherp-als-een-Scheermes en werd weggeblazen door de wind.

'Hij is voor minstens drie maanden weg,' zuchtte Bilquìs in de hoorn van haar telefoon. 'Wat moet ik doen? Ik ben nog jong, ik kan niet de hele dag stilzitten als een waterbuffel in de modder. Maar god zij dank kan ik nog altijd naar de bioscoop.' Iedere avond was Bilquìs te vinden in de splinternieuwe cinema, die Mengal Mahal heette, na haar kind aan de zorgen van een plaatselijk gehuurde ayah te hebben toevertrouwd. Maar Q. was een klein stadje; ogen zagen van alles, zelfs in het donker ... maar ik kom straks nog wel op dit onderwerp terug, want ik kan het verhaal van mijn arme heldin niet langer uit de weg blijven gaan:

Twee maanden nadat Raza Hyder naar de wildernis vertrok om slag te gaan leveren tegen de rampokkers van de gasvelden werd zijn enig kind, Sufiya Zinobia, het slachtoffer van een hersenkoorts die haar in een idioot veranderde. Men hoorde Bilquìs een raadselachtige uitspraak doen, terwijl ze al even hartstochtelijk haar haren uittrok als ze haar sari verscheurde: 'Het is een godsoordeel,' huilde ze naast het bedje van haar dochter. Aangezien ze aan militaire zowel als aan burgerlijke artsen wanhoopte, wendde ze zich tot een plaatselijke *hakim* die uit cactuswortels, gemalen ivoor en papegaaieveren een duur drankje brouwde dat het meisje het leven redde, maar tot gevolg had dat ze (waarvoor de medicijnman gewaarschuwd had) er voor de rest van haar leven door werd afgeremd, aangezien een brouwsel dat zo veel van de elementen bevatte die een lang leven garandeerden de betreurenswaardige nevenwerking had het voortschrijden van de tijd in het lichaam van degene die het innam te vertragen. Vlak voordat Raza met verlof naar huis kwam, had Sufiya Zinobia de koorts van zich afgeschud, maar Bilquìs was er zeker van dat ze in haar nog geen twee jaar oude kind reeds de gevolgen kon waarnemen van die innerlijke vertraging die nooit meer ongedaan kon worden gemaakt. 'En als het deze uitwerking al heeft,' dacht ze angstig, 'wie weet wat voor gevolgen er dan misschien verder nog zijn? Wie zal het zeggen?'

In de greep van een schuldgevoel zo hevig dat zelfs de ramp die haar enig kind getroffen had niet voldoende leek om het te verklaren, een schuldgevoel, waarvan ik, als ik een schandelijk lasterlijke tong bezat zou zeggen dat het ook iets te maken had met Mengal Mahal, met bezoeken aan de bioscoop en jongelingen met dikke lippen, bracht Bilquìs Hyder de nacht voor Raza's terugkeer door met slapeloos te ijsberen door de bruidssuite van Hotel Flashman, en het dient misschien te worden opgemerkt dat een van haar handen, blijkbaar handelend vanuit een eigen wil, voortdurend de streek rond haar navel liefkoosde. Om vier uur in de ochtend kreeg ze een interlokale verbinding met Rani Harappa in Mohenjo en maakte de volgende onverstandige opmerkingen:

'Rani, het is een godsoordeel, wat kan het anders zijn? Hij wilde een heldhaftige zoon, en in plaats daarvan heb ik hem een idiote dochter geschonken. Dat is de waarheid; neem me niet kwalijk, maar ik kan er niets aan doen. Een onnozele, Rani, een idioot! Met een lege bovenkamer. Zaagsel in plaats van hersens tussen de oren. Wat eraan gedaan kan worden? Maar lieverd, er valt niets aan te doen. Dat garnalebrein, die muis! Ik zal het moeten aanvaarden: ze is mijn schande.'

Toen Raza Hyder naar Q. terugkeerde zag hij de jongen opnieuw aan het raam van het grote eenzame huis staan. In antwoord op de vraag van de kolonel vertelde een van de plaatselijke gidsen Raza dat het huis het eigendom was van drie krankzinnige, zondige heksen die nooit buitenshuis kwamen maar desondanks kans zagen kinderen voort te brengen. De jongen aan het raam was hun tweede zoon: zoals je van heksen verwachten kon, beweerden ze hun nakomelingschap met elkaar te delen. 'Maar het verhaal gaat, heer dat er zich in dat huis meer rijkdommen bevinden dan in de schatkamer van Alexander de Grote.' Op een toon die iets minachtends leek te hebben antwoordde Hyder: 'Kan zijn. Maar als een pauw in het oerwoud danst, wie zal er dan zijn staart kunnen bewonderen?' Maar toch lieten zijn ogen de jongen aan het raam pas los toen de jeep bij het hotel aankwam, waar zijn vrouw hem opwachtte met loshangende haren en haar gezicht schoongewassen van wenkbrauwen, zodat ze er uitzag als de vleesgeworden tragedie, en hij te horen kreeg wat ze hem niet had bericht omdat ze zich te beschaamd voelde. De ziekte van zijn dochter en het beeld van het knaapje met de verrekijker vermengden zich in Hyders geest met de bitterheid van zijn negentig dagen in de woestijn, en deden hem uit de bruidssuite wegstormen in een aanval van woede die zo verschrikkelijk was, dat het voor zijn eigen veiligheid noodzakelijk was er zo spoedig mogelijk een uitlaatklep voor te vinden. Hij liet zich in een stafwagen naar de ambtswoning van eerste minister Gichki in het kantonnement rijden, en deelde de minister zonder plichtplegingen mee dat, hoewel de bouw van de installaties in de Naaldenvallei goede vorderingen maakte, het gevaar dat van de kant van de bergstammen dreigde nooit bezworen zou kunnen worden tenzij hij, Hyder, gevolmachtigd werd draconische strafmaatregelen te nemen. 'Met Gods hulp hebben we het terrein tot dusverre weten te verdedigen, maar nu is het tijd dat we onze zachtaardige houding laten varen. U moet mij de nodige volmachten geven. Carte blanche. Op bepaalde ogenblikken dienen de burgerlijke wetten te wijken voor militaire noodzaak. Geweld is de enige taal die deze wilden verstaan; maar de wet noopt ons daarop te antwoorden in de ongeloofwaardige, verwijfde taal van het minimaal geweld. Het is zinloos. Op die manier kan ik geen resultaten garanderen van de strijdkrachten.' En toen Gichki antwoordde dat de wetten van de staat onder geen beding met voeten mochten worden getreden – 'Er zal in die bergen daarginds geen barbaarsheid worden getolereerd, kolonel! Er wordt niemand gemarteld, niemand wordt opgehangen aan zijn tenen, niet zolang ik hier eerste minister ben! – toen gaf Raza de eerste minister een waarschuwing, en wel op onwellevend luide toon, die door de deuren en ramen van Gichki's kantoor naar buiten drong en de soldaten daar vrees aanjoeg omdat ze over de lippen kwam van iemand die altijd zo uiterst beleefd was. 'Het leger houdt de laatste tijd een oogje in het zeil, sahib Gichki. Overal in het land zien de ogen van eerlijke soldaten datgene wat ze zien, en dat bevalt ons niets. Nee, excellentie. Het volk roert zich, excellentie. En als het de politici de rug toekeert, tot wie zal het zich dan wenden in zijn streven naar zuiverheid?'

De vertoornde Raza Hyder liet Gichki – klein van postuur, kortgeknipt haar, plat Chinees gezicht – staan, die nog bezig was met het formuleren van een antwoord dat hij nooit zou uitspreken, en trof Maulana Dawood wachtend aan bij zijn dienstauto. Militair en godgeleerde reden naast elkaar op de achterbank gezeten, hun woorden voor de chauffeur afgeschermd door een glazen tussenschot. Maar het mag waarschijnlijk worden geacht dat achter dit tussenschot een krijgshaftig oor door een godvruchtige tong een naam werd ingefluisterd: een naam die vergezeld ging van zinspelingen op een schandaal. Of Maulana Dawood Hyder vertelde van de ontmoetingen tussen Bilquìs en haar Sindbad? Ik kan slechts zeggen dat het waarschijnlijk lijkt. 'Onschuldig totdat het tegendeel is bewezen' is een uitstekende stelregel.

Die avond verliet bioscoopdirecteur Sindbad Mengal zijn kantoortje in de Mengal Mahal zoals gewoonlijk via de achterdeur, waardoor hij uitkwam in een donker steegje achter het doek. Hij floot een droevig wijsje, de melodie van een man die zijn geliefde niet kan ontmoeten hoewel het volle maan is. Maar niettegenstaande de eenzaamheid die uit het deuntje sprak, had hij zich piekfijn gekleed, zoals zijn gewoonte was: zijn Europese kledij: een wit sporthemd en wijde linnen broek, lichtte op in het donker van het steegje, en het weemoedige maanlicht weerkaatste in zijn van olie glimmend haar. Vermoedelijk heeft hij geen ogenblik gemerkt dat de schaduwen in het steegje hem begonnen in te sluiten; het is duidelijk dat het mes, dat door het maanlicht verraden zou zijn, tot het laatste ogenblik in de schede werd gehouden. Wij weten dit omdat Sindbad Mengal pas ophield met fluiten toen het mes zijn ingewanden binnendrong, waarop iemand anders het wijsje meteen overnam en verder floot, voor het geval er soms iemand voorbijkwam en nieuwsgierig werd. Een hand bedekte Sindbads mond terwijl het mes zijn werk deed. In de daarop volgende paar dagen trok Mengals afwezigheid van zijn kantoor onvermijdelijk de aandacht, maar pas toen verscheidene bioscoopbezoekers zich hadden beklaagd over de verslechtering van de stereofonische geluidskwaliteit in het theater, ging een technicus de luidsprekers achter het witte doek inspecteren, en ontdekte stukken van Sindbad Mengals witte sporthemd en linnen broek die daarin waren weggestopt, alsmede een paar zwarte lage schoenen. De met een mes in flarden gesneden kledingstukken bevatten nog de bijbehorende lichaamsdelen van de bioscoopdirecteur.

De geslachtsdelen waren afgesneden en in het rectum gestopt. Het hoofd werd nooit gevonden, noch onderging de moordenaar ooit zijn gerechte straf.

Het leven is niet altijd lang.

Die nacht beminde Raza Bilquìs met een ruwheid die ze bereid was toe te schrijven aan zijn maanden in de wildernis. De naam Mengal werd door geen van beiden ooit genoemd, zelfs niet toen het stadje gonsde van het verhaal van de moord, en spoedig daarop keerde Raza terug naar de Naaldenvallei. Bilquìs staakte haar bioscoopbezoek, en hoewel ze in deze periode haar koninklijke kalmte wist te bewaren leek hetalsof ze op een afbrokkelende rotspunt boven een afgrond stond, want ze kreeg last van aanvallen van duizeligheid. Eens, toen ze haar beschadigde dochter optilde om het traditionele spelletje van waterdrager met haar te spelen, waarbij ze Sufiya Zinobia op haar rug slingerde en net deed alsof ze een waterzak was, zeeg ze onder het verrukt kraaiende kind neer op de vloer, nog voordat ze klaar was met het 'leeg gieten'. Spoedig daarop belde ze Rani Harappa op om aan te kondigen dat ze zwanger was. Terwijl ze deze mededeling deed, begon haar linkerooglid om onbegrijpelijke redenen te knipperen.

Een jeukende handpalm betekent geld in het vooruitzicht. Een paar gekruiste schoenen op de vloer betekent een reis; ondersteboven liggende schoenen waarschuwen voor een tragedie. Een schaar die misknipt in de lucht betekent een twist in de familie. En een knipperend linkeroog betekent dat er weldra slecht nieuws komt.

'Tijdens mijn volgende verlof,' schreef Raza aan Bilquìs, 'ga ik naar Karachi. Ik heb daar familieverplichtingen te vervullen, en bovendien geeft maarschalk Aurangzeb een receptie. Men slaat een uitnodiging van zijn opperbevelhebber nu eenmaal niet af, maar met het oog op je toestand zal het voor jou beter zijn rust te houden. Het zou onnadenkend van me zijn je te vragen me op deze voor jou niet verplichte en inspannende reis te vergezellen.'

Beleefdheid kan een val zijn, en Bilquìs zag zich gevangen in het web van hoffelijkheid dat haar echtgenoot gesponnen had. 'Zoals je wenst,' schreef ze terug, en wat haar ertoe bracht dit te schrijven was niet helemaal aan schuldbesef te wijten, maar ook aan iets onvertaalbaars, aan een wet die haar verplichtte voor te wenden dat er achter Raza's woorden niets stak. Deze ongeschreven wet heet *takallouf*. Wie een samenleving wil ontraadselen kijke naar haar onvertaalbare woorden. *Takallouf* maakt deel uit van die ondoorgrondelijke, over de hele wereld verspreide sekte van begrippen die weigeren taalgrenzen te overschrijden: het heeft betrekking op een vorm van tongverlammende formaliteit, een de mensen opgelegde maatschappelijke beperking die zo extreem is dat het het slachtoffer onmogelijk wordt gemaakt te uiten wat hij of zij werkelijk bedoelt, een soort van verplichte ironie die ter wille van de goede vorm per se letterlijk moet worden genomen. Wanneer *takallouf* tussen een echtpaar komt, pas dan op.

Raza reisde alleen naar de hoofdstad … en nu Hyder en Harappa, onbelemmerd door eega's, door een onvertaalbaar woord op het punt staan elkaar opnieuw te ontmoeten, wordt het tijd de balans van de situatie op te maken, want onze twee duellisten zullen weldra de wapens tegen elkaar opnemen. De oorzaak van hun eerste twist laat zich op dit ogenblik het haar oliën en vlechten door een van haar vrouwelijke bedienden. Ze heet Atiyah Aurangzeb, voor haar intieme kennissen echter 'Pinkie', en koeltjes laat ze haar gedachten gaan over de soiree die ze besloten heeft te geven in naam van haar bijna seniele echtgenoot, de aftakelende maarschalk Aurangzeb, lid van de Verenigde Chefs van Staven. Pinkie Aurangzeb is rond de vijfendertig, verscheidene jaren ouder dan Raza en Iskander, maar dit doet niets af aan haar bekoring; zoals welbekend hebben rijpere vrouwen zo hun eigen charmes. Pinkie zit gevangen in een huwelijk met een kindse grijsaard, en zoekt haar genietingen waar ze maar kan.

Intussen zijn twee echtgenoten achtergelaten, elk in haar eigen afzonderlijke ballingschap, elk met een dochter die een zoon had moeten zijn (er zal nog het een en ander verteld moeten worden over de jonge Arjumand Harappa, en ook zal er beslist nog het een en ander geschreven worden over de arme, zwakzinnige Sufiya Zinobia). We hebben twee verschillende manieren van wraakneming geschetst. En terwijl Iskander Harappa dikke maatjes is met een tonrond varken genaamd Omar Khayyam Shakil met als doel losbandigheid etc., heeft het er alle schijn van dat Raza Hyder onder de invloed gekomen is van een grijze eminentie, die grimmige geheimen fluistert op de achterbank van legerlimousines. Bioscopen, zoons van heksen, schaafplekken op voorhoofden, kikkers, pauwen, al die dingen hebben een sfeer geschapen die doortrokken is van de stank van eer.

Ja, het wordt de hoogste tijd dat de deelnemers aan de tweekamp het veld op komen.

Het is zo dat Raza Hyder smoorverliefd was op Pinkie Aurangzeb. Hij begeerde haar zo hevig dat de schaafwond op zijn voorhoofd er pijn van deed, maar hij raakte haar kwijt aan Iskander Harappa, op de receptie bij de maarschalk nog wel, terwijl die oude vechtersbaas zat te slapen in een leunstoel, verbannen naar een hoekje van het briljante gezelschap, maar zelfs in zijn toestand van dommelende, seniele bedrogen echtgenoot morste hij geen druppel uit het boordevolle glas whisky-soda dat hij stevig in zijn slapende hand klemde.

Die nootlottige gelegenheid was het begin van een duel dat tenminste zou doorgaan totdat de beide hoofdpersonen dood waren, zo niet langer. Waar de strijd aanvankelijk om draaide was het lichaam van de vrouw van de maarschalk, maar daarna ging het om hogere dingen. Maar alles op zijn tijd: en Pinkies lichaam, dat op opwindende wijze tentoongesteld is in een groene sari, gevaarlijk laag op de heupen zoals de vrouwen in de oostelijke helft van het land hem dragen; met flonkerende oorbellen van zilver en diamant in de vorm van maansikkel en ster in haar doorboorde oorlelletjes; en met om haar onweerstaanbaar kwetsbare schouders een lichte sjaal waarvan het wonderbaarlijke dessin slechts het handwerk kan zijn geweest van de legendarische borduurkunstenaars van Aansu, want te midden van de minuscule arabesken daarvan waren duizend-en-één verhalen uitgebeeld in gouddraad, zo levendig dat het leek alsof de kleine ruitertjes daadwerkelijk langs haar sleutelbeen galoppeerden, terwijl de piepkleine vogeltjes echt leken te vliegen, langs de sierlijke meridiaan van haar ruggegraat omlaag ... dit lichaam is de moeite waard om een tijdlang aandacht aan te schenken.

En wie daar reeds druk mee bezig bleek, toen Raza kans had gezien zich een weg te banen door de draaikolken en stroomversnellingen van hanige kerels en jaloerse vrouwen die Pinkie Aurangzeb omringden, was de halfdronken Iskander Harappa, losbol nummer één van de stad, tegen wie genoemd toonbeeld van lieftalligheid glimlachte met een warmte die de zware transpiratie van Raza's begeerte deed bevriezen op diens gepommadeerde snor, terwijl de beruchte dégeneré die zo grof in woord was dat hij zelfs zijn neef Mir in de schaduw stelde, de godin vieze moppen stond te vertellen.

Raza Hyder verstarde, beschaamd en stram, de mantel van zijn begeerte verhard als door de stijfsel van *takallouf* ... maar Isky zei hikkend: 'Kijk eens wie daar is! Daar hebben we onze vervloekte held, de tilyar!' Pinkie lachte kirrend toen Iskander een professorale houding aannam en een denkbeeldige pince-nez opzette: 'De tilyar, mevrouw, zoals u misschien al weet, is een onooglijk klein trekvogeltje dat nergens voor deugt, behalve om uit de lucht te worden geknald.' Een klaterend gelach verspreidde zich in buitenwaartse richting door de maalstroom van hanige kerels. Pinkie vernietigde Raza met een enkele blik en mompelde: 'Aangenaam kennis te maken,' en Raza betrapte zich erop dat hij met een verderfelijk onbeholpen en bombastische vormelijkheid antwoordde: 'De eer is aan mij, mevrouw, en sta mij toe te zeggen dat naar mijn mening en bij de gratie Gods het nieuwe bloed onze grootse nieuwe natie erbovenop zal helpen,' maar Pinkie Aurangzeb deed alsof ze een lach onderdrukte. 'Hé zeg, lik me reet, tilyar,' riep Iskander Harappa vrolijk, 'dit is een fuif, zeg, dus spaar ons in godsnaam die lullige toespraken.' De razende woede die Hyder onder zijn goede manieren verborg begon heviger op te borrelen, maar was niet opgewassen tegen deze wereldwijze sfeer die obsceniteiten en godslasterlijke taal toestond en je begeerte en je trots om zeep kon helpen door middel van een lachje op het juiste moment. 'Neef,' probeerde hij rampzalig, 'ik ben niet meer dan een eenvoudig soldaat,' maar nu deed zijn gastvrouw niet langer alsof ze hem niet stond uit te lachen; ze trok de sjaal wat strakker om haar schouders, legde een hand op Iskander Harappa's arm en zei: 'Neem me mee naar de tuin, Isky. Door de airconditioning is het me hier te koud, en buiten is het lekker warm.'

'Dan met spoed de warmte in!' riep Harappa ridderlijk, terwijl hij Raza zijn glas in de hand drukte om dit zolang voor hem te bewaren. 'Voor jou, Pinkie, zou ik door het vagevuur gaan, als je soms bescherming mocht wensen als je in de hel komt. Mijn geheelonthoudend familielid Raza is niet minder dapper,' voegde hij er onder het weglopen nog over zijn schouder aan toe, 'alleen gaat hij niet vanwege de vrouwtjes naar de hel, maar vanwege zijn geouwehoer.'

Terwijl Iskander Harappa zijn buit wegvoerde de zwoele, drukkende schemering van de tuin in, werd een en ander van terzijde gadegeslagen door die pafferige Himalajaanse randfiguur: onze held de dokter, Omar Khayyam Shakil.

Vormt u zich nu niet een al te lage dunk van Atiyah Aurangzeb. Ze bleef Iskander Harappa trouw, zelfs nadat hij op de serieuze toer ging en ervan afzag nog verder van haar diensten gebruik te maken, waarna ze zich zonder een enkele klacht terugtrok in de stoïcijns gedragen tragiek van haar privé-leven – tot op de dag van zijn dood, toen ze na een oude geborduurde sjaal verbrand te hebben zichzelf met een twee-entwintig centimeter lang keukenmes het hart uit de borst hakte. En op zijn manier was Isky haar ook trouw. Vanaf de dag dat ze zijn maîtresse werd, sliep hij nooit meer bij zijn vrouw Rani, er aldus voor zorgend dat ze geen kinderen meer zou krijgen en dat hij de laatste van zijn tak zou zijn, een denkbeeld dat, zoals hij eens tegen Omar Khayyam Shakil zei, niet zonder een zekere bekoring was.

Hier moest ik die kwestie maar eens uitleggen van dochters die zoons hadden moeten zijn. Sufiya Zinobia was het 'verkeerde wonder' omdat haar vader een jongen had gewild, maar dat was niet het probleem waar Arjumand Harappa mee te kampen had. Arjumand, de beroemde 'Maagd met de IJzeren Broek', betreurde haar vrouwelijk geslacht om redenen die niets met haar ouders hadden uit te staan. 'Zo'n vrouwenlichaam,' zei ze tegen haar vader op de dag dat ze een volwassen vrouw werd, 'levert een mens alleen maar baby's, geknijp in de billen en schande op.'

Toen Raza op het punt stond te vertrekken kwam Iskander terug uit de tuin, en probeerde vrede te sluiten. Met een vormelijkheid die die van Raza evenaarde zei hij: 'Beste kerel, voordat je weer teruggaat naar de Naaldenvallei moet je beslist naar Mohenjo komen. Rani zou dat bijzonder op prijs stellen. Dat arme kind, ik wou maar dat ze van dit stadsleven hield... En ik sta erop dat je jouw Billoe ook daarheen laat komen. Dan kunnen de dames eens gezellig met elkaar keuvelen terwijl wij de hele dag tilyars schieten. Wat vind je daarvan?'

En de *takallouf* verplichtte Raza Hyder te antwoorden: 'Ja graag, dank je.'

Op de dag voordat het doodvonnis over hem uitgesproken werd, zou het Iskander Harappa toegestaan worden precies één minuut met zijn dochter te telefoneren. De laatste woorden die hij ooit in de privé-sfeer tot haar sprak, klonken wrang en vol hopeloze nostalgie: 'Arjumand, liefje, ik had naar buiten moeten gaan om die buffelneuker van een Hyder te bevechten toen hij zich had vastgebonden aan een staak in de grond. Ik heb dat nagelaten; dat is m'n grootste fout geweest.'

Zelfs in zijn boemelperiode voelde Iskander zich zo nu en dan schuldig over zijn van de wereld afgezonderde vrouw. Dan scharrelde hij een stel kornuiten bij elkaar, duwde hen in een paar stationcars, en trok aan het hoofd van een konvooi stadse vrolijkheid naar zijn landgoed in de provincie. Pinkie Aurangzeb schitterde bij zulke gelegenheden door afwezigheid, en Rani was dan voor een dag koningin.

Toen Raza Hyder Isky's uitnodiging accepteerde om naar Mohenjo te komen, reden ze samen voorop, gevolgd door vijf andere voertuigen die een ruime voorraad whisky, filmsterretjes, zoons van textielmagnaten, Europese diplomaten, sifons met sodawater, en echtgenoten bevatte. Bilquìs, Sufiya Zinobia en de ayah waren afgehaald van het particuliere stationnetje dat sir Mir Harappa indertijd had laten bouwen aan de spoorlijn van de hoofdstad naar Q. En een hele dag lang gebeurde er niets schandaligs.

Na de dood van Isky Harappa werden Rani en Arjumand Harappa verscheidene jaren lang opgesloten gehouden op Mohenjo, en om de stilten wat op te vullen vertelde de moeder haar dochter de geschiedenis van die geborduurde sjaal. 'Ik was er al aan begonnen voordat ik hoorde dat ik mijn echtgenoot deelde met de vriendin van Kleine Mir, maar dat bleek slechts een voorloopster te zijn van een heel andere vrouw.' Op dat tijdstip had Arjumand Harappa inmiddels al dat stadium bereikt waarin ze niets slechts over haar vader wilde horen, en ze snauwde terug: 'Bij Allah, moeder, alles wat je kunt is je beklagen over de Voorzitter. Als hij niet van je hield, zal je wel iets gedaan hebben om dat te verdienen.' Maar Rani Harappa haalde de schouders op. 'Voorzitter Iskander Harappa, jouw vader, en de man van wie ik altijd gehouden heb,' antwoordde ze, 'was wereldkampioen waar het op schaamteloosheid aankwam; hij was een internationale schelm en schoft nummer één. Zie je, dochter van me, ik weet hoe het vroeger was, ik kan me Raza Hyder herinneren toen hij nog geen duivel met hoorntjes en een staart was, en ook Isky, voordat hij heilige werd.'

Het schandalige dat zich op Mohenjo voordeed toen de Hyders daar verbleven, was het werk van een dikke man die te veel gedronken had. Het gebeurde op de tweede avond van dat bezoek, op diezelfde veranda waar Rani Harappa doorgegaan was met haar borduurwerk terwijl de mannen van Kleine Mir haar huis plunderden – een inval waarvan de gevolgen nog steeds te zien waren in de lege lijsten met flarden van schilderslinnen nog in de hoeken, in de sofa's waarvan het vulsel door het stukgesneden leer naar buiten puilde, in het ratjetoe van bestek waarmee de tafel 's avonds gedekt werd, en in de obscene leuzen in de hal, die door de vele lagen witkalk heen nog altijd leesbaar waren. De gedeeltelijke ravage die in huize Mohenjo heerste, gaf de gasten het gevoel dat ze een feest tijdens een ramp meevierden en deed hen nog meer moeilijkheden verwachten, zodat het vrolijke gelach van het filmsterretje Zehra iets hysterisch kreeg en de mannen allemaal te schielijk dronken. En al die tijd zat Rani Harappa in haar schommelstoel en werkte aan haar sjaal, de organisatie van de huishouding op Mohenjo overlatend aan de ayah, die Iskander vleide en verwende alsof hij drie jaar oud was, of een godheid, of allebei. En ten slotte kwamen de moeilijkheden inderdaad, en omdat het Omar Khayyam Shakils lot was als randfiguur de grote gebeurtenissen te beïnvloeden waarvan de hoofdpersonen andere mensen waren die echter als groep bepalend waren voor zijn eigen leven, was hij het die met een door het neurotische drinken van die avond te los gemaakte tong zei dat mevrouw Bilquìs Hyder zich gelukkig mocht prijzen, want Iskander had haar een dienst bewezen door Raza Pinkie Aurangzeb voor zijn neus weg te kapen. 'Als Isky er niet was geweest zou de vrouw van onze held zich nu misschien moeten troosten met kinderen, aangezien er geen man zou zijn om haar bed te vullen.' Shakil had wat te luid gesproken om de aandacht van het sterretje Zehra te trekken, dat echter meer belang stelde in de vurige blikken die ze opving van een zekere Akbar Junejo, een welbekend fokker en filmproducent. Toen Zehra wegliep zonder de moeite te nemen zich te verontschuldigen, zag Shakil zich geconfronteerd met het schouwspel van een verwilderd kijkende Bilquìs, die zojuist op de veranda was verschenen na haar dochtertje in bed te hebben gestopt, en bij wie de nieuwe zwangerschap reeds veel te vroeg zichtbaar was ... dus wie zal zeggen of dat misschien de reden voor Bilquìs houding was, of ze niet eenvoudig probeerde haar eigen schuld af te wentelen op de schouders van een echtgenoot over wiens rechtschapenheid nu ook geroddeld werd? —Hoe het ook zij, wat er gebeurde was dit: nadat het de gasten duidelijk was geworden dat Omar Khayyams woorden gehoord en verstaan waren door de vrouw die daar laaiend van woede in de avondschemering op de veranda stond, viel er een stilte, een stilte die het gezelschap deed verstarren tot een tableau van angst, en in die stilte schreeuwde Bilquìs Hyder schril de naam van haar echtgenoot.

Er mag niet worden vergeten dat ze een vrouw was aan wie de *dupatta* van de vrouwelijke deugd was blijven kleven, zelfs toen de rest van haar kleren haar van het lichaam was gescheurd, en dat ze geen vrouw was om doof te zijn voor lasterpraat. Raza Hyder en Iskander Harappa staarden elkaar zonder een woord te zeggen aan, terwijl Bilquìs met een lange puntige vingernagel naar Omar Khayyam Shakil wees.

'Hoor je die man, echtgenoot? Hoor hoe hij me te schande maakt.'

O, wat een ademloze stilte, als een wolk die de horizon verduisterde! Zelfs de uilen staakten hun geroep.

Raza Hyder ging in de houding staan, want als de boze geest die eer heet eenmaal uit zijn slaap is gehaald, vertrekt hij niet voordat hij genoegdoening heeft gehad. 'Iskander,' zei Raza, 'ik zal niet vechten binnen de muren van jouw huis.' Vervolgens deed hij iets dat vreemd en onbezonnen was. Hij liep met grote stappen de veranda af, verdween in de stallen, en keerde even later terug met een houten staak, een houten hamer en een stuk stevig touw. De staak werd in de keiharde grond gedreven; en vervolgens bond kolonel Hyder, de toekomstige president, zich met de enkel eraan vast en slingerde de hamer weg.

'Hier sta ik!' riep hij. 'Laat degene die mijn eer belastert maar naar me toe komen.' En zo bleef hij daar staan, de hele nacht lang; want Omar Khayyam Shakil was naar binnen gesneld, om daar van alcohol en angst te bezwijmen.

Hyder stapte als een stier in een kringetje rond, met het touw dat de straal daarvan vormde strak gespannen tussen enkel en staak. Het werd nacht, en de gasten, met de situatie verlegen, dropen af naar bed.

Maar Isky Harappa bleef op de veranda, wetend dat, hoewel de blunder door de dikke man was begaan, het geschil in werkelijkheid tussen de kolonel en hemzelf bestond. Het sterretje Zehra, op weg naar een bed met betrekking waartoe het onvergeeflijk loslippig van me zou zijn te suggereren dat het al bezet was – en dus zal ik in het geheel niets over dat onderwerp zeggen – waarschuwde haar gastheer. 'Haal nou geen gekke ideeën in je kop, Isky, liever, hoor je me? Waag het niet naar buiten te gaan. Hij is soldaat, moet je zien, hij lijkt wel een tank, hij maakt je vast en zeker af. Laat hem gewoon maar afkoelen, goed?' Rani Harappa gaf haar echtgenoot evenwel geen enkele raad. ('Zie je, Arjumand,' zei ze jaren later tegen haar dochter, 'ik kan me nog herinneren hoe je pappie nog te bang was om als een vent zijn medicijn in te nemen.'

Hoe het afliep: slecht, dat kon ook niet anders. Vlak voor de dageraad. U begrijpt het wel: Raza was de hele nacht op geweest, rondstampend in de cirkel van zijn trots, zijn ogen rood van woede en vermoeidheid. Rode ogen kunnen niet goed zien – en het licht was gebrekkig – en trouwens, wie ziet er nu bedienden aankomen? Wat ik probeer te zeggen is dat de oude Gulbaba vroeg wakker was geworden en de binnenplaats overstak met een koperen kan, op weg om zich te wassen alvorens zijn gebeden te zeggen; en toen hij kolonel Hyder daar aan een staak vastgebonden zag, sloop hij van achteren op hem toe om hem te vragen: heer, wat doet u hier, zou het niet beter zijn als u met me meekomt…? Oudgedienden veroorloven zich vrijheden. Het is een voorrecht dat hun leeftijd met zich meebrengt. Maar Raza, half verdoofd door slaap, hoorde slechts voetstappen, een stem; hij voelde dat iemand hem op de schouder tikte, draaide zich met een ruk om, en met één verschrikkelijke klap velde hij Gulbaba alsof hij een twijgje was. Deze gewelddaad maakte iets in de oude man los; laten we het maar het leven noemen, want binnen een maand was de oude Gul dood. Hij stierf met een verwarde uitdrukking op zijn gezicht, als van een man die weet dat hij een belangrijk bezit kwijt is maar zich niet kan herinneren wat het was.

Na die moordende klap kreeg Bilquìs medelijden; ze kwam uit de schaduw van het huis te voorschijn om Raza te overreden zich los te maken van de staak. 'Het arme kind, Raza, laat haar dit niet behoeven te zien.' En toen Raza de veranda beklom stak Iskander Harappa, zelf ook slapeloos en ongeschoren, zijn armen naar hem uit en Raza, opmerkelijk vriendelijk, omhelsde Isky, schouder tegen schouder, ze staken hun nek uit, zoals dat heet.

Toen Rani Harappa de volgende dag uit haar boudoir te voorschijn kwam om afscheid van haar echtgenoot te nemen, verbleekte Iskander bij de aanblik van de sjaal die ze om haar schouders had geslagen: een voltooide sjaal, even verfijnd als de fraaiste voortbrengselen van de handwerksters van Aansu, een meesterwerk te midden van welks minuscule arabesken wel duizend-en-één verhalen waren afgebeeld, zó kunstig dat het leek alsof ruitertjes langs haar sleutelbeen galoppeerden, terwijl piepkleine vogeltjes langs de zachte meridiaan van haar rug vlogen. 'Tot ziens, Iskander,' zei ze tegen hem, 'en vergeet niet dat de liefde van sommige vrouwen niet blind is.'

Tja, vriendschap is eigenlijk niet het goede woord voor wat er tussen Raza en Iskander was ontstaan, maar gedurende lange tijd na het voorval met de staak was dat het woord dat ze allebei gebruikten.Soms zijn de juiste woorden niet te vinden.

Ze heeft altijd koningin willen zijn, maar nu Raza Hyder het eindelijk tot een soort prins heeft gebracht, heeft haar ambitie plaats gemaakt voor verbittering. Er is een tweede baby geboren, zes weken te vroeg, maar Raza heeft met geen woord blijk gegeven van argwaan. Alweer een dochter, maar ook daarover heeft hij zich niet beklaagd; hij heeft slechts gezegd dat het heel gepast is dat de eerste een jongen is en de tweede een meisje, en dat je de pasgeborene dus de vergissing van haar oudere zuster niet mag verwijten. Het meisje heeft de naam Naveed gekregen, wat Goed Nieuws betekent, en ze is een voorbeeldige baby. Maar de moeder is door deze geboorte beschadigd. Er is bij haar van binnen iets gescheurd, en de dokters geven als hun mening te kennen dat ze geen kinderen meer mag krijgen. Raza Hyder zal dus nooit een zoon hebben. Eén keer heeft hij gesproken over de jongen met de verrekijker voor het raam van het huis van de heksen, maar ook dat onderwerp heeft nu afgedaan. Hij is bezig zich van haar terug te trekken door de gangen van zijn geest, alle deuren achter zich sluitend. Sindbad Mengal, Mohenjo, liefde: al die deuren zijn gesloten. Ze slaapt alleen, zodat ze weer aan haar oude angsten is overgeleverd, en het is nu dat ze bang begint te worden voor die hete middagwind die zo heftig waait vanuit haar verleden.

De staat van beleg is afgekondigd. Raza heeft eerste minister Gichki gearresteerd, en is tot bestuurder van de streek benoemd. Hij heeft met vrouw en kinderen zijn intrek genomen in de ministeriële ambtswoning, dat aftakelende hotel met zijn herinneringen alleen latend waar het laatste afgerichte aapje de laatste tijd gewoonlijk lusteloos ronddoolt, te midden van de stervende palmen van de eetzaal, terwijl bejaarde musici op hun vermolmende violen krassen voor een gehoor van lege tafels. Bilquìs krijgt Raza tegenwoordig niet vaak meer te zien. Hij heeft het druk. De pijpleiding voor het gas maakt goede vorderingen, en nu Gichki niet meer in de weg staat, is met de uitvoering van een programma begonnen waarbij gearresteerde bergbewoners anderen tot afschrikwekkend voorbeeld moeten dienen. Ze vreest dat de bengelende lijken van opgehangen mannen ten gevolge hebben dat de burgers van Q. zich tegen haar echtgenoot keren, maar ze zegt dit niet tegen hem. Hij stelt zich onverzoenlijk op en van Maulana Dawood krijgt hij alle raad die hij nodig heeft.

De laatste keer dat ik een bezoek aan Pakistan bracht, vertelde iemand mij deze mop: God daalde af naar Pakistan om eens te kijken hoe de zaken er voorstonden. Hij vroeg generaal Ayub Khan waarom het er zo'n rotzooi was, en Ayub antwoordde: 'Dat komt door die corrupte burgers, die nergens voor deugen, heer. Ruimt u ze maar op en laat de rest aan mij over.' En dus roeide God de politici uit. Na een poosje kwam Hij weer terug; de toestand bleek nu nog slechter dan voorheen. Ditmaal vroeg hij Yahya Khan om uitleg. Yahya weet de problemen aan Ayub, diens zoons en hun trawanten. 'Doet u wat nodig is,' smeekte Yahya, 'dan zal ik hier eens grote schoonmaak houden.' En dus veegden Gods bliksemschichten Ayub van de aardbodem. Bij Zijn derde bezoek trof Hij nog steeds een rampzalige toestand aan, en dus was Hij het met Zulfikar Ali Bhutto eens dat de democratie moest worden hersteld. Hij veranderde Yahya in een kakkerlak en veegde hem onder een tapijt; maar een jaar later merkte Hij dat de toestand nog altijd bar was. Hij ging naar generaal Zia en bood hem de macht over het land aan, op één voorwaarde. 'Het kan me niet schelen wat het is, God,' antwoordde de generaal. 'Zegt u het maar.' En God zei: 'Geef me slechts het antwoord op één vraag, dan zal ik Bhutto zo plat als een *chapati* voor je maken.' 'Brand maar los,' zei Zia. God fluisterde in zijn oor: 'Kijk eens, ik doe dit alles voor dit land, maar wat ik niet begrijp is: hoe komt het dat de mensen niet meer van me schijnen te houden?'

Zo te zien heeft de president van Pakistan God een bevredigend antwoord weten te geven. Ik vraag me af wat het was.

3 Schande, goed nieuws en de maagd

Nog niet zo lang geleden, in het East End van Londen, vermoordde een Pakistaanse vader zijn enig kind, een dochter, omdat ze door gemeenschap te hebben met een blanke jongen zo'n schande over haar familie had gebracht dat die schandvlek slechts met haar bloed uit te wissen was. Het voorval was des te tragischer vanwege de enorme en overduidelijk gebleken liefde van de vader voor zijn afgeslachte kind, en door de tegenzin die zijn door de pers belegerde vrienden en verwanten (allemaal 'Aziaten', om de verwarrende term van deze moeilijke tijden te gebruiken) aan de dag legden om zijn daad te veroordelen. Vol rouwbeklag en droefenis verklaarden ze voor de microfoons van de radio en de camera's van de televisie dat ze het standpunt van de man begrepen, en ze bleven hem steunen, zelfs nog toen bleek dat het meisje nooit echt 'tot het uiterste' was gegaan met haar vriendje. Het verhaal vervulde me met ontzetting toen ik het hoorde, en wel in de eerste plaats om voor de hand liggende redenen. Ik was zelf onlangs vader geworden, en dus sedert kort in staat om te beoordelen welk een kolossale kracht ervoor nodig moest zijn om een man ertoe te brengen zijn eigen vlees en bloed met een mes te lijf te gaan. Maar nog ontstellender was voor mij het besef dat, evenals die geïnterviewde vrienden enzovoort, ook ík de moordenaar begreep. Het nieuws van zijn daad kwam me niet vreemd voor. Wij die grootgebracht zijn op een dieet van eer en schande, kunnen nog altijd begrip opbrengen voor iets dat volkeren die de dood van God en alle tragedie hebben meegemaakt onvoorstelbaar moet toeschijnen: dat mannen bereid zijn hun dierbaarsten op te offeren op de onverzoenlijke altaren van hun trots. (En niet alleen mannen. Ik heb sindsdien van een geval gehoord van een vrouw die precies dezelfde misdaad had gepleegd om precies dezelfde redenen.) Tussen schaamte en schaamteloosheid ligt de as waarom wij draaien; de weersomstandigheden aan de beide polen zijn van het ziedendste en extreemste soort. Schaamteloosheid en schaamte: de wortels van de gewelddadigheid.

Mijn Sufiya Zinobia ontsproot aan het lijk van dat vermoorde meisje, hoewel ze niet (wees maar niet bang) door Raza Hyder zal worden afgeslacht. Toen ik over schande wilde schrijven werd ik aanvankelijk achtervolgd door het spookbeeld van dat dode lichaam dat daar, met doorgesneden strot als een ritueel geslachte kip, in een Londense avond op een zebrapad lag, in elkaar gezakt op zwart-wit, zwart-wit, terwijl boven haar een waarschuwingslicht voor voetgangers knipperde: oranje, niet-oranje, oranje. Ik stelde me de misdaad voor als daar ter plekke begaan, publiekelijk en ritualistisch, met achter alle ramen ogen. En niemand deed een mond open om te protesteren. En toen de politie aanklopte, op hoeveel medewerking kon ze toen hopen? Ondoorgrondelijkheid van het 'Aziatische' gezicht ten overstaan van de gemeenschappelijke vijand. Het schijnt dat zelfs de aan slapeloosheid lijdenden achter hun ramen hun oogleden hadden gesloten en niets hadden gezien. En de vader vertrok met een door bloed gezuiverde naam en zijn verdriet.

Ik ging zelfs zover het dode meisje een naam te geven: Anahita Muhammad, ook bekend als Anna. In mijn verbeelding sprak ze met een Oostlondens accent, maar ze droeg een spijkerbroek, blauw, bruin of roze, vanuit een of andere atavistische tegenzin om haar benen te laten zien. Ze had vast en zeker de taal verstaan die haar ouders thuis spraken, maar zelf halsstarrig geweigerd er ook maar een woord van te spreken. Anna Muhammad: levendig, ongetwijfeld aantrekkelijk, op een tikje te riskante manier voor haar zestien jaren. Voor haar betekende Mekka danszalen, rondwentelende zilverkleurige glitterballen, stroboscopische verlichting, jong-zijn. Ze danste aan de binnenkant van mijn oogleden, en telkens wanneer ik haar zag veranderde ze van aard: nu eens onschuldig, dan weer een hoer, om vervolgens weer een derde of vierde gedaante aan te nemen. Maar uiteindelijk ontsnapte ze me, werd ze tot een spookgestalte, en besefte ik dat ik, om over haar, om over schaamte te kunnen schrijven, terug zou moeten gaan naar het Oosten, waar het denkbeeld de lucht zou kunnen inademen waaraan het de voorkeur gaf. Anna, gedeporteerd, gerepatrieerd naar een land dat ze nog nooit had gezien, kreeg hersenkoorts en veranderde in een soort idioot.

Waarom heb ik haar dat aangedaan? Of misschien was die koorts wel een leugen, een verzinsel van Bilquìs Hyder, bedoeld om de schade te verdoezelen die het gevolg kan zijn van herhaalde klappen tegen het hoofd: haat kan een verkeerd uitgevallen wonder in een kneusje, in een invalide doen veranderen. En dat drankje van de *hakim* klinkt trouwens ook niet erg overtuigend. Wat is het moeilijk de waarheid vast te stellen, vooral wanneer men genoodzaakt is de wereld in partjes te zien; momentopnamen verbergen evenveel als ze onthullen.

In alle verhalen waren de spoken rond van de verhalen die ze hadden kunnen zijn. Anna Muhammad waart in dit boek rond; ik zal er nu nooit meer toe komen over haar te schrijven. Bovendien zijn er nog andere spoken: vroegere en thans ectoplastische beelden waardoor verband wordt gelegd tussen schaamte en gewelddadigheid. Laatstgenoemde spoken wonen, evenals Anna, in een land dat allesbehalve een geestenwereld is: het is geen denkbeeldig 'Peccavistan', maar het Keurige Londen. Ik zal er twee van noemen: het eerste is een meisje dat laat op de avond in de ondergrondse aangevallen wordt door een groep tienerjongens. Het meisje is weer 'Aziatisch', en de jongens zijn voorspelbaar blank. Wanneer ze naderhand aan haar afranseling terugdenkt voelt ze geen woede, maar schaamte. Ze wil niet praten over wat er gebeurd is, ze dient geen formele aanklacht in, en hoopt dat het verhaal niet zal uitlekken: het is een typische reactie, en het meisje is geen uitzondering, maar een uit velen. Wanneer ik op mijn beeldbuis naar rokende steden kijk, zie ik groepen jonge mensen door de straten rennen, de schaamte brandt hun op het voorhoofd, en ze steken winkels, politieschilden en auto's in brand. Ze doen me denken aan dat anonieme meisje van me. Wanneer je mensen maar lang genoeg vernedert, zal er op een gegeven ogenblik een wilde furie uit ze losbarsten.Als ze dan naderhand de ravage van hun razernij in ogenschouw nemen, zien ze er verbijsterd, niet-begrijpend, alleen maar jong uit. Hebben wij zulke dingen gedaan? Wij? Maar we zijn toch maar doodgewone jongelui, fatsoenlijke mensen, we wisten niet dat we zoiets konden … en dan, geleidelijk aan, wordt er een trots in hen wakker, een trots vanwege hun kracht, vanwege het feit dat ze geleerd hebben te slaan. En ik stel me voor wat er gebeurd zou zijn als een dergelijke furie ontketend had kunnen worden in dat meisje in de ondergrondse – hoe ze die blanke knullen halfdood geranseld zou hebben, armen, benen, neuzen en ballen verbrijzelend zonder te weten waar al dat geweld vandaan kwam, en zonder te begrijpen hoe zij, zo'n tenger wezen, over zo'n ontzagwekkende kracht kon beschikken. En zij, wat zouden zij hebben gedaan? Hoe hadden ze de politie kunnen vertellen dat ze in elkaar geslagen waren door een meisje, door slechts één zwak vrouwspersoontje tegen hen allen? Hoe hadden ze hun kornuiten nog in de ogen kunnen zien? Het denkbeeld vervult me met leedvermaak: gewelddadigheid is een verleidelijk, verlokkend iets, o ja, reken maar.

Het tweede meisje heb ik nooit een naam gegeven. Maar ook zij zit nu in mijn Sufiya Zinobia, en u zult haar herkennen wanneer ze te voorschijn komt.

Het laatste spook dat in mijn heldin huist, is er een van het mannelijk geslacht: het is een jongen uit een krantenknipsel. U hebt misschien wel over hem gelezen, of anders over zijn voorbeeld: hij werd omringd door vlammen aangetroffen op een parkeerplaats, zijn huid stond in brand. Hij verbrandde levend, en de deskundigen die zijn lijk en de plaats van het incident onderzochten, zagen zich genoodzaakt te accepteren wat onmogelijk scheen, namelijk dat de jongen eenvoudig-weg spontaan ontbrand was, zonder zich met benzine te hebben overgoten of zichzelf te hebben aangestoken met enig vuur van buitenaf. We zijn zelf energie; we zijn vuur; we zijn licht. Een jongen vond de sleutel tot die waarheid, stapte naar binnen en begon te branden.

Genoeg daarover. Terwijl ik spoken zag, zijn er in mijn verhaal tien jaar verstreken. Maar nog een laatste woord over dit onderwerp: de eerste keer dat ik ervoor ging zitten om over Anahita Muhammad na te denken kwam me weer de laatste zin van Franz Kafka's *Het Proces* in herinnering, die zin waarin Joseph K. doodgestoken wordt. Net als Kafka's Joseph stierf ook mijn Anna door een mes. Dit is niet het geval met Sufiya Zinobia Hyder, maar toch zweeft dat zinnetje steeds boven haar verhaal, als de schim van een grafschrift: ' *"Als een hond!" zei hij, het was alsof de schaamte hem zou overleven.*'

Tegen de tijd dat de Hyders uit Q. terugkeerden, was de hoofdstad inmiddels gegroeid, was Karachi uitgedijd, zodat mensen die er van begin af aan hadden gewoond in deze logge, feeksachtige metropolis niet meer de slanke, meisjesachtige stad van hun jeugd konden herkennen. De grote vlezige plooien van haar onophoudelijke uitbreiding hadden de oeroude zoutmoerassen verzwolgen, en overal langs de zanderige landtong kwamen de bontgeverfde strandhuizen van de rijken als puisten op. Op straat wemelde het van de sombere gezichten van jonge mannen die zich door haar verwelkte charmes tot de beschilderde madam aangetrokken hadden gevoeld, om slechts tot de ontdekking te komen dat haar prijs voor hen niet was op te brengen; er drukte iets puriteins en gewelddadigs op hun voorhoofden en een wandeling in de hitte, omringd door hun bijna tastbare ontgoocheling, was een beangstigende belevenis. De nacht was vol smokkelaars die in kruisingen tussen scooters en riksja's naar de kust reden; en het leger was uiteraard aan de macht.

Omringd door geruchten stapte Raza Hyder uit de trein waarmee hij uit het westen terugkeerde. Het was kort na de verdwijning van de voormalige eerste minister Aladdin Gichki, die uiteindelijk uit zijn gevangenschap ontslagen was wegens gebrek aan harde bewijzen tegen hem; verscheidene weken lang leefde hij stil en teruggetrokken met zijn vrouw en zijn hond, tot aan de dag dat hij zijn Duitse herder ging uitlaten en nooit meer terugkeerde, hoewel zijn laatste woorden tegen zijn vrouw waren geweest: 'Zeg de kokkin dat ze een dozijn extra gehaktballetjes klaarmaakt voor het avondeten, want ik sterf vandaag van de honger.' De twaalf gehaktballetjes lagen vol verwachting dampend in een schaal, maar iets moet Gichki's eetlust bedorven hebben, want hij heeft er nooit een van gegeten. Misschien had hij wel niet langer weerstand kunnen bieden aan zijn knagende honger en had hij in plaats van de gehaktballen de Duitse herder opgegeten, want van de hond is ook nooit meer iets teruggevonden, nog geen haar van zijn staart. Het mysterie van de verdwenen Gichki bleef in de gesprekken de kop opsteken en ook Hyders naam kwam in de praatjes dikwijls ter sprake, misschien omdat de wederzijdse haat tussen Gichki en de godvruchtige Maulana Dawood welbekend was en de vertrouwelijke relatie tussen Dawood en Hyder ook al geen geheim was. Er drongen vanuit Q. vreemde verhalen tot in Karachi door, die bleven hangen in de kunstmatig gekoelde lucht van de stad.

De officiële versie van Hyders machtsperiode in het westen was dat die een onverdeeld succes was geweest, en zijn carrière bleef in opwaartse lijn verlopen. Aan het rampokken was een eind gemaakt, de moskeeën waren vol, de bestuursorganen waren gezuiverd van Gichkisme en van ziekelijke corruptie, en het separatisme was kansloos geworden. De Oude Scherp-als-een-Scheermes was thans brigadegeneraal ... maar, zoals Iskander Harappa graag tegen Omar Khayyam Shakil placht te zeggen wanneer ze allebei te diep in het glaasje hadden gekeken: 'Lik me reet als het niet waar is, kerel, maar iedereen weet dat die bergstammen daarginds nog steeds ongestraft de beest uithangen omdat Hyder niets anders deed dan aan de lopende band onschuldige mensen aan hun ballen opknopen.' Ook werd er over echtelijke problemen in het gezin Hyder gefluisterd. Zelfs de in ballingschap levende Rani Harappa kwamen geruchten ter ore over onenigheid, over het idiote kind dat door haar moeder 'Schande' genoemd en als oud vuil behandeld werd, en over die inwendige beschadiging die zonen onmogelijk maakte en waardoor Bilquìs via donkere gangen naar een instorting werd gevoerd; maar Rani wist niet hoe ze met Bilquìs over die dingen moest praten, en dus bleef de hoorn van de telefoon onaangeroerd op de haak.

Over sommige dingen werd niet gesproken. Niemand repte over een jongeman met dikke lippen, Sindbad Mengal genaamd, of waagde zich aan gissingen omtrent het ouderschap van het jongste dochtertje van de Hyders...

Brigadegeneraal Raza Hyder werd regelrecht van het station naar het heiligdom van de president, veldmaarschalk Mohammad A. gereden, waar hij volgens sommige verslagen vol genegenheid omhelsd en vriendschappelijk in de wangen werd geknepen, terwijl weer anderen lieten doorschemeren dat de windstoot van gramschap die door de sleutelgaten van genoemd vertrek naar buiten barstte van zo'n intense hitte was geweest dat de voor zijn verbolgen president in de houding staande Raza Hyder er ernstig door verschroeid moest zijn. Wat evenwel vaststaat is dat hij de presidentiële tegenwoordigheid verliet als nationaal minister van Onderwijs, Informatie en Toerisme, terwijl iemand anders op een in westelijke richting vertrekkende trein stapte om het gouverneursambt in Q. op zich te nemen, en dat Raza Hyders wenkbrauwen nog altijd intact waren.

Wat eveneens intact was gebleven was het bondgenootschap tussen Raza en Maulana Dawood, die de Hyders naar Karachi had vergezeld en die, toen hij eenmaal in de officiële ambtswoning van de nieuwe minister was geïnstalleerd, zich onmiddellijk onderscheidde door een luidruchtige publieke campagne te beginnen tegen de consumptie van steurgarnalen en blauwbuikkrabben, die, aangezien ze van afval leefden, net zo onrein waren als alle varkens, en die, hoewel ze begrijpelijkerwijze in het verafgelegen Q. niet verkrijgbaar waren, in de hoofdstad bij de zee al even overvloedig als populair waren. De Maulana was diep verontwaardigd deze gepantserde diepzeemonsters vrijelijk verkrijgbaar op de vismarkten aan te treffen, en wist zich te verzekeren van de steun van stedelijke godgeleerden die niet wisten hoe ze zich daartegen moesten verzetten. De vissers van de stad merkten dat de verkoop van schaaldieren schrikbarend begon terug te lopen, en werden daardoor voor hun levensonderhoud meer dan ooit afhankelijk van het inkomen dat met het smokkelen van contrabande te verdienen viel. In de ruimen van vele *dhows* maakten de blauwe krabben nu plaats voor clandestiene alcoholische dranken en sigaretten. Noch sterke drank, noch sigaretten kwamen echter het huis van de Hyders binnen. Dawood deed onaangekondigde overvallen op de bediendenverblijven om zich ervan te vergewissen dat God daar de scepter zwaaide. 'Met de hulp van de Almachtige,' zo verzekerde hij Raza Hyder, 'kan zelfs een stad waar het wemelt van kruipende en scharrelende monsters gezuiverd worden.'

Drie jaar na Raza Hyders terugkeer uit Q. werd het duidelijk dat zijn ster heimelijk tanende was geweest, want aan de geruchten uit Q. (Mengal, Gichki, de aan hun ballen opgehangen bergbewoners) kwam nooit helemaal een eind; toen de hoofdstad van Karachi naar de zuivere berglucht van het noorden werd verplaatst en in afzichtelijke, speciaal voor dat doel opgetrokken nieuwe gebouwen werd gevestigd, bleef Raza Hyder dus waar hij was: aan de kust. Het ministerie van Onderwijs, Informatie en Toerisme verhuisde samen met de rest van de overheidsinstanties naar het noorden: maar Raza Hyder kreeg (om het maar eens bot uit te drukken) de zak. Hij kreeg weer een militaire taak, namelijk de toekomstloze functie van commandant van de Militaire Academie. Het werd hem toegestaan zijn ambtswoning te houden, maar Maulana Dawood zei tegen hem: 'Wat maakt het uit dat je de marmeren muren nog hebt? Ze hebben je tot een kreeft in een marmeren schaal gemaakt. *Na-pak*: onrein.'

Maar we zijn te ver vooruitgelopen: het wordt tijd dat we onze opmerkingen over geruchten en schaaldieren afsluiten. Sufiya Zinobia, de geestelijk gestoorde, bloost.

Ik geloof dat ik het haar heb aangedaan om haar rein te maken. Ik wist geen andere manier te bedenken om reinheid te scheppen in wat verondersteld wordt het Land der Reinen te zijn ... en armen van geest zijn per definitie onschuldig. Een te romantisch gebruik van het begrip geestesziekte? Misschien; maar voor dergelijke twijfels is het nu te laat. Sufiya Zinobia is inmiddels opgegroeid, haar geest langzamer dan haar lichaam, en door die traagheid blijft ze voor mij op de een of andere manier rein (*pak*) te midden van een smerige wereld. Zie hoe ze, terwijl ze opgroeit, een kiezelsteentje dat ze in de hand heeft streelt, zonder te kunnen zeggen waarom in dit gladde, platte steentje iets van goedheid schijnt te huizen; hoe ze straalt van genoegen wanneer ze liefhebbende woorden hoort, ook al zijn die bijna altijd voor iemand anders bestemd ... Bilquìs stortte al haar genegenheid uit over haar jongste dochter, Naveed. Goed Nieuws werd als het ware doordrenkt door een moesson van liefde, terwijl Sufiya Zinobia, haar ouders tot last en haar moeder tot schande, zo droog bleef als de woestijn. In plaats van liefde regenden gekreun, beledigingen en zelfs woeste slagen van getergdheid op haar neer: maar een dergelijke regen levert geen verkwikkend vocht op. Hoewel haar geest uitgedroogd was door gebrek aan genegenheid zag ze niettemin kans, wanneer er liefde bij haar in de buurt kwam, te stralen van blijdschap, alleen al vanwege de nabijheid van dat kostelijke goed.

Ze kon ook blozen. Zoals u zich herinneren zult, bloosde ze al op de dag van haar geboorte. Tien jaar later waren haar ouders nog steeds verbluft over dat rood worden, over die blossen als benzinebranden. Sufiya Zinobia's vreeswekkende gloed was naar het scheen nog toegenomen door die jaren in het woestijngebied van Q. Toen de Hyders weer eens een verplicht beleefdheidsbezoek brachten aan Bariamma en haar clan en die oude dame zich vooroverboog om de meisjes te kussen, merkte ze tot haar schrik dat haar lippen lichtelijk verbrand waren door een hitte die Sufiya Zinobia plotseling naar de wangen was gestegen; de brandwond was ernstig genoeg om een week lang een tweemaal daags insmeren van de lippen met zalf nodig te maken. Dit wangedrag van de thermostatische huishouding van het kind bracht bij haar moeder iets teweeg dat de indruk wekte van een geoefende toorn: 'Die imbeciel,' riep Bilquìs uit terwijl Duniyad Begum en de anderen geamuseerd toekeken, 'kíjk maar niet eens naar haar! Hebben jullie ooit zoiets meegemaakt? Als er maar iemand naar haar kijkt of twee woorden tegen haar zegt, wordt ze rood, zo rood als cayennepeper, ik zweer het! Welk normaal kind wordt er zo vlammend rood en heet dat haar kleren soms een schroeilucht afgeven? Maar wat zal je eraan doen, ze is niet normaal en daarmee uit, en we hebben er maar mee te leven.' Ook de teleurstelling van de Hyders met betrekking tot hun oudste dochter was in de verzengende stralen van de woestijnzon verhard tot iets dat al even genadeloos was als die zon zelf.

De bezoeking was werkelijkheid genoeg. Juffrouw Shahbanou, de Perzische ayah die Bilquìs bij haar terugkeer in Karachi in dienst had genomen, had zich er de eerste de beste dag al over beklaagd dat ze toen ze Sufiya Zinobia een bad had gegeven haar handen had gebrand aan het water, dat tot dicht onder het kookpunt was gebracht door een rode, vlammende blos van verlegenheid die zich van de haarwortels tot aan de gekromde tenen van het beschadigde meisje had verspreid.

Om het maar onomwonden te zeggen: Sufiya Zinobia Hyder bloosde onmatig zodra haar aanwezigheid in de wereld door anderen werd opgemerkt. Maar ik ben de mening toegedaan dat ze ook vanwege die wereld bloosde.

Laat ik uiting geven aan mijn vermoeden: de hersenkoorts die Sufiya Zinobia abnormaal ontvankelijk had gemaakt voor van alles wat in de ether rondzweeft, stelde haar ook in staat als een spons een hele massa ongevoelde gevoelens op te zuigen.

Waar denkt u dat ze blijven? Ik bedoel gevoelens die ondervonden hadden moeten worden maar dat niet werden – zoals spijt vanwege een onaardig woord, schuldbesef vanwege een misdrijf, verlegenheid, fatsoen, schaamte? Stelt u zich schaamte voor als een vloeistof, laten we zeggen zo'n zoete, koolzuurhoudende, tandbedervende frisdrank in een automaat. Als je op de juiste knop drukt, ploft er een bekertje neer onder een piesende straal van die vloeistof. Hoe moet je op dat knopje drukken? Geen kunst aan. Je vertelt een leugen, gaat met een blanke jongen naar bed, of wordt met het verkeerde geslacht geboren. Daar komt dat gevoel al naar buiten borrelen, en je drinkt ervan tot je verzadigd bent... Maar hoeveel mensen weigeren niet deze simpele instructies op te volgen! Er worden beschamende, schandelijke dingen gedaan: men vertelt leugens, leidt een losbandig leven, eert zijn vader en moeder niet, verzuimt de vlag van zijn natie lief te hebben, stemt verkeerd bij verkiezingen, overeet zich, bedrijft buitenechtelijk geslachtsverkeer, schrijft autobiografische romans, speelt vals bij het kaarten, mishandelt vrouwvolk, zakt voor examens, smokkelt, of verspeelt op het kritieke moment de winnende kans tijdens een internationale cricketwedstrijd: en al die dingen worden *schaamteloos* gedaan. Wat gebeurt er dan met al die niet gevoelde schaamte? Hoe moet het dan met de niet gedronken bekertjes frisdrank? Denk nog eens aan die automaat. Er wordt op die knop gedrukt, maar dan komt de schaamteloze hand die het bekertje weggrist! Degene die op de knop gedrukt heeft, neemt het bestelde niet tot zich, en de vloeibare schaamte wordt gemorst en druipt op de vloer, zich uitbreidend tot een schuimende poel.

Maar we hebben het hier over een abstracte, volkomen etherische frisdrankautomaat; en dus is het ook de ether waarin de ongevoelde schaamte van de wereld verdwijnt. Vanwaar, volgens mij, ze weer afgetapt wordt door dat handjevol onfortuinlijken, die huisbewaarders van de onzichtbare wereld, wier zielen de emmers zijn waarin vloerwissers het gemorste uitknijpen. We bewaren zulke emmers in speciale bergruimten. Ook hebben we er geen hoge dunk van, hoewel ze toch ons vuile water opruimen.

Welnu dan: Sufiya de imbeciel bloosde. 'Ze doet het om de aandacht te trekken,' zei haar moeder tegen de verzamelde familieleden. 'O, jullie hebben geen idee van de rommel, de ellende en het verdriet, en waarvoor eigenlijk? Je ziet er niets voor terug. Het is zulk ondankbaar werk. God zij dank dat ik mijn Goed Nieuws tenminste heb.' Maar imbeciel of geen imbeciel, door hevig te blozen telkens wanneer haar moeder zijdelings naar haar vader keek, onthulde Sufiya Zinobia aan de toekijkende familieleden dat er iets broeide tussen die twee. Ja. Idioten kunnen dergelijke dingen voelen, dat is alles.

Blozen is een langzaam branden. Maar het is ook nog iets anders: het is een *psychosomatisch* verschijnsel. Ik citeer: 'Een plotseling zich sluiten van de arterio-veneuze bloedvaten in het gezicht, wat de karakteristieke verhoogde kleur ten gevolge heeft. Mensen die niet in psychosomatische verschijnselen geloven, en ook niet geloven dat de geest het lichaam via het zenuwstelsel rechtstreeks kan beïnvloeden, zouden er goed aan doen hun gedachten te laten gaan over het verschijnsel blozen, dat bij mensen die er overgevoelig voor zijn zelfs teweeg kan worden gebracht door de herinnering aan een pijnlijke situatie of iets waardoor ze in verlegenheid werden gebracht – een voorbeeld zo duidelijk als men zich maar wensen kan van het feit dat de geest sterker is dan de materie.'

Evenals de schrijvers van bovenstaande woorden is onze held, Omar

Khayyam Shakil, praktizerend geneesheer. Bovendien is hij geïnteresseerd in alle manifestaties van de heerschappij van de geest over de materie: in gedrag onder hypnose, bijvoorbeeld; of het zichzelf in trancetoestand verminken van die fanatieke Sji'ieten die Iskander Harappa geringschattend 'wandluizen' noemt; en ook in het verschijnsel blozen. Het zal nu dus niet lang meer duren voordat Sufiya Zinobia en Omar Khayyam, patiënte en arts, toekomstige echtelieden, elkaar ontmoeten. Hetgeen onvermijdelijk is, want wat ik te vertellen heb, kan niet anders beschreven worden dan als een liefdesgeschiedenis.

Een verslag van wat er gebeurde in dat jaar, het veertigste levensjaar van zowel Isky Harappa als Raza Hyder, zou waarschijnlijk moeten beginnen met dat ogenblik waarop Iskander vernam dat zijn neef Kleine Mir kans had gezien bij president A. in het gevlei te komen, en op het punt stond tot een hoog ambt te worden verheven. Hij sprong pardoes het bed uit toen hij het nieuws hoorde, maar Pinkie Aurangzeb, de eigenaresse van het bed en de bron van genoemde informatie, verroerde zich niet, hoewel ze wist dat ze voor een crisis stond en dat haar drieënveertig jaar oude lichaam, dat Iskander onthuld had door uit bed te springen zonder het laken los te laten, niet langer dat soort licht uitstraalde dat de aandacht van mannen kon afleiden van wat het ook zijn mocht dat hen dwarszat. 'Stront op m'n moeders graf,' schreeuwde Iskander Harappa, 'eerst wordt Hyder minister, en nu *hij* weer. Het leven begint ernst te worden wanneer je tegen de veertig loopt.'

'De dingen beginnen hun glans te verliezen,' dacht Pinkie Aurangzeb, elf sigaretten achter elkaar rokend terwijl Iskander met het beddelaken om zich heen geslagen door het vertrek ijsbeerde. Toen Isky het laken afwezig op de grond liet vallen stak ze haar twaalfde sigaret op. Vervolgens sloeg ze hem gade terwijl hij, naakt en in de kracht van zijn leven, zwijgend zijn banden met zijn heden verbrak en het oog op de toekomst richtte. Pinkie was inmiddels weduwe; de oude maarschalk Aurangzeb had eindelijk de kraaienmars geblazen. Haar soirees waren nu niet meer zulke belangrijke gelegenheden, en de roddelpraatjes die in de stad de ronde deden, kwamen haar tegenwoordig vrij laat ter ore. 'De oude Grieken,' zei Iskander zomaar ineens, zodat Pinkie van schrik de as van haar sigaret morste, 'hielden bij de Olympische Spelen geen aantekening van wie nummer twee was.' En vervolgens kleedde hij zich snel aan, maar wel met die nauwgezette fatterigheid waarvan ze altijd zo gehouden had, en verliet haar voorgoed; dat zinnetje was de enige uitleg die ze ooit van hem kreeg. Maar in de daarop volgende jaren van haar eenzame afzondering kwam ze na rijp beraad tot de slotsom dat de Geschiedenis had gewacht tot Iskander Harappa Haar zou opmerken, en een man op wie de Geschiedenis een oogje laat vallen zit daarna vast aan een maîtresse van wie hij nooit meer loskomt. Geschiedenis is natuurlijke teeltkeus. Muterende versies van het verleden strijden met elkaar om de overhand te krijgen; nieuwe feitenrassen komen op, en de oude, dinosaurische waarheden worden tegen de muur gezet, geblinddoekt en met een laatste sigaret in de mond. Alleen de mutaties van de sterken blijven over. De zwakken, de naamlozen, de overwonnenen laten weinig sporen achter: wat terreinkenmerken, speerpunten, folkloristische vertellingen, gebroken kruiken, grafheuvels, vervagende herinneringen aan wat eens hun jeugdige schoonheid was. De Geschiedenis heeft slechts degenen lief die haar de baas zijn: het is een verhouding van wederzijdse onderwerping. Daarin is geen plaats voor Pinkies; en ook niet, vanuit Isky's standpunt bekeken, voor zulke figuren als Omar Khayyam Shakil.

Wedergeboren Alexanders en zij die ernaar streven Olympisch kampioen te worden dienen zich aan een regime van de strengst denkbare trainingsvoorschriften te onderwerpen. Dus zwoer Isky Harappa, na Pinkie Aurangzeb verlaten te hebben, ook al het andere af dat zijn geest kon schaden. Zijn dochter Arjumand zou zich later altijd herinneren dat dit het tijdstip was geweest waarop hij afstand deed van open poker en *chemin de fer*, van besloten rouletteavonden, omkoperij bij de paardenrennen, de Franse keuken, opium en slaappillen; het moment dat hij zijn gewoonte opgaf tijdens banketten onder zwaar met zilver beladen tafels naar de hitsige enkels en de gewillige knieën van society-schoonheden te tasten, en waarop hij niet langer naar de hoeren ging die hij zo graag had gefilmd met een acht millimeter Paillard Bolex-camera terwijl ze, afzonderlijk of met drie tegelijk, hun zwoele, lome riten verrichtten op zijn lichaam of op dat van Omar Khayyam. Het was het begin van die legendarische politieke carrière die zou culmineren in zijn overwinning op de dood zelf. Deze eerste triomfen, die slechts overwinningen waren die hij op zichzelf behaalde, waren noodzakelijkerwijze geringer. Uit zijn openbare, voor gebruik in de stad bedoelde vocabulaire schrapte hij zijn encyclopedisch repertoire van liederlijke dorpsverwensingen, vervloekingen die mannen tot de rand gevulde geslepen glazen uit de hand konden slaan, die versplinterden nog voordat ze de grond raakten. (Maar in de dorpen bezwangerde hij tijdens verkiezingscampagnes de lucht weer als vanouds met obsceniteiten, want hij kende de stemmen-wervende kracht van gore taal.) Hij legde het schelle, hoge lachje van zijn onbetrouwbare, losbollige ik voor altijd het zwijgen op en verving het door de diepe, luid bulderende lach van een staatsman. Ook staakte hij zijn gescharrel met de vrouwelijke bedienden in zijn huis in de stad.

Heeft een man ooit meer voor zijn volk opgeofferd? Hij deed afstand van hanengevechten, berengevechten en tweekampen tussen slangen en wezels; ook gaf hij het discodansen op, en zijn maandelijkse avondjes ten huize van het hoofd van de filmkeuring, waar hij speciale voorstellingen had bijgewoond van de sappigste fragmenten die men uit geïmporteerde buitenlandse films had geknipt.

Ook besloot hij Omar Khayyam Shakil op te geven. 'Wanneer die dégeneré op bezoek komt,' instrueerde Iskander de portier, 'gooi je de smeerlap maar op zijn vette kont op straat om te zien hoe hij stuitert.' Vervolgens trok hij zich terug in de witte en vergulde, in rococostijl uitgevoerde slaapkamer in het koele hartje van zijn herenhuis in 'Defensie', een bouwwerk van met natuursteen bekleed gewapend beton, dat iets weg had van een split-level radio-grammofooncombinatie van Telefunken, en verzonk daar in meditatie.

Maar verbazend genoeg bracht Omar Khayyam gedurende een hele tijd geen bezoek aan zijn oude vriend, noch belde hij hem op. Er verstreken veertig dagen voordat het tot de dokter doordrong dat er verandering was gekomen in zijn zorgeloze, schaamteloze wereldje...

Wie zit er aan haar vaders voeten terwijl, elders, Pinkie Aurangzeb oud wordt in een leeg huis? Arjumand Harappa. Ze is nu dertien jaar oud, en met een uitdrukking van immense voldoening op haar gezicht zit ze met gekruiste benen op de marmeren vloer van een slaapkamer in rococostijl, en ziet toe terwijl Isky zich omvormt tot een nieuwe persoonlijkheid; Arjumand, die zich nog niet die beruchte bijnaam ('de Maagd met de IJzeren Broek') verworven heeft die ze gedurende het grootste deel van haar leven niet meer zal kwijtraken. Omdat ze vroeg rijp was voor haar leeftijd heeft ze altijd al geweten dat er een tweede man in haar vader school, die groeide en zijn tijd afwachtte, en die nu eindelijk naar buiten treedt, terwijl de oude Iskander ritselend en afgedankt op de vloer glijdt, als een verschrompelde slangehuid in een ruitvormig plekje schel zonlicht. Welk een genoegen schept ze dus in zijn metamorfose, in het feit dat ze nu eindelijk de vader krijgt die ze verdient! 'Dit is door mijn toedoen gebeurd,' zegt ze tegen Iskander, 'doordat ik het zo vurig verlangde heb je het eindelijk ingezien.' Harappa glimlacht tegen zijn dochter, en geeft haar een klopje op haar hoofd. 'Zulke dingen komen voor.' 'En geen oompje Omar meer,' voegt Arjumand eraan toe. 'Opgeruimd staat netjes.'

Arjumand Harappa, de Maagd met de IJzeren Broek, zal altijd door uitersten worden geregeerd. Nu reeds, met haar dertien jaar heeft ze de gave te walgen, maar ook kan ze slaafs vereren. Walgen doet ze van Shakil, de vetzak die zich al die tijd aan haar vader heeft vastgeklampt en hem neergedrukt heeft gehouden in het slijk; en ook van haar moeder, die Rani in haar Mohenjo vol zich schuilhoudende uilen, het toppunt van de nederlaag. Arjumand heeft haar vader overgehaald haar in de stad te laten wonen en naar school te laten gaan; en voor deze vader koestert ze een verering die aan verafgoding grenst. Nu haar aanbidding eindelijk een voorwerp heeft gevonden dat haar waardig is, kan Arjumand haar vreugde niet bedwingen. 'Wat je niet allemaal gaat doen!' roept ze uit. 'Wacht maar, je zult het zien!' Omar Khayyams afwezige, omvangrijke lichaam draagt de schaduwen van het verleden met zich mee.

Iskander, languit op zijn wit en gouden bed gelegen en verzonken in koortsachtig gemijmer, verkondigt met plotselinge helderheid: 'Het is een mannenwereld, Arjumand. Stijg boven je kunne uit, naarmate je opgroeit. Dit is geen plek voor een vrouw.' De nostalgische weemoed van deze woorden vertegenwoordigt de laatste stuiptrekking van Iskanders liefde voor Pinkie Aurangzeb, maar zijn dochter vat zijn woorden letterlijk op, en wanneer straks het zwellen van haar borsten begint, zal ze die afbinden met linnen zwachtels, zo strak dat ze bloost van de pijn. Ze zal op den duur van die strijd tegen haar lichaam gaan genieten, en van die langzame, voorlopige overwinning op dat zachte, verfoeide vlees ... maar laten we hen daar achterlaten, vader en dochter, zij in haar hart reeds bezig met die Alexandrijnse godheidsmythe rond Harappa op te bouwen waaraan ze pas na zijn dood de vrije teugel zal kunnen geven, en hij met bij zijn pas gevonden reinheid te rade te gaan voor het uitstippelen van de strategieën voor zijn toekomstige triomf, en om gewaar te worden hoe hij de tijdgeest het best het hof kan maken.

Waar is Omar Khayyam Shakil gebleven? Hoe is het onze perifere held vergaan? Ook hij is ouder geworden; evenals Pinkie is hij nu rond de vijfenveertig. Het ouderdomsproces is hem gunstig gezind geweest door zijn haar en zijn sikje een zilvergrijze kleur te geven. Laten we niet vergeten dat hij in zijn tijd een briljant student was, en de glans van die eruditie is nog niet verbleekt; hij mag dan een wellusteling en een losbol zijn, maar ook is hij de topman in het meest vooraanstaande ziekenhuis van de stad, en een immunoloog van niet geringe internationale faam. Gedurende de periode sinds we hem voor het laatst goed hebben gekend, is hij naar wetenschappelijke bijeenkomsten in Amerika geweest, heeft hij verhandelingen gepubliceerd over de mogelijkheid dat psychosomatische verschijnselen zich in het immuniteitsstelsel van het lichaam voordoen, en is hij een belangrijke kerel geworden. Hij is nog altijd dik en lelijk, maar hij kleedt zich nu met enige distinctie; hij schijnt iets van Iskanders chique kleedgewoonten te hebben overgenomen. Omar Khayyam draagt uitsluitend grijs: grijze kostuums, hoeden en dassen, grijze suède schoenen, zelfs onderbroeken van grijze zijde; het is alsof hij hoopt dat die gedekte tint de opzichtige uitwerking van zijn fysionomie wat zal verzachten. Hij gaat overal vergezeld van een geschenk dat hij nog van zijn vriend Iskander heeft gekregen: een degenstok met zilveren kop uit de Aansu-vallei, dertig centimeter blinkend gepolijst staal verborgen in kunstig uitgesneden notehout.

Hij slaapt inmiddels ternauwernood twee en een half uur per nacht, maar van tijd tot tijd heeft hij nog steeds last van die droom waarin hij van de rand van de wereld omlaag stort. Soms wordt hij ook door die droom bezocht wanneer hij wakker is, want mensen die te weinig slaap krijgen, kunnen tot de ontdekking komen dat de grenzen tussen de wereld van het wakker zijn en die van het slapen moeilijk te bewaken zijn. Er glippen dingen tussen de paaltjes door, die de douanepost mijden … op zulke momenten wordt hij overvallen door een afschuwelijke duizeligheid, alsof hij zich op een afbrokkelende bergtop bevindt, en dan leunt hij zwaar op zijn degenstok om niet te vallen. Het dient gezegd te worden dat zijn succes in zijn beroep en zijn vriendschap met Iskander Harappa de frequentie van die aanvallen van duizeligheid hebben doen verminderen en ten gevolge hebben gehad dat onze held wat steviger met beide benen op de grond is blijven staan. Maar toch keert die duizeligheid zo nu en dan terug om hem eraan te herinneren hoe dicht bij de rand hij zich bevindt, en zich altijd zal blijven bevinden.

Maar waar is hij gebleven? Waarom belt hij niet op, komt hij niet op bezoek, wordt hij niet op zijn achterste op straat geknikkerd? – Na enig zoeken ontdek ik hem in Q., in die vesting waar zijn drie moeders huizen, en terstond weet ik dat er een ramp heeft plaatsgehad, want niets anders zou Omar Khayyam naar het moederland hebben kunnen teruglokken. Hij heeft 'Nishapur' niet meer bezocht sinds die dag waarop hij met zijn voeten op een verkoelend ijsblok vertrok; in zijn plaats heeft hij wissels op banken gestuurd. Zijn geld heeft voor zijn afwezigheid betaald … maar er zijn ook nog andere dingen waarvoor men een prijs moet betalen. En geen enkele ontsnapping is ooit definitief. Zijn vrijwillige breuk met zijn verleden heeft zich vermengd met de verkozen slapeloosheid van zijn nachten: de gecombineerde uitwerking daarvan is dat zijn zedelijk normbesef wordt vertroebeld, dat hij in ethisch opzicht in een soort levend lijk verandert, zodat hij juist door afstand te bewaren geholpen wordt dat uitdrukkelijk gebod te gehoorzamen dat zijn moeders hem lang geleden hebben meegegeven: de man kent in het geheel geen schaamte.

Zijn biologerende ogen heeft hij nog steeds, en ook zijn vlakke, een-tonige hypnotiseursstem. Vele jaren lang heeft Iskander Harappa die ogen en die stem vergezeld naar het Intercontinental Hotel, en heeft ze voor hem aan het werk laten gaan. Zijn omvang en zijn lelijkheid, gecombineerd met die ogen en die stem, maken Omar Khayyam aantrekkelijk voor blanke vrouwen van een bepaald type. Ze zwichten voor zijn flirterige aanbiedingen hen te hypnotiseren en zijn onuitge-sproken beloften hun de mysteries van het Oosten te onthullen; hij neemt hen mee naar een gehuurde hotelsuite en brengt hen in trance. Aldus van hun – dat zij toegegeven – toch al geringe remmingen be-vrijd, verschaffen ze Isky en Omar uren van buitengewoon prikkelend seksueel genot. Shakil verdedigt zijn gedrag: 'Het is onmogelijk een gehypnotiseerde iets te laten doen wat ze niet wil.' Iskander Harappa evenwel heeft zich nooit om uitvluchten bekommerd ... maar ook dit maakt deel uit van datgene waarvan Isky – vooralsnog zonder dat Omar Khayyam het weet – afstand heeft gedaan. Ter wille van de Geschiedenis.

Omar Khayyam is in 'Nishapur' omdat zijn broer, Babar, dood is. De broer die hij nooit gezien heeft, gestorven vóór zijn drieëntwintig-ste verjaardag, en alles wat er van hem over is is een bundeltje groezeli-ge, beduimelde notitieboekjes, die Omar Khayyam mee zal nemen wanneer hij na de voorgeschreven veertig dagen van rouw naar Kara-chi terugkeert. Een broer die nu gereduceerd is tot wat verfomfaaide, haastig neergekrabbelde woorden. Babar is neergeschoten, en het be-vel daartoe werd gegeven door ... maar nee, de opschrijfboekjes eerst:

Toen ze zijn lijk vanuit de Onmogelijke Bergen naar beneden brach-ten, riekend naar geiten en ontbinding, werden de opschrijfboekjes die ze in zijn zakken hadden gevonden aan zijn familie overhandigd, maar er ontbraken vele pagina's aan. Tussen de haveloze restanten van die geschonden boekjes viel een reeks liefdesgedichten te ontcijferen, ge-richt aan een beroemde zangeres van populaire liedjes, die Babar met geen mogelijkheid ooit kon hebben ontmoet. En tussen die in hinkende versmaat gedane uitingen van zijn abstracte liefde door, waarin hym-nen aan de spiritualiteit van haar stem op een onbeholpen manier ver-mengd waren met vrije verzen van een uitgesproken pornografische zinnelijkheid, was een relaas te vinden van zijn verblijf in een eerdere hel, een verslag over de kwelling die het was geweest het kleine broertje van Omar Khayyam te zijn.

De schaduw van zijn oudere broer had hem tot in de verste hoeken van 'Nishapur' vervolgd. Hun drie moeders, die nu van het geld leefden dat de dokter hun zond en geen zaken meer deden met de pandjes-baas, hadden in hun dankbaarheid daarvoor Babars jeugd tot een immobiele reis gemaakt door een nimmer veranderende relikwieënkast, een gewijde tempel waarvan de wanden doortrokken waren van applaus voor de roemrijke oudere zoon die het huis verlaten had. En doordat Omar Khayyam zoveel ouder was dan hij en al zo lang geleden die provinciale, stoffige straten was ontvlucht waarin tegenwoordig dronken arbeiders van de gasvelden om niets slaags raakten met mijnwerkers van de kolen-, bauxiet-, onyx-, koper- en chroomertsmijnen die vrij hadden, en waarop de gebarsten koepel van Hotel Flashman met steeds grotere treurigheid neerkeek, had Babar het gevoel onderdrukt te worden en tegelijk in de steek gelaten te zijn door een tweede vader; en in dat huishouden van door het verleden weggekwijnde vrouwen vierde hij zijn twintigste verjaardag door diploma's en gouden medailles en kranteknipsels en oude schoolboeken en stapels brieven en cricketslaghouten en, kortom, al de souvenirs van zijn illustere oudere broer naar de schermerdonkere binnenplaats te dragen en de hele boel in brand te steken voordat zijn drie moeders hem konden tegenhouden. Babar wendde zich af van het weinig verheffende schouwspel van oude wijven die in de hete as graaiden naar verkoolde hoekjes van foto's en naar medailles waarvan het goud door het vuur in lood was omgezet, en daalde met behulp van de goederenlift af naar de straten van Q., vol onzekerheid over de toekomst. Doelloos zwierf hij rond, piekerend over de weinige mogelijkheden die voor hem openstonden, en op dat moment begon de aardbeving.

Eerst dacht hij nog dat het een huivering van zijn eigen lichaam was, maar een klap tegen zijn wang, toegebracht door een kleine, scherpe splinter, deed de nevels van de introspectie uit de ogen van de aspirant-dichter wegtrekken. 'Het regent glas,' dacht hij verwonderd, terwijl hij een paar maal snel met de ogen knipperde naar de uitstallingen van de dievenbazaar waarheen zijn schreden hem hadden gevoerd zonder dat hij het wist: rijen kraampjes en stalletjes te midden waarvan zijn veronderstelde huivering bezig was een behoorlijke wanorde aan te richten: meloenen spatten aan zijn voeten uit elkaar, muiltjes met spitse punten vielen van sidderende planken, sieraden en rollen brokaat, aardewerk en kammen tuimelden door en over elkaar in de met glas bezaaide gangpaden en steegjes. Met stomheid geslagen stond hij daar in die glazen stortbui van gebroken ruiten. Hij kon het gevoel maar niet van zich afzetten dat hij zijn innerlijke beroering aan de wereld om hem heen had opgedrongen en verzette zich tegen de waanzinnige aandrang om iemand, wie dan ook, van die massa in paniek dooreenrennende zakkenrollers, kooplui en kopers beet te grijpen en zijn excuses aan te bieden voor de ellende die hij had aangericht.

'Die aardbeving,' noteerde Babar Shakil in zijn opschrijfboekje, 'schudde iets in me los. Het was maar een kleine schok, maar het zou wel eens kunnen dat er ook iets door op zijn plaats is geschud.'

Toen de wereld weer tot rust gekomen was, begaf hij zich naar een goedkoop drankhol, zich voorzichtig een weg banend door de glasscherven en langs de al even doordringende jammerkreten van de eigenaar; en terwijl hij naar binnenging (zo staat in de notitieboekjes te lezen) ving hij vanuit zijn linkerooghoek iets op van een gevleugelde en goudkleurig schitterende man die vanaf een dak op hem neerkeek; maar toen hij zijn hoofd met een ruk omdraaide en naar boven keek was de engel verdwenen. Later, toen hij in de bergen was, bij de separatistische stammen die een guerrilla-oorlog voerden, kreeg hij het verhaal te horen van de engelen en de aardbevingen en het onderaardse Paradijs; hun geloof dat de gouden engelen aan hun kant stonden, verschafte de guerillastrijders een onwankelbare zekerheid dat hun zaak gerechtvaardigd was en maakte het hun gemakkelijk ervoor te sterven. 'Separatisme,' schreef Babar, 'is het geloof dat je goed genoeg bent om aan de klauwen van de hel te ontsnappen'.

Babar Shakil bracht de rest van zijn verjaardag door met zich te bedrinken in dat hol vol gebroken flessen, waarbij hij meer dan eens lange glassplinters uit zijn mond verwijderde, zodat zijn kin tegen het eind van de avond onder het bloed zat; maar de rijkelijk vloeiende drank desinfecteerde de snijwonden en reduceerde het gevaar van tetanus tot een minimum. Wie er zich verder nog in het brandewijnlokaal bevonden: een stel bergbewoners, een glazig kijkende hoer, en een paar rondreizende grappenmakers met trommels en toeters. De grappen werden luider naarmate de avond vorderde, en de mengeling van humor en sterke drank was een cocktail die Babar een kater van zo kolossale omvang bezorgde dat hij die nooit meer te boven kwam.

En wat voor grappen! Schaamteloze spotternijen van het soort van hé-hé-pas op wat je zegt, man – straks hoort iemand je nog: 'Zeg eens, kerel, je weet toch dat wanneer kinderen besneden worden de besnijder enkele heilige woorden spreekt?' 'Ja, man, weet ik.' 'Nou, wat zei hij dan toen ie de Ouwe Scherp-als-'n-Scheermes besneed?' 'Weet ik veel, wat dan? Wat dan?' 'Eén woord maar, kerel, één woord maar, en toen hebben ze 'm het huis uitgesmeten!' 'God, dat moet dan wel 'n vreselijk woord geweest zijn, man, vooruit, kom, vertel op.' 'Alleen maar dit, meneer: "O jee." '

Babar Shakil is nu gevaarlijk beneveld door de brandewijn. De grappenmakerij komt in zijn bloedsomloop, en brengt een permanente mutatie teweeg. 'Hé meneer, je weet toch wat ze van ons, bergbewoners, zeggen: te weinig vaderlandsliefde en te veel geslachtsdrift, nou, dat is helemaal waar, en weet je ook waarom?' 'Nee.' 'Nou, neem die vaderlandsliefde. Ten eerste pakt de regering ons onze rijst af voor de soldaten van het leger, en daar zouden we trots op moeten zijn, niet waar, maar alles wat we doen is ons beklagen omdat er niets voor ons overblijft. Ten tweede haalt de regering onze delfstoffen uit de grond, wat goed is voor de economie, maar wij kankeren alleen maar dat niemand hier iets van het geld te zien krijgt. En ten derde voorziet het gas van de Naaldenvallei nu voor zestig procent in de nationale behoefte, maar nog steeds zijn we niet tevreden, en jammeren voortdurend over het feit dat de mensen hier in deze streek niet eens gas voor eigen gebruik kunnen krijgen. Nou, minder vaderlandslievend kunnen mensen nauwelijks zijn, dat zul je moeten toegeven. Maar gelukkig houdt onze regering nog steeds van ons. Zo veel zelfs dat ze onze geslachtsdrift tot nationale prioriteit nummer één heeft gemaakt.' 'Hoe zit dat dan?' 'Nou, dat is toch duidelijk: het zal deze regering een groot genoegen zijn ons tot in alle eeuwigheid te blijven naaien.'

'O, te gek zeg, hartstikke goed.'

De volgende dag vertrok Babar voor het ochtendkrieken van huis om zich bij de guerrillastrijders aan te sluiten en zijn familie zou hem nooit meer levend terugzien. Uit de onuitputtelijke kasten van 'Nishapur' nam hij een oud geweer en de daarbij behorende dozen met patronen mee, alsmede een paar boeken en een van Omar Khayyams met academische prestaties verworven medailles, die door vuur in onedel metaal was veranderd; dat laatste ongetwijfeld om de herinnering levendig te houden aan de redenen voor zijn eigen separatistische daad, aan de oorsprong van een haat die sterk genoeg was geweest om een aardbeving te veroorzaken. In zijn schuilplaats in de Onmogelijke Bergen liet Babar zijn baard staan, bestudeerde hij de ingewikkelde samenleving van de bergstammen, schreef gedichten, rustte uit tussen overvallen door op vooruitgeschoven militaire posten, spoorlijnen en waterreservoirs, en uiteindelijk stelden de noden die dat ontwrichte bestaan met zich meebracht hem ook in staat in zijn notitieboekjes verhandelingen te houden over de voordelen van geslachtsverkeer met schapen, vergeleken met geiten. Er waren guerrillastrijders die de voorkeur gaven aan schapen vanwege hun passiviteit, terwijl anderen onmogelijk weerstand konden bieden aan de grotere dartelheid van geiten. Velen van Babars metgezellen gingen zelfs zo ver dat ze van hun viervoetige maîtresses gingen houden, en hoewel ze allemaal gezocht werden, plachten ze hun leven te riskeren in de bazaars van Q. om daar geschenken voor hun geliefden te kopen: kammen voor schapevachten werden aangeschaft en ook linten en belletjes voor tederbeminde geiten die zich nooit verwaardigden iets van hun dankbaarheid te laten merken. Al deed zijn lichaam dat dan niet, Babars geest verhief zich boven zulke dingen; hij stortte zijn reservoir van onbevredigde hartstocht uit over het beeld dat hij zich in gedachten had gevormd van een populaire zangeres wier gelaatstrekken hem tot op zijn sterfdag onbekend bleven, want hij had haar alleen maar horen zingen op een krakende transistorradio.

De guerrillastrijders gaven Babar een bijnaam waarop hij bovenmatig trots was: ze noemden hem 'de keizer', als herinnering aan die andere Babar, die zich zijn troon wederrechtelijk ontnomen zag, zich met een haveloos leger in de bergen terugtrok en ten slotte die befaamde dynastie van monarchen grondvestte wier familienaam nog altijd bij wijze van eretitel aan filmmagnaten wordt toegekend. Babar, de mogol van de Onmogelijke Bergen ... twee dagen voordat Raza Hyder uit Q. vertrok was een patrouille, voor de laatste maal aangevoerd door de grote commandant zelf, verantwoordelijk voor het vuren van de kogel die Babar velde.

Maar het deed er niet meer toe, want hij had al te lang bij de engelen vertoefd; daar boven in die veranderlijke en verraderlijke bergen had hij hen gadegeslagen, met hun gouden borsten en hun vergulde vleugels. Aartsengelen hadden boven zijn hoofd geklapwiekt terwijl hij op een uitstekende rotspunt de wacht hield. Ja, wellicht had Jibreel zelf wel goedgunstig gezind als een gouden helikopter boven zijn hoofd gezweefd terwijl hij een schaap verkrachtte. En kort voor zijn dood viel het de guerrillastrijders op dat de huid van hun baardige kameraad een gele gloed begon te vertonen, terwijl op zijn schouders de kleine knobbels van een stel vleugels in wording zichtbaar begonnen te worden. Het was een metamorfose waarmee de bewoners van de Onmogelijke Bergen vertrouwd waren. 'Je zult hier nu niet lang meer blijven,' zeiden ze met iets van afgunst in hun stemmen tegen Babar. 'Je gaat hier weg, keizer; voor jou geen geneuk met wollen vachten meer.' Babars metamorfose tot engel moet zo ongeveer voltrokken zijn geweest tegen het tijdstip van zijn dood, toen zijn guerrilla-eenheid een schijnbaar gestrande goederentrein aanviel en zodoende in Raza Hyders hinderlaag viel, want hoewel achttien kogels zijn lichaam doorboorden, dat een gemakkelijk doelwit vormde doordat het door zijn kleren heen goudkleurig gloeide in de nacht, kostte het hem geen moeite zijn huid af te werpen en lichtgevend en gevleugeld op te stijgen de eeuwigheid van de bergen in, waar een machtige wolk van serafijnen zich verhief terwijl de wereld schudde en brulde, en waar hij onder de muziek van hemelse rietfluiten, zevensnarige saranda's en driesnarige dumbirs werd opgenomen in de Elysische boezem van de aarde. Toen ze zijn lijk naar beneden brachten, zei men dat dat zo inhoudloos en zo vederlicht aanvoelde als een afgeworpen slangehuid, van het soort dat cobra's en losbollen achterlaten wanneer ze hun gedaantewisseling hebben ondergaan; en hij was heengegaan, voorgoed heengegaan, de dwaas.

Zijn dood stond uiteraard in geen enkel notitieboekje beschreven; die werd opgevoerd in de rouwende fantasieën van zijn drie moeders, want, zoals ze tegen Omar zeiden terwijl ze hem het verhaal van de verandering van hun zoon in een engel vertelden: 'We hebben het recht hem een goede dood mee te geven, een dood waarmee de levenden kunnen leven.' Onder de inwerking van de tragedie begonnen Chhunni, Munnee en Bunny inwendig te vervallen tot weinig meer dan schimmen van wat ze vroeger waren geweest, tot wezens die even onwerkelijk waren als de afgeworpen huid van hun zoon. (Maar aan het eind zouden ze zich vermannen.)

Een aantal weken nadat er achttien kogels in waren binnengedrongen werd het lijk aan hen uitgeleverd, met een kort schrijven op officieel briefpapier erbij: 'Slechts de herinnering aan het aanzien dat uw familienaam vroeger genoot, beschermt u voor de gevolgen van het schandelijk gedrag van uw zoon. Naar onze mening hebben de families van deze gangsters veel te verantwoorden.' De brief was door de voormalige gouverneur, Raza Hyder, persoonlijk ondertekend, en wel vlak voor zijn vertrek; zodat hij dus geweten moet hebben dat hij de dood bewerkstelligd had van die jongen die hij jaren geleden door een verrekijker naar hem had zien kijken vanuit een bovenraam van dat hermetisch vergrendelde herenhuis tussen het kantonnement en de bazaar.

Uit medelijden met Omar Khayyam Shakil – laten we zeggen: om hem het blozen te besparen – zal ik geen beschrijving geven van wat zich afspeelde bij het huis dat Harappa er in de stad op nahield, toen de dokter daar eindelijk in een taxi kwam voorrijden, met de opschrijfboekjes van zijn broer in de hand. Hij is voorlopig genoeg door het slijk gehaald; laten we volstaan met te zeggen dat Iskanders kille afwijzing zo'n slag voor Omar Khayyam was dat hij een bijzonder hevige aanval van duizeligheid kreeg en achter in de taxi overgaf. (Ook dat zal ik met de mantel der kiesheid bedekken.) Eens te meer had zijn levensgeschiedenis een andere wending gekregen door de handelingen van anderen: Babars vlucht, Hyders kogels, Mir Harappa's verheffing tot een hoog ambt en de daardoor veroorzaakte verandering in Iskander: voor onze held kwam het alles bijeengenomen neer op een persoonlijke slag in het gelaat. Wat later, weer thuisgekomen (we hebben de woning van Shakil nog niet eerder bezocht: het is een weinig aantrekkelijk appartement in een van de oudere woonbuurten van de stad en bestaat uit vier vertrekken die opvallen door het nagenoeg volledig ontbreken van alle meubelstukken, de meest onontbeerlijke uitgezonderd, alsof Shakil toen hij eenmaal volwassen was in opstand was gekomen tegen de onvoorstelbare wanorde die in het overvolle huis van zijn moeders had geheerst, en in plaats daarvan de voorkeur had gegeven aan de kale muren van de ascetische, door hem tot vader gekozen Eduardo Rodrigues, de verdwenen onderwijzer met zijn vogelkooi) in zijn woning, die hij zich door de woedende taxichauffeur genoodzaakt had gezien stinkend en te voet te bereiken, kroop hij in bed, verkild en met nog altijd duizelend hoofd. Hij legde het stapeltje gehavende opschrijfboekjes op het tafeltje naast zijn bed en zei, terwijl hij indommelde: 'Babar, het leven is lang.'

De volgende dag ging hij weer aan het werk, en de dag daarop begon hij verliefd te worden.

Er was eens een perceel grond. Het was aantrekkelijk gelegen, in het centrum van de Eerste Fase van het bouwplan van de Coöperatieve Vereniging voor Huisvesting van Officieren van 's lands Defensie; rechts ervan stond de ambtswoning van de minister van Onderwijs, Informatie en Toerisme, een imposant bouwwerk waarvan de muren bekleed waren met groen, roodgeaderd onyxmarmer, en links ervan stond het huis van de weduwe van wijlen het lid van de Verenigde Chefs van Staven, maarschalk Aurangzeb. Maar ondanks ligging en buren bleef het stuk grond onbebouwd; er waren geen funderingen in uitgegraven, en er was geen bekisting getimmerd om muren van gewapend beton op te trekken. Het stuk grond bevond zich, jammer genoeg voor de eigenaar, in een kleine uitholling; zodat, wanneer de twee dagen van zware stortregens kwamen die de stad jaarlijks genoot, het water in de kom van het lege perceel stroomde en daar een modderige vijver vormde. Dit ongewone fenomeen van een vijver die slechts gedurende twee dagen per jaar bestond en dan verdampt werd door de zon, een dunne laag door het water meegevoerde uitwerpselen en afval achterlatend, was genoeg om alle potentiële bouwlustigen af te schrikken, hoewel het perceel, zoals hierboven reeds beschreven, gunstig gelegen was: de Aga Khan bezat de villa op de naburige heuveltop, en ook de oudste zoon van de president, veldmaarschalk Mohammad A., woonde er vlakbij. Het was op dit onfortuinlijke stuk grond dat Pinkie Aurangzeb besloot kalkoenen te gaan fokken.

Door levende minnaar zowel als dode echtgenoot verlaten, had de weduwe van de maarschalk het plan opgevat haar geluk eens als ondernemer te gaan beproeven. Zeer onder de indruk van het succes van het nieuwe project met jonge kippen in legbatterijen dat de nationale luchtvaartmaatschappij onlangs aan de rand van het vliegveld begonnen was, besloot Pinkie het met grotere vogels te gaan proberen. De functionarissen van de Vereniging voor Huisvesting waren tegen de bekoring van mevrouw Aurangzeb niet opgewassen (die mocht dan wel tanende zijn, maar voor administratief personeel was ze nog altijd onweerstaanbaar), en deden een oogje dicht voor de massa's klokkend pluimvee die ze op het onbebouwde, ommuurde stuk grondbezit losliet. De komst van de kalkoenen werd door mevrouw Bilquìs Hyder als een persoonlijke belediging opgevat. Deze hypernerveuze dame, van wie gezegd werd dat haar brein door echtelijke problemen onder steeds grotere spanning kwam te staan, nam de gewoonte aan zich uit vensters te buigen en de luidruchtige vogels uit te schelden. 'Kssj! Koppen dicht, stomme beesten! Kalkoenen die herrie maken pal naast het huis van een minister nota bene! Wacht maar, ik snijd jullie de strot nog door!'

Toen Bilquìs haar echtgenoot smeekte iets aan die onafgebroken klokkende vogels te doen die bezig waren het beetje gemoedsrust dat ze nog bezat te vernietigen, antwoordde Raza Hyder kalm: 'Ze is de weduwe van onze vermaarde maarschalk, vrouw. Dan moet je het een en ander door de vingers kunnen zien.' De minister van Onderwijs, Informatie en Toerisme was moe na een dag van hard werken, een dag waarop hij maatregelen had goedgekeurd die dienden om het zonder toestemming nadrukken van westerse wetenschappelijke studieboeken door de regering te legaliseren; persoonlijk toezicht had uitgeoefend op het kapotslaan van een van de kleine draagbare persen waarop clandestien propaganda tegen de staat was gedrukt en die men in de kelder gevonden had bij een uit Engeland teruggekeerde doctorandus in de letteren die met buitenlandse denkbeelden was besmet; en met de vooraanstaande kunsthandelaars van de stad een onderhoud had gehad over het groeiende probleem van de diefstallen van antiquiteiten van de archeologische opgravingsplaatsen in het land – een discussie waarbij hij zo veel gevoeligheid aan de dag had gelegd dat het de handelaars ertoe bewogen had hem uit erkentelijkheid voor zijn houding een klein stenen hoofdje uit Taxila aan te bieden dat nog dateerde uit de tijd van Alexander de Grote's expeditie naar het noorden. Kortom, Raza Hyder was bepaald niet in de stemming voor kalkoenen.

Bilquìs had niet vergeten wat een dikke man jaren geleden eens op de veranda van Mohenjo met betrekking tot haar echtgenoot en mevrouw Aurangzeb had gesuggereerd; ze herinnerde zich die gelegenheid toen haar man bereid was geweest zich ter wille van haar vast te binden aan een staak in de grond; en ook begon ze, in wat inmiddels haar tweeëndertigste levensjaar was, een steeds schellere stem te krijgen. Dat was tevens het jaar waarin de Loe feller blies dan ooit tevoren, en het aantal gevallen van koorts en waanzin met vierhonderdtwintig procent steeg ... Bilquìs zette haar handen in haar zij en krijste in tegenwoordigheid van haar dochters tegen Raza: 'O, wat een rampzalige dag voor me! Nu verneder je me ook al met vogels.' Haar oudste dochter, de geestelijk gestoorde, begon te blozen, want het was duidelijk dat de klokkende kalkoenen inderdaad de zoveelste overwinning op de vrouwen van andere mannen vertegenwoordigde, en wel haar laatste, al was de overwinnares zich daarvan totaal niet bewust.

En er was eens een achterlijke dochter, die twaalf jaar lang te horen had gekregen dat ze haar moeders schande belichaamde. Ja, ik zal het nu over jou moeten gaan hebben, Sufiya Zinobia, in je bovenmaats kinderledikant met de zeiltjes, in die ministerswoning met de marmeren wanden, in een slaapkamer op de bovenverdieping waar de kalkoenen door de ramen klokkende geluiden tegen je maakten, terwijl je zuster aan een onyxmarmeren toilettafel de ayah toe gilde dat ze aan haar haar moest trekken.

De nu twaalfjarige Sufiya Zinobia had inmiddels de onaantrekkelijke gewoonte aangekweekt haar haren te kloven. Wanneer haar donkerbruine lokken door Shahbanou, de Perzische ayah gewassen werden, schopte, trapte en gilde ze aan een stuk door, zodat de ayah zich altijd gedwongen zag het op te geven voordat het laatste beetje zeep er uitgespoeld was. De voortdurende aanwezigheid van naar sandelhout geurende shampoo bezorgde Sufiya Zinobia's haar afschuwelijk gespleten uiteinden, en ze placht in het enorme kinderledikant te zitten dat haar ouders voor haar hadden geconstrueerd (en dat ze helemaal vanuit Q. hadden meegenomen, compleet met grote lappen zeil en gewatteerde babydekens van extra groot formaat) en haar beschadigde haren stuk voor stuk in tweeën te trekken, helemaal tot aan de wortel. Ze deed dit ernstig en systematisch, alsof ze bezig was zichzelf rituele verwondingen toe te brengen, precies zoals die Sji'ietische derwisjen die Iskander Harappa wandluizen noemde dat plegen te doen tijdens de processies van de 14de Muharram. Terwijl ze daarmee bezig was, kwam er een doffe glans in haar ogen, een glinstering van ijs of van vuur misschien, van ergens diep onder dat gewoonlijk zo ondoorschijnende oppervlak; en dan stond de wolk van gescheurde haren uit rondom haar gezicht, in het zonlicht een soort stralenkrans van vernietiging vormend.

Het was de dag nadat Bilquìs Hyder uitgevallen was over de kalkoenen. Sufiya Zinobia zat haar haren te kloven in haar kinderledikant; Goed Nieuws, die een gezicht bezat zo alledaags als een *chapati*, was vastbesloten te bewijzen dat haar weelderige dikke haardos nu lang genoeg was om erop te kunnen zitten. Terwijl ze zich inspande om haar hoofd zo ver mogelijk achterover te buigen schreeuwde ze tegen de bleke Shahbanou: 'Naar beneden trekken! Zo hard als je maar kunt! Waar wacht je nog op, stommeling? *Ruk*!' – en de hologige, tengere ayah deed haar best om haaruiteinden onder het benige zitvlak van Goed Nieuws te stoppen. In de vastberaden ogen van het meisje stonden tranen van pijn: 'De schoonheid van een vrouw,' zei Goed Nieuws hijgend, 'begint bij haar kruin en groeit van daar naar omlaag. Het is welbekend dat mannen hun bezinning verliezen van glanzend haar dat je onder je billen kunt wegstoppen.' Maar Shahbanou zei op vlakke toon: 'Hou er maar mee op, kindlief, het gaat niet.' Goed Nieuws beukte met haar vuisten op de ayah in, en in haar gramschap viel ze vervolgens uit tegen haar zuster: 'Jij, ding dat je bent. Moet je jezelf eens zien. Wie zou er nu met jou willen trouwen, met zulk haar, zelfs al had je hersens? Koolraap die je bent. Kroot. Engelse radijs. Begrijp dan toch wat 'n moeilijkheden je me bezorgt met je gescheur. De oudste zuster behoort altijd het eerst te trouwen, maar wie zal er om haar hand komen vragen, ayah? Ik zweer je dat ze mijn leven tot een grote ellende maakt, maar ach, wat begrijp jij daarvan. Vooruit, schiet op, nog eens trekken, en deze keer niet net doen alsof het het niet haalt – nee, bekommer je niet om die dwaas, laat haar maar alleen met haar smerige gebloos en haar beddegeplas. Ze begrijpt nergens iets van. Wat zou ze kunnen begrijpen? Niets.' En Shahbanou, schouderophalend en ongevoelig voor de stompen die Naveed Hyder haar geeft: 'Je moest zo niet tegen je zuster praten, kindlief, anders zal je tong op een dag nog eens zwart worden en afvallen.'

Twee zusters in een kamer, terwijl buiten de hete wind opsteekt. Als bescherming tegen de woeste windstoten worden de luiken voor de ramen gedaan, en aan gene zijde van de tuinmuur raken de kalkoenen, ten prooi aan de koortsig om zich heen grijpende storm, in paniek. Terwijl het geweld van de Loe toeneemt, leggen de bewoners van het huis zich te slapen. Shahbanou op een matje op de vloer naast Sufiya Zinobia's ledikant; en de tienjarige Goed Nieuws, uitgeput door haar harentrekkerij, languit op haar bed met armen en benen wijd.

Twee slapende zusters: in rust toonde het gezicht van het jongere meisje zijn alledaagsheid, nu het ontdaan was van die vastberadenheid van zoëven om aantrekkelijk te zijn; terwijl de simpele van geest in de slaap haar wezenloze gelaatsuitdrukking verloor, en haar uitgesproken klassieke gelaatstrekken ieder toeziend oog behaagd zouden hebben. Welk een contrasten tussen de beide meisjes! Sufiya Zinobia zo gênant klein (nee, we zullen tot iedere prijs vermijden haar met een oosters miniatuur te vergelijken), en Goed Nieuws zo lang en slank. Sufiya en Naveed, schande en goed nieuws: de een traag en stil, en de ander opvliegend en luidruchtig. Goed Nieuws placht volwassenen brutaal en onbeschaamd aan te staren; Sufiya sloeg haar ogen altijd neer. Maar Naveed Hyder was haar moeders kleine engel, en kon ongestraft doen wat ze wilde. 'Stel je eens voor,' zou Omar Khayyam in latere jaren denken, 'dat dat bruiloftsschandaal Sufiya Zinobia was overkomen! Ze zouden haar de huid hebben afgestroopt en die naar de *dhobi* hebben gezonden.'

Luister: je zou alle zusterliefde die Goed Nieuws Hyder in zich had in een enveloppe hebben kunnen stoppen en die per luchtpost naar waar ook ter wereld hebben kunnen sturen voor één roepie, zo gering was het gewicht daarvan ... maar waar was ik ook alweer gebleven? O ja, de hete wind waaide dus, en het gehuil daarvan was een muil van geluid die al het andere lawaai verzwolg, die droge stormwind die ziekte en waanzin met zich meevoerde op zijn vleugels die scherp waren van het zand. Het was de ergste Loe sinds mensenheugenis. Hij liet demonen los op de wereld, en drong door de luiken naar binnen om Bilquìs te kwellen met de ondraaglijke spookbeelden van haar verleden, zodat ze, ofschoon ze haar hoofd onder haar kussen begroef, toch nog een gouden ruiter voor haar ogen zag die een banier met zich meedroeg waarop in vlammende letters dat beangstigend raadselachtige woord *Excelsior* te lezen stond. Zelfs het klokken van de kalkoenen was niet boven de storm uit te horen, terwijl iedereen zich een goede schuilplaats zocht; maar toen drongen de verzengende vingers van de wind een slaapkamer binnen waar twee zusters lagen te slapen, en één van hen kwam in beweging.

Het is gemakkelijk een wind de schuld van moeilijkheden te geven. Het kan zijn dat die verderfelijke wind er inderdaad iets mee te maken heeft gehad – misschien is Sufiya Zinobia, toen ze erdoor beroerd werd rood geworden en ontvlamd onder zijn afschuwelijke hand, en misschien was dat de reden waarom ze, met ogen zo kleurloos en uitdrukkingsloos als melk, opstond en de kamer verliet – maar ik geef er de voorkeur aan te geloven dat die wind slechts een toevallige omstandigheid, een excuus was; dat hetgeen thans gebeurde gebeurde omdat twaalf jaren van liefdeloze vernedering hun tol eisen, zelfs bij een idioot, en omdat er altijd een punt is waarop de emmer overloopt, ook al kan niet met zekerheid worden vastgesteld wat de laatste druppel is geweest: was het de bezorgdheid van Goed Nieuws met betrekking tot een huwelijk? Of Raza's kalmte tegenover de krijsende Bilquìs? Het valt onmogelijk te zeggen.

Ze moet geslaapwandeld hebben, want toen ze haar vonden zag ze er uitgerust uit, alsof ze heerlijk diep had geslapen. Toen de wind ging liggen en het huishouden uit zijn woelige middagsluimering ontwaakte, merkte Shahbanou terstond het lege kinderledikant op en sloeg alarm. Naderhand begreep niemand hoe het meisje ontsnapt kon zijn, en hoe ze kans had gezien slaapwandelend door een heel huis vol regeringsmeubilair en wachtposten te lopen. Shahbanou zei altijd dat het wel een heel bijzondere wind moest zijn geweest, want niet alleen had hij de soldaten bij de poort in slaap doen vallen, maar blijkbaar had hij ook nog het wonder verricht dat Sufiya Zinobia alle mensen die ze op haar weg door het huis, door de tuin en over de muur tegengekomen was, met haar somnambulisme aanstak, zodat ze eveneens in een soort windzieke trance waren geraakt. Maar als u het mij vraagt is Sufiya Zinobia zelf de bron van die kracht en de bewerkster van dat wonder geweest; er zouden zich nog andere, soortgelijke gevallen voordoen, die niet aan de wind zouden kunnen worden geweten...

Toen de Loe was gaan liggen vonden ze haar: in diepe slaap verzonken zat ze in de blakerende zon op het kalkoenenterrein van de weduwe Aurangzeb, een klein ineengedoken figuurtje dat zachtjes zat te snurken te midden van de kadavers van de vogels. Ja, ze waren stuk voor stuk dood, al die tweehonderd en achttien kalkoenen van Pinkies eenzaamheid, en de mensen waren zo geschokt dat ze een hele dag lang vergaten de lijken op te ruimen, zodat de dode vogels lagen te rotten in de hitte en vervolgens in de sombere avondschemering en onder het koude licht van de hete sterren, tweehonderd en achttien kalkoenen die nu nooit hun weg zouden vinden naar ovens en eettafels. Sufiya Zinobia had ze de koppen afgerukt en vervolgens haar kleine, ongewapende handen in hun lijven naar binnen gestoken om hun ingewanden door de hals naar buiten te trekken. Shahbanou, die haar het eerst vond, durfde haar niet te benaderen; toen verschenen Raza en Bilquìs ten tonele, en al spoedig stond iedereen, met inbegrip van haar zusje, bedienden en buren, met open mond naar het schouwspel te kijken van dat bebloede meisje en die onthoofde beesten met ingewanden op de plaats waar hun koppen hoorden te zitten. Pinkie Aurangzeb nam de slachting met verslagen blik in ogenschouw, en werd getroffen door de haar onbegrijpelijk voorkomende haat in de ogen van Bilquìs; de twee vrouwen bleven echter zwijgen, elk aan haar eigen vorm van afschuw ten prooi, zodat het Raza Hyder was die, met zijn waterige, zwartomrande ogen als gebiologeerd naar het gezicht van zijn dochter met haar bebloede lippen starend, het eerst sprak met een stem waaruit zowel bewondering als afschuw klonk: 'Met haar blote handen,' zei de nieuwe minister bevend. 'Waar heeft het kind de kracht vandaan gehaald?'

Nu de ijzeren banden van de stilte verbroken waren begon Shahbanou, de ayah, uit alle macht te jammeren: 'Oeloe-oeloe-oeloe!', een brabbelend geweeklaag op zo'n snerpende toon dat Sufiya Zinobia erdoor uit haar dodelijke slaap werd opgeschrikt; ze opende die water-ige-melk-achtige ogen en toen ze de ravage om haar heen zag viel ze prompt flauw, aldus herhalend wat haar eigen moeder Bilquìs op die dag lang geleden had gedaan toen ze tot de ontdekking was gekomen dat ze zich naakt te midden van een menigte bevond en van schaamte in katzwijm was gevallen.

Wat voor krachten hadden die slapende drie jaar oude geest in dat twaalf jaar oude lichaam ertoe bewogen een grootscheepse, niets ont-ziende aanval op kalkoense hanen en hennen te plegen? Men kan er slechts naar gissen: probeerde Sufiya Zinobia als een goede dochter haar moeder van de klokkende plaag te verlossen? Of was die woede, die fiere verontwaardiging die Raza Hyder had moeten voelen maar weigerde te voelen omdat hij er de voorkeur aan gaf het een en ander van Pinkie door de vingers te zien, in plaats daarvan in zijn dochter gevaren? Het enige dat zeker lijkt is dat Sufiya Zinobia, al zo lang opgezadeld met de wetenschap een verkeerd uitgevallen wonder, de vleesgeworden schande van een familie te zijn, in de doolhoven van haar onderbewustzijn dat verborgen pad had ontdekt dat de schakel vormt tussen *sharam* en gewelddadigheid; en ook dat ze toen ze wak-ker werd al even verbaasd stond als de anderen over de kracht van hetgeen hier ontketend was.

Het beest in de schoonheid. De aan elkaar tegengestelde elementen van een sprookje, met elkaar gecombineerd in een enkele persoon... Ditmaal viel Bilquìs niet in onmacht. De pijnlijke situatie die door de daad van haar dochter was ontstaan, en het ijs van deze nieuwe schan-de verleenden haar houding iets van een bevroren starheid. 'Stil!' beval ze de weeklagende ayah. 'Ga naar binnen en haal een schaar.' Totdat de ayah haar raadselachtige opdracht had uitgevoerd stond Bilquìs niemand toe het meisje aan te raken; ze cirkelde voortdurend om het kind heen, en er ging iets zo afschrikwekkends van haar uit dat zelfs Raza Hyder niet dichterbij durfde te komen. Terwijl Shahbanou weg-holde om een schaar te gaan halen mompelde Bilquìs zachtjes voor zich heen, bijna fluisterend, zodat slechts enkele woorden doordron-gen tot waar de toekijkende echtgenoot, weduwe, jongere dochter, bedienden en toevallige voorbijgangers stonden. '...Je haar splijten... geboorterecht... de trots van een vrouw... kroeskop als zo'n *hubsjee* ... goedkoop... losbandig... geschift,' en toen werd de schaar ge-bracht. En nog altijd durfde niemand tussenbeide te komen terwijl Bilquìs grote plukken van haar dochters geschonden lokken beetgreep en knipte, knipte en knipte. Eindelijk kwam ze overeind, buiten adem, en terwijl ze nog steeds afwezig knippende bewegingen met de schaar maakte, wendde ze zich af. Sufiya Zinobia's hoofd zag eruit als een maïsveld waar brand heeft gewoed; treurige zwarte stoppels, een rampzalige troosteloosheid, aangericht door de woede van een moeder. Raza Hyder tilde zijn dochter op met een zachtzinnigheid die voortkwam uit zijn grenzeloze verbazing en droeg haar naar binnen, weg van die schaar die nog altijd in de lucht knipte in Bilquìs' onbedwingbare hand.

Een schaar die in de lucht knipt betekent moeilijkheden in het gezin.

'O, mammie!' Goed Nieuws giechelde van angst. 'Wat heb je gedaan? Ze ziet eruit als...'

'We hebben altijd een jongen gewild,' antwoordde Bilquìs, 'maar God weet wat het beste is.'

Ondanks het feit dat ze door elkaar geschud werd, eerst voorzichtig door Shahbanou en toen wat ruwer door Goed Nieuws, ontwaakte Sufiya Zinobia niet uit haar bezwijming. Tegen de avond van de volgende dag had ze koorts, en een vuurrode blos verspreidde zich van haar hoofdhuid tot aan haar voetzolen. De tenger uitziende Perzische ayah, wier diepliggende ogen haar drieënveertig deden lijken, maar die in werkelijkheid pas negentien bleek te zijn, week geen ogenblik van de zijde van dat grote spijlenledikant, behalve om verse koude kompressen voor Sufiya's voorhoofd te gaan halen. 'Jullie Perzen toch,' zei Goed Nieuws tegen Shahbanou, 'als je het mij vraagt hebben jullie een zwak voor geestelijk gestoorden. Het is zeker het enige dat jullie kennen.' Bilquìs toonde geen belangstelling voor het aanleggen van kompressen. Ze zat in haar kamer met die schaar die aan haar vingers vastgeplakt leek te zitten, en maakte knippende bewegingen in de lucht. 'Windkoorts,' noemde Shahbanou de naamloze kwaal die het aan haar hoede toevertrouwde kind teisterde, en die dat kaalgeknipte hoofd in vuur en vlam had gezet; maar op de tweede avond koelde het af en opende het de ogen; men dacht dat ze er overheen was. Maar de volgende ochtend zag Shahbanou dat er iets afschuwelijks gaande was met het kleine lichaampje van het meisje. Er was een vlekkerige huiduitslag ontstaan, reusachtige rode en paarse vlekken met kleine, harde puisten er middenin: tussen haar tenen kwamen gezwellen op, en op haar rug braken vreemdsoortige vermiljoenrode knobbels door. Ook had Sufiya Zinobia een overmatige speekselafscheiding; grote stralen speeksel vlogen tussen haar lippen door naar buiten. In haar oksels vormden zich afzichtelijke zwarte builen. Het was alsof dat duistere geweld dat in dat kleine lichaam was opgewekt zich naar binnen had gekeerd, alsof het genoeg van kalkoenen had gekregen en het nu op het meisje zelf had gemunt; alsof Sufiya Zinobia, net als haar grootvader Mahmoud de Vrouw, die in een lege bioscoop had zitten wachten om de prijs voor zijn dubbele voorstelling te betalen, of als een soldaat die zich op zijn eigen zwaard stort, zelf de vorm van haar eigen einde had uitgekozen. De pest van de schaamte – en ik sta erop daarbij ook de ongevoelde schaamte te betrekken van de mensen om haar heen, bijvoorbeeld die welke Raza Hyder niet gevoeld had toen hij Babar Shakil neerknalde, en ook de onophoudelijke schaamte van haar eigen bestaan, en die van haar afgehakte haar – die pest nu woekerde snel voort door dat tragische schepsel wier voornaamste wezenskenmerk haar overdreven bevattelijkheid voor de bacil van de vernedering was. Ze werd naar het ziekenhuis gebracht met etterende zweren, kwijlend, incontinent, en met het ruwe, stoppelige bewijs van haar moeders walging op haar hoofd.

Wat is een heilige? Een heilige is iemand die lijdt in onze plaats.

Op de avond dat dit alles plaatsvond, was Omar Khayyam Shakil tijdens zijn korte slaap belaagd door levendige dromen over het verleden, waarin de in het wit geklede figuur van de in ongenade gevallen onderwijzer Eduardo Rodrigues steeds een hoofdrol speelde. In die dromen was Omar Khayyam weer een jonge knaap. Voortdurend probeerde hij Eduardo overal heen te volgen, naar het toilet en zelfs naar bed, want hij was ervan overtuigd dat hij, als hij de onderwijzer maar zou kunnen bijhouden, in zijn huid zou kunnen kruipen en eindelijk gelukkig zou kunnen zijn; maar Eduardo bleef hem aldoor wegjagen met zijn witte deukhoed, waarmee hij naar hem sloeg en gebaarde dat hij moest weggaan, opschieten, ophoepelen. De dokter begreep hier niets van tot verscheidene dagen later, toen hij eensklaps besefte dat die dromen waarschuwingen vooraf waren geweest tegen het gevaar verliefd te worden op minderjarige vrouwspersonen en die dan tot aan het einde der aarde te volgen, waar ze je onherroepelijk afwijzen en de windstoot van die afwijzing je optilt en je de grote, slechts door sterren verlichte lege ruimte binnenslingert, ver van alle zwaartekracht en logica. Hij herinnerde zich weer het einde van die droom, waarin Eduardo, wiens witte kledingstukken nu beroet, gescheurd en verschroeid waren, van hem weg scheen te vliegen, zwevend boven een uitbarsting van vuur, met een hand opgeheven boven zijn hoofd, als ten afscheid ... een vader is een waarschuwing, maar hij is ook een verlokkelijk voorbeeld waaraan onmogelijk weerstand te bieden valt, en dus was het tegen de tijd dat Omar Khayyam zijn dromen ontcijferd had allang te laat om hun raad nog op te volgen, want hij was toen al gevallen voor zijn noodlot, Sufiya Zinobia Hyder, een twaalfjarig meisje met een driejarig verstand, de dochter van de man die zijn broer had gedood.

U kunt zich wel voorstellen hoe terneergeslagen het gedrag van Omar Khayyam Shakil mij maakt. Ten tweeden male vraag ik: wat is dit in hemelsnaam voor een held? De laatste keer dat we hem zagen raakte hij net buiten bewustzijn, stonk hij naar braaksel en zwoer hij wraak; en nu is hij verkikkerd op Hyders dochtertje. Hoe moet je een dergelijke figuur verklaren? Is beginselvastheid soms te veel gevraagd? Ik beschuldig deze zogenaamde held ervan dat hij me zo langzamerhand een godsgruwelijke hoofdpijn bezorgt.

Zeker (laten we langzaam en voorzichtig te werk gaan; geen plotselinge bewegingen, alstublieft), hij verkeerde in een verwarde gemoedstoestand. Een overleden broer, door zijn beste vriend afgewezen. Dit zijn verzachtende omstandigheden. We zullen er rekening mee houden. Ook is het een redelijke veronderstelling dat de duizeligheid die hem in de taxi overviel de daarop volgende paar dagen terugkeerde en hem zelfs nog verder uit zijn evenwicht bracht. Er is dus wel iets tot zijn verdediging aan te voeren, al is het niet veel.

Nu even stap voor stap. Hij wordt wakker, omringd door de leegte van zijn leven, alleen in het slapeloze uur van de morgenstond. Hij wast zich, kleedt zich aan, gaat naar zijn werk en merkt dat hij zich op de been kan houden door zich in zijn plichten te begraven; zelfs de aanvallen van duizeligheid worden daardoor op afstand gehouden.

Op welk gebied is hij deskundig? Dat weten we: hij is immunoloog. De aankomst van Hyders dochter in zijn ziekenhuis kan hem dus niet aangerekend worden, want aangezien ze een immunologische crisis doormaakt, wordt Sufiya Zinobia naar 's lands meest vooraanstaande deskundige op dit gebied gebracht.

Voorzichtig nu. Geen harde geluiden. Voor een immunoloog die naar de rust zoekt die te vinden is in uitdagend, je geheel in beslag nemend werk, lijkt Sufiya Zinobia als door God gezonden. Omar Khayyam draagt zo veel van zijn taken aan anderen over als hij maar kan, en wijdt zich nu min of meer full-time aan het geval van dat achterlijke meisje, in wier lichaam de verdedigingsmechanismen de oorlog hebben verklaard aan uitgerekend dat leven dat ze verondersteld worden te beschermen. Zijn toewijding is volkomen oprecht (u ziet: de verdediger weigert zijn pleidooi te staken): in de eerstvolgende weken stelt hij zich volledig op de hoogte van haar medische achtergrond, en naderhand zal hij in zijn verhandeling getiteld *Het Ziektegeval van Mejuffrouw H.* al dat belangrijke nieuwe bewijsmateriaal aanvoeren dat hij opgedaan heeft met betrekking tot het vermogen van de geest het lichaam 'via het zenuwstelsel' rechtstreeks te beïnvloeden. Het geval wordt in medische kringen beroemd; dokter en patiënte zijn in de geschiedenis der wetenschap voor altijd onverbrekelijk met elkaar verbonden. Of dit andere, meer persoonlijke betrekkingen misschien verteerbaarder maakt? Ik spreek nog geen oordeel uit. Nu een stapje verder:

Hij raakte ervan overtuigd dat Sufiya Zinobia zichzelf uit eigen wil de schade berokkent. Dit is nu juist wat haar geval veelbetekenend maakt: er wordt door aangetoond dat zelfs een beschadigde geest bij machte is cellen en witte bloedlichaampjes te mobiliseren en te dirigeren, en dat zelfs een onvolgroeid intellect een paleisrevolutie kan aanvoeren, een zelfmoordaanval van de janitsaren van het menselijk lichaam op het kasteel zelf.

'Totale ineenstorting van het immuniteitssysteem,' noteert hij na zijn eerste onderzoek van de patiënte, 'de ergste opstand die ik ooit gezien heb'.

Laten we het volgende nu even zo vriendelijk mogelijk uitdrukken. (Ik heb nog meer beschuldigingen, maar die kunnen nog even wachten.) Naderhand, hoe verwoed hij zich ook concentreert en tracht ieder detail van die dagen op te dreggen uit de vergiftigde bronnen van het geheugen, is hij niet in staat precies het ogenblik vast te stellen waarop zijn professionele opwinding in tragische liefde omsloeg. Niet dat hij beweert dat Sufiya Zinobia hem ook maar de geringste aanmoediging heeft gegeven; gezien de omstandigheden zou dat absurd zijn, dat ligt voor de hand. Maar op zeker ogenblik, misschien tijdens die lange doorwaakte nachten, aan haar bed doorgebracht met het controleren van de werking van de door hem voorgeschreven immunosuppressiva, doorwaakte nachten waarin hij gezelschap gehouden wordt door de ayah Shahbanou, die er geen bezwaar tegen heeft steriele handschoenen, muts, jas en masker te moeten dragen maar absoluut weigert het meisje ook maar een ogenblik met een mannelijke dokter alleen te laten – ja, misschien tijdens die belachelijk gechaperonneerde nachten, of misschien ook daarna, wanneer duidelijk wordt dat hij gezegevierd heeft, dat de opstand van de pretoriaanse lijfwacht bedwongen, de muiterij onderdrukt is door farmaceutische huursoldaten, zodat de afzichtelijke gezwellen van Sufiya Zinobia's lichaam verdwijnen en de kleur weer terugkeert in haar wangen – ergens in de loop van die tijd gebeurt het: Omar Khayyam wordt redeloos en reddeloos verliefd.

'Het is niet rationeel,' berispt hij zichzelf, maar zijn gevoelens reageren onwetenschappelijk en negeren hem. Hij betrapt zich erop dat hij zich in haar bijzijn onbeholpen gedraagt, en in zijn dromen achtervolgt hij haar tot aan de uithoeken der aarde, terwijl het droevige restant van Eduardo Rodrigues vanuit de hemel medelijdend op zijn obsessie neerkijkt. Ook hij denkt aan de verzachtende omstandigheden, en hij houdt zich voor dat hij in zijn gedeprimeerde psychologische toestand het slachtoffer van een geesteszikte is geworden, maar hij schaamt zich te diep om er zelfs maar aan te denken iemand om raad te vragen... Nee, verdomme! Hoofdpijn of geen hoofdpijn – hij komt er niet zo gemakkelijk van af. Ik beschuldig hem ervan, dat hij van binnen al even lelijk is als aan de buitenkant, een Beest, precies zoals Farah Zoroaster al die jaren geleden al vermoed had. Ik beschuldig hem ervan voor God te spelen of op zijn minst voor Pygmalion, en te menen dat hij eigendomsrechten kon doen gelden op de onschuldige wier leven hij gered had. Ik beschuldig dat dikke vette varken ervan berekend te hebben dat de enige kans die hij had om aan een mooie echtgenote te komen was met een zwakzinnige te trouwen, waarmee hij afstand deed van een echtgenote met verstand ter wille van de schoonheid des vlezes.

(Dit doet pijn.) Hij beweert dat zijn bezetenheid van Sufiya Zinobia hem van zijn duizeligheid genezen heeft. Nonsens! Gezwets! Ik beschuldig de booswicht van een schaamteloze poging hoger op de maatschappelijke ladder te klimmen (wanneer hij daarmee bezig was voelde hij zich nooit duizelig!) – aan de dijk gezet door één grote figuur uit die tijd, tracht Omar Khayyam zijn karretje achter een andere ster te spannen. Zo onscrupuleus en zo schaamteloos is hij, dat hij er niet voor terugdeinst een geestelijk gestoorde het hof te maken om bij haar vader in het gevlei te komen. Een vader nog wel die het bevel gegeven heeft waardoor Babar Shakil achttien kogels in zijn lichaam kreeg gejaagd.

Maar hebben we hem niet horen mompelen: 'Babar, het leven is lang'? Zeker, maar ik laat me daardoor niet om de tuin leiden. Denkt u soms aan een wraakzuchtig plan? – Door met het onhuwbare kind te trouwen wordt Omar Khayyam in staat gesteld jarenlang dicht bij Hyder in de buurt te blijven, zowel vóór, tijdens als na diens presidentschap, zijn tijd verbeidend, want de wraak is geduldig, ze weet het meest geschikte ogenblik af te wachten? Onzin! Gebral! Die misselijke (en ongetwijfeld in whisky gedrenkte) woorden van een bezwijmende walvis waren niet meer dan een zwakke, holle echo van het geliefkoosde dreigement van de heer Iskander Harappa, de voormalige beschermheer, collega in de liederlijkheid en boezemvriend van onze held. Natuurlijk heeft hij ze nooit gemeend; hij is niet het type van een wreker. Voelde hij eigenlijk wel iets voor die dode broer die hij nooit had gekend? Ik betwijfel het; en zoals we zullen zien betwijfelen zijn drie moeders het ook. Het is geen mogelijkheid die je serieus kunt nemen. Wraak? Poeh! Het zou wat! Laat me niet lachen! Als Omar Khayyam al enige gedachte aan het verscheiden van zijn broer wijdde, dan was dat hoogstwaarschijnlijk deze: 'De dwaas, de terrorist, de gangster. Wat had hij anders verwacht?'

Ik heb nog een laatste beschuldiging te uiten, en wel de meest vernietigende van al. Mensen die hun verleden verloochenen, verliezen het vermogen dat verleden als werkelijkheid te beschouwen. Nu hij weer opgeslokt is door die grote stad, die hoer, en hij het wereldje van de grensstreek van Q. opnieuw ver achter zich gelaten heeft, komt Omar Khayyam Shakils geboortestadje hem voor als een soort boze droom, een fantasie, een schim. De stad en de grensstreek zijn twee onverenigbare werelden; door die van Karachi te verkiezen verwerpt Shakil die andere. Ze wordt voor hem een ijl, onwezenlijk iets, een afgeworpen huid. Hij wordt niet langer beïnvloed door wat daar gebeurt, door de logica ervan of door de eisen die daar worden gesteld. Hij heeft geen thuis meer: dat wil zeggen, hij is door en door een stadsmens geworden. Een stad is een opvangkamp voor vluchtelingen.

God verdoeme hem! Ik zit met hem en ook met die verduivelde liefde van hem in mijn maag.

Goed, laten we dus maar weer verdergaan. Terwijl die hoofdpijn klopte en bonsde heb ik opnieuw zeven jaar van mijn verhaal verloren. Zeven jaren, en thans zijn er bruiloften die bijgewoond moeten worden. Wat vliegt de tijd! Ik heb een hekel aan gearrangeerde huwelijken. Er zijn fouten die je je arme ouders niet zou moeten kunnen verwijten.

'Stel je gewoon maar voor dat je een vis in je fondament hebt, een paling die in je binnenste kruipt en ertegen spuwt,' zei Bilquìs, 'en dan zal ik je verder niet behoeven te vertellen wat er tijdens de huwelijksnacht met een vrouw gebeurt.' Haar dochter Goed Nieuws onderwierp zich aan deze plagerijen en aan het met henna aanbrengen van patronen op haar kittelige voetzolen met de ingetogen verbetenheid van iemand die een afschuwelijk geheim bewaart. Ze was zeventien jaar oud, en het was de vooravond van haar bruiloft. Al het vrouwvolk van Bariamma's familie had zich verzameld om haar voor te bereiden; terwijl Bilquìs de henna aanbracht werden moeder en dochter omringd door enthousiaste familieleden die oliën voor de huid, haarborstels, oogschaduw, zilverpoets en strijkijzers kwamen aandragen. De mummieachtige figuur van Bariamma in hoogsteigen persoon hield met blinde ogen toezicht op dit alles vanaf haar strategische positie op een *takht*, waarover ter ere van haar een Shirazi-tapijt was uitgespreid; *gaotakia*-peluwen voorkwamen dat ze op de vloer rolde toen ze onbedaarlijk moest lachen om de bizarre en afschrikwekkende beschrijvingen van het huwelijksleven waarmee de getrouwde vrouwen Goed Nieuws plaagden. 'Denk maar aan een *kebab* waaruit heet braadvet druipt,' opperde Duniyazad Begum met ogen die schitterden bij de herinnering aan oude ruzies. Maar de maagden kwamen met optimistischer voorstellingen. 'Het is zoiets als op een raket zitten waarmee je naar de maan suist,' veronderstelde een van hen, wat haar een uitbrander van Bariamma opleverde vanwege haar godslasterlijke taal, aangezien het geloof duidelijk te verstaan gaf dat expedities naar de maan onmogelijk waren. De vrouwen zongen beledigende liedjes aan het adres van de verloofde van Goed Nieuws, de jonge Haroun, oudste zoon van Kleine Mir Harappa: ''n Gezicht als 'n aardappel! De huid van 'n tomaat! Loopt als 'n olifant! En in z'n broek 'n piepkleine pisang.' Maar toen Goed Nieuws voor de eerste en tevens laatste keer die avond haar mond opendeed, wist niemand ook maar een woord te bedenken om daarop te antwoorden.

'Moedertje lief,' zei Naveed op gedecideerde toon in de gechoqueerde stilte, 'ik ben niet van plan met die stomme aardappel te trouwen. Denk maar niet dat ik het doe.'

Haroun Harappa was er op zijn zesentwintigste al aan gewend berucht te zijn, want tijdens dat ene jaar dat hij aan een Engelse universiteit had doorgebracht had hij in het studentenblad een artikel gepubliceerd waarin hij de particuliere kerkers van het onmetelijke landgoed Daro had beschreven waar zijn vader jaren achtereen mensen in zou werpen. Ook had hij geschreven over de strafexpeditie die Mir Harappa eens had geleid tegen het huishouden van zijn neef Iskander, en over de bankrekening in het buitenland (hij noemde zelfs het nummer) waar zijn vader grote hoeveelheden overheidsgeld op liet overmaken. Het artikel werd overgenomen door *Newsweek*, zodat de autoriteiten thuis zich genoodzaakt zagen de hele zending van dat subversieve nummer te onderscheppen en uit elk exemplaar de aanstootgevende pagina's te scheuren; desondanks echter raakte de inhoud algemeen bekend. Toen Haroun Harappa aan het eind van dat jaar uit zijn afdeling aan de universiteit verwijderd werd, vanwege het feit dat hij na drie semesters economie te hebben gestudeerd er nog altijd niet in geslaagd was de begrippen vraag en aanbod te doorgronden, werd algemeen verondersteld dat hij zijn artikel vanuit een oprechte en onschuldige domheid had geschreven, ongetwijfeld in de hoop die buitenlanders te imponeren met de handigheid en de macht van zijn familie. Het was bekend dat hij zijn tijd aan de universiteit bijna uitsluitend had doorgebracht in de goklokalen en hoerenkasten van Londen, en het verhaal ging dat hij, toen hij die zomer het examenlokaal betreden had de vragenlijst had bekeken zonder te gaan zitten, om vervolgens de schouders op te halen en op opgewekte toon te zeggen: 'Nee, er is niets van mijn gading bij,' en zonder verdere ophef weer naar buiten te slenteren, naar zijn Mercedes-Benz sportwagen. 'De jongen is een leeghoofd, vrees ik,' zei Kleine Mir tegen president A. 'Ik hoop dat het niet nodig zal zijn stappen tegen hem te ondernemen. Hij komt naar huis terug en zal dan wel rustiger worden.'

Kleine Mir deed één poging Harouns afdeling te overreden hem te laten blijven. Er werd een grote, kunstig bewerkte zilveren sigarendoos aan het clublokaal van de ouderejaarsstudenten geschonken. De leden van de afdeling weigerden echter te geloven dat een zo vooraanstaand man als Mir Harappa zou trachten hen om te kopen, en dus accepteerden ze het geschenk en gooiden zijn zoon eruit. Haroun Harappa keerde naar huis terug met talrijke squash-rackets, adressen van Arabische prinsen, whiskykaraffen, maatkostuums, zijden overhemden en erotische foto's, maar zonder buitenlandse graad.

Het opruiende artikel in *Newsweek* was echter niet voortgekomen uit Harouns stommiteit. Het was ingegeven door de hartgrondige en onsterfelijke haat die de zoon jegens zijn vader koesterde, een haat die zelfs Mir Harappa's afschuwelijke dood zou overleven. Kleine Mir was een strenge en autoritaire vader geweest, maar dat was op zichzelf niets ongewoons, en het zou zelfs liefde en eerbied bij de jongen hebben kunnen opwekken als die kwestie met die hond zich niet had voorgedaan. Op Harouns tiende verjaardag, op het landgoed Daro, had zijn vader hem een groot pak met een groen lint eromheen gegeven, waaruit duidelijk een gedempt geblaf opklonk. Haroun was een eenzelvig en enig kind, dat opgegroeid was met een voorliefde voor alleen zijn; hij wilde de langharige jonge collie die uit het pak te voorschijn kwam eigenlijk niet hebben, en hij bedankte zijn vader met een stuurse plichtmatigheid die Kleine Mir hevig irriteerde. In de volgende paar dagen werd het duidelijk dat Haroun van plan was de hond door de bedienden te laten verzorgen, waarop Mir, door zijn ergernis tot onberedeneerde koppigheid gedreven, instructies gaf dat niemand ook maar een vinger naar het dier mocht uitsteken. 'Die rothond is van jou,' zei hij tegen de jongen, 'en dus zul je ervoor zorgen ook.' Maar Haroun was al even stijfkoppig als zijn vader, en nam niet eens de moeite de jonge hond een naam te geven, zodat het dier zich genoodzaakt zag in de blakerende zonnehitte van Daro zelf zijn eten en drinken bij elkaar te scharrelen, waardoor het schurft, hondeziekte en vreemde groene spikkels op de tong kreeg. Het werd bovendien tot waanzin gedreven door zijn lange haar en krepeerde ten slotte voor de hoofdingang van het huis, onder het uitstoten van meelijwekkend gejank, terwijl er uit zijn achterste een dikke gele brij liep. 'Begraaf hem,' zei Mir tegen Haroun, maar de jongen klemde zijn kaken op elkaar en liep weg, en het langzaam ontbindende kadaver van de naamloze hond weerspiegelde de groei van de walging van de jongen voor zijn vader, die hij vanaf dat moment voor altijd in zijn gedachten zou blijven associëren met de stank van de rottende hond.

Na dit voorval begreep Mir Harappa dat hij een vergissing had begaan en getroostte zich grote moeite om de genegenheid van zijn zoon te herwinnen. Hij was weduwnaar (Harouns moeder was in het kraambed gestorven) en de jongen betekende werkelijk veel voor hem. Haroun werd afschuwelijk verwend, want hoewel hij weigerde zijn vader zelfs maar om een nieuw vest te vragen, probeerde Mir doorlopend te raden wat de jongen graag wilde, zodat Haroun overladen werd met geschenken, waaronder een complete cricketuitrusting bestaande uit zes paaltjes, vier dwarslatjes, twaalf stel beenbeschermers, tweeëntwintig witte flanellen hemden en broeken, elf slaghouten van diverse gewichten, en genoeg rode ballen om een mensenleven mee toe te kunnen. Er waren zelfs witte scheidsrechtersjassen en boekjes om de scores in bij te houden, maar Haroun stelde geen belang in cricket en dus lag het vorstelijke geschenk ongebruikt weg te kwijnen in een vergeten hoek van het landgoed Daro, samen met de polo-uitrusting, de tentharingen, de geïmporteerde grammofoons en de smalfilmcamera met projector en beeldscherm. Toen de jongen twaalf was leerde hij paardrijden, en daarna kon men hem verlangend naar de horizon zien turen, waarachter zich het landgoed Mohenjo van zijn oom Iskander bevond. Iedere keer dat hij hoorde dat Isky zijn voorvaderlijk huis bezocht, placht Haroun daar hals over kop heen te rijden om aan de voeten te zitten van de man die, naar hij geloofde, zijn eigenlijke vader had behoren te zijn. Mir Harappa maakte geen bezwaar toen Haroun de wens te kennen gaf naar Karachi te willen verhuizen; en terwijl hij opgroeide in die zich snel uitbreidende stad, hield zijn adoratie voor zijn oom daarmee gelijke tred, zodat hij zich diezelfde fatterigheid, grove taal en bewondering voor Europese cultuur eigen maakte die Isky's handelsmerken waren geweest vóór diens grote bekering. Dit was ook de reden waarom de jongeman erop stond naar het buitenland gezonden te worden om te studeren, en waarom hij zijn tijd in Londen doorbracht met hoereren en gokken. Na zijn terugkeer ging hij op dezelfde voet verder; het was inmiddels een gewoonte geworden die hij niet bij machte was op te geven, zelfs niet toen de door hem verafgode oom dergelijke niet bij een staatsman passende activiteiten afzwoer. Het resultaat was dat boze tongen in de stad beweerden dat er nu een kleine Isky was, die de draad had opgepakt waar de grote hem had laten liggen. Mir Harappa bleef de rekeningen voor het schandelijk gedrag van zijn zoon betalen, want hij hoopte nog altijd de liefde van zijn enige nakomeling te herwinnen, maar het mocht niet baten. Haroun begon in zijn voortdurend beschonken toestand te loslippig te worden en hij deed dat in praatziek gezelschap. Lallend propageerde hij de revolutionaire politieke denkbeelden die gedurende zijn jaar in het buitenland onder Europese studenten opgeld hadden gedaan. Hij hekelde de heerschappij van het leger en de macht van oligarchieën met al die geestdriftige praatzucht van iemand die van zijn eigen woorden walgt, maar hoopt zijn nog meer verachte vader daarmee te verwonden. Toen hij zover ging iets los te laten over de mogelijkheid van het op grote schaal vervaardigen van benzinebommen nam geen van zijn kornuiten hem serieus, aangezien hij het zei tijdens een strandfeest, schrijlings op een enorme zeeschildpad gezeten die zich het strand op sleurde om daar haar onvruchtbare eieren te gaan leggen. De zich in het gezelschap bevindende verklikker bracht echter rapport uit, en president A., wiens bewind aan het wankelen was geraakt, kreeg een zo verschrikkelijke driftaanval dat Kleine Mir zich genoodzaakt zag zich in het stof te werpen en om genade te smeken voor zijn eigenzinnige zoon. Dit voorval zou Mir gedwongen hebben tot een confrontatie met Haroun, iets waar hij zeer tegen opzag, als die moeite hem niet bespaard was door zijn neef Iskander, die ook van Harouns jongste wandaad had gehoord. Haroun werd naar Isky's split-level radiogrammofoon-huis ontboden, waar hij bedremmeld met de voeten schuifelde onder de fonkelende, verachtelijke blikken van Arjumand Harappa terwijl haar vader hem op zachte maar onverbiddelijke toon toesprak. Iskander Harappa had zich inmiddels de gewoonte aangemeten zich te kleden in groene tenues die door Pierre Cardin ontworpen waren in de stijl van de uniformen van de Chinese Rode Garde, want als minister van Buitenlandse Zaken in de regering van president A. had hij faam verworven als de man die een vriendschapsverdrag met voorzitter Mao tot stand had gebracht. Een foto waarop Isky de grote Zedong omarmde, hing aan de wand van het vertrek waar de oom zijn neef thans meedeelde: 'Je activiteiten beginnen me in verlegenheid te brengen. Het wordt tijd dat je tot rust komt en een gezin sticht. Neem iemand tot vrouw.' Arjumand Harappa keek Haroun met felle blik aan, hem met haar ogen dwingend te doen wat Iskander verlangde. 'Maar wie dan?' vroeg hij zwakjes, en Isky maakte een achteloos handgebaar. 'Een of ander fatsoenlijk meisje,' zei hij. 'Er is keus genoeg.'

Haroun besefte dat het onderhoud ten einde was en draaide zich om om heen te gaan. 'En als je zo geïnteresseerd bent in de politiek,' riep Iskander Harappa hem nog na, 'kon je beter ophouden met zeeschildpadden te berijden en voor mij gaan werken.'

De transformatie van Iskander Harappa tot de invloedrijkste nieuwe macht op het politieke toneel was inmiddels voltooid. Hij had zijn opkomst weten te bewerkstelligen met al die berekenende genialiteit waarvan Arjumand altijd al had geweten dat hij die bezat. Zich toeleggend op de wereld van de internationale politiek waar flink aan de weg wordt getimmerd, had hij een reeks artikelen geschreven waarin hij analyseerde wat zijn land van de grote mogendheden, de islamitische wereld en de rest van Azië nodig had, gevolgd door een inspannende tournee van spreekbeurten, tijdens welke zijn argumenten onweerstaanbaar waren gebleken. Toen zijn theorie over het 'islamitisch socialisme' en het idee van een innig bondgenootschap met China zo'n brede steun bij het volk had verworven dat hij in feite de scepter zwaaide over 's lands buitenlandse politiek zonder zelfs maar lid van het kabinet te zijn, had president A. geen andere keus gehad dan hem uit te nodigen in de regering zitting te nemen. Zijn geweldige persoonlijke charme, gevoegd bij zijn redenaarstalent en de manier waarop hij de onaantrekkelijke, voorgevels als divankussens torsende vrouwen van wereldleiders die het land bezochten een gevoel wist te geven alsof ze Greta Garbo waren, maakten hem op slag enorm populair. 'Wat me nog het meest voldoening geeft,' zei hij tegen zijn dochter, 'is dat nu we het licht op groen hebben gezet voor die weg over de Himalaja naar China, ik me zal kunnen vermaken door de minister van Openbare Werken het leven zuur te maken.' Deze minister van Openbare Werken was Kleine Mir Harappa, wiens oude vriendschap met de president niet in staat was gebleken meer gewicht in de schaal te leggen dan Iskanders bemindheid bij het publiek. 'Eindelijk,' zei Iskander vol leedvermaak tegen Arjumand, 'heb ik die schoft waar ik hem wil hebben.'

Toen het regime van A. aan populariteit begon in te boeten nam Iskander Harappa zijn ontslag uit de regering en richtte het Volksfront op, de politieke partij die hij uit zijn bodemloze rijkdommen financierde en waarvan hij de eerste voorzitter werd. 'Voor een ex-minister van Buitenlandse Zaken,' zei Kleine Mir zuur tegen de president, 'schijnt uw beschermeling zich wel wat erg zwaar op het thuisfront toe te leggen.' De president haalde de schouders op. 'Hij weet wat hij doet,' zei veldmaarschalk A. 'Helaas,' voegde hij er nog aan toe.

Geruchten over de corruptie in de regering zorgden voor de nodige brandstof, maar Isky's campagne voor een terugkeer naar democratie was misschien toch niet te stuiten geweest. Hij reisde de dorpen af en beloofde elke boer veertig are land en een nieuwe waterput. Hij werd in de gevangenis geworpen, maar massale demonstraties bewerkstelligden zijn vrijlating. Hij schreeuwde in de dialecten van de diverse streken over de verkrachting van het land door gewetenloze rijken en tilyars, en zodanig was de macht van zijn tong, of misschien ook van de couturierstalenten van monsieur Cardin, dat niemand zich Isky's eigen status als grootgrondbezitter en eigenaar van een uitgesproken omvangrijk stuk van Sind scheen te herinneren ... Iskander Harappa bood Haroun politieke bezigheden aan in zijn thuisdistrict. 'Jij kunt bewijzen dat je altijd al tegen de corruptie gestreden hebt,' zei hij tegen de jongeling. 'Vertel de mensen maar van dat artikel in *Newsweek*.' Haroun Harappa, die zich het buitenkansje in de schoot geworpen zag zijn vader in diens eigen gebied af te kunnen kammen, nam dit aanbod met beide handen aan.

'Tja, papa,' dacht hij opgewekt, 'het leven is lang.'

Twee dagen nadat Haroun een lezing over revolutie had gehouden tegen een eieren leggende zeeschildpad, werd Rani Harappa op Mohenjo opgebeld door een mannenstem die zo dof en gedempt klonk, en zo vervormd was door verontschuldigingen en verlegenheid dat het enkele ogenblikken duurde voordat ze hem herkende als die van Kleine Mir, met wie ze geen contact meer had gehad sinds zijn plundering van haar huis, hoewel zijn zoon Haroun een geregelde bezoeker was geweest. 'Verdomme nog toe, Rani,' bekende Kleine Mir ten slotte door de van speeksel bezwangerde nevels van zijn vernedering, 'ik kom om een gunst vragen.' Rani Harappa had op haar veertigste Iskanders geduchte ayah weten te verslaan door haar domweg te overleven. De tijd dat oneerbiedig giechelende dorpsmeiden in haar ondergoed hadden zitten rommelen behoorde allang tot het verleden; ze was de ware meesteres van Mohenjo geworden door de onverstoorbare kalmte waarmee ze op de veranda van het huis de ene sjaal na de andere borduurde, zodat de dorpelingen er allengs van overtuigd waren geraakt dat ze bezig was het stramien van hun noodlot te spannen, en dat ze als ze dat wenste hun levens kon verbroddelen door een slechte toekomst met de magische sjaals te verweven. Nu ze eenmaal respect verworven had was Rani eigenaardig genoeg tevreden met haar leven en onderhield ze vriendschappelijke betrekkingen met haar echtgenoot, in weerwil van zijn lange absenties van haar zijde en zijn permanente afwezigheid uit haar bed. Ze wist precies hoe de affaire Pinkie was afgelopen, en in de geheime schuilhoeken van haar hart wist ze ook dat een man die aan een politieke carrière begint vroeg of laat zijn echtgenote zal moeten vragen naast hem op het podium te komen staan. Verzekerd van een toekomst die haar Isky terug zou brengen zonder dat ze er ook maar iets voor hoefde te doen, verbaasde het haar niet te ontdekken dat haar liefde voor hem geweigerd had te sterven, maar in plaats daarvan iets kalms en sterks gekregen had. Dit was een van de grote verschillen tussen haar en Bilquìs Hyder: beide vrouwen hadden echtgenoten die zich van hen terugtrokken in de raadselachtige paleizen van hun noodlot, maar terwijl Bilquìs tot excentriek, om niet te zeggen waanzinnig gedrag verviel, was Rani bedaard en vertrouwde op haar gezond verstand, wat haar tot een machtig, en naderhand tot een gevaarlijk, menselijk wezen maakte.

Toen Kleine Mir opbelde had Rani in de richting van het dorp zitten kijken, waar de blanke concubines badminton speelden in de avondschemering. In die tijd plachten vele van de dorpelingen naar het westen te gaan om daar een poosje te werken, en degenen die teruggekomen waren hadden blanke vrouwen meegebracht voor wie van het vooruitzicht als vrouw-nummer-twee in een dorp te wonen een onuitputtelijke erotische aantrekkingskracht scheen uit te gaan. De vrouwen-nummer-een behandelden deze blanke meisjes als poppen of als huisdieren, en mannen die verzuimden een *guddi*, ofte wel blanke pop mee terug naar huis te brengen, kregen van hun vrouwen een fikse uitbrander. Het dorp van de blanke poppen was in de hele streek vermaard geworden. Dorpelingen kwamen van kilometers ver weg in de omtrek om naar die jonge vrouwen in hun keurige, witte kleding te kijken en ze te horen giechelen en gilletjes slaken terwijl ze omhoogsprongen om shuttles terug te slaan, waarbij hun met kant afgezette slipjes zichtbaar werden. De vrouwen-nummer-een vuurden hun nummers-twee aan en juichten hen toe; ze waren zo trots op hun overwinningen als moeders op successen van hun kinderen, en wanneer ze verloren werden ze door hen getroost. Rani Harappa schepte zulk een vertederd genoegen in het gadeslaan van de blanke poppen bij hun spel, dat ze vergat te luisteren naar wat Mir zei. 'Godverdomme, Rani,' schreeuwde deze ten slotte in de woede van zijn opgekropte trots, 'vergeet onze geschillen. Deze kwestie is veel te belangrijk. Ik heb een vrouw nodig, en wel dringend.'

'Ach zo.'

'Ya Allah, Rani, doe nou niet zo moeilijk, in godsnaam. Het is niet voor mij; denk je dat ik zoiets dan zou vragen? Nee, het is voor Haroun. Het is de enige oplossing.'

De vertwijfeling waarmee Kleine Mir stamelend de noodzaak te kennen gaf een goede vrouw te zoeken om zijn onhandelbare zoon diens evenwicht te doen hervinden won het van alle tegenzin die Rani aanvankelijk misschien gevoeld mocht hebben, en spontaan zei ze: 'Goed Nieuws'. 'Nu al?' vroeg Kleine Mir, die haar verkeerd begreep. 'Jullie vrouwen laten er ook geen gras over groeien!'

Hoe een huwelijk tot stand komt: Rani opperde Naveed Hyder, aangezien ze dacht dat een bruiloft in de familie Bilquìs goed zou doen. De telefoonverbinding tussen de beide vrouwen was intussen voor Rani al geen middel meer om erachter te komen wat er in de stad gebeurde, en voor Bilquìs niet langer een excuus om te roddelen en neerbuigend te doen terwijl Rani nederig en bescheiden die kruimels van het grote leven uit de woorden van haar vriendin pikte die haar daarin toegeworpen werden. Nu was het Rani die sterk stond, en Bilquìs, wier oude vorstelijke dromen in scherven lagen sedert Raza's smadelijk ontslag uit de regering, die steun nodig had en die in de onwankelbare soliditeit van Rani Harappa de kracht en de steun vond die ze nodig had om in haar steeds groter wordende verwarring overeind te blijven. 'Precies wat ze nodig heeft,' dacht Rani tevreden, 'een uitzet, een grote feesttent, lekker eten, te veel om op te sommen. En die dochter van haar kan eenvoudig niet wachten om aan de man te komen.'

Kleine Mir raadpleegde de president alvorens in de voorgestelde verbintenis toe te stemmen. De familie Hyder maakte de laatste tijd nogal eens brokken: de oude geruchten uit Q. deden nog altijd de ronde, en het was niet gemakkelijk geweest het incident met de dode kalkoenen uit de kranten te houden. Maar nu, in de koele berglucht van de nieuwe hoofdstad in het noorden, was de president de kille winden van zijn impopulariteit gaan voelen, en hij hechtte zijn goedkeuring aan het huwelijk aangezien, was zijn conclusie, de tijd gekomen was om de held van Aansu weer wat dichter naar zich toe te halen, zoals je een warme deken of een sjaal vaster omslaat. 'Geen probleem,' zei A. tegen Kleine Mir, 'feliciteer het gelukkige paar maar van me.'

Mir Harappa ging Rani op Mohenjo bezoeken om de details met haar te bespreken. Stram van gêne kwam hij aanrijden, en tijdens het hele onderhoud gedroeg hij zich met een slechtgehumeurde nederigheid. 'Wat een vader al niet voor een zoon overheeft!' barstte hij uit tegen Rani, die op de veranda aan de eindeloze sjaal van haar een-zaamheid zat te borduren. 'Wanneer mijn jongen zelf eenmaal vader is zal hij beseffen hoe een vader zich voelt. A propos, ik hoop maar dat die Goed Nieuws van jou een vruchtbaar meisje is.'

'Deugdelijk zaaien waarborgt een goede oogst,' antwoordde Rani sereen. 'Alsjeblieft, neem een kopje thee.'

Raza Hyder maakte geen bezwaar tegen de verloving. Tijdens die jaren waarin zijn enige verantwoordelijkheid bestond uit het toezicht houden over het oproepen en trainen van verse rekruten, en waarin het feit van zijn achteruitgang hem dagelijks in het gezicht staarde in de vorm van slungelige jonge kerels die het verschil tussen de voor- en achterkant van een bajonet niet kenden, had hij de opkomst van Iskander Harappa met nauw verholen afgunst gadegeslagen. 'De tijd zal nog komen,' voorspelde hij zichzelf, 'dat ik bij die vent zal moeten gaan bedelen om 'n extra ster op mijn kraag.' In het woelige klimaat dat-door de wankele positie van de regering was ontstaan had Raza Hyder zich al een poosje afgevraagd welke kant hij kiezen moest: zou hij openlijk zijn steun geven aan de eis van het Volksfront om verkiezin-gen te houden, of zou hij zich met wat er nog van zijn reputatie restte achter de regering scharen in de hoop op bevordering? Maar nu hij Haroun Harappa als schoonzoon aangeboden kreeg gaf dat hem de kans van twee walletjes te eten. Het huwelijk was naar de zin van de president: dat was al vast komen te staan. Maar Raza wist ook van Harouns haat jegens zijn vader, waardoor Isky Harappa de jongen volkomen in zijn zak had. 'Op die manier sta ik met een voet in beide kampen,' dacht Raza. 'Beter kan het niet.'

En het is mogelijk dat Raza blij was met de kans van Goed Nieuws te worden verlost, want die had naarmate ze opgroeide iets van de diklippige nonchalance van wijlen Sindbad Mengal gekregen. Ook Haroun had een grote mond en dikke lippen van zijn familie geërfd. 'Twee van die types met dikke lippen,' zei Raza Hyder tegen zijn vrouw, op jovialer toon dan doorgaans zijn gewoonte was wanneer hij het woord tot haar richtte, 'ze zijn eenvoudig voor elkaar gemaakt, niet waar? Hun kinderen zullen sprekend op vissen lijken.' 'Wat maakt het uit,' zei Bilquìs.

Hoe een huwelijk tot stand komt: Ik zie dat ik om de een of andere reden vergeten heb te vermelden hoe de jongelui in kwestie erover dachten. Er werden foto's uitgewisseld. Haroun Harappa nam de hem gezonden bruine enveloppe mee naar het huis van zijn oom en opende hem daar in tegenwoordigheid van Iskander en Arjumand, want er zijn van die momenten dat jonge mannen steun bij hun familie zoeken. De zwart-witfoto was op artistieke wijze geretoucheerd om Goed Nieuws een huid te geven die zo roze was als vloeipapier, en ogen zo groen als inkt.

'Je kunt ook zien hoe hij haar vlecht langer gemaakt heeft,' wees Arjumand aan.

'Laat de jongen zelf besluiten,' zei Iskander berispend, maar de twintigjarige Arjumand had een eigenaardige afkeer voor de foto opgevat. 'Ze is lelijk als de nacht,' verklaarde ze, 'en zo licht is haar huid vast niet.'

'Ik zal toch iemand moeten nemen,' zei Haroun, 'en er mankeert niets aan haar.' 'Hoe kun je dat zomaar zeggen?' riep Arjumand uit. 'Heb je ogen in je hoofd of pingpongballetjes?' Nu beval Iskander zijn dochter haar mond te houden, en hij gelastte de bediende versnaperingen en glazen limoensap te brengen om het heuglijke feit te vieren. Haroun bleef intussen naar de foto van Naveed Hyder zitten staren, en aangezien niets, zelfs het penseel van een overijverige fotograaf niet, Goed Nieuws' onuitblusbare vastberadenheid om mooi te zijn vermocht te maskeren, raakte haar verloofde al spoedig in de ban van de ijzeren wil die uit de ogen van het portret straalde, en begon hij haar de lieftalligste bruid op aarde te vinden. Deze illusie, die geheel en al het produkt van de verbeeldingskracht van Goed Nieuws was en een voorbeeld van de heerschappij van de geest over het lichaam, zou alles overleven, zelfs het bruiloftsschandaal, doch niet Iskander Harappa's dood.

'Wàt een meisje,' zei Haroun Harappa, en Arjumand verliet vol walging het vertrek.

En wat Goed Nieuws betrof: 'Ik hoef niet naar zo'n stomme foto te kijken,' zei ze tegen Bilquìs. 'Hij is beroemd, hij is rijk en hij is een man, dus laten we hem meteen aan de haak slaan.' 'Hij heeft een slechte reputatie,' zei Bilquìs, zoals het een moeder betaamt, haar dochter daarmee de kans gevend zich terug te trekken, 'en hij gedraagt zich slecht tegenover zijn vader.'

'Ik knap hem wel op,' antwoordde Goed Nieuws.

Wat later, toen ze alleen was met Shahbanou en deze haar haar borstelde, gaf Goed Nieuws uiting aan nog een paar andere gedachten die bij haar waren opgekomen. 'Hé, jij met je diepliggende ogen,' zei ze, 'weet jij wat het voor een vrouw betekent om getrouwd te zijn?'

'Ik ben maagd,' antwoordde Shahbanou.

'Getrouwd zijn betekent macht,' zei Naveed Hyder. 'Het betekent vrijheid. Je bent niet langer iemands dochter en wordt in plaats daarvan iemands moeder, hupsakee, zomaar ineens, pats-boem. En wie kan je dan nog de wet voorschrijven? – Wat bedoel je eigenlijk,' voegde ze eraan toe, want er was een afschuwelijk denkbeeld bij haar gerezen, 'denk je soms dat ik niet ook nog maagd ben? Houd je gore taal voor je. Eén woord van mij en je staat op straat, laat je dat gezegd zijn.'

'Waar heb je het toch over, kindje, ik zei alleen maar...'

'Ik zeg je, het zal toch zalig zijn uit dit huis weg te gaan. Haroun Harappa, wat vind je me daarvan? Het is gewoon té mooi, mens. Te mooi.'

'We zijn moderne mensen,' zei Bilquìs die avond tegen haar dochter. 'Nu je geaccepteerd hebt moet je de jongen leren kennen. Het zal een huwelijk uit liefde worden.'

Mejuffrouw Arjumand Harappa, de maagd met de ijzeren broek, had al zo veel aanzoeken afgewezen dat de koppelaarsters van de stad al dachten dat ze, hoewel ze nog maar net twintig was, nooit meer aan de man zou komen. Die stroom aanzoeken was niet geheel en al, noch in de eerste plaats, een gevolg van haar buitengewone verkieslijkheid als zijnde het enige kind van voorzitter Iskander Harappa; de ware oorzaak ervan was gelegen in die uitzonderlijke uitdagende schoonheid waarmee, althans zo scheen het haarzelf toe, haar lichaam haar geest treiterde. Het zij gezegd dat er geen twijfel over kan bestaan wie er van al die bekoorlijke vrouwen in dat van onwaarschijnlijke schoonheden zo overvolle land, met de eerste prijs ging strijken. Ondanks haar opgebonden borsten die nog altijd niet groter dan appeltjes waren, won Arjumand het van allemaal.

Aangezien ze walgde van haar sekse getroostte Arjumand zich grote moeite om haar uiterlijk te verdoezelen. Ze knipte haar haren kort, gebruikte cosmetica noch parfum, droeg haar vaders oude overhemden en de slobberigste broeken die ze maar vinden kon, en mat zich een gebogen en slungelige manier van lopen aan. Maar hoe meer ze haar best deed, des te hardnekkiger deed haar ontluikende lichaam haar vermommingen teniet. Haar kortgeknipte haar glansde, haar onopgemaakte gezicht nam uitdrukkingen aan van een oneindige sensualiteit zonder dat ze daar enige controle over had, en hoe gebukter ze ging lopen, des te langer en begerenswaardiger werd ze. Met haar zestiende had ze zich al genoodzaakt gezien een volleerd beoefenaarster te worden van de kunst der zelfverdediging. Iskander Harappa had nooit geprobeerd haar bij mannen uit de buurt te houden. Ze vergezelde haar vader naar allerhande diplomatieke bijeenkomsten en op menige receptie bij deze of gene ambassade kon men ambassadeurs van middelbare leeftijd met de handen tegen de onderbuik gedrukt naar de toiletten zien strompelen om daar hun maag om te keren nadat hun tastende handen met een welgemikt knietje waren beantwoord. Omstreeks haar achttiende verjaardag had het gedrang van de meest begeerde vrijgezellen van de stad buiten het toegangshek tot huize Harappa zo'n omvang aangenomen dat het verkeer erdoor belemmerd werd, en op haar eigen verzoek werd ze naar een christelijk internaat voor jongedames in Lahore gezonden, waar de regels tegen contact met mannen dermate streng waren dat zelfs haar eigen vader haar slechts na afspraak kon ontmoeten in een verwaarloosde tuin vol stervende rozestruiken en kalende gazons. Maar ze vond in die uitsluitend door vrouwen bewoonde gevangenis – vrouwen die ze overigens allen om hun sekse verachtte – geen rust; de meisjes vielen al evenzeer op haar als de mannen dat hadden gedaan, en zelfs ouderejaarsstudentes plachten naar haar achterste te grijpen wanneer ze voorbijkwam. Eén smachtende negentienjarige, die wanhoopte ooit langs andere weg de aandacht van de IJzeren Broek te zullen kunnen trekken, deed net alsof ze al slaapwandelend in het lege zwembad viel en werd naar het ziekenhuis gebracht met een op diverse plaatsen gebroken schedel. Een ander meisje klom buiten zichzelf van liefdesverdriet over de muur en ging in een café in de beruchte rosse buurt van Heeramandi zitten, aangezien ze besloten had hoer te worden als ze Arjumands liefde niet kon winnen. Dit ontredderde meisje werd uit het café ontvoerd door de plaatselijke souteneurs, die haar vader, een textielmagnaat, dwongen een losgeld van honderdduizend roepies te betalen voor haar veilige terugkeer. Ze is nooit getrouwd, want hoewel de souteneurs volhielden dat ook zij er zoiets als eergevoel op nahielden, geloofde niemand dat ze onaangeroerd was gebleven, en na een medisch onderzoek had de vroom katholieke directrice van het internaat pertinent geweigerd te erkennen dat de arme stakker wel eens op háár antiseptisch terrein ontmaagd kon zijn. Hoe het ook zij, Arjumand Harappa schreef haar vader, en vroeg hem haar van de meisjesschool weg te halen. 'Ik word hier ook al niet met rust gelaten,' schreef ze. 'Ik had kunnen weten dat meisjes nog erger zouden zijn dan jongens.'

Door de terugkeer van Haroun Harappa uit Londen werd er een soort burgeroorlog ontketend in het binnenste van de maagd met de ijzeren broek. Zijn opvallende gelijkenis met foto's van haar vader op zesentwintigjarige leeftijd bracht Arjumand helemaal in de war, en zijn voorliefde voor hoereren, gokken en andere vormen van liederlijkheid overtuigden haar ervan dat reïncarnatie niet zomaar een waanzinnig denkbeeld was dat door de Hyders uit het land van de afgodenvereerders was geïmporteerd. Ze trachtte het idee uit haar hoofd te zetten dat er onder Harouns verlopen uiterlijk een tweede groot man schuilging, de gelijke van haar vader bijna, en dat hij met haar hulp zijn ware aard zou kunnen ontdekken, precies zoals de voorzitter dat had gedaan... Aangezien ze weigerde zichzelf zulke dingen zelfs maar toe te fluisteren in de beslotenheid van haar kamer, cultiveerde ze in Harouns tegenwoordigheid die houding van minachtende neerbuigendheid die hem er al spoedig van overtuigde dat het voor hem geen zin had datgene te proberen waar al zo veel anderen hadden gefaald. Niet dat hij ongevoelig was voor haar fatale schoonheid, maar de reputatie van de maagd met de ijzeren broek, gecombineerd met die ontstellende, niet aflatende walgende blik, was voldoende om hem zijn schreden elders te doen richten. En toen werd hij behekst door de foto van Naveed Hyder, en was het te laat voor Arjumand om van tactiek te veranderen. Buiten haar vader was Haroun Harappa de enige man van wie Arjumand ooit gehouden had, en in de dagen na zijn verloving was haar woede afschuwelijk om aan te zien. Maar Iskander werd op dat tijdstip in beslag genomen door andere dingen, en de oorlog die in zijn kind woedde ontging hem.

'Godverdomme,' zei Arjumand tegen haar spiegel, daarmee onbewust de voormalige gewoonte navolgend van haar op Mohenjo alleenwonende moeder, 'het leven is bescheten.'

Er is mij eens uitgelegd door een van 's werelds Grootste Nog Levende Dichters — wij nederige krabbelaars van proza zijn voor wijsheid op dichters aangewezen, wat dan ook de reden is waarom het er in dit boek van wemelt; daar was bijvoorbeeld die vriend van me die ze ondersteboven hingen om de poëzie letterlijk uit hem te schudden, en Babar Shakil, die dichter wilde worden, en ik veronderstel ook Omar Khayyam, die naar een dichter genoemd was maar er nooit een werd — dat de klassieke fabel van *De Schoonheid en het Beest* eenvoudigweg het verhaal van een gearrangeerd huwelijk is.

'Een koopman is er financieel slecht aan toe, en dus belooft hij zijn dochter aan een rijke maar als een kluizenaar levende landeigenaar, meneer Beest, en ontvangt in ruil daarvoor een royale bruidsschat – ik denk een grote kist vol goudstukken. Juffrouw Schoonheid treedt plichtsgetrouw met de *zamindar* in het huwelijk, daarmee haar vader weer tot welstand brengend, en natuurlijk komt haar echtgenoot, die een volslagen vreemde voor haar is, haar aanvankelijk afschrikwekkend voor, monsterlijk zelfs. Maar uiteindelijk, onder de weldadige invloed van haar gehoorzame liefde, verandert hij in een prins.'

'Bedoelt u daarmee,' waagde ik, 'dat hij een titel erft?' De Grote Nog Levende Dichter keek toegeeflijk en wierp zijn zilvergrijze, tot op de schouders vallende haren naar achteren.

'Dat is een burgerlijke opmerking,' zei hij op vermanende toon. 'Nee, natuurlijk zal die verandering zich noch in zijn maatschappelijke status, noch in zijn feitelijke, stoffelijke ik voltrokken hebben, maar in de manier waarop ze hem waarnam. Stel je hen voor terwijl ze in de loop der jaren meer en meer naar elkaar toegroeien vanuit de tegengestelde polen van hun Schoonheid-zijn en Beest-zijn, om ten slotte heel gewoon maar gelukkig meneer Echtgenoot en mevrouw Eega te worden.'

Nu stond de Grote Nog Levende Dichter alom bekend vanwege zijn radicale denkbeelden en om zijn chaotisch ingewikkeld buitenechtelijk liefdeleven, en dus meende ik hem een genoegen te doen door listig op te merken: 'Hoe komt het toch dat in sprookjes het huwelijk altijd als een besluit wordt behandeld? En altijd als zo'n volmaakt gelukkig slot?'

Maar in plaats van die knipoog van mannen-onder-elkaar of dat bulderend gelach waarop ik gehoopt had (ik was nog erg jong), trok de Grote Nog Levende Dichter een ernstig gezicht. 'Dat is een typische mannenvraag,' antwoordde hij. 'Geen vrouw zou zich daar zo over verwonderen. De strekking van de fabel is duidelijk. De Vrouw moet van haar lot het beste proberen te maken, want als ze de Man niet liefheeft, nou, dan gaat hij dood, het Beest sterft, en dan blijft de Vrouw als weduwe achter, dat wil zeggen: als nog minder dan een dochter, minder dan een echtgenote, waardeloos.' Welwillend nipte hij van zijn whisky.

'Maar als, als,' stamelde ik, 'ik bedoel, oom, maar als het meisje de voor haar uitgekozen echtgenoot nu eens echt niet verdragen kon, wat dan?' De Dichter, die inmiddels zachtjes Perzische verzen zat te neuriën, fronste half afwezig, half teleurgesteld de wenkbrauwen.

'Je bent te westers geworden,' zei hij. 'Je zou eens een poosje, niet al te lang, laten we zeggen een jaar of zeven, onder onze dorpsbewoners moeten doorbrengen. Dan zou je begrijpen dat dit een door en door oosters verhaal is, en niet meer aankomen met dat dwaze maar-als-wat-dan.'

De Grote Dichter leeft jammer genoeg niet meer, en dus kan ik hem niet vragen: 'En als het verhaal van Goed Nieuws Hyder nu eens waar was, wat dan?' En ook kan ik niet meer profiteren van zijn raad inzake een nog neteliger kwestie: stel je voor, stel je voor dat er mogelijk ergens in mejuffrouw Schoonheid zelf een klein Beestje op de loer lag, wat dan? Als de schoonheid nou eens zelf het beest was? Maar ik neem aan dat hij dan gezegd zou hebben dat ik zaken door elkaar haalde: 'Zoals Stevenson heeft aangetoond in zijn *Dr. Jekyll en Mr. Hyde*, is een dergelijk samengaan van een heilige en een monster bij mannen voorstelbaar: helaas, zo is onze aard nu eenmaal! Maar bij de Vrouw wordt dat door haar hele wezen onmogelijk gemaakt.'

De lezer zal uit mijn laatste maar-als-wat-dan's misschien al hebben afgeleid dat ik twee bruiloften te beschrijven heb; en de tweede, die al achter de coulissen van de eerste staat te wachten, is natuurlijk dat huwelijk tussen Sufiya Zinobia Hyder en Omar Khayyam Shakil, waarop ik al zo lang heb gezinspeeld.

Toen hij van de verloving van haar jongere zuster hoorde, raapte Omar Khayyam eindelijk al zijn moed bij elkaar en ging om Sufiya Zinobia's hand vragen. Toen hij als grijze eerbiedwaardige vijftiger zijn opwachting kwam maken in haar marmeren huis en hij zijn opmerkelijk verzoek deed, slaakte de onvoorstelbaar oude en afgeleefde godgeleerde Maulana Dawood een kreet die Raza Hyder om zich heen deed kijken om te zien of er soms demonen waren. 'Gebroed van ontuchtige toverkollen,' voegde Dawood Shakil toe, 'vanaf de dag dat je in de contraptie van je moeders' ongerechtigheid naar de aarde bent komen afdalen heb ik je doorzien. Hoe durf je zulke smerige voorstellen te komen doen in dit huis van godlievenden! Moge je verblijf in de Hel langer duren dan duizend mensenlevens.' De furie van Maulana Dawood riep bij Bilquìs een perverse koppigheid wakker. Ze had in die tijd nog steeds de neiging verwoed alle deuren te vergrendelen om zich te verdedigen tegen het binnendringen van de middagwind, en haar ogen schitterden net iets te helder. Maar de verloving van Goed Nieuws had haar een nieuw doel in het leven gegeven, precies zoals Rani gehoopt had, en het was dus met een redelijke benadering van haar oude arrogantie dat ze tot Omar Khayyam sprak: 'We begrijpen dat u zich genoodzaakt hebt gezien uw aanzoek persoonlijk te komen doen, vanwege het feit dat er geen leden van uw familie hier in de stad wonen. Die afwijking van de gebruikelijke gang van zaken is u vergeven, maar we dienen ons nu in besloten kring te beraden. Ons besluit zal u een dezer dagen bekend worden gemaakt.' Raza Hyder was zo met stomheid geslagen door de herverschijning van de oude Bilquìs dat hij pas kon protesteren toen Shakil alweer vertrokken was. Omar Khayyam was inmiddels opgestaan, zette zijn grijze hoed op zijn grijze haar, en werd toen verraden door een blos die eensklaps opkwam onder zijn bleke huid. 'Hij bloost,' krijste Maulana Dawood, met een puntige vingernagel naar hem wijzend. 'Maar dat is slechts een truc. Zulke lieden kennen geen schaamte.'

Nadat Sufiya Zinobia hersteld was van de immunologische catastrofe die op de kalkoenenslachting was gevolgd, had Raza Hyder bemerkt dat hij haar niet langer kon bezien door de sluier van zijn teleurstelling over haar kunne. De herinnering aan de tederheid waarmee hij haar had weggedragen van het toneel van haar somnambulistisch geweld liet hem niet los, evenmin als het besef dat hij tijdens haar ziekte ten prooi was geweest aan emoties die slechts aan vaderliefde konden worden toegeschreven. Kortom. Hyder had zijn mening over zijn achterlijk kind herzien; hij was met haar gaan spelen en was trots op de kleine vorderingetjes die ze maakte. Samen met de ayah Shahbanou placht de grote oorlogsheld net te doen alsof hij een trein was, of een stoomwals of een hijskraan, en tilde het meisje op en gooide haar in de lucht alsof ze werkelijk nog altijd dat kleine kind was waarvan ze noodgedwongen het brein had behouden. Dit nieuwe gedragspatroon had Bilquìs, wier genegenheid zich op het jongere meisje bleef concentreren, perplex doen staan … maar hoe het ook zij, Sufiya Zinobia's toestand was verbeterd. Ze was zes centimeter gegroeid en wat in gewicht toegenomen, en haar geestelijke leeftijd was gestegen tot ongeveer zes en een half. Ze was nu negentien jaar oud, en had voor haar sinds kort liefhebbende vader een kinderlijke versie van diezelfde verering die Arjumand Harappa voor haar vader de Voorzitter koesterde.

'Mannen,' zei Bilquìs aan de telefoon tegen Rani, 'je kunt er geen staat op maken'.

Voor wat Omar Khayyam betreft: over zijn complexe beweegredenen hebben we het al gehad. Hij had inmiddels zeven jaar lang tevergeefs getracht zich te bevrijden van de obsessie die hem van zijn aanvallen van duizeligheid had genezen, maar tijdens die jaren van strijd had hij ook weten te regelen dat hij Sufiya Zinobia met regelmatige tussenpozen mocht onderzoeken, en had hij kans gezien bij haar vader in de gunst te komen, daarbij gebruik makend van de dankbaarheid die Raza jegens hem voelde omdat hij het leven van zijn dochter had gered. Maar een huwelijksaanzoek was een heel andere zaak, en toen hij eenmaal veilig en wel de deur uit was begon Raza Hyder uiting te geven aan zijn twijfel.

'De man is dik,' redeneerde Raza. 'En lelijk is hij ook. En laten we zijn liederlijk verleden niet over het hoofd zien.'

'Een liederlijk leven, geleid door het kind van liederlijke schepsels,' voegde Dawood eraan toe, 'en een broer die om politieke redenen doodgeschoten is.'

Bilquìs vertelde maar niet van haar herinnering aan de dronken Shakil op Mohenjo. In plaats daarvan zei ze: 'Waar vinden we een betere partij voor het meisje?'

Thans begreep Raza dat zijn vrouw al even verlangend was om dit lastige kind kwijt te zijn als hij erop gebrand was de hielen van haar lieveling Goed Nieuws te zien. Het besef dat hier sprake was van een soort symmetrie, een soort billijke ruil, deed zijn vastberadenheid verslappen, zodat Bilquìs de onzekerheid in zijn stem bespeurde toen hij vroeg: 'Maar een kind met beschadigde hersenen – dienen we eigenlijk wel naar een echtgenoot voor haar uit te kijken? Zouden we er niet beter aan doen ons maar bij de verantwoordelijkheid neer te leggen, vrouw? Wat heeft het voor zin om voor een dergelijk meisje een huwelijk te overwegen?'

'Ze is al niet zo dom meer,' wierp Bilquìs tegen. 'Ze kan zichzelf aankleden, op de pot gaan, en ze plast niet meer in haar bed.'

'God nog toe,' riep Raza uit, 'maakt dat haar geschikt om iemands echtgenote te zijn?'

'Dat stuk kikkerdril,' riep Dawood uit, 'die afgezant van Satan. Hij is met zijn aanzoek gekomen om verdeeldheid te zaaien in dit gewijde huis.'

'Haar woordenschat gaat erop vooruit,' voegde Bilquìs eraan toe. 'Ze babbelt met Shahbanou, en ze kan de *dhobi* al vertellen wat ze wassen moet. Ze kan de kledingstukken tellen en met geld omgaan.'

'Maar ze is een kind,' zei Raza vertwijfeld.

Naarmate zijn weerstand verzwakte voelde Bilquìs zich sterker worden. 'In een vrouwenlichaam,' antwoordde ze, 'het kind is nergens te zien. Een vrouw hoeft geen bolleboos te zijn. Naar mijn mening zijn hersens voor een vrouw een uitgesproken nadeel in het huwelijk. Ze vindt het leuk naar de keuken te gaan en de *khansama* bij zijn werk te helpen. In de bazaar kan ze goede groenten van slechte onderscheiden. Haar chutneys heb jij zelf geprezen. Ze kan zien wanneer de bedienden het meubilair niet goed hebben opgepoetst. Ze draagt al een bustehouder, en ook in andere opzichten is haar lichaam inmiddels dat van een volwassen vrouw geworden. En ze bloost niet eens meer.'

Dat was waar. Het schrikbarende rood-worden van Sufiya Zinobia scheen tot het verleden te behoren, en ook gewelddaden zoals de kalkoenenmoord hadden zich niet meer voorgedaan. Het was alsof het meisje door die ene, alles verterende explosie van schaamte gelouterd was.

'Misschien,' zei Raza Hyder langzaam, 'maak ik me te veel zorgen.'

'En bovendien,' zei Bilquìs op gedecideerde toon, 'is de man haar dokter. Hij heeft haar het leven gered. Dus aan wie zouden we haar beter kunnen toevertrouwen? Aan niemand, zeg ik je. Dit aanzoek is ons door God gezonden.'

'Houd uw oren dicht!' krijste Dawood. '*Tobah! Tobah!* Maar uw God is groot, groot in zijn grootsheid, en dus is het mogelijk dat hij u zulke godslasterlijke taal vergeven zal.'

Raza Hyder zag er oud en verdrietig uit. 'We moeten haar Shahbanou meegeven,' zei hij met klem. 'En het moet een stille bruiloft worden. Te veel drukte en gedoe zouden haar maar bang maken.'

'Wacht maar, eerst moet ik klaar zijn met die van Goed Nieuws,' zei Bilquìs opgetogen, 'en dan zullen we een bruiloft hebben die zo stil is dat je alleen de vogels zult kunnen horen zingen.'

Maulana Dawood trok zich terug van het terrein waarop hij een nederlaag had geleden. 'Meisjes die in de verkeerde volgorde worden uitgehuwelijkt,' zei hij nog toen hij vertrok; 'wat met een halssnoer van schoenen begonnen is, kan nooit goed eindigen.'

Op de dag van de polowedstrijd tussen het team van het leger en dat van de politie werd Goed Nieuws al vroeg door Bilquìs wakker geschud. De wedstrijd zou pas om vijf uur die middag beginnen, maar, zei Bilquìs: 'Elf uren die je besteedt om je op te tutten voor je toekomstige echtgenoot zijn geen verloren uren.' Tegen de tijd dat moeder en dochter op het poloterrein arriveerden was Goed Nieuws in een zo uitmuntende conditie dat de mensen dachten dat een bruid haar bruiloftsfeest in de steek gelaten had om naar de wedstrijd te komen kijken. Haroun Harappa ontmoette hen bij het kleine tafeltje waaraan, omringd door microfoons, de radiocommentator gezeten was die de wedstrijd versloeg, en bracht hen naar de plaatsen die hij voor hen had vrijgehouden; de aanblik van Goed Nieuws' opschik was zo overweldigend dat het patroon van haar neussieraden hem duidelijker bijbleef dan het verloop van de wedstrijd. Keer op keer die middag holde hij weg om terug te komen met papieren bordjes beladen met *samosa's* of *jalebi's*, bekertjes bruisende cola balancerend op zijn onderarmen. Tijdens zijn afwezigheid hield Bilquìs haar dochter met arendsblik in de gaten, om zich ervan te vergewissen dat ze geen grapjes probeerde uit te halen zoals bijvoorbeeld lonken naar andere jongens; maar zodra Haroun dan weer terugkeerde werd Bilquìs om een of andere onverklaarbare reden weer helemaal in beslag genomen door de wedstrijd. De grote ster van het politieteam was een zekere kapitein Talvar Ulhaq, en nu het leger zo impopulair was, maakte zijn vernietigende zege die middag op het team van laatstgenoemde hem tot zoiets als een nationale held, te meer daar hij aan alle gebruikelijke heldhaftige eisen voldeed, want hij was lang en kranig, en hij had niet alleen een snor maar ook een klein litteken in zijn hals dat precies op dat van een liefdesbeet leek. Deze kapitein Talvar nu zou de oorzaak worden van dat bruiloftsschandaal waaruit, naar met enige geloofwaardigheid zou kunnen worden gesteld, de hele toekomst voortkwam.

Tijdens het stamelende en onbeholpen gesprek dat ze die dag met Haroun voerde, ontdekte Goed Nieuws tot haar consternatie dat haar toekomstige echtgenoot er geen ambities en slechts een geringe eetlust op nahield, en dat hij ook al niet van plan was haast te maken met kinderen. Het zelfvertrouwen waarmee Naveed Hyder had gezegd: 'Ik knap hem wel op,' begon in de lijfelijke tegenwoordigheid van deze papjongen uit haar weg te ebben, zodat het wellicht onvermijdelijk was dat haar ogen als gebiologeerd bleven rusten op de kaarsrechte, steigerende, mythologische figuur van Talvar Ulhaq op diens dartele paard. En misschien was het ook onvermijdelijk dat haar opvallende uitmonstering de aandacht trok van die jonge kapitein van de politie, die beroemdheid genoot als de meest succesvolle dekhengst van de hele stad – de hele toestand was misschien dus wel de schuld van Bilquìs omdat ze haar dochter zo had uitgedost – hoe het ook zij, ondanks al haar waakzaamheid ontging Bilquìs het ogenblik waarop hun ogen elkaar ontmoetten. Goed Nieuws en Talvar staarden elkaar aan door de werveling van stof, paardehoeven en polo-sticks, en op dat moment voelde het meisje een krampachtige scheut door haar binnenste gaan. Ze zag kans het sidderend gekreun dat aan haar lippen ontsnapte in een hevig genies en gehoest te doen overgaan voordat iemand er iets van merkte, en werd bij die list geholpen door de opschudding op het poloterrein, waar het paard van kapitein Talvar om onverklaarbare redenen plotseling had gesteigerd en hem te midden van de vervaarlijk trappelende paardehoeven en zwiepende polo-sticks had doen belanden. 'Ik verstarde zomaar helemaal,' zou Talvar Naveed later vertellen, 'en toen werd het paard boos op me.'

De wedstrijd was kort daarop ten einde, en Goed Nieuws keerde met Bilquìs terug naar huis, wetend dat ze nooit, nee, nog in geen duizend jaar, met Haroun Harappa zou trouwen. Die nacht hoorde ze kiezelsteentjes tegen het raam van haar slaapkamer tikken, knoopte haar beddelakens aan elkaar en klom naar beneden, in de armen van de wachtende polo-ster, die haar in een politiewagen naar zijn strand-huisje aan de Vissersbaai reed. Na afloop van de liefdesdaad stelde ze hem de bescheidenste vraag van haar leven: 'Zo geweldig zie ik er niet uit,' zei ze, 'waarom heb je mij gekozen?' Talvar ging in bed overeind zitten en keek zo ernstig als een schooljongen. 'Vanwege je hunkerende schoot,' zei hij tegen haar. 'Jij bent de eetlust, en ik ben het voedsel.' Nu besefte ze dat Talvar een tamelijk hoge dunk van zichzelf had, en ze begon zich af te vragen of haar ogen misschien niet groter dan haar maag waren geweest.

Talvar Ulhaq bleek al vanaf zijn kinderjaren de gave van helderziendheid te hebben gehad, een talent dat hem bij zijn politiewerk erg goed van pas kwam, aangezien hij al kon raden waar misdaden gepleegd gingen worden nog voordat de dieven dat zelf hadden uitgeknobbeld, zodat het aantal door hem verrichte arrestaties door niemand te overtreffen was. In Naveed Hyder had hij de kinderen voorzien die altijd al zijn grootste droom waren geweest, die overvloed van kinderen die hem zou doen opzwellen van trots, terwijl zij bezweek onder de ontstellende chaos van hun aantal. Door dit visioen gedreven was hij bereid geweest de uiterst gevaarlijke weg in te slaan die hij thans bewandelde, want hij wist dat Raza Hyders dochter verloofd was met de favoriete neef van voorzitter Iskander Harappa, dat de invitaties voor de bruiloft al verzonden waren, en dat, naar alle normale maatstaven gemeten, zijn situatie uitzichtloos was. 'Niets is onmogelijk,' zei hij echter tegen Naveed; hij kleedde zich aan, begaf zich naar buiten in de zilte nacht en ging op zoek naar een zeeschildpad om op te rijden. Toen Naveed even later ook naar buiten kwam trof ze hem daar aan, staande op de rug van een reuzenschildpad en luidkeels schreeuwend van uitbundige vreugde. Terwijl ze daar van zijn eenvoudig vermaak stond te genieten kwamen de vissers aangelopen, die hen toegrijnsden. Naderhand zou Naveed Hyder nooit met zekerheid weten of dit onderdeel van Talvars plan was geweest, of hij de vissers wellicht had gewenkt vanaf de rug van de schildpad, en dat hij misschien vooraf een bezoek aan de inham had gebracht om alles te regelen, want het was immers bekend dat de vissers en de politie trouwe bondgenoten waren daar ze geregeld onder een hoedje speelden voor smokkeldoeleinden. Hoe het ook zij, Talvar gaf later nooit toe dat hij op de een of andere manier de hand had gehad in wat er nu gebeurde.

Wat nu gebeurde was dat de aanvoerder van de vissers, een patriarch met een eerlijk en open gezicht waarin een gaaf wit gebit onwaarschijnlijk blonk in het maanlicht, het paar op vriendelijke toon meedeelde dat hij en zijn collega's het voornemen hadden hen te chanteren. 'Zulk goddeloos gedoe,' zei de oude visser met een verdrietig hoofdschudden, 'is slecht voor onze gemoedsrust. Het zal nodig zijn ons daarvoor enige vergoeding, enige troost te geven.'

Talvar Ulhaq betaalde zonder mopperen, en vervolgens reed hij Goed Nieuws naar huis. Met zijn hulp slaagde ze erin weer langs het koord van beddelakens naar boven te klimmen zonder ontdekt te worden. 'Ik zal je niet meer zien,' zei hij ten afscheid, 'totdat je je verloving verbreekt en het onvermijdelijke laat gebeuren.'

Zijn tweede gezicht vertelde hem dat ze zou doen wat hij gevraagd had, en dus ging hij naar huis om zich voor te bereiden op het huwelijk, en op die storm die nu stellig zou losbreken.

Goed Nieuws (laten we dat niet vergeten) was haar moeders lievelingsdochter. Haar angst die status te zullen verliezen worstelde binnen in haar met de al even grote angst dat de vissers hun chantage zouden voortzetten; de waanzinnige liefde die ze voor Talvar Ulhaq had opgevat worstelde met haar verplichting ten opzichte van de jongeman die haar ouders hadden uitgekozen; en het verlies van haar maagdelijkheid maakte haar radeloos van bezorgdheid. Ze bleef echter tot op de laatste avond voor haar bruiloft zwijgen. Talvar Ulhaq vertelde haar naderhand dat het hem tot op de rand van de waanzin had gebracht toen de tijd verstreek zonder dat ze handelend optrad, en dat hij besloten had ongeacht de gevolgen op de bruiloft te verschijnen en Haroun Harappa neer te schieten, als ze soms besloten mocht hebben het huwelijk door te zetten. Maar te elfder ure zei Goed Nieuws tegen haar moeder: 'Ik ben niet van plan met die stomme aardappel te trouwen,' en de hel brak los, want liefde was wel het laatste waardoor ook maar iemand verwacht had dat de plannen in het honderd gestuurd zouden kunnen worden.

O, leedvermaak van vrouwelijke verwanten bij een niet verborgen te houden schandaal! O, krokodilletranen en onoprecht gebeuk met vuisten op eigen borst! O, verrukt gekraai van begum Duniyazad terwijl ze danst op het lijk van Bilquìs' eer! En de met gespleten tong ingefluisterde hoop: Wie weet, praat met haar, zo veel meisjes raken aan de vooravond van hun huwelijk in paniek, ja, ze komt heus wel tot bezinning, probeer het nou maar, dit vraagt om een strenge aanpak, nee, probeer het met zachtheid, rammel haar een beetje door elkaar, nee, een liefdevolle omhelzing is veel beter, o God, maar wat ontzettend, hoe kun je de gasten nu nog afzeggen.

En wanneer duidelijk wordt dat het meisje niet tot andere gedachten te brengen is, wanneer het schandaal in al zijn verrukkelijke gruwel open en bloot komt te liggen en Goed Nieuws toegeeft dat er Iemand Anders is — dan komt er beweging in de op haar peluwen rustende Bariamma en zwijgen allen in het vertrek om haar oordeel te vernemen.

'Dit is het bewijs dat je als moeder gefaald hebt,' brengt Bariamma moeizaam hijgend uit, 'dus nu dient de vader te worden geroepen. Gaat heen en haalt hem, mijn Raza, en vlug een beetje.'

Twee taferelen. In het bruidsvertrek zit Naveed Hyder onvermurwbaar en koppig, aan alle kanten omringd door vrouwen die van verrukking tot levende standbeelden zijn verstard, vrouwen die met kammen, borstels, zilverpoets en ogenzwart in de handen met versteende vreugde zitten te staren naar Naveed, de oorzaak van de ramp. Het enige dat in dit tafereel beweegt zijn de lippen van Bariamma. Er rollen aloude, traditionele woorden over die lippen: hoer, slet, lichtekooi. En in Raza's slaapkamer klampt Bilquìs zich aan de benen van haar echtgenoot vast terwijl deze worstelt om in zijn broek te komen. Raza Hyder ontwaakte in de rampzalige werkelijkheid uit een droom waarin hij zichzelf op de paradeplaats van zijn mislukking had zien staan tegenover een schare rekruten die stuk voor stuk zijn evenbeeld waren, behalve dan dat het onbenullen waren die niet in staat waren in de pas te marcheren, of links te richten, of hun koppels naar behoren te poetsen. In zijn wanhoop had hij tegen die schimmen van zijn eigen onbekwaamheid staan brullen, en de woede van zijn droom bleef hem ook na het ontwaken vergezellen. Zijn eerste reactie op het nieuws dat Bilquìs door onwillig opeengeperste lippen wrong, was dat hij geen andere keus had dan het meisje te doden. 'Wat een schande,' zei hij, 'wat een onherstelbare schade is de ouderlijke plannen toegebracht.' Hij besloot haar ten overstaan van zijn familieleden een kogel door het hoofd te jagen. Bilquìs omklemde zijn dijen, gleed naar omlaag toen hij zich in beweging zette en werd zo de kamer uitgesleurd, zich met haar nagels vasthoudend aan zijn enkels. Het koude zweet van haar angst deed haar met een penseel aangebrachte wenkbrauwen uitlopen over haar gezicht. Over de geest van Sindbad Mengal werd met geen woord gerept, maar o, die was wel degelijk aanwezig. Met zijn legerpistool in de hand stapte Raza Hyder de kamer van Goed Nieuws binnen; de vrouwen begonnen te gillen toen ze hem zagen.

Maar dit is niet het verhaal van mijn verstoten Anna M.; toen Raza zijn pistool ophief merkte hij dat hij niet bij machte was het te gebruiken. 'Gooi haar op straat,' zei hij, en verliet het vertrek.

De rest van de nacht wordt er druk onderhandeld. Raza zit in zijn slaapvertrek naar een ongebruikt pistool te staren. Er worden deputaties gezonden; hij blijft onvermurwbaar. Dan wordt de ayah Shahbanou, de slaap wrijvend uit zwart omrande ogen die zo veel op die van Hyder zelf lijken, door Bilquìs naar hem toegestuurd om voor Goed

Nieuws te pleiten: 'Hij mag jou graag omdat je zo goed met Sufiya Zinobia kunt opschieten. Misschien luistert hij naar jou, nu hij naar mij niet luisteren wil.' Bilquìs begint zichtbaar in elkaar te schrompelen, en is al zo klein dat ze moet smeken bij bedienden. In de handen van Shahbanou rust de toekomst van Goed Nieuws – Goed Nieuws, die haar geschopt, beledigd, geslagen heeft... 'Ik zal wel naar hem toegaan, mevrouw,' zegt Shahbanou. Ayah en vader beraadslagen achter gesloten deuren: 'Vergeef mij dat ik dit zeg, heer, maar u mag geen schande op schande stapelen.'

Om drie uur in de ochtend geeft Raza Hyder zich gewonnen. Er dient een bruiloft plaats te vinden, en het meisje dient te worden overgedragen aan een echtgenoot, het doet er niet toe welke. Daardoor zullen ze van haar verlost zijn en minder opschudding veroorzaken dan wanneer ze haar het huis uitschoppen. 'Een hoer met een dak boven haar hoofd,' deelt Raza de bij hem ontboden Bilquìs mee, 'is beter dan een hoer in de goot.' Naveed vertelt haar moeder de naam: niet zonder trots zegt ze, duidelijk hoorbaar voor alle aanwezigen: 'Het moet kapitein Talvar Ulhaq zijn, en niemand anders.'

Telefoongesprekken. Mir Harappa wordt uit zijn slaap gehaald om van het gewijzigde plan op de hoogte te worden gesteld. 'Jullie zijn een stelletje smeerlappen. Lik me reet als ik het jullie niet betaald zet.' Iskander Harappa daarentegen vat het nieuws kalm op, en geeft het door aan Arjumand, die in haar nachtgewaad naast de telefoon is komen zitten. Er licht iets op in haar ogen.

Het is Iskander die Haroun in kennis stelt.

En ten slotte nog één telefoontje, naar een kapitein van politie die geen oog heeft dichtgedaan, en die net als Raza een deel van de nacht heeft doorgebracht met het betasten van een pistool. 'Ik zal je niet zeggen wat ik van je denk,' brult Raza Hyder in de hoorn, 'maar zorg ervoor dat je morgen hier bent om me dit waardeloze vrouwspersoon uit handen te nemen. Als bruidsschat krijg je nog geen paisa, en zorg ervoor dat je me daarna nooit meer onder ogen komt.'

'Het zal me een eer zijn met uw dochter te trouwen,' antwoordt Talvar·beleefd. En in huize Hyder beginnen vrouwen die hun geluk nauwelijks kunnen geloven, opnieuw voorbereidingen te treffen voor de grote dag. Naveed Hyder gaat naar bed, en valt met een onschuldige uitdrukking op haar gezicht in een diepe slaap. De donkere hennastrepen op haar voetzolen worden oranje terwijl ze uitrust.

'Schaamte en schande in de familie,' zegt Shahbanou de volgende ochtend tegen Sufiya Zinobia. 'Kindlief, je weet niet wat je allemaal gemist hebt.'

Er gebeurde die nacht ook nog iets anders. Onder dekking van de duisternis liep het volk op universiteitsterreinen en in de bazaars van de steden te hoop. Tegen de tijd dat de zon opging was het duidelijk dat de regering zou vallen. Die ochtend ging het volk de straat op en stak auto's, schoolbussen, legertrucks en de bibliotheken van de British Council en de United States Information Service in brand om uiting te geven aan zijn ongenoegen. Veldmaarschalk A. zond soldaten de straat op om de rust te herstellen. Om kwart over elf kreeg hij bezoek van een generaal die bij iedereen bekend was onder de bijnaam 'Ruige Hond', en van wie gezegd werd dat hij een vriend van voorzitter Harappa was. Deze generaal Ruige Hond nu deelde de vertwijfelde president mee dat de strijdkrachten pertinent weigerden op burgers te schieten, en dat de soldaten eerder geneigd waren hun officieren dood te schieten dan hun landgenoten. Deze verklaring overtuigde president A. ervan dat hij zijn tijd gehad had, en tegen lunchtijd was hij vervangen door generaal Ruige Hond, die A. onder huisarrest plaatste en op de beeldbuis van de kersverse nationale televisiedienst verscheen om aan te kondigen dat hij de macht had overgenomen, met als enig doel de natie terug te voeren naar de democratie; binnen achttien maanden zouden er verkiezingen worden gehouden. Die middag werd dat feit door het volk in een uitbundige feeststemming gevierd; Datsuns, taxi's, het gebouw van de Alliance Française en het Goethe-Instituut leverden de brandstof voor hun vurige blijdschap.

Mir Harappa hoorde van de bloedeloze staatsgreep van president Ruige Hond binnen acht minuten nadat maarschalk A. afgetreden was. Door deze tweede verpletterende slag voor zijn prestige verloor Kleine Mir al zijn vechtlust. Met achterlating van een brief op zijn schrijftafel waarin hij zijn ontslag indiende, vluchtte hij naar zijn landgoed Daro zonder de moeite te nemen verdere ontwikkelingen af te wachten, en daar sloot hij zich in een dermate troosteloze stemming op dat de bedienden hem konden horen mompelen dat zijn dagen geteld waren. 'Twee dingen zijn al gebeurd,' zei hij steeds, 'maar het derde moet nog komen.'

Iskander en Arjumand brachten de dag bij Haroun in Karachi door. Iskander was de hele dag aan de telefoon, en Arjumand was zo opgewonden door het nieuws dat ze vergat Haroun haar medeleven te betuigen vanwege zijn bruiloft die van de baan was: 'Trek toch niet zo'n vissesmoel,' zei ze tegen hem, 'de toekomst is begonnen.' Rani Harappa arriveerde per trein uit Mohenjo, in de veronderstelling dat ze op het punt stond van een zorgeloze dag te genieten op de bruiloftsviering van Goed Nieuws, maar op het station kreeg ze van Isky's chauffeur Jokio te horen dat de wereld veranderd was. Hij reed haar naar het huis in de stad, waar Iskander haar hartelijk omhelsde en zei: 'Het is goed dat je gekomen bent. Nu moeten we ons zij aan zij aan het volk vertonen; ons tijdstip is gekomen.' Rani dacht op slag niet meer aan bruiloften, en hoewel ze veertig was begon ze er even jong uit te zien als haar enige dochter. 'Ik heb het altijd wel geweten,' dacht ze triomfantelijk. 'Die goeie ouwe Ruige Hond.'

Zo groot was de opwinding van die dag dat het nieuws van de gebeurtenissen in huize Hyder er volkomen bij in het niet vielen en dat terwijl het schandaal op iedere andere dag met geen mogelijkheid in de doofpot te stoppen zou zijn geweest. Kapitein Talvar Ulhaq kwam geheel alleen naar de bruiloft, aangezien hij verkozen had vrienden noch familieleden bij de beschamende omstandigheden van zijn trouwerij te betrekken. In zijn politiejeep, die gelukkig aan de tedere zorgen van de menigte ontsnapte, moest hij zich een weg banen door straten waar het zinderend heet was van brandende auto's, en hij werd door Raza Hyder met ijzige vormelijkheid en minachting ontvangen. 'Het is mijn oprechte bedoeling,' zei Talvar tegen Raza, 'de voortreffelijkste schoonzoon te zijn die u zich maar zoudt kunnen wensen, opdat u uw beslissing uw dochter uit uw leven te verstoten mettertijd misschien zult willen herzien.' Op deze moedige woorden gaf Raza een antwoord dat niet korter had kunnen zijn. 'Ik heb het niet op polospelers,' zei hij.

Die gasten die kans hadden gezien huize Hyder door de onevenwichtige uitgelaten stemming die in de straten heerste te bereiken, hadden zich uit voorzorg in hun oudste, meest haveloze kleren gestoken, en ook droegen ze geen sieraden. Ze hadden deze weinig feestelijke vodden aangetrokken om te voorkomen dat ze de aandacht zouden trekken van het volk, dat rijke lieden doorgaans tolereerde, maar thans in zijn uitbundigheid wel eens op het idee zou kunnen zijn gekomen de elite van de stad aan zijn verzameling brandende symbolen toe te voegen. De sjofele toestand waarin de gasten verkeerden was een van de vreemdste verschijnselen van die dag vol eigenaardigheden; de met olie ingewreven, met henna beschilderde en met juwelen behangen Goed Nieuws Hyder viel te midden van deze beangste bruiloftsvierders nog meer uit de toon dan tijdens die polowedstrijd van haar onontkoombaar noodlot. 'Ik vind het net alsof we in een paleis vol bedelaars trouwen,' fluisterde ze Talvar toe, die met bloemslingers omhangen naast haar op het kleine podium zat onder het glinsterende, met spiegeltjes bestikte baldakijn. De door Bilquìs met zo veel moederlijke trots verzorgde versnaperingen en delicatessen stonden op de lange met witte lakens gedekte tafels inmiddels onaangeroerd te verkommeren in die bizarre sfeer van ontzetting en ontwrichting.

Waarom de gasten niet aten? Toch al uit hun evenwicht door de gevaren op straat, waren ze bijna volkomen de kluts kwijtgeraakt door de informatie hun ter hand gesteld op kleine rectificatiestrookjes die Bilquìs urenlang eigenhandig had zitten schrijven, dat hoewel de bruid inderdaad de verwachte Goed Nieuws Hyder was, er op het laatste ogenblik een verandering van bruidegom had plaatsgevonden. 'Door onvoorziene omstandigheden,' stond er op de kleine witte strookjes der vernedering te lezen, 'zal de rol van echtgenoot worden overgenomen door kapitein Talvar Ulhaq van de politie'. Bilquìs had die regel vijfhonderdvijfenvijftig keer moeten schrijven, en elk daarvan had haar de nagels van haar schande dieper in het hart gedreven, zodat ze tegen de tijd dat de gasten arriveerden en de bedienden de rectificatie-strookjes uitdeelden zo verstijfd van eerverlies was alsof men haar aan een boom had gespietst. Naarmate de schok vanwege de staatsgreep op de gezichten van de gasten plaats begon te maken voor het besef van de omvang van de ramp die de Hyders getroffen had, begon ook Raza over zijn hele lichaam gevoelloos te worden, verdoofd door zijn publieke schande. Door de aanblik van die Himalaja van ongegeten voedsel sloeg de kille schaamte ook in de ziel van Shahbanou de ayah, die naast Sufiya Zinobia stond in een toestand van zulk een diepe neerslachtigheid dat ze vergat Omar Khayyam Shakil te groeten. De dokter was met logge tred binnen komen lopen en had zich bij het gezelschap als tuinlieden verklede miljonairs gevoegd, maar zijn gedachten waren zo vervuld van de dubbelzinnigheden van zijn eigen verloving met de zwakzinnige die het voorwerp van zijn obsessies was, dat hij totaal niet had gemerkt dat hij een luchtspiegeling van het verleden was binnengewandeld, een schaduwbeeld van dat legendarische feest dat eertijds door de drie gezusters Shakil was gegeven in hun oude huis in Q. Het rectificatiestrookje bleef ongelezen in zijn vlezige gebalde vuist geklemd totdat, zij het wat laat, de betekenis van het onaangeroerde voedsel hem begon te dagen.

Nu was het niet een exacte herhaling van dat feest van lang geleden. Er werd weliswaar niets gegeten, maar er vond toch nog altijd een huwelijk plaats. Maar kan er wel ooit een bruiloft zijn geweest waarop niemand met iemand flirtte en waarop de gehuurde muzikanten door het gebeuren zo overweldigd waren dat ze verzuimden om ook maar een enkele noot te spelen? Er kunnen beslist niet veel bruiloftsfeesten zijn geweest waarop het maar weinig gescheeld had of de bruidegom-van-het-laatste-moment was op zijn podium door zijn kersverse schoonzuster vermoord.

Hemeltje, ja. Het spijt me u te moeten meedelen dat (als het ware de kroon zettend op die rampzalige dag) de sluimerende demon der schaamte die in Sufiya Zinobia was gevaren op die dag dat ze de kalkoenen had afgeslacht, zich thans opnieuw manifesteerde onder het met spiegeltjes bestikte baldakijn der schande.

Een glazig worden van haar ogen, die die melkwitte ondoorschijnendheid van de slaapwandelaar kregen. Een binnenstromen in haar al te gevoelige geest van de schaamte die in die gekwelde tent in zo grote overvloed aanwezig was. Een vuur onder de huid, zodat de vlammen haar uitsloegen, een gouden gloed die de rouge op haar wangen en de verf op haar vingers en tenen deed verbleken... Omar Khayyam Shakil zag wat er gebeurde, maar te laat, zodat, toen hij dat catatonische gezelschap toeschreeuwde: 'Kijk uit!' de demon Sufiya Zinobia al als een projectiel naar voren had geslingerd, en voordat iemand zich kon verroeren had ze Talvar Ulhaq bij zijn hoofd gegrepen en begon eraan te draaien, met zulk een geweld dat hij het uitgilde, want zijn nek stond op het punt te breken alsof het een rietstengel was.

Goed Nieuws Hyder greep haar zuster bij de haren en trok uit alle macht, waarbij ze voelde hoe de brandende hitte van die bovennatuurlijke hartstocht haar vingers verschroeide; vervolgens sprongen Omar Khayyam en Shahbanou en Raza Hyder en zelfs Bilquìs haar te hulp, terwijl de gasten nog verder wegzonken in hun stomme verbazing, vol ontzetting over deze nieuwe manifestatie van de fantastische onmogelijkheden van die dag. Met vereende krachten slaagden de vijf wanhopigen erin Sufiya Zinobia's handen los te rukken voordat Talvar Ulhaq als een kalkoen het hoofd van de romp werd gescheurd; maar nu begroef ze haar tanden in zijn hals, waarmee ze hem een tweede litteken zou bezorgen als tegenhanger voor zijn vermaarde liefdesbeet, en waardoor zijn bloed tot ver over het gezelschap spoot, zodat al haar familieleden en vele van de vermomde gasten op arbeiders in een ritueel slachthuis begonnen te lijken. Talvar gilde als een speenvarken, en toen ze Sufiya Zinobia eindelijk van hem af wisten te sleuren had ze een stukje van zijn vlees en zijn huid tussen haar tanden. Naderhand, toen hij weer genezen was, zou hij zijn hoofd nooit meer naar links kunnen draaien. Sufiya Zinobia Hyder, de vleesgeworden schaamte van haar familie en thans eens te meer de voornaamste oorzaak daarvan, viel slap in de armen van haar verloofde. Omar Khayyam liet zowel aanvalster als slachtoffer onmiddellijk naar het ziekenhuis brengen, waar Talvar Ulhaq honderd en één uur lang in kritieke toestand bleef verkeren, terwijl Sufiya Zinobia slechts uit de trance waarin ze zichzelf had gebracht bleek te wekken door toepassing van meer hypnotische vaardigheid dan Omar ooit aan de dag had behoeven te leggen. Goed Nieuws Hyder bracht haar huwelijksnacht in een ziekenhuiswachtkamer door, ontroostbaar snikkend tegen de schouder van haar moeder.

'Dat monster,' weende ze bitter, 'je had haar bij de geboorte moeten laten verdrinken.'

Een kort overzicht van de gevolgen van het bruiloftsschandaal: de stijve nek van Talvar Ulhaq, die een einde maakte aan zijn carrière als polo-ster; het ontwaken van een vergevens- en verzoeningsgezinde geest in Raza Hyder, die er moeite mee had een man die bijna door zijn dochter was vermoord maatschappelijk te boycotten, zodat Talvar en Goed Nieuws ten slotte toch niet werden verdreven uit de schoot van de familie waar een vloek op rustte; en ook de versnelde aftakeling van Bilquìs Hyder, wier ontredderde toestand niet langer verborgen kon worden gehouden, niettegenstaande het feit dat ze in de jaren die volgden tot weinig meer dan een gerucht werd, aangezien Raza Hyder haar afzonderde in een soort onofficieel huisarrest.

Wat verder nog? Welnu, toen duidelijk werd dat Iskander Harappa's Volksfront bij de verkiezingen een eclatante zege zou behalen, ging Raza bij Isky op bezoek. Bilquìs bleef thuis met haar loshangende haren, en hief razend en tierend de armen ten hemel omdat haar echtgenoot, haar Raza, zich was gaan vernederen voor die vent met die dikke lippen die altijd zijn zin kreeg. Hyder deed zichzelf geweld aan en probeerde zich te verontschuldigen voor het bruiloftsfiasco, maar Iskander zei vrolijk: 'God nog toe, Raza, Haroun kan wel voor zichzelf zorgen, en wat die Talvar Ulhaq van je betreft, ik ben nogal onder de indruk van de slag die die kerel heeft weten te slaan. Ik zie wat in die vent, zeg ik je!' Niet lang na deze ontmoeting, toen de waanzin van de verkiezingen eenmaal achter de rug was en president Ruige Hond zich teruggetrokken had om verder als gewoon burger te leven, maakte premier Iskander Harappa Talvar Ulhaq tot het jongste hoofd van de politie in de geschiedenis van het land. Ook bevorderde hij Raza Hyder tot generaal, en gaf hij hem het opperbevel over het leger. De Hyders en de Harappa's verhuisden allemaal naar het noorden, naar de nieuwe hoofdstad in de bergen, en Isky zei tegen Rani: 'Van nu af aan heeft Raza geen andere keus dan mij trouw te blijven. Met alle schandalen die hem omringen weet hij dat hij zich gelukkig had mogen prijzen als ze hem zijn rang van officier hadden laten behouden als ik er niet was geweest.'

Haroun Harappa, wiens hart gebroken was door Goed Nieuws, stortte zich met al zijn energie op de partijwerkzaamheden die Iskander hem te doen gaf, en werd een belangrijke figuur in het Volksfront; en toen Arjumand hem op zekere dag haar liefde verklaarde, zei hij haar botweg: 'Ik kan er niets aan doen. Ik heb besloten nimmer te trouwen.' Toen de maagd met de ijzeren broek aldus een blauwtje liep bij de door Goed Nieuws afgedankte verloofde, riep dat bij die geduchte jonge vrouw een haat jegens alle Hyders wakker die ze nooit meer zou kwijtraken; de liefde die ze Haroun had willen schenken stortte ze in plaats daarvan nu als een soort ex-voto over haar vader uit. Voorzitter en dochter, Iskander en Arjumand: 'Zo nu en dan,' dacht Rani, 'lijkt zij eerder zijn vrouw dan ik.' Nog een andere, niet onder woorden gebrachte spanning in het Harappa-kamp was die tussen Haroun Harappa en Talvar Ulhaq, die genoodzaakt waren met elkaar samen te werken, en dat ook vele jaren lang deden zonder het ooit nodig te vinden ook maar een enkel gesproken woord met elkaar te wisselen.

De stille bruiloft van Omar Khayyam Shakil en Sufiya Zinobia vond tussen haakjes zonder verdere incidenten plaats. Maar hoe stond het nu met Sufiya Zinobia? Laat ik voor het ogenblik volstaan met te zeggen dat datgene wat opnieuw in haar ontwaakt was niet voorgoed weer insliep. Zoals we zullen zien zal haar transformatie van mejuffrouw Hyder tot mevrouw Shakil niet de laatste permanente verandering zijn...

En met Iskander, Rani, Arjumand, Haroun, Raza, Bilquìs, Dawood, Naveed, Talvar, Shahbanou, Sufiya Zinobia en Omar Khayyam verplaatst ons verhaal zich nu naar het noorden, naar de nieuwe hoofdstad in de eeuwenoude bergen en nadert zijn climax.

Er waren eens twee families, wier lotsbestemmingen zelfs door de dood niet van elkaar gescheiden konden worden. Voordat ik aan dit verhaal begon had ik gemeend hier met een bijna overdreven mannelijk verhaal te maken te hebben, met een sage van seksuele rivaliteit, eerzucht, macht, begunstiging, verraad, dood en wraak. Maar de vrouwen schijnen het heft in handen te hebben genomen; ze zijn vanaf de periferie van het verhaal naar het midden opgerukt om te eisen dat ook hun geschiedenissen en tragische zowel als komische belevenissen erin zullen worden opgenomen, mij er aldus toe nopend mijn verhaal in allerlei ingewikkelde bochten te kronkelen en de stralen van mijn 'mannelijke' opzet bij wijze van spreken gebroken te zien door de prisma's van zijn tegengestelde en vrouwelijke kant. Ik begin te beseffen dat de vrouwen al die tijd precies geweten hebben waar het hen om te doen was – dat hun verhalen die van de mannen verklaren en zelfs overschaduwen. Onderdrukking is een naadloos gewaad; een samenleving die in haar maatschappelijke en geslachtelijke gedragscodes autoritair is en haar vrouwen vermorzelt onder de ondraaglijke lasten van eer en fatsoen, roept daarmee tegelijk ook andere vormen van onderdrukking in het leven. Anders gezegd: dictators zijn altijd – of althans in het openbaar, namens andere lieden – puriteins. En zo blijken de 'mannelijke' en de 'vrouwelijke' opzet van mijn verhaal uiteindelijk toch een en hetzelfde verhaal te zijn.

Het zal hopelijk overbodig zijn te zeggen dat niet alle vrouwen door enig systeem vermorzeld worden, hoe onderdrukkend dit ook zijn mag. Van Pakistan wordt meestal, en naar mijn mening terecht, gezegd dat haar vrouwen veel indrukwekkender zijn dan haar mannen … de ketenen zijn niettemin geen fictie. Ze zijn werkelijkheid. En ze beginnen steeds zwaarder te worden. *Als je iets onderdrukt, onderdruk je tevens de omgeving ervan*. Maar uiteindelijk komt het onder je ogen tot een uitbarsting.

4 In de vijftiende eeuw

Op de voorgrond, zich aftekenend tegen de dageraad, staat Iskander Harappa, met de vinger wijzend naar de toekomst. Boven zijn patriciërsprofiel golft van rechts naar links in gouden lettertekens de boodschap: EEN NIEUWE MAN VOOR EEN NIEUWE EEUW. De vijftiende eeuw (mohammedaanse tijdrekening) komt over de horizon gluren en strekt lange schitterende vingers uit de vroege ochtendhemel in. In de tropen komt de zon snel op, en aan Isky's vinger glinstert een ring van macht, waarin die van de zon weerspiegelt ... overal kan men dat aanplakbiljet vinden, op de muren van moskeeën, begraafplaatsen en hoerenkasten, en de geest wordt erdoor besmet: Isky de tovenaar, die de zon vanuit de zwarte diepten van de zee omhoog tovert.

Wat wordt hier geboren? Een legende. Isky Harappa's opkomst en val; Isky wordt ter dood veroordeeld, de wereld is ontzet, zijn beul wordt bedolven onder telegrammen maar verheft zich daarboven en laat zich niet vermurwen, een beul die geen mededogen kent, maar wel wanhoop en angst. Vervolgens Isky dood en begraven; blinde mannen herkrijgen hun gezichtsvermogen aan zijn martelaarsgraf. En in de woestijn bloeien duizend bloemen op. Zes jaar aan de macht, twee jaar in de gevangenis, en een eeuwigheid onder de grond ... de zon gaat ook snel onder. Je kunt op de zanderige landtongen langs de kust staan kijken terwijl hij onderduikt in de zee.

Hoewel voorzitter Iskander Harappa dood is en van alle Pierre Cardin en geschiedenis ontdaan, blijft hij zijn schaduw werpen. Zijn stem murmelt in de innerlijke, verborgen oren van zijn vijanden: een welluidende, meedogenloze alleenspraak die als een worm aan hun hersens knaagt. Een ringvinger wijst van gene zijde van het graf, glinsterend van beschuldigingen. Iskander blijft de levenden achtervolgen; die prachtige, gouden stem, een stem die aan de zonnestralen van de morgenstond doet denken, blijft doorfluisteren, niet tot zwijgen gebracht, onstuitbaar. Arjumand is daar heilig van overtuigd. Nu, nadat de aanplakbiljetten van de muren zijn gescheurd en nadat de strop zich als de navelstreng van een baby om hem heen heeft gekronkeld en zo'n eerbied voor zijn persoon heeft getoond dat hij geen enkel merkteken op zijn hals heeft achtergelaten; nu zij, Arjumand, opgesloten zit in een andermaal geplunderd Mohenjo, samen met een moeder die eruitziet als een grootmoeder en de goddelijkheid van haar dode echtgenoot niet wil accepteren; nu herinnert de dochter zich alles en concentreert ze zich op ieder detail, zichzelf voorhoudend dat het tijdstip zal aanbreken waarop Iskander zijn rechtmatige plaats in de geschiedenis kan worden teruggegeven. Ze is de hoedster van zijn legende. Arjumand waart rond door de geschonden, ontluisterde gangen van het huis, leest goedkope liefdesromannetjes, eet niet veel meer dan een vogel en slikt laxeermiddelen, purgeert zichzelf om ruimte te maken voor de herinneringen. Die vullen haar, haar ingewanden, haar longen, haar neusgaten; ze is haar vaders grafschrift, en dat weet ze.

Terug naar het begin, dus. De verkiezingen die Iskander Harappa aan de macht brachten waren, dat moet gezegd, niet zo eerlijk als ik ze heb doen voorkomen. En hoe konden ze dat ook zijn, in dat land dat in twee zestienhonderd kilometer uit elkaar liggende vleugels was verdeeld, dat bizarre land dat wel iets van een vogel had, twee vleugels zonder een romp daartussen, van elkaar gescheiden door de landmassa van zijn grootste vijand, en slechts bijeengehouden door God... Ze herinnert zich weer die eerste dag, en de kolkende, rumoerige mensenmassa's rond de stemlokalen. O, de verwarring van mensen die te lang onder een militair bewind hebben geleefd, en die zelfs de eenvoudigste dingen omtrent de democratie vergeten hebben! Grote aantallen mannen en vrouwen werden meegesleurd en weggespoeld door de oceanen van verwarring en verzuimden, niet in staat stembussen of zelfs maar stembiljetten te vinden, hun stem uit te brengen. Anderen, sterkere zwemmers in die zeeën, slaagden erin hun voorkeur wel twaalf of dertien keer kenbaar te maken. Werkers van het Volksfront, ontsteld door het algemeen gebrek aan electorale waardigheid, deden heldhaftige pogingen om de situatie te redden. De weinige stedelijke kiesdistricten die verkiezingsresultaten inleverden die niet strookten met het in de westelijke vleugel geldende kiespatroon werden die avond bezocht door groepen geestdriftige partijleden, die de voorzitters van de stembureaus hielpen een nieuwe telling uit te voeren. Op deze manier werd een aanzienlijke mate van duidelijkheid verkregen. Buiten de stemlokalen die van het rechte pad waren afgeweken, verzamelden zich grote aantallen democratisch gezinde mensen, van wie velen brandende fakkels boven hun hoofd hielden in de hoop zodoende nieuw licht op de telling te werpen. In de straten was het zo licht als bij de dageraad, terwijl de massa's luide en ritmische spreekkoren aanhieven om de tellende voorzitters van de stembureaus aan te moedigen bij hun werk. En tegen het ochtendgloren had het volk zijn wil kenbaar gemaakt, en had voorzitter Isky een geweldige en absolute meerderheid van de zetels van de westelijke vleugel gewonnen in de nieuwe

Nationale Vergadering. *Nauwelijks gerechtigheid*, weet Arjumand zich te herinneren, *maar niettemin gerechtigheid*.

De werkelijke problemen waren echter ginds in dat moerassige broeinest, de oostelijke vleugel, begonnen. Bevolkt door wie eigenlijk? O, door van die wilden die zich eindeloos en onophoudelijk voortplantten, van die oerwoudkonijnen die nergens voor deugden behalve voor het verbouwen van hennep en rijst, lieden die elkaar met messen te lijf plachten te gaan en verraders kweekten op hun rijstvelden. De verraderlijkheid van de oostelijke helft werd hier weer eens bewezen, en wel door het feit dat het Volksfront er niet in slaagde daar ook maar een enkele zetel te veroveren, terwijl het rapalje van de Volksliga, een regionale partij van kleinburgerlijke ontevredenen onder leiding van dat bekende stuk onbenul sjeik Bismillah, een zo overweldigende zege behaalde dat die uiteindelijk meer zetels in het parlement bleek te hebben dan Harappa in de westelijke helft veroverd had. *Geef de mensen democratie en kijk eens wat ze ermee doen*. De westelijke helft verkeerde in een toestand van shock, en er was een luid gefladder en geklapper te horen van een vleugel die zich geconfronteerd zag met het afgrijselijke denkbeeld de regering in handen te moeten geven van die partij van moerasinboorlingen, die kleine donkere mannetjes met hun onuitspreekbare taal van verwrongen klinkers en ingeslikte medeklinkers; misschien niet direct buitenlanders, maar toch in ieder geval vreemdelingen. En dus had president Ruige Hond zich tot zijn oprecht verdriet genoodzaakt gezien een enorm leger te zenden om in de oostelijke vleugel een gevoel voor de juiste verhoudingen te herstellen.

Arjumands gedachten blijven niet stilstaan bij de oorlog die daarop gevolgd was, behalve dan om vast te stellen dat de natie van afgodendienaars die tussen de beide vleugels lag de oostelijke rotzakken natuurlijk met alle middelen had gesteund, en wel om voor de hand liggende redenen: verdeel en heers. Het was een verschrikkelijke oorlog geweest. In het westen waren olieraffinaderijen, vliegvelden en de woonhuizen van godvrezende burgers gebombardeerd door heidense explosieven. De uiteindelijke nederlaag van de westelijke strijdkrachten, die de omvorming van de oostelijke vleugel tot zelfstandige (om je rot te lachen) natie en internationale invalide ten gevolge had gehad, was bewerkstelligd door buitenstaanders, dat lag voor de hand: ja, door de stenenbeeldwassers en die verdomde yankees. De voorzitter had een bezoek aan de Verenigde Naties gebracht en die eunuchen uitgeveterd: 'Zolang ik leef krijgen jullie ons niet klein.' En hij was uit de Algemene Vergadering gestormd, fier, onstuimig en groots: 'In mijn land luistert men naar mij. Waarom zou ik dan nog langer in deze harem van als mannen verklede hoeren blijven?' – en was naar huis teruggekeerd om de teugels van de regering in handen te nemen in wat er nog van het land Gods over was. Sjeik Bismillah, de architect van de splitsing, was inmiddels staatshoofd van de oerwoudbewoners geworden. Een tijdje later, het was onvermijdelijk, waren die zijn paleis binnengezwermd en hadden hem en zijn familie vol gaten geschoten. Tja, een dergelijk gedrag kun je van zulke types verwachten.

De catastrofe: tijdens die hele oorlog hadden radiobulletins ieder uur de roemrijke overwinningen van de westelijke regimenten in het oosten beschreven. Op die laatste dag had de radio om elf uur 's ochtends nog het nieuwste en meest spectaculaire van die wapenfeiten aangekondigd, maar om twaalf uur kregen de luisteraars in korte bewoordingen het onmogelijke meegedeeld: onvoorwaardelijke capitulatie, vernedering, nederlaag. In de straten van de steden kwam het verkeer tot stilstand. Het middagmaal van de natie bleef ongekookt. In de dorpen vergat men ondanks de hitte het vee te voederen en de gewassen op het veld te besproeien. Bij zijn aantreden als premier beschreef voorzitter Iskander Harappa de nationale reactie op die verbluffende capitulatie terecht als een van gerechtvaardigde woede, aangewakkerd door schaamte. Wat voor rampspoed kon een leger zo bliksemsnel overvallen hebben? Welke ommekeer kon zo plotseling en zo volkomen zijn geweest dat een overwinning in een luttele zestig minuten in een nederlaag omsloeg? 'De verantwoordelijkheid voor dat fatale uur,' sprak Iskander, 'moet, dat kan niet anders, bij de top worden gezocht'. Binnen vijftien minuten na deze uitspraak werd het huis van ex-president Ruige Hond door politiemannen met honden omsingeld. Hij werd naar de gevangenis overgebracht om wegens oorlogsmisdaden terecht te staan, maar toen bood de voorzitter, daarmee andermaal de stemming weerspiegelend van een volk dat nederlagen zat was en vurig verlangde naar verzoening en een eind aan het geanalyseer van schaamte, Ruige Hond gratie aan als hij in ruil daarvoor huisarrest wilde aanvaarden. 'Jij bent onze vuile was,' zei Iskander tegen de onbekwame oude man, 'maar gelukkig voor jou heeft het volk er geen behoefte aan je murwgeslagen te zien worden op een blok steen.'

Er waren cynische lieden die zich schamper uitlieten over deze gratieverlening; dat spreekt vanzelf, want nihilisten zijn in alle naties te vinden. Deze elementen wezen erop dat Iskander Harappa de voornaamste begunstigde was geweest van de burgeroorlog die zijn land in tweeën had gescheurd, en ze verspreidden geruchten over zijn medeplichtigheid aan de hele treurige geschiedenis. 'Ruige Hond,' mompelden ze in hun sjofele vergaderlokalen, 'was immers altijd al Harappa's schoothondje; hij at uit Isky's hand.' Dergelijke negativistische elementen, hoe onaangenaam ook, horen nu eenmaal bij het leven, en de voorzitter had slechts minachting voor hen. Op een bijeenkomst die door twee miljoen mensen werd bijgewoond knoopte hij zijn overhemd los. 'Wat zou ik te verbergen hebben?' riep hij de massa toe. 'Ze zeggen dat ik er beter op geworden ben, maar ik heb niet minder dan de helft van mijn geliefde land verloren. Ik vraag u, is dat winst? Is dat voordeel? Is dat geluk? Landgenoten, jullie harten zijn getekend door verdriet; welnu, ziet, mijn hart vertoont dezelfde verwondingen als het uwe.' Iskander Harappa rukte zich het overhemd van het lijf en scheurde het doormidden, en ontblootte zijn haarloze borst voor de juichende, snikkende menigte. (De jonge Richard Burton heeft eens precies hetzelfde gedaan, in de film *Alexander de Grote*. De soldaten waren weg van Alexander omdat hij hun de littekens van zijn oorlogsverwondingen liet zien.)

Sommige mannen zijn zulke grootheden dat ze alleen door zichzelf ten val gebracht kunnen worden. Het verslagen leger had nieuwe leiding nodig; Isky stuurde de in diskrediet geraakte oude garde met vervroegd pensioen, en plaatste Raza Hyder aan het hoofd. 'Hij zal me trouw blijven want hij staat bij me in de schuld, en met zo'n gecompromitteerde leider kan het leger niet al te sterk worden.' Deze ene vergissing zou de ondergang blijken van de bekwaamste staatsman die ooit regeerde over dat land dat altijd zo bedroevend onfortuinlijk, zo rampspoedig was geweest in zijn staatshoofden.

Zijn vermogen om liefde bij de mensen op te wekken konden ze hem nooit vergeven. Op Mohenjo laat Arjumand, boordevol herinneringen, haar terugblikkende geest de bewaarde fragmenten van het verleden omzetten in het goud waaruit mythen bestaan. Tijdens de verkiezingscampagne was het vaak voorgekomen dat vrouwen naar hem toe waren gekomen en hem, pal onder de ogen van zijn vrouw en dochter, hun liefde hadden verklaard. In dorpen zaten grootmoeders op boomtakken, en wanneer hij voorbijkwam riepen ze naar beneden: 'O, jij daar, als ik toch eens dertig jaar jonger was!' Mannen schaamden zich er niet voor hem de voeten te kussen. Waarom ze van hem hielden? 'Ik vertegenwoordig de hoop,' zei Iskander tegen zijn dochter ... en liefde is een emotie die zichzelf in anderen herkent. De mensen zagen die in Isky, het was duidelijk dat hij er tot de rand toe mee gevuld was; hij liep ervan over en ze werden erdoor gelouterd. Waar die liefde vandaan kwam? Arjumand weet dat, en haar moeder eveneens. Het was een omgeleide stroom. Hij had een dam opgeworpen tussen de rivier en haar bestemming. Tussen hemzelf en Pinkie Aurangzeb.

In het begin had Arjumand fotografen gehuurd om heimelijk foto's van Pinkie te nemen: Pinkie in de bazaar met een geplukte kip, Pinkie in de tuin, leunend op een stok, Pinkie naakt onder de douche, als een lange, uitgedroogde dadel. Die foto's liet ze dan opzettelijk daar liggen waar de voorzitter ze zou zien. 'Moet je kijken … bij Allah, ze is pas vijftig, maar ze lijkt wel honderd, of zeventig op zijn minst, wat mankeert ze toch?' Op de foto's was het gezicht altijd pafferig, de benen vol spataderen en het haar onverzorgd, dun, en wit. 'Laat me dit soort foto's niet meer zien,' had Iskander tegen zijn dochter geschreeuwd (ze herinnert zich dat omdat hij bijna nooit zijn geduld met haar verloor), 'denk je soms dat ik niet weet wat ik haar heb aangedaan?'

Als een groot man je aanraakt verouder je te snel, je leeft te intens en brandt op. Iskander Harappa bezat het vermogen het verouderingsproces van de vrouwen in zijn leven te versnellen. Hoewel Pinkie pas vijftig was, viel er aan het houden van kalkoenen niet meer te denken, en was er zelfs van haar vroegere schoonheid niets meer te bespeuren. Ook Rani had geleden, maar niet zo ernstig doordat ze hem minder vaak gezien had. Ze had natuurlijk wel hoop gekoesterd, maar toen het duidelijk was geworden dat hij haar alleen maar nodig had om tijdens de verkiezingscampagne naast hem op podiums te staan, dat haar tijd voorbij was en niet meer zou terugkeren, was ze zonder drukte te maken naar Mohenjo teruggegaan om daar opnieuw de meesteres te worden van pauwen en gevleugeld wild, van badminton spelende concubines en lege bedden, niet zozeer een persoon als wel iets dat bij het landgoed hoorde, de goedaardige, vertrouwde geest ervan, vol barsten en spinnewebben net als het verouderende huis. En Arjumand zelf is altijd al versneld geweest, te vroeg rijp, voorlijk en met een messcherp verstand. 'Je liefde is ons te veel,' had ze wel eens tegen de voorzitter gezegd. 'We zijn straks allemaal vóór jou dood. Je voedt je met ons.'

Maar het zou anders lopen: ze zouden hem allemaal overleven. Zijn in andere banen geleide liefde (want hij zag Pinkie nooit meer, nooit nam hij een telefoon op of schreef hij haar een brief, noch kwam haar naam ooit over zijn lippen; hij zag die foto's en daarbij bleef het) werd uitgestort over het volk, totdat Hyder op een dag de bron afkneep.

Die liefde werd ook uitgestort over Arjumand, voor wie dit meer dan genoeg was. Ze verhuisde met hem mee naar de ambtswoning van de eerste minister in de nieuwe hoofdstad in het noorden, en een tijdlang bleef Rani haar schrijven om haar jongens aan de hand te doen, van wie ze zelfs foto's stuurde; maar Arjumand placht haar moeder de brieven en de foto's terug te zenden na ze eerst in snippers te hebben gescheurd. Na verscheidene jaren lang potentiële echtgenoten doormidden te hebben gescheurd wist de maagd met de ijzeren broek Rani's hoop eindelijk definitief de bodem in te slaan, en liet laatstgenoemde haar verder ongestoord haar gekozen weg vervolgen. Ze was drieëntwintig toen Isky premier werd, maar zag er ouder uit, en hoewel ze nog altijd veel mooier was dan goed voor haar was, begonnen haar vooruitzichten met het verstrijken van de tijd te tanen, totdat de voorraad aanbidders ten slotte was uitgeput. Arjumand en Haroun wisselden nooit meer een woord met elkaar. *Al lang geleden heeft hij mij doormidden gescheurd.*

Arjumand Harappa studeerde af in de rechten, werd actief in de groene revolutie, gooide *zamindars* uit hun paleizen, opende kerkers, leidde overvallen op de huizen van filmsterren en sneed met een lang tweesnijdend mes hun matrassen open, lachend wanneer het zwarte geld van tussen de spiraalveren naar buiten kwam stromen. In de rechtszaal vervolgde ze de vijanden van de staat met een felle nauwgezetheid die aan haar bijnaam een nieuwe en minder spottende betekenis gaf; op een keer kwam ze 's morgens op haar kantoor om te ontdekken dat een of andere grappenmaker gedurende de nacht had ingebroken en midden in het vertrek een geschenk had achtergelaten dat haar belachelijk moest maken: op het tapijt stond de onderste helft van een antiek, roestig harnas, waarvan de metalen benen satirisch in de houding waren gezet, met de hielen tegen elkaar. En over het holle middel gedrapeerd lag keurig een metalen gordel met een hangslot. Arjumand Harappa, de Maagd met de IJzeren Broek.

'Ze haten me,' huilde ze die avond op de vloer van haar vaders studeerkamer gezeten, met haar hoofd op zijn knie. Iskander greep haar beet en schudde haar door elkaar totdat haar verbazing de tranen deed opdrogen. 'Wie zijn het die je haten?' vroeg hij op gebiedende toon. 'Dat is alles wat je je behoeft af te vragen. Het zijn mijn vijanden die ook de jouwe zijn, en onze vijanden zijn de vijanden van het volk. Is het zo beschamend door die schoften te worden gehaat?' Toen had ze begrepen hoe liefde haat kan opwekken. 'Ik ben bezig dit land op te bouwen,' had Iskander zachtjes tegen haar gezegd, 'zoals een man een huwelijk opbouwt. Met kracht zowel als liefdevolle zorg. Als je van plan bent me daarbij te helpen zul je geen tijd voor tranen hebben.' Ze had haar ogen afgeveegd en gegrinnikt. 'Polygamist die je bent,' had ze gezegd terwijl ze hem een por tegen zijn been gaf, 'wat ben je in je hart toch eigenlijk een ouderwetse, behoudende vent! Alles wat je wilt is huwelijken en concubines. Je bent helemaal niet modern.'

'Meneer Harappa,' vraagt de Engelse televisieverslaggever tijdens zijn vraaggesprek, 'vele commentators zouden zeggen, velen zijn de mening toegedaan, in sommige sectoren van de publieke opinie houdt men vol, uw tegenstanders beweren, wat zou u zeggen in antwoord op de suggestie, dat volgens sommige maatstaven, vanuit een bepaald gezichtspunt bezien, uw manier van regeren in zekere zin beschreven zou kunnen worden als zijnde wellicht, tot op zekere hoogte…'

'Ik merk dat ze nu al kinderen sturen om me te interviewen,' valt Isky hem in de rede. De verslaggever is inmiddels het zweet uitgebroken. Buiten beeld, maar Arjumand herinnert het zich nog goed.

'…patricisch,' voltooit hij, 'of autocratisch, of onverdraagzaam, of tiranniek?'

Iskander Harappa glimlacht, leunt achterover in zijn Louis-Quinzestoel en nipt *roohafza* uit een tumbler van geslepen glas. 'Je zou kunnen zeggen,' antwoordt hij, 'dat ik geen idioten om me heen duld. Maar zoals u ziet duld ik ze wel degelijk.'

Op Mohenjo zit Arjumand haar vaders videobanden opnieuw af te draaien. Afgedraaid in hetzelfde vertrek waarin het opgenomen werd, voelt ze zich overweldigd door dit gesprek, door deze elektronische wederopstanding door middel van afstandbediening. Inderdaad, hij duldde ze. Zijn naam stond in glanzend gouden letters in de geschiedenis gegrift; waarom zou hij zich dan inlaten met kerels van geringer kaliber? En daar staan ze op de band, want van zo'n westerse journalist kun je verwachten dat hij in de gierput gaat wroeten, en het schuim bij handenvol naar boven haalt. Hij heeft me gemarteld, janken ze, of: hij heeft me ontslagen, of: hij heeft me in de gevangenis gegooid, of: ik heb moeten vluchten om mijn leven te redden. Dat wordt als een goede reportage beschouwd: stel onze leiders voor als primitieve barbaren, als halve wilden, zelfs wanneer ze in het buitenland hebben gestudeerd en keurige, dure pakken dragen. Ja, altijd weer de ontevredenen in het beeld, dat is het enige waar ze belangstelling voor hebben.

Van tegenwerpingen en gedebatteer moest hij nooit veel hebben. Men had te doen wat hij beval en wel meteen, anders vloog je zo de laan uit. En zo hoorde het ook. Want kijk eens naar het soort mensen met wie hij moest werken – zelfs zijn ministers. Het waren stuk voor stuk overlopers, zakkenvullers, verraders en opportunisten. Hij had geen van die figuren vertrouwd, en dus had hij de Federale Veiligheidsdienst opgericht, met Talvar Ulhaq aan het hoofd. 'Informatie betekent licht,' had voorzitter Iskander Harappa altijd gezegd.

Door zijn helderziendheid werd Talvar Ulhaq in staat gesteld uitgebreide dossiers samen te stellen over wie bezig was wie te chanteren, over samenzweringen, belastingontduiking, gevaarlijke uitlatingen tijdens diners, studentenbewegingen, homoseksualiteit en de wortels van verraad. Zijn helderziendheid maakte het hem mogelijk een toekomstige verrader te arresteren voordat hij zijn verraderlijke daad pleegde, en de vent zodoende het leven te redden. De negativistische elementen ageerden tegen de FVD en zouden dat grote, louterende licht hebben willen doven, dus belandden ze prompt in de gevangenis, wat de beste plaats was voor ontevredenen. Als je midden in een periode van nationale vernieuwing zat kon je met zulke types geen geduld hebben. 'Als natie hebben we bepaald een geniaal talent voor zelfvernietiging,' had Iskander eens tegen Arjumand gezegd. 'We knabbelen aan onszelf, we eten onze kinderen op en we sleuren iedereen omlaag die omhoog klimt. Maar ik blijf beweren dat we het overleven.'

'Niemand kan me ten val brengen,' zegt Isky's geest tegen het elektronische schaduwbeeld van de Engelse verslaggever, 'de rijke stinkerds niet, de Amerikanen niet, zelfs jullie niet. Wie ik dan wel ben? Ik ben de belichaming van de liefde van het volk.'

De massa's tegen de klassen, die eeuwenoude tegenstelling. Wie er van hem hadden gehouden? 'Het volk', 'de mensen', die niet zomaar romantische abstracties zijn, maar slim genoeg om te weten waarmee hun voordeel het best gediend is. Wie er van hem hadden gehouden? Pinkie Aurangzeb, Rani Harappa, Arjumand, Talvar, Haroun. Welk een verdeeldheid had er tussen dit vijftal geheerst! Tussen echtgenote en maîtresse, moeder en dochter, versmade Arjumand en versmadende Haroun, afgedankte Haroun en overrompelende Talvar … misschien, mijmert Arjumand, is zijn val onze schuld geweest. Tussen onze verdeelde gelederen door hebben zij kans gezien door te stoten met de regimenten van zijn nederlaag.

Zij. Rijke stinkerds, smokkelaars, priesters. Society-figuren die zich zijn losbandige jeugd herinnerden en het niet konden verkroppen dat er uit die cocon van liederlijkheid een groot man te voorschijn was gekomen. Fabriekseigenaars die altijd veel meer aandacht hadden besteed aan het onderhoud van hun geïmporteerde weefgetouwen dan aan dat van hun arbeiders, en die door hem, de voorzitter, gedwongen waren het ondenkbare te accepteren, dat wil zeggen: vakbonden. Woekeraars, zwendelaars, banken. De Amerikaanse ambassadeur.

Ambassadeurs: in zijn zes jaar had hij er negen versleten. Bovendien vijf Engelse en drie Russische gezanten. Arjumand en Iskander plachten er weddenschappen op af te sluiten hoe lang iedere nieuweling aanblijven zou; en vervolgens placht hij, zo blij als een kind met een nieuwe hoepel en stok, aan de slag te gaan om hun het leven tot een hel te maken. Hij liet hen wekenlang op audiënties wachten, viel hen midden in een zin in de rede en weigerde hun jachtvergunningen. Hij nodigde hen uit voor banketten waarbij de Russische ambassadeur vogelnestjessoep en pekingeend geserveerd kreeg, terwijl de Amerikaan borsjt en blini's kreeg voorgezet. Hij vertikte het met hun vrouwen te flirten. Bij de Britse ambassadeur wendde hij voor een boerenkinkel te zijn die nog pas kort geleden zijn dorp verlaten had, terwijl hij bij de Amerikaanse gezant het tegenovergestelde deed en de man aansprak in onbegrijpelijk bloemrijk Frans. De ambassades hadden voortdurend last van het uitvallen van de elektriciteit. Ook placht Isky hun diplomatieke postzakken te openen en persoonlijk schandelijke opmerkingen aan de rapporten van de ambassadeurs toe te voegen, zodat een bepaalde Rus werd teruggeroepen om zekere ongebruikelijke theorieën van hem te verklaren met betrekking tot de afstamming van diverse vooraanstaande figuren in het politbureau; de man keerde nooit meer terug. In de rubriek van de Amerikaanse columnist Jack Anderson werd op een gegeven ogenblik geciteerd uit een uitgelekt document waarin de Amerikaanse afgezant aan Iskanders hof blijkbaar bekend had zich seksueel sterk aangetrokken te voelen tot minister van Buitenlandse Zaken Kissinger. Dat was het einde van die ambassadeur geweest. 'Het duurde even voordat ik er slag van begon te krijgen,' had Iskander op een keer tegenover Arjumand toegegeven, 'maar toen ik het onder de knie had, deden die kerels 's nachts geen oog meer dicht.'

Ook had hij hun telefoons laten aftappen, waarna de Russische ambassadeur het leven zuur gemaakt werd door het eindeloos afdraaien van *Hail to the Chief* telkens wanneer hij de hoorn van de haak nam, terwijl de Amerikaan onthaald werd op de complete, onverkorte gedachten van voorzitter Mao. Hij wist een reeks beeldschone jonge jongens de slaapkamer van de Britse ambassadeur binnen te smokkelen, tot grote consternatie, om niet te zeggen verrukking, van diens echtgenote, die er voortaan een gewoonte van maakte zich 's avonds al heel vroeg terug te trekken naar haar kamer, je wist maar nooit. Hij zette zowel culturele als agriculturele attachés het land uit. Hij ontbood de ambassadeurs om drie uur in de ochtend op zijn kantoor en schreeuwde dan tot het licht begon te worden tegen hen, waarbij hij hen ervan beschuldigde samen te zweren met godsdienstige fanatici en ontevreden textielmagnaten. Hij liet hun afvoer verstoppen en hun binnenkomende post censureren, waarbij hij van de Engelsen de bladen op het gebied van de paardenrensport waarop ze geabonneerd waren liet confisqueren, van de Russen hun nummers van *Playboy*, en van de Amerikanen al het andere. De laatste van de negen Amerikanen hield het maar acht weken vol; hij stierf aan een hartaanval, twee dagen voor de staatsgreep die Isky zou onttronen en een eind aan het spelletje zou maken. 'Als ik lang genoeg aan de macht blijf,' zei de voorzitter peinzend, 'kan ik misschien wel het hele internationale diplomatieke netwerk vernietigen. Voordat mijn fut op is, zijn zij door al hun ambassadeurs heen.'

In de vijftiende eeuw kwam er een groot man aan de macht. Zeker, hij leek almachtig, hij kon spotten met de afgezanten van de grote mogendheden; hij zei: *kijk, hier ben ik, jullie kunnen me niets maken.* De onsterfelijke, onkwetsbare Harappa. Hij gaf het volk trots... De tiende Amerikaanse ambassadeur arriveerde na Iskanders arrestatie, met een uitdrukking van gelukzalige opluchting op zijn gezicht. Toen hij Raza Hyder zijn geloofsbrieven overhandigde mompelde hij zachtjes: 'Neemt u me niet kwalijk, meneer, maar ik hoop dat u niet het gevoel voor humor van uw voorganger bezit.'

'De kwestie van nationale stabiliteit,' antwoordde Hyder daarop, 'is geen grapje.'

Eens, toen Arjumand haar vader had bezocht in zijn gevangeniscel, had Iskander, hoewel hij geknakt en uitgeteerd was en aan dysenterie leed, een glimlach weten te forceren. 'Die tiende schoft moet een walgelijke vent zijn, heb ik gehoord,' bracht hij moeizaam uit. 'Ik wou maar dat ik het tot een getal van twee cijfers had kunnen brengen.'

In de vijftiende eeuw ... maar alle aanplakbiljetten ten spijt had de eeuwwisseling niet in het jaar van zijn troonsbestijging plaatsgevonden. Dat kwam later pas. Maar zo groot was de indruk geweest die zijn komst had achtergelaten dat toen de feitelijke overgang van dertiennegenennegentig naar veertienhonderd eindelijk plaatsvond, die als een anticlimax kwam. *Zijn grootheid had de Tijd zelf overschaduwd.* EEN NIEUWE MAN VOOR EEN NIEUWE EEUW ... ja, hij had haar ingeluid, en wel vóór haar Tijd. Maar ze leverde hem een gemene streek. De Tijd nam wraak: ze knoopte hem op.

Ze hingen hem midden in de nacht op, sneden hem los, wikkelden hem in lakens en gaven hem aan Talvar Ulhaq, die hem aan boord van een vliegtuig bracht en hem naar Mohenjo vloog, waar twee vrouwen wachtten onder bewaking. Toen het lijk uitgeladen was weigerden de piloot en de bemanning van de Fokker Friendship de machine te verlaten. Het toestel bleef aan het begin van de startbaan van Mohenjo op Talvar staan wachten en verspreidde een aura van nervositeit, alsof het onverdraaglijk was ook maar een ogenblik langer in dat oord te moeten blijven dan nodig was. Rani en Arjumand werden met een stafwagen naar Sikandra gereden, dat afgelegen gebied van Mohenjo waar de Harappa's van oudsher altijd werden begraven. En daar zagen ze te midden van de marmeren overkoepelingen van de graftomben een vers, diep gat. Talvar Ulhaq stond in de houding naast het in wit laken gewikkelde lijk. Rani Harappa, wier haar nu zo wit was dat ze op de geest van Pinkie Aurangzeb leek, huilde niet. 'Hij is het dus,' zei ze. Talvar boog stijfjes als een knipmes. 'Bewijs het,' zei Rani Harappa.

'Toon me het gezicht van mijn man.'

'U kunt het u beter besparen,' antwoordde Talvar. 'Hij is opgehangen.'

'Zwijg,' zei Rani. 'Trek het laken weg.'

'Het spijt me ten zeerste,' zei Talvar terwijl hij opnieuw boog, 'maar ik heb orders.'

'Wat voor orders?' zei Rani zonder haar stem te verheffen. 'Wie zou mij zoiets kunnen ontzeggen?' Maar Talvar zei opnieuw: 'Het spijt me oprecht,' terwijl hij zijn verradersogen neersloeg. Talvar en Raza, politieman en soldaat: Isky's getrouwen.

'Dan is er iets met het lijk aan de hand,' zei Rani, en Talvar verstrakte. 'Uw man is dood,' snauwde hij, 'wat kan er nu nog met hem aan de hand zijn?'

'Laat mij hem dan kussen door het laken heen,' fluisterde Rani, terwijl ze zich over de in lakens gewikkelde gedaante heen boog. Talvar probeerde niet haar tegen te houden, totdat hij besefte wat ze van plan was, maar toen hadden haar nagels al een groot gat in het laken gescheurd, en daar, met open ogen naar haar omhoog starend, was Iskanders asgrauwe gezicht.

'Jullie hebben ze niet eens gesloten,' sprak Arjumand nu voor het eerst. Maar haar moeder verviel tot zwijgen en bleef strak naar die vlezige lippen en dat zilvergrijze haar staren, totdat ze haar wegtrokken... 'Ga jullie gang maar,' zei Rani toen, 'en begraaf het bewijs van jullie schande. Ik heb het gezien.' De zon sprong op boven de kim, toen ze Iskander lieten zakken.

'Wanneer je iemand ophangt,' zei Rani Harappa afwezig terwijl ze terugreden, 'puilen de ogen uit. Het gezicht wordt blauw. De tong steekt naar buiten.'

'In godsnaam, Amma.' 'De ingewanden laten alles lopen, maar het zou kunnen dat ze dat hebben opgeruimd en schoongemaakt. Ik rook ontsmettingsmidel.'

'Ik wil dit niet langer aanhoren.'

'Misschien hebben ze ook wat aan het gezicht gedaan. Ze hebben mensen die dat soort dingen kunnen, dan snijden ze bijvoorbeeld de tong af zodat de mond gesloten kan worden. Misschien hebben ze ook grimeurs gebruikt.'

Arjumand Harappa drukte haar handen tegen haar oren.

'Maar één ding is niet weg te werken. Op de hals van een gehangene laat het touw een spoor achter. Aan Iskanders hals was niets te zien.'

'Dit is walgelijk,' zei Arjumand. 'Ik word er misselijk van.'

'Snap je het dan niet?' schreeuwde Rani Harappa nu tegen haar. 'Als het touw hem niet getekend heeft, dan kan het alleen maar zijn omdat hij al dood was. Ben je te stom om het te begrijpen? *Ze hebben een lijk opgehangen.*'

Arjumands handen vielen in haar schoot. 'O, mijn God.' De ongetekende hals: het visitekaartje van de dood ontbrak. Ten prooi aan een plotselinge onredelijkheid riep Arjumand uit: 'Waarom praat je zo alwetend, Amma? Wat weet jij van ophangingen en dat soort dingen af?'

'Je bent zeker vergeten,' zei Rani op minzame toon, 'dat ik Kleine Mir gezien heb.'

Die dag probeerde Rani Harappa voor de laatste maal haar oude vriendin Bilquìs aan de telefoon te krijgen.

'Het spijt me,' zei een stem, 'maar begum Hyder kan niet aan het toestel komen.'

'Dan is het dus waar,' dacht Rani. 'Arme Bilquìs. Haar heeft hij ook al opgesloten.'

Rani en Arjumand bleven precies zes jaar lang onder huisarrest: twee jaar vóór de terechtstelling van Iskander Harappa, en vier jaar erna. Gedurende al die tijd slaagden ze er in het geheel niet in nader tot elkaar te komen, hetgeen te wijten was aan het feit dat hun herinneringen te zeer uiteenliepen. Maar het enige dat ze wel met elkaar gemeen hadden, was dat Iskanders dood door geen van beiden ooit beweend werd. De aanwezigheid op Mohenjo van een kleine heuvelrug van legertenten, als door een aardbeving opgeworpen op diezelfde binnenplaats waarop Raza Hyder zichzelf eens aan een staak in de grond had vastgebonden, hield hun ogen droog. Dat is te zeggen, ze woonden op wederrechtelijk toegeëigende grond, in bezet gebied, en ze waren vastbesloten hun tranen voor de indringers te verbergen. Het hoofd van hun gevangenbewaarders, een zekere kapitein Ijazz, een jonge kogelronde vent met kortgeknipt borstelig haar en een hardnekkig dons op zijn bovenlip dat koppig weigerde tot een snor uit te groeien, probeerde aanvankelijk hen zover te krijgen. 'God mag weten wat voor vrouwen jullie rijke snollen zijn,' zei hij schouderophalend. 'Je man is dood, maar je laat geen traan op zijn graf.' Rani Harappa liet zich niet provoceren. 'Je hebt gelijk,' antwoordde ze. 'God weet het inderdaad. En ook van jonge mannen in uniform weet Hij alles af. Koperen knopen kunnen niets voor Hem verborgen houden.'

Gedurende die jaren, doorgebracht onder de argwanende ogen van soldaten en in de kille wind van haar dochters eenzame afzondering bleef Rani Harappa wollen sjaals borduren. 'Door huisarrest verandert er eigenlijk maar heel weinig, als je het mij vraagt,' zei ze heel in het begin op een keer tegen kapitein Ijazz. 'Het betekent alleen maar nieuwe gezichten om je heen waartegen je af en toe eens een paar woorden kunt zeggen.'

'Als je je maar niet verbeeldt dat ik je vriend ben,' schreeuwde Ijazz, terwijl hem het zweet uitbrak op zijn donzige bovenlip. 'Als we die schoft eenmaal gedood hebben confisqueren we dit huis. Al dat goud en zilver, en al die smerige schilderijen van naakte vrouwen en van mannen die half paard zijn – het moet allemaal weg.'

'Begin dan maar met de schilderijen in mijn slaapkamer,' ried Rani hem aan. 'Die zijn het meeste geld waard. En laat me weten als je soms hulp nodig mocht hebben om het echte zilver van het pleetwerk te scheiden.'

Kapitein Ijazz was nog geen negentien jaar oud toen hij naar Mohenjo werd overgeplaatst, en in de verwarring van zijn jeugd werd hij heftig heen en weer geslingerd tussen de uitersten van een gesnoef dat ontsproot aan zijn verlegenheid over het feit dat men hem gezonden had om over zulke beroemde dames te waken, en de onbeholpen, houterige schroom van zijn jaren. Toen Rani Harappa dan ook aanbood hem te helpen bij het plunderen van Mohenjo deed de vuurslag van zijn schaamte het tondel van zijn trots ontbranden en gelastte hij zijn mannen allerlei kostbaarheden op te stapelen voor de veranda waarop ze met onbewogen gezicht aan een sjaal zat te werken. Babar Shakil had tijdens zijn korte jeugd al eens een stapel relikwieën in brand gestoken; kapitein Ijazz, die nooit van die jongeling die een engel werd had gehoord, stak die brandstapel opnieuw aan op Mohenjo: die brandstapel waarop mannen datgene plegen te verbranden wat hen omtrent het verleden bedrukt. En gedurende die heel vurige dag wees Rani Harappa de vernielende soldaten de weg, en zorgde ervoor dat de kostelijkste meubelstukken en de fraaiste kunstwerken hun weg naar het laaiende vuur vonden.

Twee dagen later kwam Ijazz naar Rani toe, die zoals gewoonlijk in haar schommelstoel zat, en bood op lompe wijze zijn excuses aan voor het feit dat hij zich zo te buiten gegaan was. 'Nee, het was een goed idee,' antwoordde ze, 'ik hield toch al niet van die oude rommel; maar Isky zou woedend geworden zijn als ik geprobeerd had de boel weg te doen.' Na deze vurige plundering van Mohenjo begon Ijazz Rani Harappa met eerbied te behandelen, en tegen het eind van die zes jaar was hij haar als een moeder gaan beschouwen, want hij was onder haar ogen opgegroeid. Aangezien een normaal leven en de kameraadschap van de kazerne hem ontzegd waren, stortte hij zijn hart uit bij Rani en vertelde haar al zijn half gevormde dromen over vrouwen en over een kleine boerderij in het noorden.

'Het is mijn lot,' dacht Rani, 'door mensen voor hun moeder te worden aangezien.' Ze herinnerde zich dat zelfs Iskander tegen het eind die vergissing was gaan maken. De laatste keer dat hij Mohenjo had bezocht had hij zich gebukt en haar voeten gekust.

De twee vrouwen namen, elk op haar eigen manier, wraak op hun cipier. Rani dwong hem van haar te gaan houden, met als gevolg dat hij zichzelf ging haten; maar Arjumand begon te doen wat ze nog nooit van haar leven had gedaan: ze begon zich verleidelijk te kleden. De maagd met de ijzeren broek wiegde met haar heupen, draaide met haar achterste en lonkte naar al de soldaten, maar het meest van al naar kapitein Ijazz met zijn perzikehuid. De gevolgen van dit gedrag waren dramatisch te noemen. In de kleine zeildoeken Himalaja van legertenten kwam het tot handgemeen; er sneuvelden tanden en soldaten verwondden hun kameraden met messteken. Ijazz zelf kon het wel uitgillen, want hij was in de greep van een zinnelijke begeerte die zo hevig was dat hij dacht als een ballon vol gekleurd water uiteen te zullen spatten. Op een middag, toen haar moeder sliep, dreef hij Arjumand in een hoek. 'Denk je soms dat ik niet weet wat je probeert te doen?' waarschuwde hij haar. 'Jullie stinkend rijke hoeren denken dat jullie alles kunt doen. In mijn dorp zou een meisje gestenigd zijn als ze zich zo gedragen had als jij, zo goedkoop, je begrijpt wel wat ik bedoel.'

'Nou, laat me dan stenigen,' antwoordde Arjumand vinnig. 'Ik daag je uit.'

Een maand later sprak Ijazz haar opnieuw aan. 'De mannen willen je verkrachten,' schreeuwde hij machteloos, 'het staat op hun gezichten te lezen. Waarom zou ik hen tegenhouden? Ik zou het eigenlijk moeten goedvinden; je hebt je deze schande zelf op de hals gehaald.'

'Laat ze maar komen, mij best hoor,' antwoordde Arjumand, 'maar jij moet de eerste zijn.'

'Lichtekooi,' schold hij haar in zijn machteloosheid uit, 'weet je dan niet dat je helemaal in onze macht bent? Het kan niemand ook maar een paisa schelen wat er met je gebeurt.'

'Dat weet ik,' zei ze.

Tegen het eind van de periode van huisarrest, toen Arjumand kapitein Ijazz in de gevangenis liet werpen en langzaam dood liet martelen, was hij vierentwintig jaar oud; maar zijn haar was, evenals dat van wijlen Iskander Harappa, voortijdig sneeuwwit geworden. Toen ze hem naar de folterkamers brachten sprak hij nog precies vijf woorden voordat hij begon te gillen: 'Niets nieuws onder de zon!'

Rani Harappa voltooide, al schommelend op haar veranda, in die zes jaar in totaal achttien sjaals, de kostelijkste werkstukken die ze ooit vervaardigd had; maar in plaats van haar werk trots aan haar dochter of aan de soldaten te tonen, borg ze elke sjaal zodra die klaar was meteen weg in een zwarte metalen koffer vol naftaballetjes, waarna ze hem weer stevig op slot deed. De sleutel van deze koffer was de enige die men haar had laten behouden. Alle andere sleutels werden door kapitein Ijazz bewaard aan een grote ring die aan zijn koppelriem hing, wat Rani deed denken aan Bilquìs Hyder, die Bilquìs die onder invloed van de namiddagwind dwangmatig alle deuren op slot deed. *Arme Bilquìs*. Zij, Rani, miste hun telefoongesprekken. De door mannen gepleegde daden had die schakel tussen de vrouwen verbroken, die voedende navelstreng waardoor, ongezien en op verschillende tijdstippen, opbeurende boodschappen waren doorgegeven, eerst in de ene richting en later in de andere.

Niets aan te doen. Flegmatiek werkte Rani verder aan haar volmaakte sjaal. In het begin had kapitein Ijazz geprobeerd haar naalden en draad te ontzeggen, maar daar had ze hem gauw genoeg van afgebracht door hem beschaamd te maken. 'Denk maar niet dat ik me om jou dood zal steken, jongen,' zei ze tegen hem. 'Of denk je soms dat ik me zal ophangen in een strop van borduurwol?' De verheven kalmte van Iskanders echtgenote (dit was vóór zijn dood) won het. Ijazz stemde er zelfs in toe rekwisities uit te schrijven en uit de militaire voorraden van de kwartiermeester knotten wol te laten komen in de door haar opgegeven kleuren en dikten; en toen begon ze weer te spinnen en sjaals te weven, als zachte akkers waarop ze vervolgens de kleurige en magische gewassen van haar tovenaarskunst deed groeien.

Achttien sjaals, weggesloten in een koffer: ook Rani was bezig herinneringen te doen voortleven. Als martelaar, als halfgod leefde Harappa voort in de gedachten van zijn dochter, maar geen twee stel herinneringen zijn ooit gelijk, zelfs niet wanneer ze betrekking hebben op hetzelfde onderwerp... Nooit liet Rani iemand haar werk zien, totdat ze, jaren later, Arjumand de koffer bij wijze van geschenk opstuurde. Niemand keek ooit over haar schouder terwijl ze werkte. Het interesseerde noch de soldaten noch de dochter wat mevrouw Harappa deed om de tijd te verdrijven.

Een grafschrift in wol. De achttien sjaals der herinnering. Iedere kunstenares heeft het recht haar schepping een naam te geven, en Rani zou een stuk papier in de koffer leggen alvorens hem weg te sturen naar haar inmiddels weer machtig geworden dochter. Op dat stuk papier zou ze de naam schrijven die ze gekozen had: 'De schaamteloosheid van Iskander de Grote.' En ze zou daaraan een verrassende handtekening toevoegen: *Rani Humayun*. Haar eigen naam, weer opgediept uit de motteballen van het verleden.

Wat er door die achttien sjaals werd uitgebeeld?

Weggeborgen in hun koffer zeiden ze onuitsprekelijke dingen die niemand wenste te horen: de badminton-sjaal, waarop, tegen een limoengroene achtergrond en binnen een smaakvol kader van elkaar gedeeltelijk bedekkende rackets, shuttles en met kant afgezette onderbroekjes, de grote man ontkleed op de grond lag terwijl overal om hem heen de concubines met hun roze huidskleur dartelden en de sporttenues hen luchtig van het lichaam vielen; hoe briljant waren de plooien van de op de wind wegfladderende kledingstukken uitgebeeld, en hoe subtiel was de natuurgetrouwe weergave van licht en schaduw! De vrouwelijke figuurtjes schenen de belemmeringen van witte bloesjes, beha's en tennisschoenen niet te kunnen verdragen, ze wierpen ze af, terwijl Isky, lui op zijn linkerzij liggend en steunend op een elleboog, zich door hen liet verwennen. *Ja, ik weet het, je hebt een heilige van hem gemaakt, mijn dochter. Jij slikte alles wat hij beweerde: zijn abstinentie, zijn celibaat als van een Oosterse paus, maar hij kon er niet lang buiten, die genotzuchtige man die zich voordeed als een dienaar van de Plicht, die aristocraat die op zijn droit du seigneur stond; geen man was beter in het verbergen van zijn zonden dan hij, maar ik kende hem, voor mij kon hij niets verborgen houden; ik zag de blanke meisjes in het dorp opzwellen en knappen, en ik wist van de kleine maar regelmatige geschenken die hij hun zond, want Harappa-kinderen mochten geen honger lijden, en na zijn val wendden ze zich tot mij;* en de sjaal van de klappen, waarop Iskander wel duizendmaal de hand ophief, tegen ministers, tegen ambassadeurs, tegen gesticulerende en betogende godgeleerden, tegen fabriekseigenaars, bedienden en vrienden, het leek wel alsof iedere klap die hij ooit had uitgedeeld erop afgebeeld stond; *en hoe vaak heeft hij dat niet gedaan, Arjumand, alleen jou niet, jou zou hij nooit geslagen hebben, en dus wil je het niet geloven, maar als je kijkt zul je op de wangen van zijn tijdgenoten de onuitwisbare blosjes zien die zijn handpalm daarop heeft achtergelaten;* en de sjaal van de schoppen, waarop Iskander tegen zitvlakken trapte en zodoende bij de eigenaars daarvan andere gevoelens opwekte dan gevoelens van liefde; en de sjaal van het sissend gefluister, waarop je Iskander in zijn roemruchte kantoor kon zien zitten, waarvan zelfs het kleinste detail klopte, zodat je dat ontzagwekkende vertrek, die ruimte van spits toelopende betonnen booggewelven bijna ruiken kon, waar zijn eigen Gedachten ingelijst aan de wand hingen en de pennen als zwarte bergtoppen in hun houders op zijn schrijftafel stonden, zelfs de witte sterretjes erop had haar naald nauwgezet aangegeven; die kamer van schaduwen van macht, geen enkele schaduw was leeg: in elk duister hoekje glinsterden ogen, flitsten rode tongetje en suizelde gefluister van zilverdraad over het weefsel: Iskander en zijn spionnen, de opperspion in het hart van dat web van luisteraars en fluisteraars; ze had de zilveren draden van dat web geborduurd, straalsgewijs uitlopend vanuit zijn gezicht, in zilverdraad had ze de spinachtige verschrikkingen onthuld van die tijd toen mannen tegen hun zoons hadden gelogen en verongelijkte vrouwen slechts tegen de wind hadden behoeven te mompelen om een vreselijke wraak op de hoofden van hun minnaars te doen neerdalen. *Jij hebt dat nooit gekend, Arjumand, dat je je angstig afvroeg hoeveel hij wist;* en de sjaal van de folteringen, waarop ze de stinkende gewelddadigheid had geborduurd van zijn gevangenissen: geblinddoekte gevangenen die op stoelen zaten vastgebonden terwijl bewakers emmers water over hen heen gooiden dat nu eens kokendheet (draadjes, oprijzend als stoom) was en dan weer ijskoud, totdat de lichamen van de slachtoffers ten slotte van slag raakten en koud water brandplekken op hun huid deed opkomen (striemen van rood borduursel, die zich als littekens op de sjaal verhieven; en de witte sjaal, wit op wit geborduurd, zodat ze haar geheimen slechts onthulde aan uiterst nauwlettende, half dichtgeknepen ogen; er stonden politiemannen op afgebeeld, want hij had hun nieuwe uniformen gegeven, wit van top tot teen: witte helmen met zilveren punten erop, witleren holsters en hoge witte laarzen die tot aan de knie reikten; politiemannen die discotheken hadden waar de alcoholische dranken vrijelijk vloeiden, witte flessen met witte etiketten, witte poeders die opgesnoven werden van de ruggen van witte handschoenen, *hij deed een oogje dicht, begrijp je, want hij wilde de politie sterk en het leger zwak hebben en hij werd gefascineerd en verblind door alles wat wit was, dochter;* en de sjaal van de vloeken, waarop Iskanders mond zo wijd opengaapte als de Hel zelf en de vloeken vertegenwoordigd waren door afzichtelijke beesten die over zijn lippen kropen: vermiljoene kakkerlakken, karmozijnen hagedissen, turkooizen bloedzuigers, okerkleurige schorpioenen, indigo spinnen en witte ratten; *want ook daarmee is hij nooit opgehouden, Arjumand, wat waren je oren toch selectief;* en de sjaals van internationale schande, Isky zich in het stof vernederend aan lichtgele Chinese voeten, Isky samenzwerend met de shah van Iran, en Idi Amin omhelzend; eschatologische Iskander, als een ruiter te paard op een atoombom; Harappa en Ruige Hond die als wrede jongetjes een smaragdgroene kip de strot afsneden en een voor een de veren uit haar oostelijke vleugel plukten; en de verkiezingssjaals, een voor de verkiezingsdag waarop zijn regeringsperiode begon en een voor de dag die zijn val inluidde, sjaals waarop het wemelde van personages, elk een adembenemend, levensecht portret van een lid van het Volksfront: figuurtjes die zegels verbraken, stembussen volpropten, mensen de hersens insloegen; figuurtjes die met veel vertoon stemhokjes binnendrongen om toezicht te houden op het kiesgedrag van het domme gepeupel, figuurtjes die met stokken en geweren zwaaiden, brandstichters en benden; en op de sjaal van de tweede verkiezingsdag stonden driemaal zo veel figuurtjes als op de eerste, maar ondanks het gedrang op dat overvolle terrein van haar scheppingskunst was er niet één gezicht anoniem en had ieder wezentje een naam; het was een aanklacht op de grootst denkbare schaal, *en natuurlijk zou hij toch wel hebben gewonnen, dochter, daaraan valt niet te twijfelen, een respectabele overwinning, maar hij wilde meer, voor zijn tegenstanders was slechts totale vernietiging goed genoeg, hij wilde hen vertrapt zien als kakkerlakken onder zijn laars, ja, vermorzeld, maar in plaats daarvan overkwam het hem ten slotte zelf, denk maar niet dat het hem niet verraste, want hij was vergeten dat hij maar een mens was;* en de allegorische sjaal, Iskander en de Dood der Democratie voorstellend, met zijn handen om haar keel kneep hij haar de strot dicht, terwijl haar ogen uit haar hoofd puilden, haar gezicht blauw aanliep en haar tong uit haar mond hing; ze bescheet haar pyjama en haar handen werden tot klauwen die in de lucht grepen, en Iskander bleef met gesloten ogen knijpen en knijpen, terwijl de generaals op de achtergrond toekeken en de moord door een wonder van de vaardigheid van de borduurster weerkaatst werd in de spiegelende brillen die ze allemaal droegen, met uitzondering van één, die diepe zwarte wallen om zijn ogen had en gemakkelijk vloeiende tranen op de wangen, en achter de generaals bevonden zich nog andere figuren, die over geüniformeerde schouders, door epauletten en onder oksels door keken, Amerikanen met gemillimeterd haar en Russen in flodderige pakken en zelfs de grote Mao zelf, allemaal keken ze toe, en ze hoefden geen vinger uit te steken, *je hoeft niet verder te zoeken dan je vader, Arjumand, het is niet nodig jacht te maken op samenzweerders, want hij deed hun werk voor hen; ze hoefden er niets voor te doen; ik vertegenwoordig de hoop, placht hij te zeggen, en dat was ook zo, maar toen legde hij die mantel af en veranderde in iets anders,* Iskander de moordenaar van wat had kunnen zijn, onsterfelijk gemaakt op een doek, waarop zij, de kunstenares, zijn slachtoffer had afgebeeld als een jong meisje, klein, lichamelijk zwak en inwendig beschadigd: als model had ze haar herinnering genomen aan een zwakzinnig, en derhalve onschuldig kind, Sufiya Zinobia Hyder (thans Shakil), dat met paars gezicht naar adem snakte in Iskanders onverbiddelijke greep; en de autobiografische sjaal, het portret van de kunstenares als oude vrouw, dat zelfportret waarin Rani zich zelf had uitgebeeld als uit dezelfde materialen bestaand als het huis: hout, baksteen en golfplaat, haar lichaam versmolt tot een geheel met het weefsel van Mohenjo, ze ging op in aarde en barsten en spinnen, en het tafereel werd vertroebeld door een dunne nevel van vergetelheid; dat was de veertiende sjaal, en de vijftiende was de sjaal van de vijftiende eeuw: een herschepping van dat beroemde aanplakbiljet in borduursel, waarop Iskander naar de toekomst wees, alleen was er niets aan de horizon te zien, geen heldere vingers van de dageraad, alleen maar de eindeloze golven van de duisternis; ten slotte was daar nog Pinkies sjaal, waarop ze zelfmoord pleegde; en de laatste twee waren de ergste: de sjaal van de hel, die, zoals Omar Khayyam Shakil als kind had ontdekt, in het westen van het land lag, in de omgeving van Q., waar de separatistische beweging tot onherkenbare omvang was uitgegroeid sedert de afscheiding van het oostelijke deel; een proliferatie van schapenneukers, maar Iskander had voor hen gedaan wat hij ter wille van geen-afscheidingen-meer en in naam van nooit-weer-een-oostelijke-vleugel deed, daar stond het allemaal afgebeeld in scharlakenrood en nog eens scharlakenrood, niets dan scharlakenrood: de lijken, verspreid over de hele sjaal, de mannen zonder geslachtsdelen, de uiteengespreide benen, de ingewanden op de plaats van gezichten, dat buitenaards lijkende legioen der doden dat de herinnering aan Raza Hyders gouverneurschap deed verbleken, of aan die periode achteraf bezien zelfs een aura van vriendelijkheid en verdraagzaamheid verleende, *want jouw man van het volk, dochter, jouw 'meester van het gewone gebaar' sloeg alles; ik ben de tel kwijtgeraakt van de lijken op mijn sjaal, twintig-, vijftig-, of misschien wel honderdduizend doden, wie zal het zeggen, en er is niet genoeg scharlakenrood draad op aarde om het bloed uit te beelden,* mensen die ondersteboven hangen terwijl honden aan de uit hun opengesneden buiken puilende ingewanden sjorren; mensen die levenloos grijnzen door tweede monden die uit kogelgaten bestaan; die mensen, verenigd in dat wormenfeestmaal op die sjaal van vlees en dood; en op de laatste van alle sjaals Kleine Mir Harappa, Kleine Mir begraven onder in een koffer, waaruit hij uiteraard oprees om zijn neef te omklemmen in zijn eigen spookachtige greep, om Iskander Harappa mee omlaag te sleuren naar de hel … haar achttiende sjaal en tevens haar grootste meesterwerk, een panoramisch landschap, de harde aarde van haar ballingschap strekte zich over het hele doek uit, van Mohenjo helemaal tot aan Daro; dorpelingen die emmers aan jukken in evenwicht hielden, paarden die vrij rondrenden, vrouwen die op het land werkten, het licht van de dageraad, ontstoken in wonderen van roze en blauw borduursel: een ontwakend Daro, en aan de grote veranda, bij de stoeptreden, hing iets langs en zwaars te slingeren in de wind; een enkele dode na die slachting van de zeventiende sjaal, kleine Mir Harappa bungelde aan zijn nek onder de dakrand van zijn voorvaderlijk huis, gedood in de eerste maand van de regeringsperiode van de voorzitter, terwijl zijn nietsziende ogen neerstaarden op precies die plek waar men eens het kadaver van een onbeminde hond had laten liggen rotten, ja, ze had zijn lichaam afgebeeld met een adembenemende nauwkeurigheid, ze had niets weggelaten, noch de opengereten buik waar de darmen uithingen, noch die gapende wond onder de oksel waardoor men Mirs eigen hart verwijderd had, en ook niet de uitgerukte tong, niets, en naast het lijk stond een dorpeling, wiens verbijsterde opmerking met zwart draad boven zijn hoofd geborduurd stond: 'Het lijkt wel,' zei de man, 'alsof zijn lichaam geplunderd is, net als een huis.'

Het was natuurlijk vanwege zijn veronderstelde medeplichtigheid aan de moord op Kleine Mir Harappa dat Iskander voor de rechtbank werd gesleurd en dat tegen hem de doodstraf werd geëist. Eveneens in staat van beschuldiging gesteld, voor het daadwerkelijk plegen van het misdrijf, was de zoon van de dode, Haroun. Deze werd echter *in absentia* berecht aangezien hij, naar men meende althans, het land uit gevlucht was, hoewel het mogelijk was dat hij eenvoudig verdwenen, ondergedoken was.

Op Rani's achttiende sjaal stonden geen moordenaars afgebeeld ... maar nu we ze alle achttien uitgespreid en bewonderd hebben, wordt het tijd dat we ons afwenden van Harappa's, van de in afzondering levende Rani en Arjumand in dat huis waarvan het verval het punt had bereikt dat het water bloedrood uit door roest aangetaste kranen druppelde. Het wordt tijd de klok terug te draaien, zodat Iskander weer uit het graf herrijst, maar daarbij tevens naar de achtergrond van het verhaal verdwijnt. Terwijl Harappa's hun opkomst en hun val beleefden hebben er ook nog andere mensen levens geleefd.

Er was eens een jonge vrouw, Sufiya Zinobia geheten, ook wel bekend als 'Schande'. Ze was tenger gebouwd, had een zwak voor dennezaadjes, en de bewegingen van haar armen en benen waren niet goed gecoördineerd wanneer ze liep. Niettegenstaande deze onbeholpen loop zou ze op een vreemde echter geen bijzonder abnormale indruk hebben gemaakt, aangezien ze gedurende haar eerste eenentwintig levensjaren de gebruikelijke lichamelijke attributen had verworven, met inbegrip van een klein, ernstig gezichtje dat haar ongewoon volwassen deed lijken, en waardoor het feit verborgen werd dat ze slechts de hersens van een ongeveer zevenjarige had weten te bemachtigen. Ze had zelfs een echtgenoot, Omar Khayyam Shakil, en nooit beklaagde ze zich erover dat haar ouders een man voor haar hadden uitgekozen die ruim eenendertig jaar ouder was dan zij, dat wil zeggen, ouder dan haar vader. Niettegenstaande de uiterlijke schijn echter bleek deze Sufiya Zinobia in werkelijkheid een van die bovennatuurlijke wezens te zijn, een van die engelen der wrake, of weerwolven of vampiers waarover we in verhalen graag lezen, waarbij we dan, terwijl ze ons de stuipen op het lijf jagen, dankbaar of zelfs een beetje zelfgenoegzaam verzuchten dat het maar goed is dat het slechts abstracties of verzinsels zijn; want we weten (maar we zeggen het niet) dat alleen al de mogelijkheid dat zulke wezens zouden kunnen bestaan de wetten waarnaar we leven en ons begrip van de wereld om ons heen volkomen omver zou werpen.

In Sufiya Zinobia Shakil lag een Beest op de loer. We hebben al iets gezien van de groei van dit afschuwelijke monster; we hebben gezien hoe het, zich voedend met bepaalde emoties, van tijd tot tijd bezit van het meisje nam. Al tweemaal was ze zwaar ziek geworden en bijna gestorven; en wellicht waren die beide ziekten, de hersenkoorts zowel als de ineenstorting van haar immuniteitsstelsel, pogingen van haar normale ik, van haar Sufiya-Zinobia-zijn, om het Beest te verslaan, desnoods ten koste van haar eigen leven. Het Beest was echter niet vernietigd. En misschien had iemand na de aanval op haar zwager moeten kunnen raden dat dat deel dat er nog van haar restte dat niet des Beestes was, geleidelijk aan het vermogen verloor weerstand te bieden aan het bloeddorstige creatuur in haar binnenste. Maar toen

Omar Khayyams fluisterende stem eindelijk de juiste manier wist te vinden om haar uit haar trance te bevrijden werd ze verkwikt en ontspannen wakker, zich er blijkbaar niet van bewust dat ze een eind aan Talvars carrière als polospeler had gemaakt. Het Beest was weer ingedommeld, maar de tralies van zijn kooi waren nu gebroken. Niettemin was de opluchting algemeen. 'Het arme meisje was zo van streek dat ze buiten zichzelf raakte, dat is alles,' zei Shahbanou de ayah tegen Omar Khayyam, 'maar god zij dank is ze nu weer in orde.'

Raza Hyder ontbood Shakil voor overleg en bood hem daarbij de gelegenheid, wat hem tot eer strekte, van het voorgenomen huwelijk af te zien. Toen hij dit hoorde weigerde de stokoude godgeleerde Maulana Dawood, die eveneens aanwezig was, er het zwijgen toe te doen. Zijn aanvankelijke verzet tegen de bruiloft was inmiddels verdwaald geraakt in de mistige doolhoven van zijn hoge leeftijd, en de oude man jankte nu als een boosaardige kogel. 'Die duivelin en dit kind van duivelinnen,' riep hij uit, 'laat ze samen hun hel gaan stichten, maar dan wel ergens anders.' Omar Khayyam antwoordde waardig: 'Meneer, ik ben een man van de wetenschap; naar de duivel met dit gepraat over duivels. Ik ben niet van zins mijn geliefde te verstoten omdat ze ziek geworden is; eerder is het mijn plicht haar weer gezond te maken. En daar ben ik hard mee bezig.'

Ik ben niet minder teleurgesteld in mijn held dan ik al was; daar ik zelf geen last van obsessies heb, valt het me moeilijk zijn bezetenheid te begrijpen. Maar ik moet toegeven dat het erop begint te lijken alsof zijn liefde voor het beschadigde meisje wel eens echt zou kunnen zijn ... wat mijn kritiek op de man echter niet ongeldig maakt. Menselijke wezens bezitten er nu eenmaal een opmerkelijk talent voor zichzelf wijs te maken dat de eigen bedoelingen oprecht en edel zijn, wanneer die in feite opportunistisch en minderwaardig zijn. Hoe dan ook: Omar Khayyam stond erop dat het huwelijk voortgang zou vinden.

Bilquìs Hyder was door de gebeurtenissen op de trouwdag van Goed Nieuws dusdanig van streek dat ze niet in staat was enig animo op te brengen voor een tweede bruiloft. Toen Sufiya Zinobia uit het ziekenhuis kwam weigerde haar moeder met haar te praten; maar aan de vooravond van de bruiloft kwam ze naar het vertrek waar Shahbanou bezig was het meisje met olie in te wrijven en haar haar te vlechten, en sprak ze op zo zwaarwichtige toon dat het duidelijk was dat elk woord moeizaam uit de peilloos diepe put van haar plichtsbesef werd opgehaald. 'Beschouw jezelf als de oceaan,' zei ze tegen Sufiya Zinobia. 'Ja, en hij, de man, stel je hem voor als een schepsel van de zee, want zo zijn de mannen, om te kunnen leven moeten ze zich in jou verdrinken, in de getijden van je geheime vlees.' Haar ogen dwaalden doelloos in het rond terwijl ze sprak. Sufiya Zinobia trok een gezicht bij het horen van deze onbegrijpelijke moederlijke zinnebeelden, en antwoordde koppig met haar stem van een zevenjarig meisje, die tevens de griezelig vermomde stem van het sluimerende monster was: 'Ik heb een hekel aan vissen.'

Waartoe zijn menselijke wezens het sterkst geneigd wanneer ze zich geconfronteerd zien met duisternis, met gevaar, met het onbekende? Tot wegrennen; de ogen afwenden en vluchten; net doen alsof de dreiging niet met zevenmijlslaarzen op hen af komt springen. Tot willens en wetens de ogen sluiten, die onverwoestbare dwaasheid waarmee we alles uit ons bewustzijn schrappen dat het bewustzijn niet verdragen kan. Het is overbodig de struisvogel erbij te halen om aan deze neiging symbolisch gestalte te geven; de mensheid is nog moedwilliger in haar blindheid dan genoemde vogel.

Op Sufiya Zinobia's bruiloft (een privé-aangelegenheid zonder gasten en zonder baldakijnen; de drie moeders uit Q. bleven weg en Dawood verscheen evenmin, zodat alleen Hyders advocaten en Shakil overbleven) dwong Raza Hyder Omar Khayyam erin toe te stemmen dat er in het huwelijkscontract een clausule opgenomen werd waardoor het hem, Omar, verboden werd zijn bruid uit het huis van haar ouders weg te halen zonder dat laatstgenoemden daartoe vooraf hun toestemming hadden gegeven. 'Een vader,' legde Raza uit, 'kan niet buiten de dierbare stukken van zijn hart,' waaruit blijkt dat zijn onlangs opgevatte liefde voor Sufiya helderder brandde dan ooit, en dat hij, verblind door de gloed van dat vuur, weigerde de waarheid omtrent haar onder ogen te zien. In de jaren die volgden maakte hij zichzelf wijs dat hij door zijn vrouw op te sluiten, door haar af te schermen achter muren en ramen met gesloten luiken, zijn gezin zou kunnen redden van die kwaadaardige erfenis van haar bloed, van de hartstochten en de kwellingen daarvan (want Sufiya Zinobia mocht dan last hebben van een pijnlijk gekwelde ziel, ze was toch ook het kind van een waanzinnig geworden vrouw, en ook dat kan als een soort verklaring gelden).

Ook Omar Khayyam weigerde te zien. Verblind door de wetenschap trad hij in het huwelijk met Hyders dochter. Sufiya Zinobia glimlachte alleen maar, en at een bord *laddoe's*, versierd met zilverpapier. Shahbanou de ayah scharrelde als een moeder om haar heen.

Ik herhaal: in de beschaafde samenleving is geen plaats voor monsters. Als zulke schepsels al op aarde rondzwerven, dan doen ze dat op de uiterste rand daarvan, naar de marge verwezen door tradities van ongeloof ... maar een doodenkele keer gaat er iets verkeerd. Dan wordt er binnen de muren van de citadel van fatsoen en decorum een Beest geboren, een 'verkeerd uitgevallen wonder'. Dat was het gevaar van Sufiya Zinobia: dat ze tot stand kwam, niet in een of andere wildernis vol draken en boze geesten, maar in het hartje van de keurig nette wereld. En het gevolg was dat die wereld zich met al haar wilskracht inspande om de werkelijkheid van haar bestaan te negeren en om te verhinderen dat het zover zou komen dat zij, deze *avatar* van de wanorde, aangepakt en verdreven zou moeten worden – want haar uitbanning zou aan het licht hebben gebracht wat onder geen voorwaarde bekend mocht worden, namelijk de onmogelijke waarheid dat barbarisme op beschaafde bodem kon gedijen, en dat ongebreidelde, dierlijke woestheid verborgen kon liggen onder het gladgestreken hemd van het fatsoen. Dat ze, zoals haar moeder had gezegd, de belichaming van hun schande was. Begrip voor Sufiya Zinobia zou gelijk staan aan het verbrijzelen, alsof het een kristal was, van het gevoel dat die mensen omtrent zichzelf koesterden, en dus brachten ze dat natuurlijk niet op, vele jaren lang niet. Hoe sterker het Beest werd, des te groter werden de krachtsinspanningen om het bestaan ervan te ontkennen... Sufiya Zinobia overleefde de meeste leden van haar familie. Er waren er die vòòr haar stierven.

Geen dromen van mislukking meer, en geen exercities meer met groene rekruten; Raza Hyder werd door Iskander Harappa bevorderd en Omar Khayyam Shakil stemde erin toe met al de anderen naar het noorden te verhuizen. Zijn voortreffelijke medische reputatie en Hyders hernieuwde invloed bezorgden Omar de post van eerste consulterend geneesheer bij het Mount Hira-ziekenhuis in de nieuwe hoofdstad, en daar gingen ze, met slaapmatjes en ayah's en al, en weldra vlogen ze boven die uitgestrekte noordelijke hoogvlakte die tussen twee rivieren lag, het Potwar-plateau, het toneel waarop zich grote gebeurtenissen zouden afspelen, ongeveer vijfhonderd meter boven de zeespiegel.

Een dunne laag aarde over poreuze puddingsteen ... maar ondanks die dunne bovenlaag bracht de hoogvlakte onwaarschijnlijke hoeveelheden door regenwater gevoede gewassen voort; het was een gebied dat zo ongerijmd vruchtbaar was, dat het kans had gezien een geheel nieuwe stad te doen ontstaan, als een blaar op de heup van een oude stad: Islamabad (zou je kunnen zeggen) uit een rib van Rawalpindi.

Toen Maulana Dawood vanuit de lucht neerkeek en in de verte het Potwar-plateau met zijn steden zag glinsteren, beukte hij in kwijlende, half seniele verrukking tegen het raampje. 'Arafat,' schreeuwde hij luidkeels, zodat een stewardess ervan schrok, 'ginds ligt Arafat,' en niemand, noch zijn vriend Raza, noch zijn vijandin Bilquìs, kon het over het hart verkrijgen hem op zijn vergissing te wijzen, want als de oude man verkoos te geloven dat ze op het punt stonden te landen op de heilige grond van de Arafat-vlakte buiten het goddelijke Mekka, welnu, ook dat was een soort blindheid, een fantasie die oude mensen vergeven zij.

Generaal Raza Hyder erfde van zijn voorganger een sombere, ruim twee meter lange adjudant, majoor Shuja genaamd, en ook een leger dat zo gedemoraliseerd was door zijn nederlaag in de voormalige Oosthelft dat het niet meer in staat was een simpele voetbalwedstrijd te winnen. Aangezien hij de nauwe verwantschap tussen sport en oorlog begreep, stelde de nieuwe opperbevelhebber zich tot taak iedere sportieve krachtmeting waarbij zijn jongens betrokken waren bij te wonen, in de hoop de teams door zijn aanwezigheid te inspireren. Zo kon het gebeuren dat Raza Hyder tijdens de eerste maanden van zijn aanvoerderschap tegenwoordig was bij de opmerkelijkste reeks vernederingen in de annalen van de legersport, te beginnen met die legendarische cricketwedstrijd tussen de diverse onderdelen van de strijdkrachten waarbij het legerelftal al in de eerste innings alle tien wickets verloor zonder ook maar een enkele run te scoren toen het aan slag was. Hun tegenstanders van de luchtmacht wisten een formidabele zege te behalen, want de oorlog was hoofdzakelijk een ramp voor het leger geweest, zodat het luchtmachtpersoneel voor het merendeel onbeïnvloed was gebleven door de schande. De cricketspelers van het leger verloren de wedstrijd ten slotte met een innings en 420 runs; het zouden er 419 zijn geweest wanneer niet een van de runs tijdens de tweede innings van het leger onvoltooid was gebleven doordat de speler in kwestie onder het rennen eensklaps de moed scheen te verliezen, staan bleef, zich op het hoofd krabde, verward om zich heen keek en het niet eens merkte toen hij 'out' werd verklaard... Ook was Hyder getuige van die hockeywedstrijd waarbij de jongens van de marine in tachtig minuten tijds veertig doelpunten maakten terwijl de soldaten mismoedig naar hun gebogen sticks staarden alsof het geweren waren, zoals die welke ze op die fatale dag van afrekening in het oosten aan de vijand hadden overgegeven; en in het nieuwe Nationale Zwembad zag hij met eigen ogen een dubbele tragedie, toen een duiker van het leger niet meer bovenkwam na een duik zo volledig te hebben verknoeid dat hij er de voorkeur aan gaf te verdrinken, liever dan op te duiken uit de wateren zijner schande, terwijl een tweede in een nog neteliger situatie verzeild raakte door van de hoge springplank te duiken en met een klap als een geweerschot plat op zijn buik in het water te belanden, waardoor hij openbarstte als een met verf gevulde ballon, zodat de autoriteiten zich genoodzaakt zagen het zwembad leeg te laten lopen om zijn ingewanden te kunnen laten opruimen. Hierna kwam de treurig kijkende majoor Shuja zijn opwachting maken bij de generaal in diens kantoor, en opperde hij dat het, met uw welnemen, generaal, wellicht beter zou zijn als de sahib opperbevelhebber in het vervolg weg wilde blijven van dergelijke evenementen, aangezien zijn aanwezigheid de schaamte van de manschappen nog vergrootte en de zaak alleen maar nog erger maakte dan ze al was.

'Allemachtig,' riep Raza uit, 'hoe komt het dat het hele leger van de ene dag op de andere veranderd is in een stelletje blozende vrouwen?'

'Door de oorlog, generaal,' antwoordde Shuja, sprekend vanuit de put van een neerslachtigheid die zo diep was dat zijn vooruitzichten bij het leger hem niet langer konden schelen, 'en, neemt u mij niet kwalijk, generaal, maar bij die schermutseling bent u niet betrokken geweest.'

Nu begreep Raza dat zijn soldaten zich aaneengesloten hadden in de verschrikkelijke solidariteit van hun gemeenschappelijke vernedering en vermoedde hij eindelijk ook wat de reden was waarom niet één van zijn medeofficieren hem ooit een glas prik had aangeboden in de officiersmess. 'Ik dacht dat het afgunst was,' sprak hij zichzelf berispend toe en tegen Shuja, die met een somber gezicht in de houding stond te wachten op de degradatie die hij met zijn onbeschaamdheid verdiend had, zei hij: 'Oké, majoor, wat is volgens jou de beste oplossing?'

De vraag kwam zo onverwacht dat Shuja geschrokken een eerlijk antwoord gaf. 'Heb ik uw permissie om te zeggen wat ik denk, generaal?' Hyder knikte: 'Als mannen onder elkaar. Het blijft tussen jou en mij.'

'Neem me niet kwalijk, generaal, maar een terugkeer naar militair gezag zou dan het beste zijn. Een machtsovername, generaal.'

Hyder was stomverbaasd. 'Is het hier in de stad de gewoonte om over hoogverraad te praten?'

De somberheid die de adjudant omringde was nu helemaal te snijden. 'De sahib generaal vroeg me erom, en ik heb alleen maar antwoord gegeven, generaal. De jonge officieren zijn onrustig, generaal, en dit is nu eenmaal een garnizoensstad; het leger is het uitoefenen van macht gewend, generaal, en iedereen weet hoe die politici zijn; ze deugen niet, generaal, ze zijn onbekwaam. De officieren herinneren zich hoe het was toen men nog respect voor ze had, maar nu voelen ze zich toch zo terneergeslagen, generaal, want tegenwoordig kan blijkbaar iedereen een loopje met het leger nemen. Neemt u me niet kwalijk dat ik het zeg, generaal.'

'Die staatsgreep van je kun je wel vergeten,' zei Hyder op felle toon, 'zoals de zaken er nu voorstaan zou een half dozijn van Isky Harappa's ex-maîtresses het hele leger in de pan kunnen hakken.'

'Zo is het, generaal,' zei Shuja, en toen barstte hij verbazingwekkend genoeg in snikken uit. Generaal Hyder bracht zichzelf in herinnering dat de jonge reus niet veel ouder dan achttien jaar was; en toen begonnen zijn eigen, om hun overactiviteit beruchte traanklieren uit medegevoel te prikkelen, dus zei hij haastig: 'God nog toe, man. Niemand sleurt je voor de krijgsraad. Maar als ik jou was zou ik mijn prioriteiten maar eens in de juiste volgorde rangschikken. Laten we eerst een paar polowedstrijden winnen, voordat we overwegen de macht in het land over te nemen.'

Shuja vermande zich. 'Heel goed, generaal,' zei hij. 'Ik zal het standpunt van de generaal aan het poloteam bekend maken, generaal.'

'Wat een leven,' zei Raza Hyder hardop toen hij weer alleen was. 'Hoe hoger je klimt, des te dieper kom je in de modder te zitten, verdomme.' Het was een geluk voor het land, dacht hij peinzend, dat de Oude Scherp-als-een-Scheermes gewend was op zijn eigen twee benen te staan.

Het zou niet overdreven zijn te zeggen dat het herstellen van het moreel bij het leger de roemrijkste prestatie was van Raza Hyders hele loopbaan – naar mijn mening was het een zwaarder karwei dan welke taak dan ook die hij later als president ondernam. Hoe hij het klaarspeelde? Door worstelwedstrijden te verliezen.

De ochtend na zijn gesprek met majoor Shuja gaf hij de adjudant opdracht tegenstanders voor hem uit te kiezen, hoofdzakelijk onder de gewone soldaten, maar ook uit een representatieve selectie officieren. 'Ik ben een liefhebber van worstelen,' loog hij, 'en het wordt tijd dat ik eens zie uit welk hout onze jongens van het leger gesneden zijn.'

Generaal Raza Hyder mat zich met militairen, en werd door allemaal verslagen. Hij deed geen poging om te winnen, maar concentreerde zich in plaats daarvan op de veel moeilijker opgave te verliezen van tegenstanders die vergeten hadden dat winnen tot de mogelijkheden behoorde, en daarbij bovendien de indruk te wekken dat hij uit alle macht probeerde de overwinning te behalen. 'Je kunt wel zien wat voor resultaat het heeft,' zei hij tegen Omar Khayyam Shakil, die voor en na iedere krachtmeting als lijfarts van de generaal optrad en die verontrust was over de fenomenale afstraffing die dat negenenveertigjarige lichaam te verduren kreeg. 'Ja,' antwoordde Omar Khayyam terwijl hij bezig was pijnlijke botten en kneuzingen in alle kleuren van de regenboog te behandelen, 'dat kan iedere idioot zien.' Raza Hyder liet zijn tranen de vrije loop terwijl hij onder Shakils knedende vingers lag, maar volgens hemzelf waren het vreugdetranen.

Raza Hyders worsteltactiek leverde hem een dubbele overwinning op. Zij droeg ertoe bij dat het leger zijn leiderschap aanvaardde, want nu was hij immers met zijn mannen verenigd in die macabere kameraadschap der schaamte. Terwijl de Oude Scherp-als-een-Scheermes flitsende kaakslagen incasseerde, op het canvas gesmeten werd met zijn enkels om zijn nek heen geslagen of gewurgd werd door de arm van een infanterist; terwijl zijn ribben knapten en zijn armen uit de kom werden getrokken, herleefde de oude populariteit van de held van Aansu; gereinigd van het stof en de anonimiteit van die jaren aan de militaire academie schitterde ze weer als nieuw. Ja, hij was weer terug, nu groter dan ooit ... maar het was Raza te doen geweest om meer dan dat, en ook zijn tweede doel werd bereikt, want naarmate de soldaten in het ene kamp na het andere bewerkstelligden, of als brullende toeschouwers getuigen waren van hoe de enige echte oorlogsheld die het leger nog telde verpulverd werd, begonnen ze hun zelfvertrouwen te herwinnen en te geloven dat ze, als ze goed genoeg waren om de generaal in het stof te doen bijten, toch niet zulke armzalige krijgers konden zijn als ze zich waren gaan inbeelden. Na een jaar lang geworsteld te hebben stopte Raza Hyder ermee. Hij was zijn twee middelste boventanden kwijt en had talloze andere verwondingen opgelopen. 'Ik hoef dit niet langer te verdragen,' zei hij tegen Shuja, wiens houding van permanente neerslachtigheid nu was gebleken een karakterfout te zijn, en niet domweg het resultaat van de verloren, maar inmiddels al bijna vergeten oorlog.

'Zeg tegen die schooiers,' gelastte Raza hem, 'dat ik van alle militairen verwacht dat ze van nu af aan alle competities waaraan ze deelnemen winnen, want anders...' Het gevolg was een bezielende verbetering in de sportresultaten bij het leger.

Ik ben tamelijk lang bij deze kwestie van het moreel bij het leger blijven stilstaan om aan te geven hoe het kwam dat Raza Hyder gedurende zijn jaren als opperbevelhebber noch de tijd noch de geestelijke energie had om naar behoren aandacht aan te besteden wat zijn dochter Sufiya Zinobia 's nachts uitspookte.

De politici en de diplomaten zwaaiden de scepter in de nieuwe stad, maar het leger domineerde het oude stadsgedeelte. De nieuwe hoofdstad bestond uit talrijke betonnen bouwsels, die een sfeer van filistijnse vergankelijkheid ademden. De geodetische koepel van de Vrijdagsmoskee begon al barsten te vertonen, en overal er omheen stonden de nieuwe regeringsgebouwen, duidelijk met zichzelf ingenomen hoewel ook zij uit elkaar begonnen te vallen. De airconditioning was voortdurend defect, er was telkens kortsluiting en tot consternatie van de lood-

gieters kwam spoelwater van toiletten geregeld in wasbakken om-
hoogborrelen... O, abominabelste aller steden! Genoemde gebouwen
vertegenwoordigen de laatste triomf van een modernisme dat in
werkelijkheid een soort voorgespannen nostalgie was, vorm zonder
functie, de uiterlijke schijn van islamitische architectuur zonder de we-
zenlijke kern daarvan: gebouwen die meer mogolbogen bevatten dan
de mogols zich ooit zouden hebben kunnen voorstellen, bogen die
door middel van voorgespannen beton gereduceerd waren tot niets
meer dan spits toelopende gaten in muren. De nieuwe hoofdstad was
in feite de grootste verzameling luchthavengebouwen op aarde, een
stortplaats voor ongewenste wachtruimten voor passagiers op door-
reis en voor douanehallen, en misschien was dat ook wel toepasselijk,
want per slot van rekening was de democratie in die contreien nooit
veel meer geweest dan een trekvogel... In tegenstelling daarmee vertoonde het oude stadsdeel het zelfverzekerde provincialisme van zijn
jaren. Oude, brede, door bomen omzoomde straten, chaotische bazaars, sloppen, maar ook de solide, kolossale herenhuizen van de vertrokken Engelse heersers. De ambtswoning van de opperbevelhebber
was een neoklassiek paleis van stenen zuilengangen met massieve, ge-
cannuleerde pilaren die namaak-Griekse, met friezen versierde fron-
tons ondersteunden, en aan weerszijden van de voorname stoeptreden
die naar de voordeur leidden, lagen hoopjes kanonskogels, terwijl het
heldergroene gazon bewaakt werd door een rijdend kanon, dat de ongeloofwaardige naam 'Kleine Zamzama' droeg. Het gebouw bood zo
veel ruimte dat de hele familie er zonder gekibbel haar intrek in kon
nemen, zodat Goed Nieuws en Talvar Ulhaq, Omar Khayyam en Sufiya Zinobia, Dawood en Shahbanou de ayah, als ook Raza en Bilquìs
zelf, elk hun afzonderlijk noodlot najoegen onder dat omvangrijke
dak, terwijl de vreemde goden van Hellas en Rome, in versteende hou-
dingen poserend tegen de hoge blauwe hemel, op hen neerkeken met
laatdunkende uitdrukkingen op hun gezicht.

Het ging niet goed.

'Alsof het nog niet erg genoeg is dat het leger niet goed snik is,' zei
Raza bij zichzelf tijdens die eerste dagen in het noorden, 'krijg ik nu
ook nog mijn huis vol waanzinnigen,' en het had er alle schijn van dat
de bewoners van dat anachronistische paleis zich erop toe gingen leggen om zijn nijdig uitgesproken overdrijving in de letterlijke waarheid
te doen veranderen.

Toen Maulana Dawood zich op een ochtend vertoonde in het traditionele gewaad van een pelgrim die ter hadj gaat, in twee witte doeken,
waarvan er een om zijn lendenen was gewikkeld en een achteloos over

zijn borst gedrapeerd, zag generaal Raza Hyder zich genoodzaakt rekening te houden met de mogelijkheid dat de fossiele godgeleerde eindelijk bezweken was onder het getij van de seniliteit die hem tijdens hun vlucht naar het noorden had overspoeld. Aanvankelijk probeerde hij zijn oude bondgenoot vriendelijk te benaderen. 'Maulana-ji,' zei hij, 'als je de pelgrimstocht wilt gaan maken hoef je het maar te zeggen, dan zal ik alles regelen, compleet met vliegtickets naar Arabië en alles wat erbij hoort,' maar Dawood antwoordde slechts: 'Waar heb ik een vliegtuig voor nodig, ik loop immers al op deze heilige grond?' In het vervolg kon men de Maulana door de stad zien wankelen met zijn handen voor zich geopend als een boek, terwijl hij met eentonig stemgeluid verzen uit de koran reciteerde in een Arabisch dat hij door zijn verstandsverlies was gaan vermengen met andere, grovere dialecten; en in de greep van die seniliteit waardoor hij zich inbeeldde dat hij achter de stad de pieken van Abu Qubais, Thabir en Hira zag verrijzen en die hem ertoe bracht een fietsenfabriek aan te zien voor de begraafplaats waar de vrouw van de Profeet begraven lag, begon hij de stedelingen uit te schelden om hun godslasterlijk gedrag, want de mannen waren natuurlijk onbehoorlijk gekleed en de vrouwen deden helemaal schandalig: ze lachten hem in zijn gezicht uit wanneer hij hen hoeren noemde. Hij was een malende oude man die de weg vroeg naar de Kaäba, een bebaarde dwaas in zijn tweede kindsheid, die zich languit in het stof wierp voor viswinkels alsof het de gewijde plaatsen van Mekka waren en daarbij 'Ya Allah!' krijste. Ten slotte werd zijn lijk naar het huis van de Hyders teruggebracht op een ezelskar, waarvan de verwonderde eigenaar vertelde dat de oude kerel de laatste adem had uitgeblazen met de woorden: 'Daar is hij! En ze overdekken hem met drek.' Hij had al zwervende de rand van de oude stad bereikt, daar waar men de nieuwe waterzuiveringsreservoirs onlangs had gevuld met geactiveerd slib, en Raza Hyder deed grote moeite te veinzen alsof dit de voor de hand liggende, banale reden voor de laatste woorden van de Maulana was geweest; maar in werkelijkheid was hij ernstig verontrust, want aangezien hij een godsdienstig man was had hij Maulana Dawoods potsierlijk gedoe nooit kunnen afdoen als seniel gedrag zonder meer; de *gatta* op Raza's voorhoofd deed pijn, wat hem aanleiding gaf tot het vermoeden dat de oude Maulana misschien werkelijk een visioen van Mekka had gezien, een openbaring van heiligheid midden in deze goddeloze stad, zodat zijn laatste woorden wel eens een verschrikkelijke, verborgen waarschuwing konden bevatten. 'De Kaäba,' hoorde Raza zijn eigen stem bevend fluisteren, 'dat moet het geweest zijn, hij moet hem op het eind hebben gezien, en ze waren bezig er uitwerpselen over uit te storten.' Later, toen hij president was, zou hij dat visioen niet meer kwijt kunnen raken.

Aan het eind van het eerste jaar van burgerlijk gezag werd generaal Raza Hyder grootvader. Goed Nieuws schonk het leven aan een tweeling, twee blakend gezonde jongens, en de generaal was zo verrukt dat hij helemaal niet meer aan Sindbad Mengal dacht. Precies een jaar later werd Goed Nieuws opnieuw moeder; ditmaal bracht ze een drieling ter wereld. Raza Hyder was een beetje geschrokken en schertsend maar nerveus zei hij tegen Talvar Ulhaq: 'Je hebt weliswaar gezegd dat je de volmaakte schoonzoon zou zijn, maar jongen, vijf kleinzoons is genoeg, misschien overdrijf je je plichtsbesef wel een beetje.' Op de kop af twaalf maanden later bracht Goed Nieuws een kwartet beeldschone meisjes ter wereld, op wie Hyder zo dol was dat hij besloot maar geen uiting te geven aan zijn bezorgdheid over de groeiende aantallen wiegen en spenen en waslijnen en rammelaars waar het huis vol van raakte. Maar op de dag af een jaar later aanschouwden er nog eens vijf kleindochters het levenslicht, en nu moest Hyder wel iets zeggen. 'Veertien kinderen, allemaal met dezelfde verjaardag,' zei hij zo streng mogelijk tegen het paar, 'wat zijn jullie eigenlijk van plan? Hebben jullie dan niet van overbevolking gehoord? Jullie zouden er misschien goed aan doen bepaalde maatregelen te nemen,' maar bij die woorden richtte Talvar Ulhaq zich fier op tot zijn hele lichaam even stijf was als zijn nek, en antwoordde: 'Ik had nooit gedacht u ooit zoiets te horen zeggen. U bent een vroom man, heb ik altijd gedacht. De geest van Maulana Dawood zou blozen als hij generaal Hyder zulke goddeloze methoden hoorde aanbevelen.' Dus voelde Hyder zich beschaamd en hield verder zijn mond, en in het vijfde jaar bracht Goed Nieuws' schoot alweer zes nieuwe levens voort, drie van het mannelijk en drie van het vrouwelijk geslacht, want in de trots van zijn mannelijkheid had Talvar Ulhaq verkozen Hyders opmerking omtrent een overmaat aan kleinzoons te negeren; en in het jaar van Iskander Harappa's val steeg het aantal tot een totaal van zevenentwintig kinderen; iedereen was inmiddels de tel kwijtgeraakt hoeveel jongens en hoeveel meisjes er waren.

Begum Naveed Talvar, de vroegere Goed Nieuws Hyder, bleek de eindeloze stroom van menselijke wezens die tussen haar dijen vandaan uitvloeide absoluut niet aan te kunnen. Maar haar echtgenoot was meedogenloos en onverzadigbaar; zijn droom eens kinderen te hebben was uitgegroeid totdat die nu de plaats in zijn leven innam die voorheen door het polospel was ingenomen, en dank zij zijn helderziende gaven wist hij altijd precies welke nachten het gunstigst waren voor bevruchting. Eens per jaar kwam hij bij haar en beval haar zich gereed te maken aangezien het tijd was het zaad te planten, zodat ze zich op het laatst ging voelen als een moestuintje waar de van nature vruchtbare grond uitgemergeld werd door een overijverige tuinman, en ze begreep dat er geen hoop voor vrouwen was in de wereld, want of je nu fatsoenlijk was of niet, de mannen kregen je toch te pakken; hoe hard je ook je best deed een keurige dame te zijn, de mannen kwamen je vol vreemd, ongewenst leven stoppen. Haar vroegere persoonlijkheid werd vermorzeld onder de druk van al die kinderen, die zo talrijk waren dat ze hun namen vergat. Ze nam een leger van ayah's in dienst, liet haar kroost aan zijn lot over en gaf het vervolgens domweg op. Ze deed geen pogingen meer op haar haar te zitten: die ferme vastberadenheid om beeldschoon te zijn die eerst Haroun Harappa en toen kapitein Talvar had betoverd, vervaagde uit haar gelaatstrekken, en nu bleef nog slechts de alledaagse, onopvallende vrouw over die ze in feite altijd was geweest. Arjumand Harappa, wier haat ten opzichte van Goed Nieuws er met de jaren niet minder op was geworden, hield zich op de hoogte van de aftakeling van haar vijandin. De fotograaf die eens foto's had gemaakt van Pinkie Aurangzeb werd weer in dienst genomen, ditmaal om onverhoeds kiekjes van Goed Nieuws te maken; met een nonchalant gebaar, alsof ze niet belangrijk waren, toonde ze deze foto's aan Haroun Harappa. 'Arme ouwe vrijgezel die je bent,' sarde ze hem, 'en dan te denken dat je je hele leven met dit verrukkelijke stuk had kunnen doorbrengen als ze niet iets beters gevonden had.'

De Loe waait niet in het noorden, maar toch placht Bilquìs op sommige middagen het meubilair vast te houden om te verhinderen dat het zou wegwaaien. Onverstaanbaar binnensmonds mompelend dwaalde zedoor de gangen van haar nieuw, paleislijk thuis rond, totdat ze op een dag haar stem zo luid verhief dat Raza Hyder haar kon horen. 'Hoe stijgt een raket op naar de sterren?' vroeg ze aan niemand in het bijzonder, want in feite praatte ze nog steeds tegen zichzelf. 'Het is nooit gemakkelijk de aarde te verlaten. Terwijl het projectiel opstijgt verliest het delen van zichzelf, die vallen af, weer naar beneden, totdat ten slotte de neus, alleen de neus, zich vrijmaakt van de aantrekkingskracht van de aarde.' Raza Hyder fronste de wenkbrauwen. 'God mag weten waarover je loopt te raaskallen, vrouw,' zei hij, maar niettegenstaande deze opmerking en het feit dat hij kort daarop tegenover Omar Khayyam het vermoeden uitsprak dat Bilquìs' geest nu al evenzeer was gaan dwalen als haar voeten, wist hij toch wat ze bedoeld had, namelijk dat hoewel hij het, zoals ze voorspeld had, in zijn beroep tot de top had gebracht, mensen van hem waren weggevallen terwijl hij steeg; andere menselijke wezens waren de uitgebrande trappen geweest van zijn vlucht naar de sterren op zijn schouders. Dawood, Goed Nieuws, Bilquìs zelf. 'Waarom zou ik me moeten schamen?' vroeg hij zich af. 'Ik heb hen niets gedaan.'

Al jarenlang hadden er dingen aan Bilquìs geknaagd: verzengende winden, met banieren zwaaiende ridders en vermoorde bioscoopdirecteuren, en het niet krijgen van zoons en het verlies van haar mans liefde, en hersenkoorts en kalkoenen en rectificatiestrookjes, maar het ergst van al was eindelijk daar te zijn, in dat paleis, in dat vorstelijke verblijf waarvan ze altijd had gedroomd, en tot de ontdekking te komen dat dat het ook niet was, dat niets goed afliep en alles in as veranderde. Geruïneerd door het besef van de holheid van haar glorie, stortte ze ten slotte geheel in door de aftakeling van haar lievelingsdochter Goed Nieuws, die gesmoord werd onder de zachte lawine van haar kinderen maar niet getroost wilde worden... Op een ochtend zagen ze allemaal hoe Bilquìs een zwarte *burqa* aantrok en haar gezicht verborg achter een *purdah*, hoewel ze zich binnenshuis bevond en er alleen maar familieleden en bedienden aanwezig waren. Raza Hyder vroeg haar wat ze wel dacht dat ze deed, maar ze haalde slechts de schouders op en antwoordde: 'Het begon te heet te worden, daarom wilde ik de gordijnen sluiten,' want behalve in beeldspraak kon ze zich inmiddels nauwelijks meer uitdrukken. Haar gemompel bestond vooral uit toespelingen op gordijnen en oceanen en raketten, en weldra raakte iedereen eraan gewend, evenals aan die sluier van solipsisme, want ze hadden allemaal zo hun eigen problemen. Bilquìs Hyder werd in die jaren bijna onzichtbaar, een schaduw die door de gangen zwierf op zoek naar iets dat hij kwijt was, het lichaam waarvan hij was losgeraakt misschien. Raza Hyder zorgde ervoor dat ze binnenbleef ... en het huis bestierde zo ongeveer zichzelf: overal waren bedienden voor, en de meesteresse van de ambtswoning van de opperbevelhebber werd tot nog minder dan een personage, een luchtspiegeling bijna, een gemompel in de hoeken van het paleis, een gesluierd gerucht.

Rani Harappa belde haar zo nu en dan op. De ene keer kwam Bilquìs aan de telefoon, de andere keer niet; en wanneer ze dat wel deed sprak ze zo zachtjes en onduidelijk dat Rani moeite had te begrijpen wat ze zei en alleen een diepe bitterheid bespeurde, alsof Bilquìs een hekel aan haar vriendin had gekregen, en alsof Hyders nagenoeg afgedankte echtgenote nog altijd voldoende trots bezat om zich te ergeren aan de manier waarop Iskander haar man had opgeraapt en hem groot had gemaakt. 'Die man van jou, Rani,' zei ze eens luid en duidelijk verstaanbaar, 'zal pas tevreden zijn als Raza aan zijn voeten gaat liggen en zijn laarzen aflikt.'

Tot op zijn sterfdag zou generaal Hyder zich die keer herinneren dat hij Iskander Harappa een bezoek had gebracht om over de defensiebegroting te praten, en voor zijn moeite beloond was met een klap in zijn gezicht. 'De uitgaven beginnen tot een onaanvaardbaar laag peil te dalen, Isky,' had hij de premier meegedeeld, en tot zijn verbazing had Harappa zo woest met zijn vuist op zijn bureau geslagen dat de pennen opsprongen in hun houders, en de schaduwen in de hoeken geschrokken sisten. 'Onaanvaardbaar voor wie?' had Harappa geschreeuwd. 'Het leger heeft niets te vertellen. Niet meer. Laat dat goed tot je doordringen. Al zouden we jullie maar vijftig paisa per jaar toewijzen, dan zouden jullie daarmee rond moeten komen. Besef dat goed, en verdwijn.'

'Iskander,' zei Raza zonder zijn stem te verheffen, 'vergeet niet wie je vrienden zijn.'

'Iemand in mijn positie heeft geen vrienden,' had Harappa geantwoord. 'Er bestaan alleen maar tijdelijke bondgenootschappen, gebaseerd op wederzijds eigenbelang.'

'Dan ben je geen menselijk wezen meer,' had Raza tegen hem gezegd, en bedachtzaam had hij eraan toegevoegd: 'Iemand die in God gelooft, moet ook in mensen geloven.' Daarop had Iskander Harappa een nog verschrikkelijker aanval van woede gekregen. 'Pas op je woorden, generaal,' had hij gekrijst, 'want ik kan je terugstoppen in die vuilnisbak waar ik je gevonden heb.' Hij was inmiddels van achter zijn bureau vandaan komen stuiven en schreeuwde Raza nu pal in het gezicht, zodat zijn speeksel de generaal op de wangen trof. 'God moge het je vergeven, Isky,' had Raza zachtjes geantwoord, 'je bent vergeten dat we niet je bedienden zijn.' Het was op dat moment geweest dat Iskander Harappa hem een klap tegen een van speeksel vochtige wang had gegeven. Hij had niet teruggeslagen, maar slechts op zachte toon gezegd: 'Het schaamrood door zulke klappen veroorzaakt, vervaagt niet gemakkelijk.' Jaren later zou Rani Harappa bewijzen dat hij gelijk had gehad door zulk schaamrood op een sjaal te vereeuwigen.

En in die latere jaren, toen Iskander Harappa veilig en wel onder de grond lag en zijn spijkerharde dochter opgesloten zat bij haar moeder, droomde Raza Hyder soms nog van die klap, en van al die jaren dat Isky Harappa hem als een stuk oud vuil had behandeld. En Arjumand was nog erger geweest, die had hem met zulk een onverholen haat aangestaard dat hij haar tot alles in staat achtte. Eens had Isky haar in zijn plaats naar het jaarlijkse defilé van het leger gestuurd, alleen maar om de soldaten te vernederen door hen te dwingen voor een vrouw te salueren, en nog wel een vrouw die geen officiële positie in de regering bekleedde; en Raza had bij die gelegenheid de vergissing begaan tegen over de maagd met de ijzeren broek uitdrukking te geven aan zijn bezorgdheid. 'Het kan zijn dat de geschiedenis een wig tussen onze huizen gedreven heeft,' zei hij, 'en dat er dingen verkeerd zijn gegaan, maar vergeet niet dat we geen vreemden van elkaar zijn, Arjumand, onze families kennen elkaar al heel lang.'

'Dat weet ik,' had ze vernietigend geantwoord. 'Mijn moeder is een nicht van je, als ik het wel heb.'

En Sufiya Zinobia?

Ze was zijn vrouw, maar toch ook weer niet. In Karachi was het Omar Khayyam op zijn huwelijksnacht door een contractuele clausule verhinderd zijn bruid mee te nemen; in plaats daarvan had men hem een kamer gewezen met daarin een eenpersoonsbed, terwijl er van Sufiya Zinobia geen spoor te bekennen was geweest. Shahbanou de ayah had hem binnengelaten en was toen obstinaat en tot in alle vezels gespannen in de deuropening blijven staan. 'Sahib dokter,' had ze ten slotte gezegd, 'u moet me vertellen wat uw bedoelingen zijn.' De felle bezorgdheid om Sufiya Zinobia die Shahbanou ertoe gedreven had de maatschappelijke regels en de verhouding tussen meester en bediende op zo grove wijze te schenden, had tevens tot gevolg gehad dat Omar Khayyam niet kwaad op haar was geworden. 'Maak je maar geen zorgen,' had hij sussend tegen de ayah gezegd, 'ik weet dat het meisje onnozel is. Ik ben beslist niet van plan misbruik te maken van, me op te dringen aan, te staan op mijn rechten als,' waarop Shahbanou had geknikt en gezegd: 'Dat is alles goed en wel voor nu, sahib, maar hoelang bent u van plan te wachten? Mannen zijn tenslotte maar mannen.'

'Ik zal wachten tot het mijn vrouw schikt,' had Omar Khayyam geïrriteerd geantwoord. 'Ik ben geen wildeman.' (Maar eens, herinneren we ons, had hij zich een wolfskind genoemd.)

Shahbanou had zich omgedraaid om heen te gaan. 'Als u soms ongeduldig mocht worden,' had ze nog gezegd, 'denk er dan aan dat ik klaar sta om u te vermoorden als u het probeert.'

Tegen de tijd dat de verhuizing naar het noorden plaatsvond was het duidelijk dat Omar Khayyam zijn levenswandel veranderd had. Evenals Iskander Harappa, zij het om andere redenen, gaf hij zijn uitspattingen van vroeger op: Raza Hyder zou met niets minder genoegen hebben genomen. De nieuwe, noordelijke versie van Omar Khayyam Shakil leefde sober en werkte hard: veertien uur per dag in het Mount Hira-ziekenhuis, met uitzondering van die keren wanneer hij de generaal tijdens worstelwedstrijden bijstond. Hij keerde alleen maar naar de ambtswoning van de opperbevelhebber terug om te eten en te slapen, maar alle bewijzen van bekering, onthouding en toewijding ten spijt bleef Shahbanou hem met arendsogen in de gaten houden, niet in de laatste plaats omdat zijn toch al omvangrijke lichaam de laatste tijd steeds corpulenter begon te worden, zodat ze, toen hij schertsend tegen de ayah zei: 'Nou, Banou, ben ik een brave jongen of niet?' op ernstige toon antwoordde: 'Sahib Omar, ik zie dat u steeds dikker wordt van God mag weten wat, en u eet zo weinig dat het geen voedsel kan zijn, als u het mij vraagt is het dus slechts een kwestie van tijd of u verliest uw zelfbeheersing, of u barst uit elkaar. Wat moeilijk om een man te zijn,' zei ze met een blik van ernstig medeleven in haar ogen.

Die nacht herkende hij het klopje van Shahbanou aan zijn slaapkamerdeur. Hij hees zich uit bed, en hijgend en op zijn borst kloppend kwam hij aan de deur; toen hij opendeed ontwaarde hij daar de ayah, met een kaars in de hand en loshangende haren, terwijl haar benige gestalte, die aan een tilyar-vogeltje deed denken, door haar katoenen nachthemd heen half zichtbaar was. 'Wat haal je in je hoofd?' vroeg Omar Khayyam verbaasd, maar ze duwde hem opzij, liep langs hem naar binnen en ging plechtstatig op het bed zitten.

'Ik wil niemand doden,' verklaarde ze op effen toon, 'en dus leek dit me beter.'

'Wat moet jij veel van haar houden,' zei Omar Khayyam vol verwondering. 'Meer dan u,' antwoordde ze zonder dit als kritiek te bedoelen, en met een snelle beweging trok ze haar nachthemd uit.

'Ik ben een oude man,' zei hij een poosje later tegen haar, 'dus drie keer is minstens tweemaal te veel. Misschien wil je me toch doden, en is deze methode eenvoudiger.'

'Zo eenvoudig is het niet, sahib Omar,' antwoordde ze, 'en ook bent u niet zo'n wrak als u zegt.'

In het vervolg kwam ze iedere nacht bij hem, behalve tijdens haar maandelijkse periode en haar vruchtbare dagen en gedurende die zeven of acht nachten lag hij in de greep van zijn vrijwillige slapeloosheid en stelde zich voor dat haar magere lichaam naast hem in bed lag, en dan verwonderde hij zich over dat vreemde noodlot dat ertoe geleid had dat hij met de ene vrouw getrouwd was, maar een heel andere had verworven. Na een poosje besefte hij dat hij begon af te vallen. De ponden vlogen van hem af, en ten tijde van Harappa's val was hij weliswaar nog niet wat je noemt slank, want dat zou hij nooit worden, maar hij was uit al zijn pakken geslonken (waaraan te zien valt dat zijn leven en dat van Isky nog altijd met elkaar verbonden waren, want ook Isky viel af ... zij het, alweer, om andere redenen, ja, om heel andere redenen); onder de magische invloed van de Perzische ayah was hij tot opmerkelijk normale afmetingen teruggebracht. 'Ik mag dan geen filmster zijn,' zei hij tegen zijn spiegel, 'maar een karikatuur ben ik ook niet meer.' Omar Khayyam en Shahbanou: onze perifere held heeft zich een schaduwbruid verworven, en daardoor is het zijn eigen schaduw mogelijk gemaakt kleiner te worden.

En Sufiya Zinobia?

...Ligt in bed en drukt met haar vingers haar oogleden dicht, hopend op een slaap waarvan ze weet dat hij wellicht nooit zal komen. Op de huid van die oogleden voelt ze Shahbanous starende blik prikkelen. De ayah op haar matje, kijkend, wachtend. Na een poosje komt Sufiya Zinobia tot de conclusie dat slaap onmogelijk is; ze ontspant zich geheel, laat haar handen zakken en doet net alsof. Ze heeft gemerkt dat deze mimiek, deze geveinsde slaap, andere mensen tevreden stemt. Ze doet het nu automatisch, want ze heeft veel gelegenheid gehad om zich te oefenen: haar ademhaling neemt een bepaald gelijkmatig ritme aan, ook is er een bepaalde manier om met bepaalde, intuïtief aangevoelde tussenpozen van houding te veranderen, en een bepaald gedragspatroon van de oogbollen onder hun leden. Na een tijdje hoort ze Shahbanou zich verheffen van haar mat, de kamer uitglippen, enkele stappen door de gang lopen en aankloppen. Slapeloosheid scherpt het gehoor. Ze hoort de geluiden van springveren, zijn hijgende uitademing, haar ijle kreten. Er is iets dat mensen 's nachts doen. Haar moeder heeft haar van oceanen en vissen verteld. Achter haar gesloten oogleden ziet ze de Perzische ayah een gedaanteverandering ondergaan, vloeibaar worden en zich over de vloer verspreiden tot ze de hele kamer vult. Een gesmolten Shahbanou, zilt en oneindig, en een eveneens van gedaante verwisselende Omar, die schubben, vinnen en kieuwen krijgt en in die zee rondzwemt. Ze vraagt zich af hoe het na afloop moet, wanneer ze hun oorspronkelijke gedaante weer aannemen, hoe ze de kliederboel opruimen, hoe alles weer droog wordt. (Op een ochtend glipte ze de slaapkamer van haar echtgenoot binnen nadat hij naar het ziekenhuis was vertrokken en Shahbanou even weg was om samen met de *dhobi* het aantal vuile kledingstukken te tellen. Ze bevoelde de lakens met haar handen, en vond een paar vochtige plekken. Maar een oceaan zou toch bepaald zijn sporen moeten nalaten: ze zocht de vloer af naar zeesterren, zeewier, schelpen, maar vond er geen: een raadsel.)

Ze vindt het prettig dat ze tegenwoordig zo nu en dan alleen gelaten wordt en van alles kan laten gebeuren, die favoriete dingen die ze in haar hoofd weggesloten houdt; wanneer er mensen in de buurt zijn durft ze die dingen nooit te voorschijn te halen om ermee te spelen, uit angst dat ze haar worden afgenomen of dat ze per ongeluk stukgaan. Overal om haar heen zijn grote, onhandige mensen; ook al doen ze het niet met opzet, toch breken ze van alles. Al dat kostelijke, breekbare speelgoed zit opgeborgen in haar hoofd. Een van de prettigste van die innerlijke dingen is wanneer haar vader haar optilt. Haar omhelst, tegen haar glimlacht, om haar huilt. Dingen zegt die ze niet echt begrijpt, maar de klanken zijn aangenaam. Ze haalt hem uit haar hoofd en laat hem dat alles doen, telkens weer opnieuw; het is net zoiets als wanneer iemand je voor het slapen gaan zes keer achter elkaar hetzelfde verhaaltje vertelt. Met de dingen die buiten je hoofd zijn, kun je dat niet doen. Soms gebeuren die maar één keer, en dan moet je er als de kippen bij zijn en ze grijpen en wegstoppen in je geheime bergplaats. Soms gebeuren ze helemaal nooit. Er is één ding dat ze in haar binnenste bij zich draagt en dat nog nooit ergens anders is gebeurd: haar moeder springt touwtje met haar. Bilquìs houdt het springtouw vast en samen springen ze, steeds sneller, totdat ze zo snel gaan dat je niet meer kunt zien wie wie is, het zou net zo goed één persoon kunnen zijn die binnen de kring van touw wordt vastgehouden. Het spelen met dit stuk speelgoed maakt haar moe, niet vanwege het touwtjespringen op zich, maar omdat het moeilijk is in je binnenste dingen te doen die je niet van buitenaf daarheen hebt gebracht. Waarom zijn die dingen-voor-uitsluitend-van-binnen toch zo veel moeilijker? En bijna onmogelijk om telkens weer te herhalen.

Op de meeste dagen komt er een speciale onderwijzeres, en dat vindt ze prettig. De onderwijzeres brengt telkens nieuwe dingen mee, en sommige daarvan stopt Sufiya Zinobia ook weg in haar hoofd. Er is een ding dat wereld heet en dat een hol geluid maakt wanneer je er met je knokkels tegen tikt, maar soms is het ook wel plat en in een aantal boeken verdeeld. Ze weet dat het eigenlijk een afbeelding is van een veel grotere plek die overal heet, maar het is geen goede afbeelding want ze kan zichzelf er niet in zien, zelfs niet met een vergrootglas. Ze stopt een veel betere wereld in haar hoofd weg, waar ze iedereen zien kan die ze wil. Omar, Shahbanou, Bilquìs, Raza, heel klein staan ze daar op het blik. Ze wuift naar beneden, en de kleine mierenfamilie wuift terug naar omhoog. En schrijven, ook dat kan ze. In haar geheime bergplaats schrijven haar lievelingsletters, de bobbelige *sin*, de op een hockeystick lijkende *làm* en de *mìm* met zijn opgeblazen borst als van een kalkoen, zichzelf onophoudelijk neer, telkens weer opnieuw.

Ze propt haar hoofd vol met prettige dingen, opdat er geen ruimte zal zijn voor die andere dingen, die dingen waaraan ze zo'n hekel heeft.

Een beeld van haarzelf met een heleboel dode vogels. Wie heeft dat er ingedaan? En nog een: ze bijt iemand, heel hard. Zo nu en dan beginnen die nare dingen zichzelf te herhalen als grammofoonplaten waarop de naald is blijven steken, en dan valt het niet mee ze weg te duwen en in plaats daarvan haar vaders glimlach of het springtouw weer te pakken. Ze weet dat ze vroeger ziek is geweest, en misschien is dat nare speelgoed nog overgebleven van toen.

En er zijn ook nog andere dingen, die nergens vandaan schijnen te komen. Meestal verschijnen die tijdens de slapeloze nachten, gedaanten die haar bijna aan het huilen brengen, of huizen waar mensen ondersteboven aan de dakrand hangen. Ze heeft het gevoel dat de dingen die ze in haar binnenste krijgt haar eigen schuld moeten zijn. Als ze lief was, zouden de stoute dingen ergens anders heengaan, en dus betekent dat dat ze niet lief en braaf is. Waarom is ze zo slecht? Wat maakt haar zo verdorven? Ze ligt te woelen in haar bed. En vanuit haar binnenste komen de angstaanjagende vreemde gedaanten naar buiten stromen.

Dikwijls denkt ze aan het woord *echtgenoot*. Ze weet wat een *echtgenoot* is. Haar vader is een *echtgenoot*, evenals Talvar Ulhaq, en zijzelf heeft er nu ook een. Maar wat betekent het eigenlijk, een *echtgenoot* te *hebben*? Waar dienen ze voor? Ze kan de meeste dingen zelf, en Shahbanou helpt haar met de rest. Maar toch *heeft* ze een *echtgenoot*. Ook al zo'n raadsel.

Voor het huwelijk heeft ze Shahbanou ernaar gevraagd, en de antwoordende Shahbanou in haar hoofd weggestopt. Ze haalt de ayah nu te voorschijn en hoort haar zeggen, telkens weer opnieuw: 'Ze verdienen geld en maken baby's. Maar maak je maar geen zorgen, kindje, geld is hier geen probleem, en baby's zijn niet voor jou weggelegd.' Ze kan dit niet begrijpen, hoe vaak ze het beeld ook afdraait. Als geld geen probleem is, zou je er ook geen echtgenoten voor nodig moeten hebben. *En baby's zijn niet voor jou weggelegd.* Waarom niet? 'Gewoon omdat ik het zeg.' Maar waarom dan niet? 'O, maak dat je wegkomt. Waarom waarom waarom, en nu draai ik je helemaal om.' Zo eindigt het nu altijd, zonder dat er iets uitgelegd wordt. Maar toch is die kwestie van die echtgenoten belangrijk. Ze *heeft* er immers een. Alle anderen weten het vast en zeker, maar zij niet. Ook alweer haar eigen stomme schuld.

Het prettigste dat de laatste tijd is gebeurd zijn de baby's, de baby's van haar zuster. Zij, Sufuya, speelt met hen zo vaak ze maar kan. Ze vindt het prettig te kijken terwijl ze kruipen, omvallen en grappige geluidjes maken, en ze vindt het prettig dat ze meer weet dan zij. Ze springt touwtje voor hen: O, wat een verbazing in die ogen. Ze stopt ze in haar hoofd, en haalt ze te voorschijn wanneer ze de slaap niet kan vatten. Goed Nieuws speelt nooit met de baby's. Waarom niet? Het heeft geen zin er nar te vragen. 'Waarom waarom, zijn de bananen krom?' In haar hoofd hoort ze de baby's lachen.

Dan komen die enge beelden weer terug, want als ze een echtgenoot heeft, en als een echtgenoot baby's maakt maar baby's niet voor jou zijn weggelegd, dan moet er iets niet in orde zijn. Dit bezorgt haar een gevoel, zo ongeveer als blozen, heet, erg heet. Maar hoewel haar huid tintelt en haar wangen opvlammen gebeurt dit alleen maar in haar binnenste; niemand merkt deze nieuwe, inwendige blossen op. Ook dat is vreemd. Het maakt het gevoel nog erger. Soms denkt ze wel eens: 'Ik ben bezig in iets te veranderen,' maar wanneer die woorden in haar hoofd opkomen weet ze niet wat ze betekenen. Hoe doe je dat, veranderen in een iets? Die nare, verkeerde woorden, en dat gevoel wordt scherper en pijnlijker. Ga weg ga weg ga weg. Ga weg.

Er is iets dat vrouwen 's nachts met echtgenoten doen. Zij niet; Shahbanou doet het voor haar. *Ik heb een hekel aan vissen.* Haar echtgenoot komt 's nachts niet naar haar toe. Hier zijn twee dingen die ze niet prettig vindt: het eerste is dat hij niet bij haar komt, en het tweede is dat nachtelijke gebeuren zelf, het klinkt afschuwelijk, dat moet het wel zijn, te oordelen naar de kreten, het gekreun en de natte, onfrisse lakens. Jakkes. Walgelijk. Maar ze *is* een *echtgenote*. En ze *heeft* een *echtgenoot*. Ze komt er niet uit. Aan de ene kant het afschuwelijke van wat daar gebeurt, en aan de andere kant het afschuwelijke van het niet-doen. Ze drukt met haar vingers haar oogleden dicht en laat de baby's weer spelen. Er is geen oceaan, maar toch heeft ze een gevoel alsof ze wegzinkt. Ze wordt er misselijk van.

Er is een oceaan. Ze voelt het getij. En ergens in de diepten ervan een Beest, dat zich begint te roeren.

Het verdwijnen van kinderen uit de krottenwijken en de sloppen van 's lands achterbuurten was iets dat al vele jaren lang gaande was. Er waren diverse theorieën over deze verdwijningen. Er werd geopperd dat de kinderen ontvoerd werden naar landen rond de Perzische Golf om daar als goedkope arbeidskrachten te dienen of om op nog ergere, onuitsprekelijke manieren misbruikt te worden door Arabische prinsen. Weer anderen beweerden dat de schuldigen gezocht moesten worden onder ouders die zich van de ongewenste leden van hun buitensporig grote gezinnen ontdeden. Het raadsel was nooit opgelost. Er waren geen arrestaties verricht en ook geen slavenhandelkomplotten aan het licht gebracht. Het was een alledaags feit geworden: kinderen verdwenen eenvoudigweg op klaarlichte dag en losten op in het niets. Pfft!

Toen werden die lijken zonder hoofd gevonden.

Het was het jaar van de algemene verkiezingen. Iskander Harappa en het Volksfront, inmiddels zes jaar lang aan de macht, voerden een verwoede campagne. Er was echter sprake van felle oppositie: Isky's rivalen hadden de rijen aaneengesloten en maakten het hem niet gemakkelijk. Er werd kritiek geleverd op het economisch beleid, maar ook werden er aantijgingen van goddeloosheid, beschuldigingen van arrogantie en insinuaties van corruptie gehoord. Algemeen werd aangenomen dat het Volksfront alle kiesdistricten in de grensgebieden zou verliezen, zowel in het noordwesten als rond Q. Plus vele zetels in de steden. Kortom, de mensen hadden al genoeg aan hun hoofd, zonder zich ook nog eens zorgen te moeten maken over een stelletje dode paupers.

De lijken waren alle vier van halfvolwassen jongelingen, en ze rieten kwalijk. De hoofden waren door een of andere titanische kracht van de romp gescheurd: letterlijk van de schouders gerukt. Op hun aan flarden gescheurde broeken werden spermasporen ontdekt. Ze waren gevonden op een vuilnisbelt in de nabijheid van een achterbuurt, en naar het scheen hadden ze alle vier min of meer gelijktijdig het leven verloren. De hoofden werden nooit gevonden.

De verkiezingscampagne was in volle gang, en de verhitte gemoederen werden er volledig door in beslag genomen. De moorden haalden nauwelijks de kranten, en op de radio werd er met geen woord over gerept. Er deden wel enige geruchten en wat roddelpraat de ronde, maar die begonnen de mensen al gauw te vervelen. Er gebeurde zoveel in die achterbuurten; God mocht weten wat zich daar allemaal afspeelde.

Dit is wat er gebeurd was.

De gesluierde vrouw: een griezelverhaal.

Talvar Ulhaq was per vliegtuig vanuit Q. op weg terug naar de hoofdstad toen hij het visioen kreeg. Het hoofd van de Federale Veiligheidsdienst had het in deze dagen erg druk; hij sliep nauwelijks en reisde koortsachtig het hele land rond. Het was verkiezingstijd, en Talvar hoorde tot de kring van Iskander Harappa's intieme vertrouwelingen; zijn daad van verraad lag in de toekomst. Hij was dus volop bezet, want Isky rekende erop dat de FVD ervoor zou zorgen dat hij zijn tegenstanders steeds een stap voor kon blijven door hun plannen te ontdekken, door verraders in hun hoofdkwartieren te infiltreren en alles wat ze op touw zetten in de war te sturen, en gegronde redenen te vinden om hun leiders te kunnen arresteren. Ook in het vliegtuig was Talvar hiermee bezig, dus toen de beschadigde ligamenten in zijn nek hem eensklaps hevige last begonnen te bezorgen negeerde hij dat en beet zijn tanden op elkaar, want hij liet juist zijn ogen aandachtig over bepaalde foto's gaan waarop separatistisch gezinde politici uit de grensstreken in bed lagen met aantrekkelijke jonge mannen die in feite trouwe employés van de FVD waren en zich moedig en onzelfzuchtig inzetten ten bate van hun land. Maar toen kwam dat visioen en Talvar zag zich genoodzaakt van zijn werk op te kijken, want het was net alsof de cabine wazig werd en in rook oploste, en ineens bevond hij zich in het huis van de Hyders, als een schaduw op de wand, en zag hij de gestalte van Bilquìs Hyder, zoals gewoonlijk van hoofd tot voeten gesluierd in een zwarte *burqa*, door een schemerdonkere gang op hem afkomen. Toen ze langs hem heen liep zonder ook maar een blik in zijn richting te werpen, zag hij tot zijn ontzetting dat haar *burqa* door-weekt was en dat er iets uitdroop dat te stroperig was om water te kunnen zijn. Het bloed, dat in de onverlichte gang zwart leek, liet een spoor achter haar na.

Het visioen vervaagde. Toen Talvar thuiskwam ging hij op onder-zoek uit en ontdekte dat er bij de Hyders niets aan de hand scheen, Bilquìs had het pand niet verlaten en iedereen maakte het uitstekend, dus zette hij de kwestie uit zijn hoofd en wijdde zich weer aan zijn werk. Later zou hij tegenover generaal Raza Hyder bekennen: 'Ik heb een fout gemaakt. Ik had onmiddellijk moeten inzien wat er gaande was, maar mijn gedachten waren bij andere dingen.'

De dag na zijn terugkeer uit Q. vernam Talvar Ulhaq van de vier lijken zonder hoofd, en wel door puur toeval: twee van zijn mannen zaten in de kantine van de FVD grapjes te maken over de moorden en vroegen zich hardop af of ze die niet in de schoenen van bekende ho-moseksuele leiders van de oppositie zouden kunnen schuiven. Talvar voelde zich koud worden en vervloekte zichzelf. 'Idioot die je bent,' dacht hij, 'geen wonder dat je nek pijn deed.'

Hij reed terstond naar het centrale hoofdkwartier van het leger en vroeg Raza om hem te vergezellen naar de tuinen, om er zeker van te zijn dat ze niet werden afgeluisterd. Ietwat bevreemd gaf Hyder aan het verzoek van zijn schoonzoon gehoor.

Toen ze eenmaal buiten waren in de middaghitte vertelde Talvar van zijn visioen en bekende beschaamd dat hij had moeten weten dat de figuur die hij gezien had te klein was geweest om Bilquìs Hyder te hebben kunnen zijn. Bij nader inzien kwam het hem trouwens ook voor dat haar manier van lopen iets wankels en ongecoördineerds had gehad... 'Vergeef me dat ik het zeg,' zei hij, 'maar ik geloof dat Sufiya Zinobia weer aan het slaapwandelen is geweest.' Zo veel eerbied had Raza Hyder voor Talvars helderziende gaven dat hij met duizelend hoofd maar zonder hem te onderbreken luisterde toen Talvar verder-ging en de mening uitsprak dat als Sufiya Zinobia aan een medisch onderzoek zou worden onderworpen daarbij zou blijken dat ze niet langer virgo intacta was, wat op zichzelf een sterke aanwijzing zou zijn, want ze wisten allemaal dat haar echtgenoot het bed niet met haar deelde. 'Neemt u mij niet kwalijk dat ik het zo botweg zeg, generaal, maar ik ben van mening dat ze gemeenschap met die vier jonge *goenda's* heeft gehad alvorens hen het hoofd af te rukken.'

Het beeld van zijn geestelijk gestoorde dochter die zich overgaf aan die meervoudige ontmaagding, om vervolgens in wraak op te rijzen en haar minnaars in stukken te scheuren, maakte Raza Hyder lijfelijk onpasselijk... 'Begrijpt u alstublieft goed, generaal,' zei Talvar eerbiedig, 'dat ik niet van plan ben stappen in deze aangelegenheid te ondernemen, behalve overeenkomstig nauwkeurige instructies van u persoonlijk. Dit is een familiekwestie.'

'Hoe had ik het moeten zien aankomen?' zei Raza Hyder op klaaglijke, bijna onhoorbare toon; het was alsof zijn stem van heel ver kwam. 'Een stelletje vogels, toen een kwade bui tijdens een bruiloft, en daarna jarenlang niets meer. Dacht aldoor: Wat is het probleem? Zou wel overgaan, was over. We hebben onszelf voor de gek gehouden. Dwazen die we zijn,' en vervolgens deed hij er verscheidene minuten lang het zwijgen toe. 'Het zou mijn einde kunnen betekenen,' voegde hij er uiteindelijk aan toe. 'Afgelopen, finito, welterusten.'

'Dat mag niet gebeuren, generaal,' protesteerde Talvar. 'Het leger heeft u nodig.'

'Je bent een beste kerel, Talvar,' mompelde Raza, en vervolgens raakte hij weer verstrooid totdat zijn schoonzoon kuchte en vroeg: 'Dus wat voor stappen moet ik ondernemen, generaal?'

Generaal Hyder kwam weer tot zichzelf. 'Wat bedoel je?' vroeg hij. 'Hoezo, stappen ondernemen? Wat is er voor bewijs? Niets dan getheoretiseer en mysticisme. Ik wil er niets van horen. Hoe durf je op zulke gronden veronderstellingen te doen? Loop naar de hel met die dwaasheid, meneer. Verspil er mijn tijd niet mee.'

'Jawel, generaal.' Talvar Ulhaq ging in de houding staan. De generaal had tranen in de ogen toen hij zijn arm om de stramme schouders van de jongere man sloeg.

'Je hebt het dus wel begrepen, hè, Talvar, m'n jongen? *Chup*! Mondje dicht!'

In de diepten van de oceaan komt het Zeebeest in beroering. Langzaam blaast het zich op, zich voedend met gevoelens van te kort schieten, schuld en schaamte, opzwellend naar omhoog, naar de oppervlakte. Het Beest heeft ogen als bakens; het kan een slapeloze in een slaapwandelaar veranderen. Slapeloosheid wordt slaapwandelen, een meisje een monster. Het Beest heeft een ander begrip van tijd. De jaren vliegen als vogels voorbij. En naarmate het meisje opgroeit, naarmate haar begrip groter wordt, krijgt het Beest meer te eten... Toen Sufiya Zinobia achtentwintig was had ze inmiddels een geestelijke leeftijd van ongeveer negen en een half jaar bereikt, zodat Sufiya wist wat er gebeurd was, toen Shahbanou de ayah dat jaar zwanger werd en vanwege haar onzedelijk gedrag ontslagen werd; ze had die nachtelijke geluiden, zijn gesteun en haar vogelkreten, immers gehoord. Al haar voorzorgsmaatregelen ten spijt was de ayah zwanger geworden, want het is gemakkelijk je bij het berekenen van datums te vergissen, en ze was vertrokken zonder een woord, zonder te trachten iemand ergens de schuld van te geven. Omar Khayyam bleef met haar in contact, hij betaalde voor de abortus en zorgde ervoor dat ze naderhand niet verhongerde, maar daardoor werd niets opgelost; de schade was niet meer ongedaan te maken.

Sufiya Zinobia ligt in bed, zo stijf als een plank. Ze probeert de prettige dingen uit haar hoofd te voorschijn te laten komen, zoals de baby's, of haar vaders glimlach. Maar in plaats daarvan is er alleen maar dat ding in Shahbanou's binnenste, dat ding dat echtgenoten maken; omdat hij mij de baby niet gaf, heeft zij die in mijn plaats in zich genomen. Sufiya is bezeten door gevoelens van schuld en schaamte. Die vrouw, die van me hield. En mijn echtgenoot, wie kan het hem kwalijk nemen, hij heeft nooit een echtgenote gehad. Onophoudelijk spoken die gedachten door haar hoofd in dat lege vertrek; ze is een getij in opkomende vloed, ze voelt hoe iets in haar opwelt, brullend, hoe het zich meester van haar maakt, dat ding, die vloedgolf, of misschien het ding in de vloedgolf, het Beest breekt los om zijn verwoestingen te gaan aanrichten in de wereld, en daarna weet ze niets meer en zal ze zich ook niets herinneren, want het, dat ding, is vrij.

De slapeloze wordt tot slaapwandelaarster. Het monster verheft zich van het bed; het is de *avatar* van de schaamte, en het verlaat dat ayah-loze vertrek. Van ergens komt de *burqa*, het doet er niet toe van waar, want in dat droevige huis is dat kledingstuk nooit moeilijk te vinden en dan begint de wandeling. In een herhaling van de ramp met de kalkoenen behekst ze de nachtelijke bewakers; uit haar ogen straalt de felle gloed van die van het Beest, en de schildwachten worden erdoor in steen veranderd, wie zal zeggen hoe, maar later, wanneer ze wakker worden, zullen ze er zich niet van bewust zijn geslapen te hebben.

De schaamte waart rond door de nachtelijke straten. In de achterbuurt worden vier jongelingen gebiologeerd door die verschrikkelijke ogen, wier dodelijk vuur als een wind door het traliewerk van de sluier laait. Ze volgen haar naar de noodlottige vuilstortplaats, als ratten achter de rattenvanger aanlopend, als marionettendansend in het alles verterende licht dat uit die zwartgesluierde ogen straalt. Ze gaat liggen, en wat Shahbanou op zich nam wordt nu eindelijk ook met Sufiya gedaan. Vier echtgenoten volgen elkaar op. Vier komen en gaan, in en uit, en dan strekken haar handen zich uit naar de hals van de eerste jongen. De anderen blijven staan en wachten hun beurt af. En hoofden worden hoog de lucht in geslingerd, en verdwijnen in de schaarse wolken; niemand zag ze vallen. Ze staat op, gaat naar huis. En slaapt; het Beest komt tot bedaren.

Generaal Raza Hyder doorzocht persoonlijk de kamer van zijn dochter. Toen hij de *burqa* vond was die knapperig en stijf van het opgedroogde bloed. Hij wikkelde hem in een krant en verbrandde hem. De as gooide hij uit het portierraam van een rijdende auto.

  Het was verkiezingsdag, en er woedden vele branden.

Dertig seconden voordat de jeeps zijn huis in de hoofdstad vol ongewenste luchthavengebouwen omsingelden, voelde voorzitter Iskander Harappa kiespijn opkomen. Zijn dochter Arjumand had zojuist iets gezegd dat het noodlot tartte, en zoals altijd wanneer iemand dat deed schreeuwden al Iskanders door het pruimen van *sirih* zwart geworden tanden het uit van bijgelovige pijn, vooral wanneer dat na middernacht gebeurde, wanneer zulke dingen nog gevaarlijker zijn dan ze bij daglicht al schijnen. 'De oppositie heeft geen fut meer,' had Arjumand geopperd, zeer tot schrik van haar vader. In de tevreden stemming waarin mensen na het avondeten plegen te verkeren, had hij wat zitten peinzen over een albino-panter die ontsnapt heette te zijn in de beboste heuvels van Bagheeragali, een kilometer of zestig verderop; zijn gedachten met geweld losrukkend van die betoverde bossen berispte hij zijn dochter: 'God mag weten hoe we jou ooit van dat optimisme van je moeten genezen; ik zal je eens kopje onder moeten duwen in het reservoir achter de stuwdam.' Toen werd zijn kiespijn heviger, erger dan ooit tevoren, en in zijn verbazing gaf hij hardop uiting aan de gedachte die eensklaps bij hem was opgekomen: 'Ik zit hier de op een na laatste sigaar van mijn leven te roken.' Nauwelijks was deze voorspelling hem over de lippen of er vervoegde zich een ongenode gast bij hen: een legerofficier met het droevigste gezicht van de hele wereld, kolonel Shuja, die al zes jaar adjudant van generaal Raza Hyder was. De kolonel salueerde en stelde de eerste minister op de hoogte van de staatsgreep. 'Neemt u mij niet kwalijk, excellentie, maar u moet me onmiddellijk vergezellen naar het rusthuis in Bagheeragali.' Nu besefte Iskander Harappa dat de ware strekking van zijn dagdroom hem ontgaan was, en hij glimlachte om zijn eigen domheid. 'Zie je, Arjumand,' zei hij, 'ze willen me aan de panter voeren, zo is het toch?' Vervolgens wendde hij zich tot Shuja en vroeg wie die orders gegeven had. 'De leider van de Staat van Beleg, excellentie,' antwoordde de kolonel. 'Generaal Hyder, excellentie, met uw welnemen.'

'Kijk naar mijn rug,' zei Iskander tegen zijn dochter, 'dan zie je het mes van een lafaard.'

Een halfuur later werd generaal Salmàn Tughlak, het hoofd van de Verenigde Chefs van Staven, weggerukt uit een rumoerige nachtmerrie waarin de debâcle van de oorlog in de Oostelijke vleugel in vertraagde beweging werd afgedraaid, door het opdringerige en aanhoudende bellen van zijn telefoon. Generaal Tughlak was de enige van president Ruige Hond's officieren die aan Harappa's reorganisatie van de hogere echelons van Defensie ontsnapt was, en gedurende een ogenblik weigerde de boze droom hem te verlaten, zodat hij verstrooid in de hoorn riep: 'Wat is er? Hebben we gecapituleerd?'

'We hebben het voor elkaar,' klonk de ietwat verbaasde stem van Raza Hyder.

Generaal Tughlak was al even verbaasd. 'Wat hebben we voor elkaar, in hemelsnaam?'

'Ya Allah,' zei Raza Hyder paniekerig, 'heeft dan niemand het u verteld?' Toen begon hij te hakkelen, want het hoofd van de Verenigde Chefs van Staven was natuurlijk zijn meerdere, en als de baas weigerde het door het leger genomen initiatief door de marine en de luchtmacht te laten ondersteunen, kon het er wel eens lelijk uitzien. Wegens zijn onverstaanbare angstige gestamel en het feit dat generaal Tughlak nog steeds door slaap beneveld was, kostte het Raza Hyder ruim vijf minuten om het hoofd van de Chefs van Staven aan het verstand te brengen wat er die avond gebeurd was.

'En?' zei Tughlan ten slotte. 'Wat nu?'

Hyders gestamel werd wat minder, maar hij bleef op zijn hoede. 'Neemt u me niet kwalijk, generaal,' zei hij om tijd te winnen. 'Maar wat bedoelt u?'

'Verdomme nog toe, man,' barstte Tughlan uit, 'wat voor orders ben je van plan te geven?'

Het bleef even stil terwijl het tot Raza Hyder doordrong dat alles in orde was; toen zei hij ootmoedig: 'Tughlak-ji, u begrijpt wel, met uw eerdere ervaring op het gebied van de staat van beleg en zo…'

'Vooruit, voor de dag ermee,' beval Tughlak.

'… eerlijk gezegd, generaal, hadden we gehoopt dat u ons daarmee zou kunnen helpen.'

'Verdomde amateurs,' mopperde de oude Tughlak opgewekt. 'Jullie plegen een staatsgreep, maar weten van voren niet dat jullie van achteren leven.'

De oppositie had de verkiezingsuitslagen nooit geaccepteerd. In de steden liep het gepeupel te hoop, schreeuwend dat er was geknoeid; er waren brandstichtingen, relletjes en stakingen. Het leger kreeg bevel uit te rukken en op burgers te schieten. *Jawans* en jonge officieren morden, maar hun opstandige woorden werden aanvankelijk overstemd door geweerschoten. En Arjumand Harappa tartte het noodlot.

Er wordt beweerd dat generaal Hyder er eerst niet veel voor voelde om in te grijpen, en dat hij dit pas deed toen zijn collega's hem voor de keus stelden Harappa af te zetten of samen met hem te vallen. Maar als president zou Hyder dit ontkennen: 'Als ik rommel zie,' zei hij, 'dan kan ik het niet laten die op te ruimen, zo ben ik nu eenmaal.'

Op de ochtend na de staatsgreep verscheen Raza Hyder op de nationale televisie. Hij lag met zijn handen tegen zijn oren op een bidkleedje geknield en reciteerde verzen uit de koran; toen hij klaar was met deze godsdienstoefening stond hij op om het woord tot de natie te richten. Dit was de toespraak waarbij het volk voor het eerst de later beroemd geworden term 'Operatie Scheidsrechter' te horen kreeg. 'Begrijpt me goed,' zei Raza op kordate toon; 'het leger wil niet meer dan een eerlijk en onpartijdig scheidsrechter zijn.'

Waar was Raza's rechterhand terwijl hij sprak? Waar, terwijl hij nieuwe-verkiezingen-binnen-negentig-dagen beloofde, rustten zijn vingers op? Wat, in leer gebonden en in zijde gewikkeld, schonk geloofwaardigheid aan zijn plechtige eed dat het alle politieke partijen, met inbegrip van het Volksfront van 'die onversaagde vechtjas en grote politicus' Iskander Harappa, zou worden toegestaan aan de nieuwe verkiezingen deel te nemen? 'Ik ben maar een eenvoudig soldaat,' verklaarde Raza Hyder, 'maar een schandaal is een schandaal, en dient ongedaan te worden gemaakt.' De televisiecamera zwenkte van zijn door de *gatta* getekende gezicht omlaag langs zijn rechterarm, zodat de natie kon zien waar zijn rechterhand op rustte: op de koran.

Raza Hyder, Harappa's beschermeling, werd diens beul; maar ook schond hij zijn heilige eed, en hij was een godsdienstig man. Wat hij later deed kan heel goed het gevolg zijn geweest van een verlangen zijn bezoedelde naam te zuiveren voor God.

Zo was het allemaal begonnen. Arjumand Harappa was in ballingschap gezonden, naar Rani op Mohenjo, maar Haroun Harappa was niet gepakt. Hij was het land uit gevlucht of ondergedoken ... maar of hij nu het een of het ander had gedaan, in die eerste dagen leek het een nogal overdreven reactie. Schertsend zei Raza Hyder tegen Tughlak: 'Wat een stomkop. Denkt hij soms dat ik zijn geval zal afsnijden, alleen maar omdat hij niet goed genoeg was om met mijn dochter te trouwen?'

Voorzitter Iskander Harappa werd in niet ongeriefelijke omstandigheden gedetineerd in het rusthuis van de regering in Bagheeragali, waar hij natuurlijk niet opgegeten werd door een panter. Hij behield daar zelfs het gebruik van een telefoon, zij het dan alleen voor inkomende gesprekken; maar de westerse kranten wisten het nummer te achterhalen en Iskander verstrekte lange, welsprekende interviews aan een groot aantal buitenlandse journalisten. In die interviews uitte hij gedetailleerde beschuldigingen, waarbij hij talrijke twijfels opwierp omtrent Raza Hyders goede trouw, moraliteit, seksuele potentie en wettigheid van geboorte. Niettemin bleef Raza verdraagzaam. 'Die Isky toch,' vertrouwde hij kolonel Shuja toe. 'Wat een opgewonden standje. Maar ja, dat is hij altijd al geweest. En het is begrijpelijk dat de vent van streek is; als ik in zijn schoenen stond zou ik dat ook zijn. Trouwens, men dient niet alles te geloven wat men in de christelijke pers leest.'

'Stel dat u straks verkiezingen houdt en hij wint, generaal,' waagde kolonel Shuja op te merken terwijl zijn gezicht de smartelijkste uitdrukking aannam die Raza ooit op dat mistroostige gelaat gezien had, 'neem me niet kwalijk, generaal, maar wat zal hij u dan aandoen?'

Raza Hyder keek verbaasd. 'Aandoen?' riep hij uit. 'Mij iets doen? Zijn oude kameraad, zijn aangetrouwd familielid? Heb ik hem soms gemarteld? Heb ik hem soms als een ordinaire misdadiger in een cel gesmeten? Dus waarom zou hij me iets willen doen?'

'Die Harappa's zijn een familie van gangsters, generaal,' zei Shuja, 'dat weet toch iedereen. Vendetta's en zo, neem me niet kwalijk dat ik het zeg, generaal, maar het wraak nemen zit hen in het bloed.'

Vanaf dat moment kwamen er diepe denkrimpels in Raza Hyders getekend voorhoofd, en twee dagen later deelde hij zijn adjudant mee: 'We gaan die vent nu meteen opzoeken en alles eens even op een rijtje zetten.'

Naderhand zou kolonel Shuja zweren dat de generaal er tot aan die ontmoeting met Iskander nooit aan gedacht had het presidentschap op zich te nemen. 'Die stommeling,' zei hij desgevraagd altijd, 'heeft zich zijn eigen noodlot op de hals gehaald.' Shuja reed met generaal Hyder naar Bagheeragali, en terwijl de stafwagen over de bergwegen omhoog klom, drongen de zoete geuren van denneappels en schoonheid hun neusgaten binnen, die aroma's die het vermogen bezaten zelfs de zwaarmoedigsten van hart op te beuren en een mens het gevoel te geven dat niets onoplosbaar was. En in de bungalow in Bagheeragali aangekomen wachtte de adjudant in een voorvertrek terwijl het noodlottige gesprek plaatsvond.

Iskander Harappa's voorgevoel met betrekking tot de sigaren was bewaarheid geworden, want ondanks alle airconditioners en bokalen van geslepen glas en Shirazi-tapijten en andere materiële gemakken in het rusthuis was hij er niet in geslaagd ook maar een enkele asbak te vinden, en toen hij de bewakers had gevraagd een kistje van zijn geliefde havanna's van zijn huis te laten komen, hadden ze hem beleefd geantwoord dat dat niet mogelijk was. Het rookverbod was een obsessie voor Isky geworden en zijn waardering voor zijn geriefelijke bed en de goede maaltijden werd erdoor tenietgedaan, want het lag er dik bovenop dat iemand de bewakers bevolen had hem zijn rokertjes te ontzeggen, dus er werd hem iets aan het verstand gebracht – *pas op* – en dat beviel hem allerminst. De afwezigheid van sigarerook bezorgde hem een ranzige smaak in zijn mond. Hij begon doorlopend betelnoten te kauwen en het sap opzettelijk op de kostbare tapijten uit te spuwen, want zijn woede was de overdreven netheid van zijn ware aard gaan overheersen. Zijn kiespijn verergerde, dus wanneer we in aanmerking nemen wat er in zijn mond zoal mis was, viel het niet te verwonderen dat zijn woorden er ook niet beter op werden… Raza Hyder kon de ontvangst die hem te beurt viel niet hebben verwacht, want hij ging Iskanders kamer binnen met een verzoenende glimlach op zijn gezicht; maar hij had de deur nog niet achter zich dicht of de verwensingen vlogen hem om de oren, en kolonel Shuja zwoer dat hij blauwe rookslierten door het sleutelgat naar buiten zag kringelen, als of er daar binnen een brand woedde, of aan 420 havanna-sigaren tegelijk werd gepaft.

Verleider van je grootmoeders bastaardschoothondje, verpatser van je dochters aan het addergebroed van pooiers, ongelovige hond die op de koran schijt – anderhalf uur aan een stuk door schold Isky Harappa Raza uit zonder zich ook maar een enkele keer in de rede te laten vallen. Het sap van betelnoten en de afwezigheid van tabak verleenden zijn toch al enorme vocabulaire van scheldwoorden een rancune die dodelijker was dan ooit in de dagen van zijn losbandige jeugd het geval was geweest. Tegen de tijd dat hij was uitgeraasd waren de wanden van dat vertrek van onder tot boven bespat met betelnotensap en waren de gordijnen geruïneerd; het was alsof daarbinnen een kudde dieren was afgeslacht, alsof kalkoenen of geiten wild hadden rondgesparteld in hun doodsstrijd en de kamer hadden rondgerend terwijl het bloed uit hun rood gapende strotten spoot. Toen Raza Hyder het vertrek uitkwam dropen zijn kleren van het betelnotensap, zat zijn snor er vol mee en beefden zijn handen terwijl de rode vloeistof van zijn vingertoppen druppelde, alsof hij zijn handen gewassen had in een kom van Iskanders levensbloed. Zijn gezicht zag spierwit.

Generaal Hyder sprak de hele terugrit geen woord, totdat de stafwagen voor de ambtswoning van de opperbevelhebber tot stilstand kwam. Toen zei hij terloops tegen kolonel Shuja: 'Ik heb over de ambtsperiode van meneer Harappa verschrikkelijke dingen gehoord. Die man verdient het niet nog ooit te worden losgelaten. Hij is een gevaar voor het land.'

Twee dagen later legde Talvar Ulhaq de verklaring af waarin hij

Iskander Harappa er onder ede van beschuldigde zijn neef Kleine Mir te hebben laten vermoorden. Toen kolonel Shuja het document las dacht hij verbaasd: 'Zo zie je maar weer wat je met liederlijke taal bereikt.'

Door het onvermogen van Goed Nieuws de jaarlijkse stroom van kinderen die aan haar schoot ontsprong in te dammen, was de residentie van de leider van de Staat van Beleg in die dagen meer op een weeshuis gaan lijken dan op een regeringscentrum. Zevenentwintig kinderen in leeftijden variërend van één tot zes jaar spuugden, kwijlden, kropen, tekenden met vetkrijt op muren, speelden met blokken, krijsten, morsten vruchtesap, vielen in slaap, tuimelden trappen af, braken vazen, jengelden, giechelden, zongen, dansten, huppelden, plasten in hun broek, eisten aandacht op, experimenteerden met scheldwoorden, schopten hun ayah's, weigerden hun tanden te poetsen, trokken aan de baard van de godsdienstonderwijzer die in dienst genomen was om hun onderricht in schrijven en in de koran te geven, trokken gordijnen naar beneden, besmeurden sofa's, raakten zoek, sneden zich, verzetten zich uit alle macht tegen inentingen, bedelden om huisdieren om er vervolgens alle belangstelling voor te verliezen, pikten radio's en kwamen binnenvallen midden in vergaderingen op het allerhoogste niveau in dat grote gekkenhuis. Intussen was Goed Nieuws alweer aan het uitdijen, en ze was zo dik dat ze eruitzag alsof ze een walvis had ingeslikt. Iedereen wist met afschuwelijke zekerheid dat de opklimmende reeks zich voortzette en dat er ditmaal niet minder dan acht baby's zouden worden voortgebracht, en dat het er volgend jaar negen zouden zijn, en het jaar daarop tien, zodat ze tegen haar dertigste het leven zou hebben geschonken aan niet minder dan zevenenzeventig kinderen; het ergste moest nog komen. Het kan zijn dat Raza en Talvar, als ze hun gedachten niet bij andere dingen hadden gehad, misschien zouden hebben kunnen raden wat ze ging doen; maar wellicht zou toch niemand haar hebben tegengehouden, want onder de vermorzelende druk van de kinderen begon zo langzamerhand iedereen die te midden van het rumoer van hun overmacht leefde de kluts kwijt te raken.

O, die Talvar Ulhaq: welk een gevoelens van onbehagen, welk een tegenstrijdigheden omringden het stijfgenekte hoofd van de Federale Veiligheidsdienst! Hij was Hyders schoonzoon, maar Harappa's rechterhand... Na de val van Iskander Harappa werd er aanzienlijke druk op Raza Hyder uitgeoefend om iets aan de echtgenoot van zijn dochter te doen. De FVD was niet bepaald een populaire organisatie, en Raza had geen andere keus dan haar te ontbinden. Maar nog altijd eiste men Talvars hoofd. Dus was het maar goed dat de voormalige polo-ster dit moment uitkoos om te bewijzen dat hij ieder woord van zijn plechtige gelofte een voorbeeldige schoonzoon te zullen zijn gemeend had. Hij stelde Raza Hyder zijn geheime en gedetailleerde dossier met betrekking tot de moord op Mir Harappa ter hand, waaruit zonneklaar bleek dat Haroun Harappa de moord had begaan, daartoe gedreven door de haat die hij al die jaren jegens zijn vader had gekoesterd, en dat de kwade genius achter die onverkwikkelijke affaire niemand anders was geweest dan de voorzitter van het Volksfront, die eens geduldig had gemompeld: 'Het leven is lang.'

'Er zijn bewijzen dat hij gelden uit de staatskas heeft misbruikt om ten eigen bate het toerisme in Aansu tot ontwikkeling te brengen,' zei Raza Hyder toen hij generaal Tughlak over een en ander inlichtte, 'maar dit is nog veel beter. Dit zal hem definitief de das om doen.'

Talvar Ulhaqs daad van loyaal verraad was het keerpunt. Het Volksfront werd van de verkiezingen uitgesloten; daarna werden de verkiezingen eerst uitgesteld, toen opnieuw uitgesteld, vervolgens voorlopig opgeschort, en ten slotte afgelast. De mensen begonnen zich schamper uit te laten over de beloften van de leider van de Staat van Beleg.

En de herinnering aan een rechterhand op een Boek weigerde te vervagen. Voorzitter Iskander Harappa werd van het rusthuis in Baagheeragali overgebracht naar de Kot Lakhpat-gevangenis in Lahore, waar hij eenzame opsluiting kreeg. Hij leed aan malaria en dikkedarmontsteking. Ook had hij zware griepaanvallen. Zijn tanden begonnen uit te vallen, en ook op andere manieren verloor hij gewicht. (We hebben al vermeld dat Omar Khayyam Shakil, zijn oude makker in de losbandigheid, in deze periode ook al bezig was af te slanken, door de weldadige invloed van een Perzische ayah.)

Het proces vond plaats in het Hooggerechtshof te Lahore, ten overstaan van vijf rechters uit de Panjab. Zoals men zich herinneren zal, was Isky Harappa afkomstig van het landgoed Mohenjo in Sind. De door het ex-hoofd van de FVD afgelegde verklaring vormde de kern waaromheen de openbare aanklager zijn zaak had opgebouwd. Iskander Harappa trad als zijn eigen verdediger op en bestreed Talvars verklaring met bewijzen van het tegendeel, waarbij hij Talvar ervan beschuldigde bewijsmateriaal te hebben verzonnen om zijn eigen hachje te redden. Op een gegeven ogenblik liet Iskander zich de woorden 'verdomme nog toe' ontvallen, waarop hij berispt werd vanwege het gebruik van onwelvoeglijke taal in de rechtszaal. 'Mijn geestelijke toestand is niet al te best,' verontschuldigde hij zich, waarop de Opperrechter antwoordde: 'Dat kan ons niet schelen.' Dit antwoord deed Iskander in woede ontsteken. 'Ik heb er genoeg van beledigd en vernederd te worden!' riep hij uit. De Opperrechter gelastte een aantal politiemannen: 'Brengt die man weg totdat hij weer bij zinnen is gekomen.' Een andere rechter voegde er de volgende opmerkingen aan toe: 'We kunnen dit niet tolereren. Hij vindt dat hij de ex-premier is, maar we hebben maling aan hem.' Dit alles is historisch.

Aan het eind van het zes maanden durende proces werden Iskander Harappa en de afwezige Haroun Harappa veroordeeld gehangen te worden totdat de dood erop volgde. Iskander werd terstond overgebracht naar de dodencel van de Kot Lakhpat-gevangenis. In plaats van de gebruikelijke dertig dagen kreeg hij precies zeven dagen om in hoger beroep te gaan.

Iskander kondigde aan: 'Waar geen recht heerst, daar heeft het ook geen zin te trachten dat te verkrijgen. Ik ga niet in hoger beroep.'

Die nacht werd begum Talvar Ulhaq, de voormalige Goed Nieuws Hyder, in huize Hyder dood in haar slaapkamer aangetroffen. Ze had zich opgehangen. Op de vloer onder haar bengelende voeten lag het gebroken touw van haar eerste poging, dat geknapt was onder het enorme gewicht van haar zwangerschap. Ze had zich echter niet laten weerhouden. Ze had jasmijn in haar haar, en ze had het hele vertrek gevuld met de geur van Joy van Jean Patou, het duurste parfum ter wereld, uit Frankrijk geïmporteerd, om de lucht te maskeren van haar zich in de dood ontspannende ingewanden. Op de stuitende bolvorm van haar middenrif zat met behulp van een luierspeld een afscheidsbriefje vastgepind, waarin ze gewag maakte van haar afschuw van die rekenkundige reeks baby's die onophoudelijk uit haar baarmoeder kwam gemarcheerd. Er stond niet in te lezen hoe ze over haar echtgenoot, Talvar Ulhaq, dacht die nooit voor het gerecht zou worden gedaagd, op grond van welke aanklacht dan ook.

Tijdens de begrafenis van Naveed Talvar moest Raza Hyder aldoor staren naar de raadselachtige en van hem vervreemde gestalte van zijn vrouw Bilquìs in haar zwarte *burqa*; eensklaps herinnerde hij zich weer hoe hij haar voor het eerst had ontmoet ver weg in dat fort vol vluchtelingen, en hoe ze destijds even naakt was geweest als thans gekleed; hij zag haar levensgeschiedenis als een langzame terugtocht van die naaktheid van toen naar de geheimzinnigheid van deze sluier van nu.

'Ah, Bilquìs,' mompelde hij, 'wat is er met onze levens gebeurd?'

'Wil je je schuldig voelen?' antwoordde ze, veel te luid. 'Voel je dan schuldig voor dit verloren gegane leven. Jij bent hiervoor verantwoordelijk. Het is schande, schande en nog eens schande.'

Hij begreep dat ze niet langer dat stralende meisje was op wie hij in een andere kosmos verliefd was geworden; ze had haar verstand verloren, en dus liet hij haar door kolonel Shuja naar huis brengen nog voordat de begrafenisplechtigheid ten einde was.

Soms denkt hij wel eens dat de muren bonzen en trillen, alsof het door vocht verkleurde beton een tic gekregen heeft, en dan sluit hij zijn oogleden, die zwaar aanvoelen als ijzeren schilden, om zichzelf te kunnen vertellen wie hij is. Omgeven door het pantser van deze blindheid zegt hij op: Ik, Iskander Harappa, premier en voorzitter van het Volksfront, echtgenoot van Rani, vader van Arjumand, voorheen toegewijd minnaar van... Hij is haar naam vergeten en dwingt zich zijn oogleden te openen; hij moet zijn vingers gebruiken om ze omhoog te duwen, en de muren vibreren nog steeds. Kakkerlakken die door de trillingen van het plafond zijn losgeraakt vallen op zijn hoofd; ze zijn wel acht centimeter lang, en wanneer hij ze van zich afveegt op de vloer moet hij ze met zijn blote hielen vertrappen; als de schillen van dennezaadjes knappen ze op het cement. Er klinkt een dreunend geluid in zijn oren.

Welke gedaante heeft de dood? De cel des doods is drie meter lang, twee meter breed en twee en een halve meter hoog: vijftien kubieke meter onherroepelijkheid, waarachter een zekere binnenplaats, een laatste sigaar, en dan stilte wachten. *Ik zal erop staan dat ik een Romeo y Julietta krijg. Ook dat verhaal eindigt met de dood...* Ze noemen dit eenzame opsluiting, maar hij is niet alleen: vliegen copuleren op zijn teennagels en muskieten drinken aan de bron van zijn polsen, tenminste enig nuttig gebruik makend van het bloed voordat het allemaal verloren gaat. Ook zijn er vier bewakers in de gang: kortom, gezelschap genoeg. En zo nu en dan staan ze zijn advocaten toe hem een bezoek te brengen.

Door de uit ijzeren tralies bestaande deur dringt de stank van het privaat tot hem door. In de winter rilt hij van de kou, maar de lage temperaturen halen dan tenminste de scherpste kantjes van die bruine en stinkende lucht af. In het hete jaargetijde zetten ze de plafondventilator uit en dan borrelt en zwelt die stank op, priemt met rottende vingers in zijn neusgaten en doet zijn ogen uitpuilen hoewel zijn traanklieren droog blijven. Hij gaat in hongerstaking en wanneer hij al bijna te zwak is om zich nog te kunnen verroeren, hangen ze een deken voor de deur van het privaat en zetten de ventilator aan. Maar wanneer hij om drinkwater vraagt brengen ze hem dat kokendheet en moet hij vele uren wachten totdat het afgekoeld is.

Pijn in de borststreek. Hij geeft bloed op. Ook heeft hij last van neusbloedingen.

Tussen zijn val en zijn terechtstelling liggen twee volle jaren, en bijna al die tijd brengt hij door in deze besloten ruimte des doods. Eerst in

Kot Lakhpat en vervolgens in de districtsgevangenis, van waaruit hij, als hij een raam had gehad, het paleis van zijn vroegere glorie zou hebben kunnen zien. Toen ze hem van de eerste dodencel naar de tweede overbrachten, vatte de krankzinnige overtuiging bij hem post dat er helemaal geen verhuizing had plaatsgehad, en dat ze, hoewel hij wel degelijk die zak over het hoofd, dat duwen en porren, en het gevoel vervoerd te worden en te vliegen had ondervonden, dat alles alleen maar hadden gedaan om hem in de war te brengen, en dat ze hem gewoon weer terug hadden gebracht naar zijn beginpunt. Of liever gezegd, zijn eindpunt. De twee cellen leken zo veel op elkaar dat hij niet wilde geloven dat ze hem naar de hoofdstad hadden overgebracht, totdat ze zijn advocaten bij hem toelieten om het hem te vertellen.

Ze houden hem de klok rond in de boeien. Wanneer hij zich te plotseling omdraait in zijn slaap snijden de metalen manchetten hem in de enkels. Eén uur per dag verwijderen ze de ketenen; dan poept hij en loopt wat rond. En daarna wordt hij weer gekluisterd. 'Mijn moreel is hoog,' zegt hij tegen zijn advocaten, 'want ik ben niet uit het hout gesneden dat gemakkelijk brandt.'

De dodencel, haar afmetingen, haar inhoud. Hij concentreert zijn geest op dat wat hier concreet, tastbaar is. De vliegen en de muskieten en de kakkerlakken, ze zijn zijn vrienden; hij telt ze, hij kan ze aanraken, ze verpletteren of ze verdragen. Deze ijzeren tralies die hem ingesloten houden, het zijn er zes. Die gore matras, hem verstrekt nadat hij er vijf maanden lang iedere dag herrie over heeft geschopt; het is een overwinning, wellicht zijn laatste. Deze ketenen, die *lotah* vol water dat te heet is om aan te raken. Er steekt ergens een bedoeling achter dit alles; het heeft een betekenis. Deze dodencel bevat de sleutel tot het raadsel van de dood. Maar niemand heeft op een van de muren een code gekrast.

Als het een droom is, en in deze koortsachtige dagen denkt hij dat wel eens, dan (dat weet hij ook) moet de dromer iemand anders zijn. Hijzelf maakt deel uit van de droom, want anders zou hij die droominsekten niet kunnen aanraken, en zou hij zich niet aan dat droomwater branden... Hij wordt door iemand gedroomd. Door wie? God, misschien? Nee, niet God. Hij worstelt om zich het gezicht van Raza Hyder te herinneren.

Het besef komt vóór het einde. Hij, Harappa, heeft de generaal vanuit de wildernis de wereld in gebracht. Die generaal van wie deze cel slechts één klein aspect is, en die algemeen, alomtegenwoordig en alverslindend is: het is een cel binnen in zijn hoofd. De dood en de generaal: Iskander ziet geen verschil tussen de begrippen. *Vanuit de duisternis in het licht, van niet tot iet. Ik heb hem gemaakt, ik was zijn* vader, hij is mijn zaad. En nu ben ik minder dan hij. Ze beschuldigen Haroun ervan zijn vader vermoord te hebben, omdat dat is wat Hyder mij aandoet.

Vervolgens nog een stap, die hem boven zulke pijnlijke simplificaties uitbrengt. De vader behoort boven de zoon te staan. *Maar nu ben ik vernederd en bekleedt hij een verheven positie.* Een omkering: de ouder die tot kind geworden is. *Hij is bezig van mij zijn zoon te maken.* Zijn zoon. Die dood uit de baarmoeder kwam met een strop om zijn hals. *Die strop bezegelt mijn noodlot.* Want nu begrijpt hij ineens deze cel, deze bonzende wanden, die geur van uitwerpselen, die trommelslag van een onrein, onzichtbaar hart: hij bevindt zich in de buik des doods, in het omgekeerde van een baarmoeder, een duistere tegenhanger van een geboorteplaats, met als doel hem naar binnen te zuigen, hem terug en omlaag te trekken door de tijd, totdat hij als een foetus in zijn eigen water hangt, met een navelstreng in een dodelijke lus om zijn hals geknoopt. Hij zal dit oord pas verlaten wanneer de mechanismen ervan hun werk hebben gedaan; als een baby des doods zal hij omlaagglijden door het kanaal des doods, en de strop zal zijn greep aanhalen.

Een man zal desnoods een levenlang wachten om wraak te kunnen nemen. Door het doden van Iskander Harappa wordt het doodgeboren kind gewroken. *Ja, zo is het: ik word ongedaan gemaakt.*

Iskander Harappa liet zich door zijn advocaten overhalen toch in hoger beroep te gaan tegen het doodvonnis van het Hooggerechtshof. Dit appel werd behandeld door een college van zeven rechters, dat zitting had in het gebouw van het Opperste Gerechtshof in de nieuwe hoofdstad. Tegen de tijd dat de hoorzitting was afgerond had hij al anderhalf jaar in gevangenschap doorgebracht; en er zou nog eens een halfjaar verstrijken voordat het lijk van de voormalige premier op Mohenjo arriveerde onder de hoede van Talvar Ulhaq, die toen alweer een functie bij de politie bekleedde.

Er werden geen verkiezingen gehouden, en Raza Hyder werd president. Dat alles is genoegzaam bekend.

En Sufiya Zinobia?

Opnieuw zetten we de klok terug. Het was verkiezingsdag, en er woedden vele branden. Raza Hyder strooide as uit het raam van een rijdende auto, Isky Harappa was zich nog niet bewust van de dodencellen van de toekomst. En Omar Khayyam Shakil zat in de rats.

Na het ontslag van Shahbanou de Perzische ayah begon Omar

Khayyam bang te worden, want hij zag de spoken van zijn jeugd herrijzen om hem in zijn volwassenheid te komen achtervolgen. Andermaal was een Perzisch meisje zwanger gemaakt, en andermaal was daar een moeder met een vaderloos kind. Het denkbeeld dat er niet aan te ontsnappen viel wikkelde zich als een hete handdoek om zijn hoofd en bemoeilijkte hem de ademhaling; bovendien was hij uiterst nerveus over wat generaal Hyder wellicht zou doen nu de ayah ontslagen was omdat ze het misdrijf had gepleegd zwanger te worden en het niet langer geheim kon blijven bij wie Shahbanou iedere nacht op bezoek was gegaan. Wat nu aan het daglicht was gekomen was een van de ernstigste vergrijpen die er bestonden: de ontrouw van een echtgenoot onder het dak van zijn schoonvader. Een verraad jegens de gastvrijheid.

Maar Raza Hyder was op dat moment al even geagiteerd als Omar Khayyam, en zat met zijn gedachten bij andere dingen dan gastvrijheid. Nadat hij de van geronnen bloed korsterige sluier had verbrand was de gedachte bij hem opgekomen dat Talvar Ulhaqs pose van ideaal schoonzoonschap misschien wel een beetje te mooi was om waar te zijn. Wie was er per slot van rekening in de nek gebeten? Aan wiens polo-carrière was op vampierachtige wijze een eind gemaakt? En van wie was het heel voorstelbaar dat hij wellicht geduldig zijn tijd had afgewacht om wraak te kunnen nemen? 'Idioot die ik ben,' schold Raza op zichzelf, 'ik had dat bloed moeten laten analyseren. Misschien was het wel dat van een geit, maar nu is het allemaal in rook opgegaan.'

O, wat valt het een vader moeilijk de beestachtigheid van zijn dochter te accepteren! In rook opgegaan: zekerheid, verplichting en verantwoordelijkheid. Raza Hyder overwoog de mogelijkheid de hele kwestie te vergeten ... die nacht werd hij evenwel in zijn droom bezocht door Maulana Dawood, en de dode godgeleerde schreeuwde hem toe dat het tijd werd dat hij eens begon te geloven dat een duivel zich meester had gemaakt van zijn dochter, want dat deze hele aangelegenheid door God bedoeld was om zijn geloof op de proef te stellen, en dat hij nu maar eens moest kiezen waar hij werkelijk om gaf, het leven van zijn dochter of de eeuwige liefde van de Godheid. Maulana Dawood, die na de dood blijkbaar was blijven verouderen en er afgeleefder uitzag dan ooit, voegde er nog onvriendelijk aan toe dat hij Hyder kon verzekeren, als dat Raza soms hielp, dat Sufiya Zinobia's uitspattingen eerder erger dan beter zouden worden, en dat er daardoor uiteindelijk beslist een streep onder Raza's carrière zou worden gezet. Raza Hyder werd wakker en barstte in tranen uit, want de droom had hem zijn ware aard getoond: die van een man die bereid was alles, zelfs zijn kind, aan God op te offeren. 'Denk aan Abraham,' hield hij zichzelf voor terwijl hij zijn ogen bette.

Hyder en Shakil waren die ochtend dus allebei van streek door het gevoel dat ze de greep op hun leven begonnen te verliezen – door de verstikkende aanwezigheid van het Noodlot... Raza zag in dat hij geen andere keus had dan met Sufiya Zinobia's echtgenoot te gaan praten. Die stommiteit met de ayah deed niet ter zake; dit was ernstig, en de vent had er recht op erover te worden ingelicht.

Toen de adjudant van de generaal zijn opwachting bij Omar Khayyam Shakil kwam maken, en hem droevig en ietwat verwonderd vertelde dat de opperbevelhebber verlangde dat de dokter mee uit vissen ging, begon Omar te beven als een riet. Wat kon er zo belangrijk zijn dat Hyder de dag met hem wilde doorbrengen, nu de verkiezingen achter de rug waren en dat feit overal in de stad werd gevierd door vuurwerk af te steken? 'Het is zover,' dacht hij, 'de ayah heeft me de das omgedaan.' Tijdens de rit naar de heuvels van Bagheeragali was hij te bang om ook maar een woord te zeggen.

Raza Hyder vertelde hem dat ze naar een beek gingen die beroemd was om de schoonheid van de omringende beboste hellingen, alsook om de legende dat in haar wateren een geest huisde die vissen haatte en die zo verscheurend was dat de vele vette mahaseer-forellen die die kant op kwamen liever op de haken van de eerste de beste hengelaars sprongen, ongeacht hoe onbekwaam die waren. Die dag echter zou noch Raza noch Omar Khayyam erin slagen ook maar een enkele vis aan de haak te slaan.

Afgewezen door mahaseer-forellen: waarom beten de vissen niet? Wat maakte deze twee voorname heren voor hen minder aantrekkelijk dan het vissenspook? Aangezien ik mij niet in het voorstellingsvermogen van een forel kan verplaatsen, bied ik hierbij mijn eigen verklaring aan (die overigens al genoeg van visserslatijn weg heeft). Een vis zoekt in een vishaak een soort vertrouwelijkheid, waarbij de haak zijn onvermijdelijkheid aan de visselippen meedeelt. Hengelen is een geestelijke krachtmeting; de gedachten van de hengelaars planten zich via hengels en lijnen voort, en worden door de gevinde schepsels opgevangen. Die ditmaal de wateren waarin een boze geest huisde beter te verteren vonden dan de lelijke gedachten die daar beneden tot hen kwamen... nou ja, accepteer het of niet, maar feiten zijn feiten. Een in lieslaarzen doorgebrachte dag en aan het eind daarvan lege manden. De vissen hadden hun oordeel over de mannen uitgesproken.

Twee mannen in het water bespraken de onmogelijkste dingen, terwijl de koekoeksvogels, de dennebomen en de vlinders om hen heen

hun woorden iets fantastisch, iets onwaarschijnlijks gaven... Raza
Hyder, die de gedachte aan wraakcomplotten maar niet uit zijn hoofd
kon zetten, betrapte zich erop dat hij doende was zijn lot in handen van
een man te leggen wiens broer hij had omgebracht. O verdachte
schoonzoons! Twijfel en somberheid hingen als een wolk om Hyder
heen en verjoegen de vissen.

Maar – al geloofde Iskander Harappa in zijn dodencel dat mensen
bereid waren desnoods een levenlang te blijven wachten om wraak te
kunnen nemen en ondanks het feit dat ik die verdomde mogelijkheid
opnieuw in overweging zal moeten nemen, al was het alleen maar omdat Hyder zich die in het hoofd heeft gehaald – toch kan ik me er
eenvoudigweg niet toe brengen onze held als een plannen uitbroeden-
de, zijn kans afwachtende verschrikking uit een tragische wraakge-
schiedenis te zien. Geen sprake van! Ik heb al toegegeven dat zijn bezetenheid van Sufiya Zinobia best echt kan zijn geweest; maar voor het
overige, of misschien wel juist daarom, blijf ik voet bij stuk houden. Er
is te veel tijd voorbijgegaan zonder dat Omar Khayyam ook maar in de
verste verte heeft laten doorschemeren dat er een afschuwelijke vergel-
dingsdaad te gebeuren stond; het schijnt me toe dat hij zijn keus heeft
gemaakt door voor de familie Hyder te kiezen en zijn eigen familie te
verwerpen, en dat Omar-de-echtgenoot, Omar-de-schoonschoon, allang de schim heeft afgeworpen van Omar-de-broer, die treurde om
een bloedverwant die hij nooit had gekend, de buitenstaander, wachtend op zijn kans. Het is vermoeiend wanneer je figuren de dingen
minder duidelijk zien dan jijzelf; maar ik heb zijn drie moeders aan
mijn kant. En Raza kan zijn ongerustheid zelf niet al te serieus genomen hebben, want het slot van het liedje was dat hij Omar Khayyam
alles vertelde: van de jongens zonder hoofd, van de spermasporen, en
van de sluier. En als hij dat niet deed, welnu, dan zullen wij dat ook niet
doen.

Twee mannen in een snelstromende beek, en boven hun hoofden
onweerswolken, voor menselijke ogen onzichtbaar maar afschrikwekkend voor die van vissen. Omar Khayyam had nu pijn in zijn blaas
gekregen van angst; de angst voor Sufiya Zinobia had de plaats ingenomen van zijn angst voor Raza Hyder nu het tot hem doorgedrongen
was dat Raza een oogje dichtdeed voor wat de affaire Shahbanou betrof; maar er was ook een derde angst bij gekomen: de angst voor wat
Raza Hyder voorstelde.

Het offer dat Abraham had gebracht kwam ter sprake. De mogelijkheid van een pijnloze, dodelijke injectie. De tranen stroomden Hyder
uit de ogen en druppelden in het water, daar door hun ziltheid de toch
al afwijzend gestemde vissen nog verder ontmoedigend. 'Jij bent niet

alleen arts,' zei Hyder, 'maar ook haar echtgenoot. Ik laat het aan jou over.'

De inwerking van de geest op de materie. In een hypnotische trance kan de persoon in kwestie een blijkbaar bovenmenselijke kracht opdoen. Pijn wordt niet meer gevoeld, armen worden zo sterk als ijzeren staven, voeten snellen voort als de wind. Buitengewone dingen. Naar het scheen kon Sufiya Zinobia zonder hulp van buitenaf in zo'n toestand geraken. Zou het misschien ook mogelijk zijn haar onder hypnose te genezen? De bronnen van haar razernij te lokaliseren, weg te branden, te draineren ... de oorzaak van haar woede te ontdekken en die te doen bedaren? Laten we niet vergeten dat Omar Khayyam Shakil een vermaard medicus was, en dat het professionele opwinding was geweest die hem eertijds tot Sufiya Zinobia had gevoerd. Die oude uitdaging werd thans hernieuwd. Raza en Omar Khayyam: twee mannen die zich allebei op de proef gesteld voelden, de een door God, de ander door zijn wetenschap. En bij de mannelijke schepsels van de soort is het een algemeen voorkomend verschijnsel dat ze het denkbeeld van een test nu eenmaal niet kunnen weerstaan... 'Ik zal haar nauwlettend in het oog houden,' zei Omar Khayyam. 'Het is mogelijk dat ik haar ervoor behandelen kan.'

Niemand doet iets om slechts een enkele reden. Is het niet mogelijk dat Omar Khayyam, die zo lang geen schaamte had gekend, thans moed putte uit een vleugje wroeging? Dat het zijn schuldgevoel vanwege de kwestie Shahbanou was die hem ertoe bracht te zeggen: 'Het is mogelijk dat ik haar ervoor behandelen kan,' zich aldus blootstellend aan het grootste gevaar van zijn leven? Maar het valt niet te ontkennen dat hij blijk gaf van moed, en ik zal dat dan ook niet proberen te doen. En moed is tenslotte iets dat zeldzamer is dan kwaad. Ere wie ere toekomt.

Maar aan welk een verwarring was Raza Hyder thans ten prooi! Een man die om godsdienstige redenen besloten heeft zijn dochter uit de weg te ruimen krijgt niet graag te horen dat hij wat te haastig is geweest.

'Je bent niet wijs,' zei generaal Hyder tot zijn schoonzoon. 'Als de duivel opnieuw uittreedt, scheurt ze je stomme kop van je romp.'

Maar ter zake: gedurende enkele dagen observeerde Omar Khayyam Sufiya thuis terwijl ze met de ontelbare kinderen speelde, touwtje voor ze sprong en dennezaadjes voor ze pelde, en hij kon wel zien dat haar toestand aan het verslechteren was, want dit was de eerste keer dat haar gewelddadige uitbarsting geen nevenwerking, geen verstoring van het immunologisch evenwicht, geen comateuze trance ten gevolge had gehad; ze begon eraan gewend te raken, dacht hij beangst, het kon ieder ogenblik opnieuw gebeuren. De kinderen! Ja, hij zag het gevaar; nu hij erop lette ving hij het flikkeren op, het komen en gaan van kleine gele lichtpuntjes in haar ogen. Hij hield haar nauwlettend in de gaten, en dus zag hij wat minder oplettende ogen zou zijn ontgaan, namelijk dat Sufiya Zinobia's contouren begonnen te vervagen, alsof er twee wezens diezelfde ruimte innamen en erom streden, twee entiteiten die identiek van vorm waren maar tragischerwijze aan elkaar tegengestelde naturen bezaten. Van de flikkerende lichtpuntjes leerde hij dat wetenschap alleen niet genoeg was en dat, hoewel hij een bezeten-zijn door duivels verwierp als een manier om menselijke verantwoordelijkheid voor menselijke daden af te schuiven en hoewel God nooit veel voor hem betekend had, zijn verstand toch het bewijs van die ogen niet kon ontkennen, en dat het hem niet blind kon maken voor die buitenaardse gloed, dat smeulende vuur van het Beest. En Sufiya Zinobia werd omringd door spelende neefjes en nichtjes.

'Het is nu of nooit,' dacht hij, en op de toon van een ouderwetse echtgenoot sprak hij tot haar: 'Vrouw, wees zo goed me naar mijn vertrekken te vergezellen.' Ze stond op en volgde hem zonder een woord te zeggen, want het Beest had op dat moment niet de overhand; maar eenmaal daar aangekomen beging hij de vergissing haar te gelasten op het bed te gaan liggen, zonder uit te leggen dat hij niet van plan was haar te dwingen tot, zijn rechten als echtgenoot op te eisen, en uiteraard begreep ze zijn bedoelingen verkeerd; meteen manifesteerde het ding zich en begon in haar ogen dat gele vuur te branden, ze sprong op van het bed en kwam op hem af met als klauwen uitgestrekte handen.

Hij deed zijn mond open om te gillen maar haar aanblik benam hem de adem; met open mond als een naar adem happende vis op het droge staarde hij in die ogen van de Hel. Daarna viel ze op de grond en begon te kronkelen en te kokhalzen, en op haar naar buiten hangende tong vormden zich paarse blaasjes. Het was onmogelijk te geloven dat hier geen worsteling plaats vond, van Sufiya Zinobia tegen het Beest, dat wat er nog van het arme meisje over was zich op het schepsel had geworpen, ofte wel dat de vrouw haar echtgenoot tegen haarzelf trachtte te beschermen. Zo kon het gebeuren dat Omar Khayyam Shakil het Beest der schaamte in de ogen zag en het overleefde, want hoewel hij door dat drakevuur verlamd was, had ze het lang genoeg weten te doven om de betovering te verbreken, zodat hij zich uit de greep ervan kon bevrijden. Ze wierp zich zo heftig om en om over de vloer dat ze de rand van zijn bed versplinterende toen ze daarmee in botsing kwam, en terwijl ze lag te spartelen zag hij kans zijn dokterstas te bereiken, zagen zijn vingers kans de injectiespuit en het kalmerende middel te bereiken, en op het allerlaatste moment van Sufiya Zinobia's worsteling, toen ze gedurende een onderdeel van een seconde het vredige uiterlijk aannam van een sluimerende zuigeling, en vlak voor de laatste stormloop van het Beest, die Sufiya Zinobia voor altijd zou hebben vernietigd, stootte Omar Khayyam de naald zonder plaatselijke verdoving diep in haar zitvlak, en met een zucht zeeg ze bewusteloos ineen.

Er was een zolderkamer. (Het huis was ontworpen door Engelse architecten.) Die nacht, toen de bedienden allemaal sliepen, droegen Raza Hyder en Omar Khayyam de verdoofde Sufiya Zinobia de zoldertrap op. Het is zelfs mogelijk (maar in het donker is dat moeilijk te zien) dat ze haar in een kleed hadden gerold.

Omar Khayyam had geweigerd haar die laatste, pijnloze injectie toe te dienen. *Ik zal haar niet doden. Want ze heeft me het leven gered. En omdat ik eens het hare heb gered.* Maar in de mogelijkheid van een behandeling geloofde hij nu niet meer; hij had in de gouden ogen van de machtigste hypnotiseur op aarde gekeken. Daar was geen kruid tegen gewassen... Hyder en Shakil waren het erover eens dat Sufiya Zinobia tot nader order bewusteloos moest worden gehouden. Ze moest in een soort winterslaap worden gebracht. Hyder nam lange kettingen en hangsloten mee, en met behulp daarvan ketenden ze haar vast aan de balken van de zoldering. In de nachten die erop volgden metselden ze het zolderraam dicht en brachten kolossale grendels op de deur aan; en twee keer per etmaal placht Omar Khayyam onopgemerkt dat verduisterde vertrek, die echo van andere dodencellen, te betreden om dat kleine lichaam dat daar op dat dunne tapijt lag te injecteren met de vloeistoffen die dienden om haar te voeden en om haar buiten bewustzijn te houden, om haar de verdovende middelen toe te dienen die haar van het ene sprookje in het andere veranderden: van dat van de Schoonheid en het Beest in dat van de Schone Slaapster. 'Wat blijft ons anders over?' zei Hyder vertwijfeld. 'Want ik kan haar ook niet doden, begrijp je dat dan niet?'

De familie diende te worden ingelicht; niemand ging vrijuit. Met betrekking tot Sufiya Zinobia waren ze allemaal medeplichtig, en het geheim bleef bewaard. Het 'verkeerd uitgevallen wonder' ... ze verdween uit het gezicht. Pfft! Zomaar.

Toen bekend werd dat een verdeeld Opperste Gerechtshof het doodvonnis met vier tegen drie had bekrachtigd, kreeg Iskander Harappa van zijn advocaten te horen dat gratie verzekerd was. 'Een dergelijke verdeeldheid van stemmen maakt hangen onmogelijk,' zeiden ze. 'U kunt gerust zijn.' 'Eind goed, al goed,' had een van de rechters die voor vrijlating had gestemd gezegd. De jurisprudentie, zo vertelden ze hem, verplichtte het staatshoofd na een dergelijke uitslag clementie te betrachten. 'We zullen zien,' zei Iskander Harappa tegen zijn advocaten. Zes maanden later, nog altijd in de dodencel, kreeg hij bezoek van de onveranderlijk somber kijkende kolonel Shuja. 'Ik heb een sigaar voor u meegebracht,' zei de adjudant. 'Een Romeo y Julietta. Uw lievelingsmerk, als ik me niet vergis.' Iskander Harappa stak de sigaar op; hij veronderstelde dat zijn laatste uur geslagen had, en in prachtig Arabisch begon hij zijn gebeden te zeggen, maar Shuja viel hem in de rede: 'Er schijnt hier sprake van een vergissing te zijn; neemt u me niet kwalijk, meneer.' Hij verklaarde nadrukkelijk dat hij om een heel andere reden gekomen was, dat Harappa verzocht werd een volledige bekentenis te ondertekenen, wat vervolgens een gunstige invloed zou hebben op een eventueel te betrachten clementie. Toen Isky Harappa dit hoorde verzamelde hij zijn laatste krachten en begon hij de treurig kijkende Pathaanse officier de huid vol te schelden. Het was een soort zelfmoord. Nooit had hij scherpere woorden gebruikt. Zijn liederlijke taal striemde als zweepslagen. Shuja voelde ze door zijn huid heendringen, en begreep wat Raza Hyder twee jaar terug in Bagheeragali te verduren had gehad. Hij voelde de woede in zich opkomen; hij was niet in staat dergelijke vernederingen te ondergaan zonder die woede de vrije loop te laten, en toen Iskander hem toeschreeuwde: 'Lik me reet, pooier, waarom ga je niet aan de lul van je kleinzoon zuigen,' was de maat vol. Het deed er niet toe dat Shuja nog niet oud genoeg was om een kleinzoon te kunnen hebben; heel langzaam kwam hij overeind, en vervolgens schoot hij de gewezen eerste minister door het hart.

Het Beest heeft vele gezichten. Sommige daarvan staan altijd bedroefd.

Een ophanging op de binnenplaats van de districtsgevangenis, in het holst van de nacht. Loeiende gevangenen beukten met hun kroezen tegen de tralies en zongen Isky's requiem. En de beul werd nooit meer teruggezien. Vraag me niet wat er van hem geworden is; u kunt niet van me verwachten dat ik alles weet. Hij verdween eenvoudig: pfft! En nadat ze het lijk hadden losgesneden volgde die vlucht naar Mohenjo, waar Rani het laken wegrukte van het gezicht. Maar de borst kreeg ze niet te zien. En vervolgens konden blinden weer zien, lammen weer lopen en lepralijders genazen wanneer ze het graf van de martelaar aanraakten. Er werd ook beweerd dat het aanraken van het graf een buitengewoon doeltreffende remedie tegen tandkwalen was.

En Pinkies zelfmoord, maar het is niet nodig dat we ons opnieuw met dat alles bezighouden. Ze bleef dood, en ze is nooit bij iemand gaan spoken.

Toen president Raza Hyder op de binnenplaats van die gevangenis naast dat bungelende lijk stond, herinnerde hij zich wat Bilquìs had gezegd. 'Ze vallen een voor een af,' dacht hij, 'als de trappen van een raket.' Dawood heengegaan naar Mekka, Bilquìs en Sufiya verdwaasd en verloren achter hun verschillende sluiers, Goed Nieuws en nu weer Isky, langzaam ronddraaiend aan een touw. Hoewel Raza zijn schoonzoons wantrouwde was hij noodzakelijkerwijs aan hen gebonden, en hij voelde zich omringd door een luchtledige ruimte die hem insloot. Op dat moment, terwijl Harappa daar aan een strop bengelde met een zak over zijn hoofd, hoorde Raza Hyder de stem van Iskander. 'Wees maar niet bang, ouwe jongen, je komt niet zo gemakkelijk van me af. Ik kan een hardnekkige rotzak zijn als ik wil.'

De gouden stem, zo helder als een gong. 'De klootzak is nog niet dood!' schreeuwde Raza Hyder hevig geschrokken. Zijn grove woorden verbijsterden de nog niet verdwenen beul, en onmiddellijk klonk hem weer de lachende stem van Isky in de oren: 'Doe niet zo stom, kerel. Je weet toch wat hier gaande is.'

O, onophoudelijke alleenspraak van een gehangene! Want vanaf de dag van Iskanders dood tot op de ochtend van zijn eigen sterfdag liet die spottende, zangerige, droge stem hem geen moment meer met rust; die stem die hem nu eens aanried zijn adjudant maar niet te ontslaan aangezien de waarheid anders beslist aan het licht zou komen, en hem dan weer plaagde: sahib president, je hebt nog een heleboel te leren voordat je het land kunt besturen; woorden die op zijn trommelvlies druppelden als evenzovele Chinese folteringen, zelfs in zijn slaap nog; de ene keer anekdotisch, hem herinnerend aan tilyars en een staak waaraan hij vastgebonden zat en andere keren plagend: hoelang denk je dat je het volhoudt, Raz, een jaar? Twee misschien?

Ook was de stem van Iskander niet de enige die hij hoorde. Het eerste optreden van de geestverschijning van Maulana Dawood hebben we al gezien; thans keerde deze terug om, onzichtbaar, post te vatten op de rechterschouder van de president en hem dingen in het oor te fluisteren. God op zijn rechterschouder, en de duivel op zijn linker: dat was de ongeziene waarheid omtrent het presidentschap van de Oude Scherp-als-een-Scheermes – die twee tegenstrijdige alleenspraken binnen zijn schedel, die, links-rechts, links-rechts door de jaren heen voortmarcheerden.

Uit *De zelfmoord*, een toneelstuk geschreven door de Russische schrijver Nikolai Erdman: 'Alleen de doden kunnen zeggen wat de levenden denken.'

Wederverschijningen van doden dienen te worden gecompenseerd door verdwijningen van levenden. Een beul: pfft! En Pinkie Aurangzeb. En ik heb het ergste voor het laatst bewaard: diezelfde nacht dat Harappa opgehangen werd, kwam Omar Khayyam Shakil tot de ontdekking dat Sufiya Zinobia, zijn echtgenote en Hyders dochter, ontsnapt was.

Een lege zolder. Gebroken kettingen, gespleten balken. In het dichtgemetselde raam een gat. Het had een hoofd, armen en benen.

'God sta ons bij,' zei Omar Khayyam, in weerwil van het feit dat hij het leven destijds onbesneden, ongeschoren en zonder influisteringen was begonnen. Het was alsof hij ingezien had dat het nu tijd werd dat de Almachtige naar voren trad om de leiding over de gebeurtenissen op zich te nemen.

De grote Franse revolutionaire held Danton, die tijdens het Schrikbewind zijn hoofd zal verliezen, maakt een wrange opmerking: '...maar Robespierre en het volk zijn rechtschapen,' merkt hij op. Deze Danton staat op een Londens toneel, en in werkelijkheid is hij helemaal niet Danton maar een acteur die de in het Engels vertaalde tekst van Georg Büchner uitspreekt; en ook is het tijdstip niet toen, maar nu. Ik weet niet of die gedachte zijn oorsprong heeft in het Frans, het Duits of het Engels, maar wel weet ik dat ze me verbazend naargeestig voorkomt – want wat er kennelijk mee bedoeld wordt is *dat het volk is als Robespierre*. Danton mag dan een held van de revolutie zijn, maar hij houdt ook van wijn, mooie kleren en lichte vrouwen; zwakheden (dat heeft het publiek ogenblikkelijk door) die het Robespierre, een goed acteur met een groene jas aan, mogelijk zullen maken hem onderuit te halen. Wanneer Danton op bezoek gestuurd wordt bij de weduwe, de oude madame Guillotine met haar mandvol hoofden, weten we dan ook dat dat niet echt gebeurt vanwege al dan niet verzonnen politieke misdaden. Nee, hij wordt een kopje kleiner gemaakt (wonderbaarlijk knap geënsceneerd) omdat hij te veel op zijn genoegens is gesteld. Genotzucht werkt ondermijnend. Het volk is als Robespierre. Het wantrouwt genoegens.

Deze tegenstelling – de genotzoeker versus de puritein – is, zo vertelt het toneelstuk ons, de ware dialectiek van de geschiedenis. Vergeet links contra rechts, kapitalisme contra socialisme, zwart contra blank. De deugd versus de ondeugd, de asceet versus de ontuchtige, God tegen de Duivel: daar gaat het om. *Messieurs, mesdames: faites vos jeux*.

Ik woonde de voorstelling bij in een grote schouwburg die voor twee derde leeg was. Politiek doet schouwburgen in het oude hartje van Londen leeglopen. Na afloop vielen er onder het vertrekkende publiek afkeurende opmerkingen te beluisteren. Wat er kennelijk aan het toneelstuk mankeerde was dat het te veel van een orerende Danton en niet genoeg van de sinistere Robespierre bevatte. De klanten beklaagden zich over dit gebrek aan evenwicht. 'Ik mocht die schurk wel,' zei iemand. Haar metgezellen waren het roerend met haar eens.

Ik was in gezelschap van drie gasten uit Pakistan. Ze hadden het toneelstuk allemaal prachtig gevonden. 'Jij boft toch maar,' zeiden ze afgunstig, 'dat je in een land woont waar zulke dingen vertoond kunnen worden.' Ze vertelden me het verhaal van een recente poging aan de universiteit van P. om *Julius Caesar* op te voeren. Naar het schijnt werden de autoriteiten hevig geagiteerd toen ze hoorden dat in het scenario de moord op een staatshoofd voorkwam. Bovendien zou het stuk in eigentijdse kostuums worden opgevoerd: generaal Caesar zou in vol paradetenue gestoken zijn wanneer de messen aan het werk gingen. Er werd buitengewoon grote druk op de universiteit uitgeoefend om de voorstelling af te gelasten. Maar de academici, en dat strekt hen tot eer, verzetten zich en voelden zich geroepen een oud schrijver met een nogal krijgshaftig klinkende naam tegen deze aanslag van de generaals te verdedigen. Op zeker moment stelden de militaire censors een compromis voor: zou de universiteit er niet in willen toestemmen het stuk geheel volgens scenario, met weglating van die onsmakelijke moord op te voeren? Die scène was toch zeker niet absoluut noodzakelijk?

Ten slotte kwam de regisseur met een briljant, eenvoudig Salomonsoordeel aandragen. Hij nodigde een vooraanstaande Brits diplomaat uit om de rol van Caesar te spelen, gekleed in vol (Brits) imperiaal ornaat. Het leger haalde verlicht adem en het stuk ging in première; en toen die eerste avond het doek viel en de lichten in de zaal aangingen, werd een voorste rij vol generaals zichtbaar, die allemaal wild enthousiast zaten te applaudisseren om te laten zien hoezeer ze genoten hadden van dit vaderlandslievend opus waarin het imperialisme door de vrijheidsbeweging van Rome ten val werd gebracht.

Ik verklaar met nadruk dat ik dit niet verzonnen heb ... en weer komt me een vrouw van een Britse diplomaat in herinnering, over wie ik het al eerder heb gehad. 'Waarom ontdoet men zich in Rome niet van die generaal Caesar op, nou ja, u weet wel, de gebruikelijke manier?' zou ze naar alle waarschijnlijkheid hebben geïnformeerd.

Maar ik had het over Büchner. Mijn vrienden en ik hadden met genoegen naar *Dantons Dood* zitten kijken; in deze tijd van Khomeini en soortgenoten had het stuk ons buitengewoon toepasselijk geleken. Maar Dantons (of Büchners?) opvatting over 'het volk' zat ons niet lekker. Als het volk was zoals Robespierre, hoe had Danton dan ooit een held kunnen worden? Waarom werd hij in de rechtszaal toegejuicht?

'Het punt is,' redeneerde een van mijn vrienden, 'dat deze tegenstelling weliswaar bestaat, maar dat het een interne dialectiek is.' Daar zat iets in. De mensen zijn niet alleen zoals Robespierre. Ze, wij, zijn ook als Danton. We zijn eigenlijk Robeston en Danpierre. Dat dit inconsequent is doet niet ter zake; ikzelf zie kans er gelijktijdig zeer vele niet met elkaar strokende denkbeelden op na te houden, zonder dat dit me de minste moeite kost. Ik geloof niet dat anderen minder veelzijdig zijn.

Iskander Harappa was niet alleen maar een Danton; en Raza Hyder was niet een Robespierre zonder meer. Zeker, Isky leefde er goed van, en een genotzoeker was hij misschien wel, maar ook geloofde hij dat hij te allen tijde onbetwistbaar gelijk had. En achttien sjaals hebben ons getoond dat hij er ook niet afkerig van was een Schrikbewind uit te oefenen. Wat hem in zijn dodencel overkwam was door zijn toedoen ook anderen overkomen. Het is belangrijk dat in gedachten te houden. (Maar als we ons het lot van die anderen aantrekken, zullen we ons, vervelend genoeg, ook dat van Iskander moeten aantrekken.) En Raza Hyder? Is het mogelijk te geloven dat hij geen behagen schepte in wat hij deed, en dat het genotsprincipe hier niet gold hoewel hij beweerde in naam van God te handelen? Ik geloof er niet in.

Isky en Raza. Ook zij waren een Danpierre en een Robeston. Wat wellicht een verklaring zijn mag; maar een excuus kan het natuurlijk nooit zijn.

Toen Omar Khayyam Shakil het Sufiya-Zinobia-vormige gat in het dichtgemetselde raam zag, was zijn eerste gedachte dat zijn vrouw dood was. Dat wil niet zeggen dat hij verwachtte haar levenloze lichaam op het gazon onder het raam te zullen vinden, maar eerder dat hij vermoedde dat dat wezen in haar binnenste, dat hete ding, dat gele vuur, haar inmiddels geheel verteerd had, als een alles vernietigende brand, zodat dat meisje wier noodlot haar verhinderd had een volwaardig schepsel te worden ten slotte in het niets was opgelost. Wat ontsnapt was en nu vrij rondzwierf in de nietsvermoedende open lucht, was in het geheel niet meer Sufiya Zinobia Shakil, maar eerder zoiets als een principe, de belichaming van geweld, de puur kwaadaardige kracht van het Beest.

'Verdomd,' zei hij bij zichzelf, 'de wereld is bezig krankzinnig te worden.'

Er was eens een vrouw, die tweemaal daags door haar echtgenoot werd platgespoten met verdovende middelen. Twee jaar lang lag ze op een tapijt, als een meisje in een fantasieverhaal, dat alleen maar gewekt kan worden door de adellijke kus van een prins; maar kussen waren haar door het lot niet beschoren. Ze leek betoverd door de magische krachten van het verdovende middel, maar het monster in haar binnenste sliep nooit, dat gewelddadige schepsel dat uit schaamte geboren was maar inmiddels een eigen leven was gaan leiden onder haar huid. Het vocht tegen de narcoleptische vloeistoffen, het gunde zich de tijd en verspreidde zich langzaam door haar lichaam totdat het bezit had genomen van iedere cel, totdat zijzelf dat geweld was geworden, dat nu geen aanleiding meer nodig had om ontketend te worden, want als een vleesetend dier eenmaal bloed heeft geproefd laat het zich niet meer met groenten afschepen. En uiteindelijk versloeg het de verdovende middelen, het verhief zijn lichaam en verbrak de belemmerende ketenen.

Pandora, geobsedeerd door de ontketende inhoud van haar doos.

Geel vuur achter haar gesloten oogleden, vuur onder haar vingernagels en onder haar haarwortels. Ja, ze was heus dood, daar ben ik zeker van, geen wezenskenmerken van Sufiya Zinobia meer, alles opgebrand in die Hel. Gooi een lijk op een brandstapel en het zal stuipachtige bewegingen maken, de knieën buigen, overeind gaan zitten, dansen, grijnzen; het vuur plukt aan de zenuwstrengen van het lijk, dat daardoor tot een marionet van het vuur wordt en te midden van de vlammen een spookachtige schijn van leven wekt...

Er was eens een Beest. Toen het zeker was van zijn kracht, koos het het juiste moment uit en sprong dwars door een bakstenen muur heen.

In de vier jaar hierna, dat wil zeggen tijdens de periode van Raza Hyders presidentschap, begon Omar Khayyam Shakil oud te worden. Aanvankelijk had niemand het in de gaten, want grijs was hij al jaren; maar toen hij zestig geworden was kwamen zijn voeten, die het grootste deel van hun leven genoodzaakt waren geweest het onmogelijke gewicht van zijn zwaarlijvigheid te torsen, in opstand, want nadat Shahbanou de ayah vertrokken was, en hij verstoken was geraakt van de kopjes pepermuntthee en de voedzame nachtelijke vruchten van haar loyaliteit, begon hij weer aan te komen. Knopen knapten van broeksbanden, en zijn voeten gingen in staking. Iedere stap die Omar Khayyam verzette werd tot een smartelijke kwelling, zelfs wanneer hij op de degenstok leunde die hij al die jaren, vanaf het begin van zijn wellustig bondgenootschap met Iskander Harappa, bij zich had gedragen. Hij nam de gewoonte aan uren achtereen door te brengen in wat eens Sufiya Zinobia's gevangenis was geweest, zittend in een rieten stoel en naar buiten starend door dat raam dat de grillige contouren, het bakstenen nabeeld vertoonde van zijn vrouw die was heengegaan.

Hij legde zijn werk in het Mount Hira-ziekenhuis neer en zond het grootste deel van zijn pensioen naar een oud huis in Q., dat bewoond werd door drie oude vrouwen die weigerden dood te gaan, in tegenstelling tot Bariamma, die allang geleden zo fatsoenlijk was geweest de laatste adem uit te blazen, als altijd ondersteund door peluwen, zodat het bijna een hele dag duurde voordat iemand merkte wat er gebeurd was ... ook ging er geld naar een zekere Perzische ayah, en zelf leefde Omar Khayyam stil en teruggetrokken onder Raza Hyders dak, dennezaadjes pellend terwijl zijn door het zolderraam naar buiten dwalende ogen voortdurend iemand schenen te volgen, hoewel daar niemand te zien was.

Daar hij bekend was met de theorie dat ontvankelijkheid voor hypnose een teken zou zijn van een sterk ontwikkeld inbeeldend vermogen – dat de hypnotische trance een vorm van naar binnen gerichte creativiteit is waarbij de persoon in kwestie zichzelf en zijn wereld naar believen herschept – dacht hij wel eens dat Sufiya Zinobia's metamorfose door haar zelf gewild moest zijn geweest, want zelfs iemand die zichzelf kan hypnotiseren kan niet van zichzelf verlangen datgene te doen waartoe ze ook onder normale omstandigheden niet bereid zou zijn. Ze had het Beest dus uit eigen vrije verkiezing gecreëerd ... en dan, dacht hij peinzend terwijl hij met een mond vol dennezaadjes in de rieten stoel zat, is haar geval dus een praktijkvoorbeeld van hoe gevaarlijk het is het voorstellingsvermogen al te zeer de vrije teugel te laten. De wilde uitspattingen en strooptochten van Sufiya Zinobia waren de gevolgen van een op hol geslagen fantasie.

'Ik moest me schamen,' zei hij tegen de koekoeksvogel die op het raamkozijn zat, 'hier zit ik, en doe precies waar ik altijd kritiek op heb, denkend aan God mag weten wat, en veel te veel in mezelf gekeerd.'

Ook Raza Hyder dacht: 'Ik moest me schamen.' Nu ze weg was werd hij voortdurend gekweld door gedachten aan haar. Dat iets te losse in haar spieren, dat niet goed gecoördineerde in haar manier van lopen hadden hem er een tijdlang van weerhouden haar lief te hebben. *Eerst moest ze bijna sterven, voordat ik ... En natuurlijk is het niet genoeg geweest.* Zijn hoofd barstte van stemmen: Isky, Dawood, Isky, Dawood. Het was moeilijk helder te denken ... en nu zou ze zich natuurlijk wreken. Op de een of andere manier, op een gegeven moment, zou ze hem ten val brengen. Tenzij hij haar het eerst vond. Maar wie kon hij erop uitsturen, wie kon hij inlichten? 'Mijn dochter, je weet wel, die waanzinnige met hersenkoorts, is in een menselijke guillotine veranderd en is mannen de hoofden van de rompen gaan scheuren. Ziehier haar foto: gezocht, dood of levend, royale beloning.' Onmogelijk. Uitgesloten.

O machteloosheid van de macht! De president drukt zichzelf op het hart geen domme dingen te doen: ze kan heus niet in leven blijven, waarschijnlijk is ze al dood, we hebben al een hele tijd niets gehoord, geen nieuws is goed nieuws. Of anders duikt ze wel ergens op en dan stoppen we het in de doofpot. Maar steeds weer kwam in zijn gedachten het beeld boven van een klein, tenger meisje met een gezicht van klassieke strengheid; het had iets beschuldigends ... Isky en Dawood fluisterden en redetwistten, links-rechts-links-rechts, zijn slapen bonsden ervan. Maar niet alleen de doden, ook de levenden kunnen iemand achtervolgen. Zijn blik begon iets verwilderds te krijgen.

Evenals Omar Khayyam Shakil begon ook president Raza Hyder grote hoeveelheden dennezaadjes te pellen en te eten, Sufiya Zinobia's favoriete lekkernij, met het pellen waarvan ze vele gelukkige uren had doorgebracht, met een toewijding die terecht waanzinnig mocht heten, want het pellen van dennezaadjes is een vorm van waanzin: het kost je meer energie om die verdomde dingen te pellen dan ze je verschaffen wanneer je ze eet.

'Generaal Hyder,' vraagt de Engelse televisieverslaggever Raza tijdens een interview, 'welingelichte bronnen zijn van mening, oplettende waarnemers beweren, velen van onze kijkers in het Westen zouden zeggen, hoe zou u het argument weerleggen dat, kunt u ons zeggen wat u vindt van de bewering dat uw invoering van islamitische lijfstraffen zoals bijvoorbeeld geseling en het afhakken van handen, in sommige kringen wellicht, betwistbaar, volgens bepaalde maatstaven, bij wijze van spreken als barbaars zou kunnen worden opgevat?'

Raza Hyder glimlacht tegen de camera; een hoffelijke glimlach, de glimlach van een man die er waarlijk goede manieren op nahoudt en niet zo'n klein beetje op decorum gesteld is. 'Het is niet barbaars,' antwoordt hij. 'En wel om drie redenen.' Een voor een somt hij ze op, daarbij een vinger opstekend voor elk argument. 'De eerste,' legt hij uit, 'is, en wees zo goed dat te begrijpen, dat een wet op zich noch barbaars noch het tegendeel van barbaars is. Waar het om gaat, is de man die de wet toepast. En in dit geval ben ik, Raza Hyder, degene die dat doet, waaruit volgt dat het natuurlijk niet barbaars kan zijn.

'Ten tweede, meneer, laat ik u zeggen dat we geen wilden zijn die zojuist uit de bomen zijn komen klauteren, begrijpt u? We zullen mensen niet zomaar bevelen hun handen uit te steken, zó bijvoorbeeld, en dan *rang!* met een slagersmes. Geen sprake van. Het vindt allemaal onder de meest hygiënische omstandigheden plaats, onder behoorlijk medisch toezicht, met gebruik van pijnverdovende middelen, enz.

'Maar de derde reden is dat het hier niet om wetten gaat, mijn beste man, die we zomaar uit de lucht hebben geplukt. Het gaat hier om de heilige woorden van God, zoals die ons in gewijde teksten geopenbaard zijn. En als het heilige woorden van God zijn, welnu, dan kunnen ze niet tegelijk barbaars zijn. Dat is niet mogelijk. Dan moeten ze iets anders zijn.'

Hij had er de voorkeur aan gegeven niet naar de presidentswoning in de nieuwe hoofdstad te verhuizen, aangezien hij zich, ondanks de gangen vol lawaaiige, de ayah's tot vertwijfeling brengende moederloze kinderen, toch meer op zijn gemak voelde in de ambtswoning van de opperbevelhebber. In het begin was hij bereid geweest af en toe een nacht in het presidentiële paleis door te brengen, bijvoorbeeld ten tijde van de panislamitische conferentie, toen er vanuit de hele wereld staatshoofden arriveerden en die allemaal hun moeders meebrachten, zodat er een complete hel losbrak omdat de moeders elkaar in de *zenana*-vleugel prompt uit alle macht begonnen te bevechten om de anciënniteit, en ze hun zoons aldoor dringende boodschappen bleven sturen en de vergaderingen van de gevolmachtigden onderbraken om zich te beklagen over dodelijke beledigingen hun aangedaan en hun eer die bezoedeld was, wat ten gevolge had dat het zo nu en dan geen haar scheelde of de wereldleiders waren met elkaar op de vuist gegaan of hadden elkaar de oorlog verklaard. Raza Hyder had geen moeder die hem in moeilijkheden kon brengen, maar hij had zo zijn eigen zorgen, want reeds op de eerste avond van de conferentie, terwijl hij zich in dit luchthavenachtige paleis ophield, had hij ontdekt dat de stem van Iskander Harappa hem zo luid in de oren klonk dat hij nauwelijks meer iets anders kon horen. De alleenspraak van de gehangene gonsde in zijn schedel, en naar het scheen had Isky besloten zijn opvolger wat nuttige tips te geven, want de stem van de onzichtbare was begonnen rijkelijk en op een irritant eentonige dreun te citeren uit wat, naar Raza pas na geruime tijd doorkreeg, de geschriften van de beruchte ongelovige en vreemdeling Niccolo Machiavelli bleken te zijn. Die hele nacht lang lag Raza wakker met dat spookachtige gegons in zijn hoofd. 'Bij het overnemen van de macht over een staat,' hoorde hij Iskander zeggen, 'moet de veroveraar ervoor zorgen al zijn wreedheden terstond te begaan, want alle onrecht dient tegelijkertijd te geschieden, opdat het minder geproefd worde en derhalve minder aanstoot geve.' Raza Hyder had niet kunnen verhinderen dat hem een uitroep – 'Ya Allah, hou je bek, hou je bek!' – over de presidentiële lippen kwam, en onmiddellijk waren er lijfwachten zijn slaapkamer komen binnenstormen die het ergste vreesden, namelijk een invasie door de zich eindeloos beklagende moeders van de wereldleiders; ietwat beschaamd zag Raza zich genoodzaakt te zeggen: 'Het is niets, het is niets. Alleen maar een nachtmerrie, een boze droom, niets om je zorgen om te maken.'

'Sorry, Raza,' fluisterde Iskander, 'ik probeerde alleen maar je te helpen'.

Zodra de conferentie achter de rug was en de moeders van elkaar gescheiden waren, spoedde Raza zich terug naar zijn andere thuis, waar hij zich ontspannen kon, aangezien Maulana Dawoods stem in zijn rechteroor daar luider was dan die van Isky in zijn linker. Hij leerde zijn aandacht volledig op zijn rechterkant te concentreren, en dit maakte het hem mogelijk met de geest van Iskander Harappa te leven, niettegenstaande het feit dat Isky bleef proberen zich verstaanbaar te maken.

In de vijftiende eeuw werd generaal Raza Hyder president van zijn land, en alles begon te veranderen. De onophoudelijke monoloog van Iskander Harappa had tot gevolg dat Raza in de onstoffelijke armen van zijn oude kornuit Maulana Dawood gedreven werd, rond wiens nek eens, bij vergissing, een zeker halssnoer van schoenen terechtgekomen was. Met zijn *gatta* was Raza Hyder, zoals u zich herinneren zult, het type *mohajir* dat gearriveerd was met God in al zijn broekzakken, en hoe meer Iskander fluisterde, des te sterker kreeg Raza het gevoel dat God zijn enige hoop was. Toen Dawood dus op zijn jankende toon zei: 'Er is hier in het heilige Mekka veel kwaad te zien; de gewijde plaatsen dienen gelouterd te worden. Dat is je eerste en enige plicht,' schonk Hyder daar aandacht aan, al was het duidelijk dat ook de dood de godgeleerde niet van het denkbeeld had weten te genezen dat ze waren gearriveerd in het heilige hart van het geloof, Mekka Sharif, de stad van de grote Zwarte Steen.

Dus wat deed Raza? Hij verbood sterke drank. Hij sloot de beroemde oude bierbrouwerij in Bagheera, zodat Panther Lager een dierbare herinnering werd in plaats van een verfrissende dronk. Hij bracht zulke drastische wijzigingen in de televisieprogramma's aan dat de mensen reparateurs lieten komen om hun toestellen na te kijken, aangezien ze niet konden begrijpen waarom er opeens niets anders meer te zien was dan godsdienstige lezingen en ze zich afvroegen hoe die *mullahs* in de beeldbuis opgesloten waren komen te zitten. Op de verjaardag van de Profeet liet Raza vanaf het dak van iedere moskee in den lande om precies negen uur 's morgens een sirene loeien, en een ieder die vergat stil te staan om te bidden wanneer hij dat gehuil hoorde, werd subiet weggevoerd naar de gevangenis. De bedelaars in de hoofdstad, en ook die in alle andere steden, herinnerden zich dat de koran de gelovigen verplichtte aalmoezen te geven, en dus maakten ze van het feit dat God in het presidentiële paleis was komen wonen gebruik om een reeks enorme optochten te organiseren, waarbij ze de instelling van een bij de wet verplichte minimumgift van vijf roepies eisten. Maar ze hadden God onderschat: in het eerste jaar van zijn regeringsperiode liet Raza Hyder honderdduizend bedelaars in de gevangenis werpen en, toen hij toch bezig was, meteen ook nog eens vijfentwintig leden van het in middels illegaal verklaarde Volksfront, die trouwens toch niet veel meer dan armoedzaaiers waren. Hij maakte bekend dat God en socialisme onverenigbaar waren, zodat de islamitisch-socialistische doctrine waarop het Volksfront zijn beroep op de kiezers had gebaseerd juist het ergste soort godslastering was dat je je maar voorstellen kon. 'Iskander Harappa heeft nooit in God geloofd,' verklaarde hij in het openbaar, 'en dus was hij bezig het land te vernietigen terwijl hij voorgaf het bijeen te houden.' De stelling van de onverenigbaarheid maakte Raza erg populair bij de Amerikanen, die dezelfde mening waren toegedaan, al was de God in kwestie een andere.

' "Omtrent diegenen die zich door onwaardig gedrag de positie van prins hebben verworven," ' fluisterde de stem van Iskander hem in het oor. '*Il Principe*, hoofdstuk acht. Je zou dat toch heus eens moeten lezen; het is maar heel kort,' maar Raza was er intussen achter hoe hij zijn sinistere ofte wel ter linkerzijde geplaatste dode engel negeren kon. Hij sloot zijn oren voor Isky's onruststokerij, en in plaats van kennis te nemen van de historische precedenten die hem geboden werden door de geschiedenissen van Agathocles de Siciliaan en Oliverotto da Fermo, luisterde hij naar Maulana Dawood. Maar Iskander gaf het nog niet op: hij betoogde dat zijn beweegredenen onzelfzuchtig waren en bleef proberen Raza eraan te herinneren dat er verschil was tussen goed en slecht bedreven wreedheden, en dat het nodig was wreedheden na verloop van tijd te verminderen, en dat gunsten en weldaden mondjesmaat moesten worden uitgedeeld, opdat er des te meer van genoten zou worden. De geest van Dawood was inmiddels echter goed op dreef geraakt; door de voorkeursbehandeling die hij bij de president genoot was hij zelfverzekerder geworden en hij gelastte Raza films te verbieden, of om te beginnen tenminste geïmporteerde films. Ook had hij bezwaar tegen vrouwen die ongesluierd op straat liepen, en hij eiste strenge maatregelen en een ijzeren vuist. Het is bekend dat godsdienststudenten in die tijd revolvers begonnen te dragen en zo nu en dan lukraak schoten op professoren die niet vroom genoeg waren; dat mannen op straat plachten te spuwen naar vrouwen wier middenrif zichtbaar was; en dat iemand kans liep gewurgd te worden als hij tijdens de vastenmaand een sigaret rookte. Het juridische stelsel werd ontmanteld, aangezien de advocaten de in wezen goddeloze aard van hun beroep hadden gedemonstreerd door tegen diverse activiteiten van de staat te protesteren; het werd vervangen door religieuze rechtbanken onder voorzitterschap van godgeleerden die door Raza waren benoemd om de sentimentele reden dat hun baarden hem aan zijn ontslapen raadsman herinnerden. God had de leiding, en voor het geval iemand daar nog aan mocht twijfelen gaf Hij kleine demonstraties van Zijn macht: hij liet diverse anti-godsdienstige elementen verdwijnen alsof het achterbuurtkinderen waren. Ja, de schoften werden eenvoudig door de Almachtige weggevaagd, ze verdwenen, pfft, zomaar ineens.

Raza Hyder had het druk in die jaren, en voor wat er nog van zijn gezinsleven over was had hij niet veel tijd. Hij bemoeide zich niet met zijn zevenentwintig kleinkinderen, die hij aan hun vader en de ayah's overliet; maar zijn verknochtheid aan het begrip 'gezin' was welbekend, hij gaf er altijd hoog over op, en dat was ook de reden waarom hij Bilquìs regelmatig bleef zien, eenmaal per week. Hij liet haar altijd naar de televisiestudio's brengen, op tijd voor de uitzending waarin hij aan de natie verscheen. Die begon altijd met een bidstond, gedurende welke Raza op de voorgrond knielde en de blauwe plek op zijn voorhoofd vernieuwde, terwijl achter hem ook Bilquìs bad, als een goede echtgenote, in soft-focus en van top tot teen gesluierd. Voordat de uitzending begon placht hij enkele ogenblikken bij haar te zitten, en het viel hem op dat ze altijd een naaiwerkje meebracht. Bilquìs was geen Rani; ze borduurde geen sjaals. Haar activiteiten waren zowel eenvoudiger als raadselachtiger, en bestonden uit het aan elkaar naaien van grote lappen zwarte stof, tot vormen waaruit met geen mogelijkheid iets op te maken viel. Gedurende lange tijd verhinderde het gevoel van onbehagen tussen hen Raza te vragen waar ze voor de duivel toch mee bezig was, maar uiteindelijk kreeg zijn nieuwsgierigheid de overhand, en toen hij er zeker van was dat er zich niemand binnen gehoorsafstand bevond vroeg de president zijn vrouw: 'En wat heeft al dat genaai te betekenen? Wat ben je met zo veel haast aan het maken dat je er niet mee wachten kunt tot je weer thuis bent?'

'Lijkwaden,' antwoordde ze ernstig, en hij voelde een koude rilling over zijn rug lopen.

Twee jaar na de dood van Iskander Harappa begonnen de vrouwen van het land aan protestmarsen tegen God. Die optochten waren een netelig probleem, vond Raza, en dienden voorzichtig te worden aangepakt. Dus trad hij behoedzaam op, hoewel Maulana Dawood hem in het oor krijste dat hij een zwakkeling was, en dat hij de hoeren spiernaakt aan alle beschikbare bomen diende op te knopen. Maar Raza ging omzichtig te werk; hij gelastte de politie ervoor te zorgen dat ze de dames bij het uit elkaar slaan van de demonstraties niet tegen de borsten sloegen. En uiteindelijk werd de rechtschapenheid die hem deze beperkingen had doen opleggen door God beloond. Zijn rechercheurs kwamen erachter dat de marsen werden georganiseerd door een zekere mevrouw Noor, die de huurkazernes en de dorpen bezocht, en de mensen aanzette tot anti-godsdienstige gevoelens. Maar nog altijd aar zelde Raza aan God te vragen het mens te doen verdwijnen, want per slot van rekening kun je niet alles van de Almachtige verlangen; dus voelde hij zich pas ten volle gerechtvaardigd om in te grijpen toen hij bewijzen in handen kreeg dat deze mevrouw Noor een beruchte figuur was, die in het verleden vrouwen en kinderen naar de harems van Arabische prinsen had geëxporteerd. Toen pas zond hij zijn mannen eropuit om haar op te pakken, want tegen een dergelijke arrestatie kon nu niemand meer bezwaar maken, en zelfs van Iskander Harappa kreeg hij een compliment: 'Je leert snel, Raza, het kan zijn dat wij allen je bekwaamheden hebben onderschat.'

Dit was Raza Hyders motto: 'Stabiliteit, in naam van God.' En na die kwestie met mevrouw Noor voegde hij daaraan nog een tweede leus toe: 'God helpt degenen die zichzelf helpen.' Om die stabiliteit-in-naam-van-God te bewerkstelligen installeerde hij legerofficieren in de directie van alle vooraanstaande industriële ondernemingen van het land; overal plaatste hij generaals, zodat het leger nog meer vingers in de pap had dan ooit tevoren het geval was geweest. Raza wist dat zijn opzet geslaagd was toen de generaals Raddi, Bekar en Phisaddi, de jongste en bekwaamste leden van zijn generale staf, bij hem kwamen met onomstotelijke bewijzen dat generaal Salmàn Tughlak, onder een hoedje spelend met politiechef Talvar Ulhaq, Raza Hyders eigen schoonzoon, en kolonel Shuja, al die tijd zijn adjudant, een staatsgreep beraamden. 'De stomme idioten,' mompelde Raza Hyder verdrietig. 'Ze zijn allemaal verslaafd aan de whisky, zie je wel? Ze willen hun borrels, en daarvoor zijn ze bereid alles wat we bereikt hebben ongedaan te maken.' Hij trok een huilerig gezicht dat in tragiek niet behoefde onder te doen voor Shuja's uitdrukking; maar heimelijk was hij opgetogen, want hij werd nog altijd in verlegenheid gebracht door de herinnering aan zijn onbeholpen nachtelijke telefoontje naar generaal Tughlak; verder probeerde hij al sinds de gebeurtenis in de dodencel van de districtsgevangenis een reden te vinden om zich van zijn adjudant te ontdoen; en Talvar Ulhaq was al jaren niet meer betrouwbaar. 'Een man die zich tegen de ene baas keert,' zei Raza tegen de jonge Raddi, Bekar en Phisaddi, 'zal zich ook tegen een tweede keren,' maar wat hij in werkelijkheid bedoelde was dat Talvars helderziendheid hem de stuipen op het lijf joeg, en trouwens, de vent wist alles van Sufiya Zinobia, en dat betekende dat hij te veel wist... Raza sloeg de jonge generaals op de rug en zei: 'Tja, het berust nu allemaal in de schoot van God,' en toen de volgende ochtend aanbrak waren alle drie de samenzweerders verdwenen zonder ook maar het kleinste rookwolkje achter te laten. De zevenentwintig weeskinderen van Talvar Ulhaq vulden de ambtswoning van de opperbevelhebber met een vreemd eenstemmig geschreeuw, waarbij ze allemaal op precies dezelfde toonhoogte krijsten en dat ze ook allemaal op hetzelfde moment onderbraken om adem te scheppen, zodat iedereen zich veertig dagen lang genoodzaakt zag oordopjes te dragen; toen beseften ze dat hun vader niet meer zou terugkomen en zwegen ineens geheel, zodat hun grootvader hen tot de laatste avond van zijn regeringsperiode nooit meer opmerkte.

De loyaliteit van zijn jonge generaals toonde Raza Hyder dat het leger veel te goede tijden beleefde om roet in het eten te willen gooien. 'Een stabiele toestand,' complimenteerde hij zichzelf. 'Alles is prima in orde.'

Juist op dit punt keerde zijn dochter Sufiya Zinobia weer in zijn leven terug.

Mag ik hier een paar woorden tussenvoegen met betrekking tot de wederopleving van de islam? Ik zal het niet lang maken.

Pakistan is geen Iran. Het mag misschien vreemd klinken dat te zeggen van het land dat, tot de komst van Khomeini, een van de enige twee theocratieën op aarde was (naast Israël), maar ik ben van mening dat Pakistan nooit een door mullah's overheerste samenleving is geweest. De godsdienstige extremisten van de Jamaat-partij hebben hun aanhangers onder studenten en zo, maar bij verkiezingen hebben slechts betrekkelijk weinig mensen ooit op deze partij gestemd. Jinnah zelf, de Oprichter ofte wel Quaid-i-Azam, maakt op mij niet bepaald de indruk een type te zijn geweest dat voortdurend met God bezig was. Voor hem waren de islam en de mohammedaanse staat politieke en culturele denkbeelden; het theologische aspect was niet de hoofdzaak.

Wat ik hier zeg zal waarschijnlijk worden vervloekt door het regime dat momenteel de scepter zwaait in dat onfortuinlijke land. Dat is dan jammer. Wat ik naar voren wil brengen is dat de islam in het Pakistan van na Bangladesj heel goed een samenbundelende kracht had kunnen blijken te zijn, als men niet getracht had er zo'n allemachtig groot punt van te maken. De Sindhi's, de Baluchi's, de Panjabi's en de Pathanen, om van de immigranten nog niet eens te spreken, zouden hun geschillen wellicht hebben willen vergeten ter wille van hun gemeenschappelijke godsdienst.

Er zijn echter maar weinig mythologieën die standhouden wanneer men ze aan een nader onderzoek onderwerpt. Bovendien kunnen ze buitengewoon impopulair worden als men probeert ze de mensen met geweld op te dringen.

Wat gebeurt er als men zulke veel te grote, onverteerbare maaltijden krijgt opgedrongen? Men wordt misselijk. Men verwerpt ze als voedingsmiddel. Lezer: men kotst ervan.

Het zogenaamde islamitische 'fundamentalisme' komt, in Pakistan, niet spontaan uit het volk zelf voort. Het wordt de mensen van bovenaf opgelegd. Autocratische regimes vinden het altijd nuttig zich van een godsdienstige retoriek te bedienen, aangezien de mensen eerbied voor die taal hebben en aarzelen zich ertegen te verzetten. Dit is de manier waarop godsdiensten dictators overeind houden: door hen te omringen met woorden waar macht en gezag van uitgaat, woorden die het volk niet graag gewantrouwd, ontkracht en bespot ziet.

Maar wat ik heb gezegd over dat door de strot douwen geldt nog steeds. Uiteindelijk word je er misselijk van en verlies je je geloof in het geloof, zo niet als geloof, dan toch in ieder geval als de grondslag voor een staat. En dan valt zo'n dictator, en dan komt men tot de ontdekking dat hij God in zijn val met zich heeft meegesleurd, dat de mythe die de natie moest rechtvaardigen eveneens vernietigd is. Dan blijven er slechts twee mogelijkheden over: een uit elkaar vallen van de natie, of een nieuwe dictatuur … nee, toch niet, er is nog een derde, en ik wil niet zo pessimistisch zijn de mogelijkheid daarvan te ontkennen. Dat derde alternatief is de vervanging van de oude mythe door een nieuwe. Hier zijn drie van zulke mythen, alle op korte termijn uit voorraad leverbaar: vrijheid, gelijkheid en broederschap.

Ik kan ze ten zeerste aanbevelen.

Naderhand, tijdens zijn panische vlucht uit de hoofdstad, zou Raza Hyder zich het verhaal van de witte panter herinneren dat ten tijde van Iskander Harappa's arrestatie de ronde deed, hij zou huiveren van herkenning en van angst. Het gerucht was spoedig genoeg een natuurlijke dood gestorven, aangezien niemand ooit gemeld had het fabelachtige dier ooit daadwerkelijk gezien te hebben, met uitzondering van een nogal onbetrouwbare dorpsjongen, Ghaffar genaamd, en zijn beschrijving was zo onzinnig geweest dat de mensen tot de conclusie waren gekomen dat de panter slechts een voortbrengsel was van Ghaffars om zijn leugenachtigheid beruchte brein. Het onwaarschijnlijke, aan de fantasie van de jongen ontsproten beest was, volgens zijn eigen zeggen, 'niet helemaal wit, het had een zwarte kop en verder nergens haar, alsof het kaal geworden was; ook had het een gekke manier van lopen.' De kranten hadden deze verklaring op gekscherende toon afgedrukt, wetend dat hun lezers een verdraagzame genegenheid voor zulke monster-verhalen hadden; maar nu generaal Hyder eraan terugdacht maakte zich het afschuwelijke denkbeeld van hem meester dat de witte panter van Bagheeragali een op zichzelf vooruitlopend wonder, een onheilspellende profetie was geweest, een geestverschijning van de Tijd, de toekomst die rondsloop door de wouden van het verleden. 'Hij heeft haar wel degelijk gezien,' dacht Raza bitter, 'en niemand wilde hem geloven.'

Dit was de manier waarop ze weer ten tonele verscheen:

Op een ochtend zat Omar Khayyam Shakil zoals gewoonlijk uit het zolderraam naar buiten te kijken toen Asgari, de werkster – die niet alleen tot wanhoop gedreven werd door deze gewoonte van hem, die haar dwong naar boven te komen en de vloer van dit vergeten vertrek aan te vegen, maar ook door de verstrooidheid waarmee hij de doppen van dennezaadjes op de grond liet vallen terwijl ze aan het werk was – uit haar tandeloze, sterk naar het ontsmettingsmiddel *fineel* ruikende mond liet vallen: 'Dat beest moest maar eens hierheen komen om al die onhebbelijke mensen op te ruimen die een fatsoenlijke vrouw haar werk niet laten afmaken.' Het woord 'beest' drong door de nevels van Omar Khayyams gemijmer heen, en hij maakte de oude vrouw aan het schrikken door op luide toon te vragen: 'Wat heeft die opmerking te betekenen?' Toen ze er eenmaal van overtuigd was dat hij niet het voornemen had haar net als Shahbanou te laten ontslaan, en dat hij haar onschuldige zure opmerking niet als een vervloeking beschouwde, kalmeerde ze een beetje en gaf ze hem, op die manier die oudgedienden eigen is, een standje omdat hij de zaak te serieus nam. 'Die verhalen hebben de kop weer opgestoken, dat is alles,' zei ze. 'Tongen die niets te doen hebben, hebben nu eenmaal beweging nodig. De grote sahib hoeft zich er niet zo over op te winden.'

Gedurende de rest van die dag werd Omar Khayyam geteisterd door een innerlijke storm waarvan hij de oorzaak niet durfde noemen, zelfs niet tegenover zichzelf, maar toen hij die nacht zijn hazeslaapje deed droomde hij van Sufiya Zinobia. Ze was een viervoeter geworden, en ze was zo naakt als haar moeder in haar jeugd was geweest toen de kleren haar door die legendarische, vurige wind van het lijf waren gerukt – nee, nog naakter zelfs, want er hing niets om haar schouders, geen *dupatta* van ingetogenheid en schaamte. Hij werd wakker, maar de droom weigerde te verdrijven. Het bleef hem voor ogen zweven, dat spookbeeld van zijn echtgenote die in de wildernis op menselijke en dierlijke prooi joeg.

In de weken die volgden schudde hij de lethargie van zijn meer dan zestig jaren van zich af. In weerwil van zijn gebrekkige voeten werd hij een bekende, zij het excentrieke figuur op het busstation, waar hij strompelend zelfs de afschrikwekkendste types uit de grensstreek placht te benaderen, en hun geld aanbood in ruil voor bepaalde inlichtingen. Leunend op zijn wandelstok hing hij rond bij de rituele slachthuizen op de dagen dat de boeren daar vanuit de afgelegen districten vee heen brachten. Hij bezocht geregeld bazaars en bouwvallige cafés: een uit de toon vallende figuur in een grijs kostuum, steunend op een degenstok, die vragen stelde en intens luisterde.

Geleidelijk aan begon het hem duidelijk te worden dat de verhalen over de witte panter inderdaad weer de ronde deden; maar het opmerkelijke was dat ze uit alle hoeken van het land begonnen te komen, meegebracht niet alleen in de plunjezakken boven op de bussen waarmee arbeiders van de gasvelden in de Naaldenvallei terugkeerden, maar ook in de patroongordels van met geweren bewapende leden van bergstammen uit het noorden. Het was een uitgestrekt land, ook zonder zijn oostelijke helft, een land van wildernissen, moerassige delta's vol mangrovebossen, enorme berggebieden en kale vlakten; en vanuit alle uithoeken van de natie, naar het scheen, kwam het verhaal van de panter naar de hoofdstad gereisd. Zwarte kop, een blank, haarloos lichaam en een onbeholpen gang: telkens weer opnieuw werd Ghaffars belachelijk gemaakte beschrijving tegenover Omar Khayyam herhaald door ongeletterde reizigers, die stuk voor stuk in de mening verkeerden dat het gerucht uitsluitend in hun eigen streek de ronde deed. Omar liet hen in die waan.

Vermoorde dieren en mensen, dorpen die in het duister overvallen werden, dode kinderen, afgeslachte kuddes, bloedstollende kreten: het was weer het traditionele elkaar bang maken voor de menseneter, alleen met een nieuwe en angstaanjagende variant: 'Welk beest,' vroeg een reus van een grensbewoner Omar Khayyam met het onschuldige ontzag van een kind, 'kan een man het hoofd van zijn romp scheuren en zijn ingewanden door het gat naar buiten trekken om ze op te eten?'

Hij hoorde van dorpen waar men waakzaamheidcomités had gevormd, en van bergstammen waar men de hele nacht wachtposten op de uitkijk had staan. Verhalen waarin het monster gezien heette te zijn gingen vergezeld van snoevende beweringen dat men het aangeschoten had, of van zelfs nog minder geloofwaardig jagerslatijn: 'U zult het nooit geloven, sahib, ik heb het pal tussen de ogen geraakt met een jachtgeweer, maar het is een boze geest, het draaide zich om en verdween spoorloos, zulke schepsels zijn niet te doden, God sta ons bij…' Het had er dus alle schijn van dat de witte panter al tot een mythe werd gemaakt. Er waren mensen die zeiden dat het beest kon vliegen, of oplossen in het niet, of groeien tot het groter was dan een boom.

Ook in de verbeelding van Omar Khayyam Shakil groeide zij. Gedurende lange tijd vertelde hij niemand van zijn vermoedens, maar 's nachts zwermden ze om zijn slapeloze lichaam, en overdag omringden ze zijn leunstoel terwijl hij dennezaadjes zat te pellen. Hij stelde zich voor hoe ze, het, het Beest, uit sluwheid verkoos uit de buurt van steden te blijven, wellicht in de wetenschap dat het, ze, in weerwil van zijn, haar, kolossale kracht kwetsbaar was, en dat steden kogels, gassen en tanks betekenden. En hoe snel ze was geworden, en hoe groot was haar bereik, waarbij ze zich zo ver tot in alle uithoeken van het land begeven had dat het jaren had geduurd voordat haar diverse legenden elkaar hadden kunnen ontmoeten, om zich ten slotte in zijn gedachten te verenigen tot het patroon dat haar door het nachtelijk duister verborgen gedaante onthulde. 'Sufiya Zinobia,' zei hij tegen het open raam, 'ik kan je nu zien.'

Op handen en voeten, met dikke eeltkussens op palmen en zolen. Met dat zwarte haar dat eens door Bilquìs Hyder was afgeknipt, nu lang en verward samengeplakt rond haar gezicht, dat het omhulde als een vacht; met de bleke huid van haar *mohajir*-afkomst nu verbrand en gelooid door de zon, en als oorlogsverwondingen de littekens dragend van striemende takken, dieren, en haar eigen, door jeuk tot krabben gedreven nagels. Vurige ogen en de stank van uitwerpselen en dood. 'Voor het eerst van haar leven,' dacht hij, en hij schrok zelf van het medegevoel dat hij daarbij ondervond, 'is dat meisje vrij.' Hij stelde zich haar voor als een trots wezen; trots op haar kracht, trots op die gewelddadigheid die bezig was haar tot een legende te maken, en die iedereen verhinderde haar te vertellen wat ze doen moest, of wie ze zijn moest, of wat ze had moeten zijn maar niet was; ja, ze had zich boven al datgene verheven wat ze niet wenste te horen. Is het mogelijk, vroeg hij zich af, dat menselijke wezens het edele in zichzelf kunnen ontdekken door in een toestand van verwildering te leven? Toen werd hij kwaad op zichzelf en herinnerde zich dat ze niet langer Sufiya Zinobia was, dat er niets meer in haar overgebleven was dat te herkennen viel als de dochter van Bilquìs Hyder, en dat het Beest in haar binnenste haar altijd veranderd had. 'Ik moet haar niet langer bij haar naam noemen,' dacht hij, maar toen merkte hij dat hij dat niet kon. *Hyders dochter. Mijn vrouw. Sufiya Zinobia Shakil.*

Toen hij tot het besluit kwam dat hij zijn geheim niet langer kon bewaren en naar Raza Hyder ging om hem te vertellen van zijn dochters activiteiten, liep hij daar de drie generaals Raddi, Bekar en Phisaddi tegen het lijf, die net uit het kantoor van de president kwamen, alledrie met precies dezelfde uitdrukking van lichtelijk verbluffe gelukzaligheid op hun gezicht. Ze waren al in de zevende hemel sinds Hyder hen na Tughlaks verijdelde staatsgreep tot leden van zijn kabinet van vertrouwelingen had bevorderd, maar ditmaal waren ze in een benevelde toestand door een overdaad aan gebed. Ze hadden Raza zojuist in kennis gesteld van het feit dat de Russen met een leger het buurland A.

waren binnengevallen, aan gene zijde van de noordwestelijke grens. Tot hun stomme verbazing was de president uit zijn stoel opgesprongen, had vier bidmatjes op de vloer uitgerold en had erop gestaan dat ze allemaal subiet, nu meteen, dank zouden zeggen voor deze zegen die hun door God geschonken was. Anderhalf uur lang hadden ze zich beurtelings opgericht en weer laten vallen, daarbij op hun voorhoofd een eerste begin opdoend van die blauwe plek die Raza met zo veel trots droeg, totdat hij de gebeden beëindigde en hun uitlegde dat deze aanval van de Russen de laatste stap in Gods plan was, aangezien de stabiliteit van zijn regering thans door de grote mogendheden veilig zou moeten worden gesteld. Generaal Raddi had daarop een beetje zuur geantwoord dat de politiek van de Amerikanen zich voornamelijk richtte op een dramatische tegenzet tegen de Olympische Spelen, maar voordat Raza uit zijn slof kon schieten begonnen Raddi's vrienden Phisaddi en Bekar elkaar de hand te schudden en luidruchtig geluk te wensen. 'Die Yankee met z'n vette reet,' riep Phisaddi, daarmee doelend op de Amerikaanse ambassadeur, 'die zal van nu af aan alle rekeningen moeten betalen,' en Bekar begon te dromen van nieuwe militaire uitrustingen ter waarde van vijf miljard dollar, eindelijk de laatste snufjes, raketten die zijwaarts konden vliegen zonder dat hun motoren last van zuurstofgebrek kregen en opsporingssystemen die een vreemde malariamuskiet al op zestienduizend kilometer afstand konden ontdekken en volgen. Ze raakten zo in vervoering dat ze gemakshalve vergaten de president de rest van het nieuws te vertellen; maar het schoot Raddi weer te binnen en voordat iemand hem kon tegenhouden flapte hij de mededeling eruit dat de heer Haroun Harappa zich metterwoon had gevestigd in een chique flat in het centrum van Kaboel, de hoofdstad van A. Zijn collega's, die schrokken van Raddi's tweede foutieve beoordeling van de stemming waarin de president verkeerde, probeerden hem opnieuw te dekken: op geruststellende toon verzekerden ze Raza dat het bericht nog niet bevestigd was, en dat er in het kielzog van de Russische bezetting allerlei desinformatie uit Kaboel kwam; ook probeerden ze zijn aandacht af te leiden door het probleem van de vluchtelingen ter sprake te brengen, maar de president bleef maar stralen van genoegen. 'Wat mij betreft mogen ze ons tien miljoen vluchtelingen sturen,' riep hij uit, 'want door die in huis te halen hebben ze me alle troeven in handen gegeven.'

Nu waren de generaals alledrie in verwarring gebracht; alledrie voelden ze zich geroepen uit te leggen dat volgens hun betrouwbare inlichtingen Haroun Harappa de volledige en actieve steun genot van het nieuwe, door de Russen ondersteunde regime over de grens, en dat hij een groep terroristen aan het verzamelen was die door de Russen van wapens werd voorzien en door de Palestijnen werd opgeleid, en die hij Al-Iskander had genoemd ter nagedachtenis aan zijn geliefde oom. 'Prachtig,' zei Hyder met een brede glimlach, 'nu kunnen we de mensen tenminste eindelijk tonen dat het Volksfront niets anders is dan een stelletje moordenaars en schoften,' en vervolgens liet hij de drie generaals opnieuw op hun knieën vallen om God weer helemaal van voren af aan dank te zeggen.

Zo kwam het dat Raza Hyder zijn collega's met ware vreugde in zijn hart uitgeleide deed tot aan de deur van zijn kantoor en terwijl het versufte driemanschap zich wankelend verwijderde begroette de president Omar Khayyam met oprechte warmte: 'Zo, ouwe lobbes, wat brengt jou hierheen?'

Dit verbazend goede humeur van Raza Hyder wekte eigenaardige gevoelens bij Omar Khayyam, zodat het bijna met genoegen was dat hij antwoordde: 'Een zeer delicate en vertrouwelijke kwestie'; en achter de gesloten deuren van het kantoor van de president kwam er een grimmige voldoening over hem terwijl hij Raza van zijn gissingen en onderzoekingen vertelde en hij het goede nieuws uit het gezicht van de president zag wegebben om plaats te maken voor een grauwbleke kleur van angst.

'Zo zo,' zei Raza Hyder, 'ik had mezelf al bijna weten wijs te maken dat ze dood was.'

'Ik zou haar vergelijken met een kolkende rivier,' fluisterde Iskander Harappa hem in het oor, 'die in haar onstuimigheid de vlakten overstroomt en bomen en gebouwen meesleurt, iedereen vlucht ervoor, en alles bezwijkt voor haar woede zonder zich te weer te stellen. Zo is het ook met de Fortuin gesteld, die haar macht toont waar geen maatregelen genomen zijn om haar te weerstaan, en haar woede daarheen richt waar ze weet dat geen dijken of barricaden zijn opgericht om haar tegen te houden.'

'Wat voor barricaden?' riep Raza Hyder hardop uit, zodat bij Omar Khayyam de overtuiging post vatte dat de president bezig was overspannen te raken. 'Wat voor muren kan ik oprichten tegen mijn eigen kind?' Maar Maulana Dawood, zijn engel ter rechterzijde, zweeg in alle talen.

Hoe komt een dictator ten val? Er is een oud spreekwoord dat, met absurd optimisme, zegt dat het in de aard van tirannieën ligt dat er eens een eind aan komt. Voor hetzelfde geld zou je kunnen zeggen dat het ook in hun aard ligt te beginnen, voort te duren, zich in te graven, en dikwijls ook in stand gehouden te worden door machten die groter zijn dan zijzelf.

Maar goed, laat ik niet vergeten dat ik slechts een sprookje aan het vertellen ben. Mijn dictator zal met feeërieke, koboldachtige middelen ten val worden gebracht. 'Dat maakt het je wel gemakkelijk,' is de voor de hand liggende kritiek, en ik ben het daar roerend mee eens. Maar ik voeg eraan toe, ook al klinkt het misschien een beetje verongelijkt: 'Probeert u maar eens van een dictator af te komen.'

Toen Raza Hyder bijna vier jaar lang president was, begon de witte panter dichter bij de hoofdstad te komen. Dat wil zeggen, de moorden en de slachtingen van dieren volgden elkaar in sneller tempo op, het monster werd veelvuldiger gezien, en de verhalen sloten zich aaneen en vormden een kordon rond de stad. Generaal Raddi gaf Raza Hyder als zijn mening te kennen dat het duidelijk was dat deze terreurdaden het werk waren van de door Haroun Harappa aangevoerde Al-Iskander-groep, waarop de president hem tot zijn grote verbazing een hartelijke klap op zijn schouder gaf. 'Heel goed, Raddi,' bulderde Hyder, 'je bent toch niet zo stom als ik dacht.' Vervolgens belegde Raza een persconferentie, waarop hij de schuld van de zogenaamde 'moorden zonder hoofd' bij die beruchte rampokkers en gangsters legde die door de Russen gesteund werden en handelden in opdracht van de aartsbandiet Haroun, en wier doel het was de morele kracht van de natie te ondermijnen, 'onze door God geïnspireerde vastberadenheid te doen verslappen,' zoals Raza het uitdrukte; 'het is hun bedoeling ons te destabiliseren, maar ik zeg u dat ze daarin nooit zullen slagen.'

Heimelijk was hij echter ontzet over dit jongste bewijs van zijn machteloosheid zijn dochter te weerstaan. Eens te meer scheen het hem toe dat de jaren van zijn grootheid en van de totstandbrenging van dat grote bouwwerk van nationale stabiliteit, niets meer waren geweest dan leugens waarmee hij zichzelf bedrogen had, dat zijn nemesis hem al die tijd vervolgd had en hem toegestaan had steeds hoger op te klimmen opdat zijn val des te groter zou zijn; zijn eigen vlees had zich tegen hem gekeerd, en tegen zulk verraad is geen enkele man opgewassen. Hij gaf zich over aan een fatalistische neerslachtigheid die voortsproot uit zijn overtuiging dat de ondergang nabij was en liet het dagelijks bestuur over aan zijn drie hoogverheven generaals, wetend dat als Sufiya Zinobia gedood mocht worden door de grote groepen militairen die in de provincies jacht maakten op terroristen, ze daarbij ook geïdentificeerd zou worden, en dat de schande daarvan hem ten val zou brengen; maar als ze haar vervolgers wist te ontwijken zou hij daar ook al niet mee gebaat zijn, want hij zag dat ze in allengs kleiner wordende cirkels het centrum naderde en geleidelijk aan onverbiddelijk dichter bij dat vertrek kwam waarin hij slapeloos liep te ijsberen, met iedere stap de schillen van dennezaadjes verbrijzelend die de vloer als een tapijt bedekten, terwijl Omar Khayyam al even slapeloos door het zolderraam naar buiten staarde, de dreigende nachtelijke duisternis in.

Stilte in zijn rechteroor. Maulana Dawood was verdwenen en zou nooit meer tot hem spreken. Door deze stilte gekweld, die nu al even drukkend was als het steeds vergenoegder klinkende gesis van Iskander Harappa aan zijn linkerkant, zonk Raza Hyder voortdurend dieper weg in het drijfzand van zijn wanhoop, want hij begreep dat God hem aan zijn lot had overgelaten.

Ik heb mijn mening omtrent de heer Haroun Harappa heus niet gewijzigd: de man was een hanswroot. De Tijd drijft evenwel op een vreemde manier de spot met zijn slachtoffers, en Haroun, die eens geveinsde revolutionaire leuzen had uitgekraamd en grapjes over benzinebommen had gemaakt terwijl hij op de rug van een zeeschildpad gezeten was, zag zich thans geworden tot wat hij eens had veracht: een beruchte bendeleider met een troep desperado's onder zijn bevel.

Het werd zowel Rani als Arjumand Harappa door de autoriteiten toegestaan vanuit Mohenjo verklaringen openbaar te maken waarin ze hun afschuw over terroristische activiteiten uitspraken. Maar Haroun had inmiddels de onstuitbare halsstarrigheid van de waarachtig dommen over zich gekregen; en de dood van Isky Harappa had hem eindelijk genezen van zijn obsessie: de herinnering aan Goed Nieuws Hyder. Het komt wel vaker voor dat een gestorven liefde in het tegendeel verkeert, en bij het horen van de naam 'Hyder' kreeg Haroun tegenwoordig alleen nog maar een rood waas voor de ogen. Het was dan ook een verdere ironie van het lot dat zijn kaping van een lijnvliegtuig op het platform van de luchthaven van Q. slechts tot gevolg had dat de aandacht gedurende enkele ogenblikken afgeleid werd van het schandaal van de witte-pantermoorden en van de crisistoestand waarin het regime Hyder verkeerde.

Toen generaal Raddi van de kaping van het verkeersvliegtuig in Q. hoorde, kwam hij met een opmerkelijk plan: hij gaf de plaatselijke politie-autoriteiten opdracht Harappa's mannen hartelijk tegemoet te treden en hen zo uitbundig mogelijk te vleien. 'Vertel ze maar dat er een staatsgreep gaande is,' opperde Raddi, zelf verbaasd over de inspiratie die hem op dat idee had gebracht, 'dat Hyder gevangen is gezet en dat de vrouwen op Mohenjo spoedig weer vrij zullen zijn.' Haroun Harappa trapte erin, de stommeling; hij hield het toestel compleet met alle inzittenden op de grond, en wachtte tot hij geroepen zou worden om de macht over te nemen.

Naarmate de dag vorderde nam de hitte toe. Langs het plafond van de passagierscabine begon zich condensatie te vormen die als regendruppels op de inzittenden neerdaalde. De voorraden eten en drinken aan boord begonnen uitgeput te raken, en met een uit zijn naïviteit voortspruitend ongeduld riep Haroun via de boordradio de verkeerstoren op en eiste dat er een maaltijd gebracht werd. Zijn verzoek werd met grote beleefdheid ontvangen; hij kreeg te horen dat voor de toekomstige leider van het volk niets goed genoeg was, en weldra werd er een overdadig feestmaal bij het toestel bezorgd, terwijl de verkeerstoren Haroun nederig verzocht naar hartelust te eten en te drinken, hem verzekerend dat men hem ervan in kennis zou stellen zodra hij veilig te voorschijn kon komen. De terroristen gingen zich te buiten aan die spijzen van hun dromen, aan die gehaktballen van de hoop-tegen-beter-weten-in en de bruisende dranken van de zelfbegoocheling, en binnen een uur na deze zwelgpartij waren ze in de hitte allemaal in een diepe slaap gevallen, met de bovenste knopen van hun broeken open. De politie klom aan boord van de machine en sloeg het hele stel in de boeien zonder dat er ook maar één schot viel.

Generaal Raddi ging in de ambtswoning van de opperbevelhebber op zoek naar Hyder, die hij aantrof in het zoldervertrek van diens wanhoop. Hij trad binnen en ontdekte daar zowel Raza als Omar Khayyam, beiden in stilte verzonken. 'Uitstekend nieuws,' meldde hij, maar toen hij verslag had uitgebracht besefte hij terstond dat hij op de een of andere manier kans had gezien opnieuw een flater te begaan, want de president trok tegen hem van leer en brulde: 'Dus je hebt Harappa in de petoet zitten, hè? En wie had je nu gedacht de schuld van de pantermoorden te geven?' Generaal Raddi bloosde als een jonge bruid en begon zich te verontschuldigen, maar zijn verbijstering kreeg de overhand en hij stamelde: 'Maar excellentie, nu de bedreiging van de Al-Iskander-bende is weggenomen betekent dat toch zeker dat de moorden zonder hoofd zullen ophouden?'

'Ga weg, ga weg, laat me met rust,' mompelde Raza en Raddi zag dat de woede van de president iets gelatens, iets afwezigs had, alsof hij in een verborgen noodlot berustte. Noteschillen kraakten onder de laarzen van de vertrekkende Raddi.

De moorden bleven doorgaan: boeren, straathonden, geiten. Ze vormden een ring des doods rondom het huis en hadden inmiddels de buitenwijken van de twee steden bereikt, de nieuwe hoofdstad zowel als de oude stad. Moorden zonder reden, zo leek het, gepleegd om de lust van het doden zelf, of om een of andere afgrijselijke behoefte te bevredigen. Door de vernietiging van Haroun Harappa was de rationele verklaring komen te vervallen; er was sprake van een stijgende paniek.

Het aantal militairen dat aan de klopjacht deelnam werd verdubbeld, en toen nog eens verdubbeld; maar nog altijd werd dat langzaam rond-cirkelende, bloedige patroon voortgezet. De kranten begonnen het denkbeeld van het monster met ongelovige ernst te behandelen. 'Het is alsof dit beest zijn slachtoffers beheksen kan,' stond er in een artikel te lezen. 'Nooit is er ook maar een spoor van een worsteling te beken-nen.' Een tekenaar maakte een spotprent van een reusachtige cobra die zwaar bewapende maar machteloze horden ratten biologeerde.

'Het duurt nu niet lang meer,' zei Raza Hyder hardop in het zolder-vertrek. 'Dit is het laatste bedrijf.' Omar Khayyam was het met hem eens. Het kwam hem voor dat Sufiya Zinobia haar krachten aan het beproeven was, dat ze de macht van die hypnotische ogen op steeds grotere groepen testte en dat ze haar tegenstanders, die niet tot zelfver-dediging in staat bleken, tot steen deed verstarren terwijl haar handen zich om hun hals sloten. 'God mag weten hoeveel ze er tegelijk aan-kan,' dacht hij, 'misschien is het inmiddels wel een regiment, het hele leger, de hele wereld.'

Laten we het maar onomwonden zeggen: Omar Khayyam was bang. Raza schikte zich in de overtuiging dat zijn dochter met hem kwam afrekenen, maar het was net zo goed mogelijk dat ze het op de echtgenoot voorzien had die haar verdoofd en geketend had. Of op de moeder die haar Schande had genoemd. 'We moeten maken dat we hier wegkomen,' zei hij tegen Raza, maar Hyder scheen hem niet te horen; de doofheid van de aanvaarding, van de stilte-in-het-rechteroor en Isky-in-het-linker had zijn oren verstopt. Een man die door zijn God in de steek gelaten is, geeft er soms de voorkeur aan te sterven.

Toen hun geheim aan het licht kwam, begon het Omar Khayyam een wonder toe te schijnen dat de waarheid zo lang verborgen had kunnen blijven. Asgari de werkster was verdwenen zonder enige opzegtermijn in acht te nemen, wellicht omdat ze niet langer tegen de zich voortdu-rend vermeerderende dennezaadschilletjes opgewassen was; of mis-schien was ze gewoon de eerste van de bedienden die vluchtte om de verschrikkingen te ontlopen, de eerste van hen die vermoedde wat er waarschijnlijk gebeuren zou met een ieder die in dat huis zou blijven... hoe dan ook, het lijkt aannemelijk dat Asgari degene was die uit de school had geklapt. Het was een teken van Raza's tanende macht dat twee dagbladen het zich meenden te kunnen veroorloven verhalen te publiceren waarin gesuggereerd werd dat de dochter van de president een gevaarlijke waanzinnige was, en dat haar vader haar al een hele tijd geleden uit zijn woning had laten ontsnappen, 'zonder zich zelfs maar te verwaardigen de bevoegde autoriteiten daarvan in kennis te stellen,' zoals een blad brutaalweg schreef. Noch de pers noch de radio-omroep ging zover de verdwijning van Sufiya Zinobia met de 'moorden zonder hoofd' in verband te brengen, maar het hing in de lucht, en in de bazaars, in de busstations en aan de tafeltjes van goedkope cafés begon men het monster bij zijn ware naam te noemen.

Raza ontbood zijn driemanschap van generaals bij zich. Raddi, Bekar en Phisaddi meldden zich, en hoorden Hyder voor de laatste maal een paar brokstukken van zijn oude gezag opdiepen. 'Arresteer die revolutionaire elementen!' eiste hij op hoge toon terwijl hij de generaals kranten onder de neus zwaaide. 'Ik wil ze opgesloten zien in de donkerste kerkers, ik wil ze kapot hebben!' De drie officieren wachtten tot hij uitgesproken was en toen zei generaal Raddi met het onuitsprekelijke genoegen van iemand die lang naar zulk een moment heeft uitgekeken: 'Meneer de president, we geloven niet dat een dergelijke handelwijze verstandig zou zijn.'

'De volgende stap is huisarrest,' zei Hyder tegen Omar Khayyam, 'over een dag of twee, zodra ze hun voorbereidingen hebben afgerond. Ik heb het je wel gezegd: het doek staat op het punt te vallen. Die Raddi, ik had het kunnen weten. Ik begin mijn greep op de leiding te verliezen. Wanneer een generaal in dit verdomde land een staatsgreep beraamt, kun je er donder op zeggen dat hij zal proberen die uit te voeren ook, al heeft hij hem in het begin alleen maar als een soort grap of truc bedoeld.'

Hoe wordt een dictator ten val gebracht? Raddi, Bekar en Phisaddi heffen persembargo's op. Zwart op wit worden nu bepaalde fatale vermoedens geuit: er wordt verband gelegd tussen Pinkie Aurangzebs dode kalkoenen, het fiasco van Goed Nieuws Hyders trouwdag en de stijve nek van Talvar Ulhaq, en theorieën omtrent de dode jongens in de achterbuurt komen eindelijk in het nieuws. 'Het volk is net als kurkdroog hout,' zegt Raza Hyder. 'Deze vonken zullen een brand veroorzaken.'

Dan breekt de laatste avond aan.

Al de hele dag is zich rond de muren van het complex een menigte aan het verzamelen, die naarmate ze groter werd ook steeds woedender is geworden. Nu is het avond en ze kunnen de menigte daar buiten horen krioelen: spreekkoren, geschreeuw, schimpscheuten en gehoon. En van verder weg geluiden van sirenes en politiefluitjes, de gloed van branden, gekrijs. Waar is ze, vraagt Shakil zich af, komt ze nu, of wanneer anders? Hoe zal het aflopen, bepeinst hij — met het binnenstormen van het gepeupel in het paleis, met lynchpartijen, plunderingen en vlammen – of op die andere, vreemdere manier, waarbij de mensen met afgewende ogen als mythische wateren uiteenwijken en haar doorlaten, hun kampioene, om het vuile werk voor hen te doen: hun Beest met de vurige ogen? Natuurlijk, denkt hij op de rand van paniek, natuurlijk hebben ze geen soldaten gestuurd om ons te bewaken, want welke soldaat zou voet willen zetten in dit huis waar een doodsdreiging hangt ... dan hoort hij in de gangen beneden zachte geluiden als van ratten, de scharrelende en ritselende geluiden van bedienden die het huis ontvluchten, met hun bundeltjes op het hoofd: dragers en *hamals* en jongens voor het vegen, tuinlieden en manusjes van alles, ayah's en dienstmeiden. Sommigen van hen hebben kinderen bij zich, die er bij daglicht misschien te weldoorvoed zouden uitzien voor de haveloze kleren die ze aan hebben, maar die in de nacht voor het kroost van de armen kunnen doorgaan. Zevenentwintig kinderen; terwijl hij ze hoort gaan telt hij, in zijn verbeelding, hun zachte voetstappen. En bij de onzichtbare nachtelijke meute bespeurt hij een gevoel van verwachting, dat de lucht vervult.

'In hemelsnaam,' smeekt hij Raza, 'laten we proberen hier weg te komen.' Maar Hyder is een toonbeeld van verslagenheid, wiens ogen voor het eerst van zijn leven niet in staat zijn hun vocht af te scheiden. 'Onmogelijk,' zegt hij schouderophalend, 'al die mensen. En zelfs als we daardoorheen kwamen zouden we verderop op soldaten stuiten.'

Krakend gaat de deur open; vrouwenvoeten vertrappen knerpend de overal verspreid liggende lege doppen. Over het tapijt van schillen nadert ... nadert de vergeten gestalte van Bilquìs Hyder. Ze heeft een stapel vormeloze kledingstukken bij zich, een selectie uit het werk van haar eenzame jaren. *Burqa's* beseft Omar Khayyam, terwijl de hoop hoog in hem oplaait; gewaden die je van hoofd tot voeten onzichtbaar maken, sluiers. *Niet alleen de doden, maar ook de levenden gaan in lijkwaden gekleed.* 'Trek deze dingen aan,' zegt Bilquìs Hyder eenvoudig. Shakil grist haar de vrouwelijke vermomming gretig uit de handen en trekt die met grote haast aan, terwijl Bilquìs de zwarte stof over het niet weerstrevende hoofd van haar echtgenoot trekt. 'Je zoon is destijds een dochter geworden,' zegt ze tegen hem, 'dus nu moet ook jij van gedaante veranderen. Ik heb altijd wel geweten dat er een reden was waarom ik deze dingen naaide.' De president is passief en laat zich leiden. In de verduisterde gangen van het huis mengen zich in het zwart gehulde vluchtelingen onder de een goed heenkomen zoekende bedienden.

Hoe Raza Hyder ten val kwam: te midden van onwaarschijnlijke omstandigheden en chaos, in vrouwenkleren, in het zwart.

Niemand beziet vrouwen die sluiers dragen met argwaan. Ze weten door de volksmassa en de omsingeling van soldaten, jeeps en vrachtwagens heen te komen. Ten slotte vraagt Raza: 'En hoe nu verder? Waar moeten we heen?'

En omdat Omar Khayyam vervuld is van het gevoel midden in een droom beland te zijn, hoort hij zichzelf antwoorden: 'Ik denk wel dat ik een plek weet.'

En Sufiya Zinobia?

Ze ondernam geen aanval op het lege paleis. Ze werd noch gevangen, noch gedood, noch ooit weergezien in dat deel van het land. Het was alsof haar honger gestild was, alsof ze nooit meer was geweest dan een gerucht, een hersenschim, de collectieve fantasie van een onderdrukt volk, een uit hun woede geboren droom; zelfs alsof ze, een verandering in het wereldbestel voelend, zich teruggetrokken had en bereid was in die vijftiende eeuw haar tijd nog wat langer af te wachten.

5 De dag des oordeels

Het is bijna achter de rug.

Gesluierd, hobbelend in bussen, ineengedoken in de schaduwen van busstations, reizen ze zuidwestwaarts. Steeds maken ze gebruik van de stoptrajecten, en mijden de postexpresbussen en de hoofdwegen. Het Potwar-plateau af, omlaag naar de vlakten waar de rivieren stromen, in de richting van de landsgrens die achter Q. ligt. Ze bezitten slechts het geld dat ze toevallig op zak hadden, dus eten ze weinig en drinken zo veel mogelijk: duivelsgroene hartversterkingen, roze thee die uit grote aluminium potten wordt geschept, en water afkomstig uit gele meren waarin amechtige waterbuffels liggen te rusten. Dagen achtereen spreken ze nauwelijks een woord, en ze dwingen zich onverstoorbaar te blijven wanneer op busstations in kleine plaatsen politiemannen loerend langs de rijen wachtende reizigers lopen terwijl ze met hun *lathi's* kletsend tegen hun in korte broekspijpen gehulde dijen slaan. Voor Shakil en Hyder is daar bovendien de vernedering van de damestoiletten. Er is geen land armer dan het land dat Ontsnapping heet.

Ze worden niet gepakt; niemand verwacht een voortvluchtende president in vrouwenkleren te zullen aantreffen in een aftandse, langzaam voortsukkelende derdeklasbus. Maar er zijn slapeloze dagen en nachten; er is angst, en vertwijfeling. Een vlucht door een land waar het overal tot uitbarsting komt. In de lome, afmattende hitte van het platteland wordt op de radio's in de bus het smartelijke gezwijmel van zangers zo nu en dan onderbroken om melding te maken van rellen en schietpartijen. Twee keer komt de bus waarin ze zitten midden in een menigte demonstranten terecht en vragen ze zich af of ze hun einde zullen vinden in een of ander naamloos, zanderig stadje, met benzine overgoten en in brand gestoken. Maar de bussen mogen doorrijden, en geleidelijk aan nadert de grens. En achter die grens een kans op hoop: ja, wellicht zullen ze een toevluchtsoord kunnen vinden aan de andere kant van die grens, in dat buurland van priesterkoningen, godvruchtige mannen die toch stellig wel asiel zullen willen verlenen aan een gevallen leider met een blauwe plek op zijn voorhoofd. En dan zullen ze misschien zelfs ver genoeg uit de buurt zijn van haar, van die woeste nemesis, van die wraakneming op eigen vlees en bloed. Aan zulke optimistische strohalmen klampt Raza Hyder, ontmand door de door zijn vrouw genaaide sluiers, zich vast.

De grens is onmogelijk door de politie te bewaken. Betonnen paaltjes marcheren over de uitgestrekte woestenij. Omar Khayyam herinnert zich weer de verhalen over mensen die de grens naar willekeur overstaken, en over de door die open grens verarmde oude Zoroaster, die zich door de woestenij van alle aanvullingen op zijn inkomen beroofd zag. De herinnering aan Farah Rodrigues die hierdoor weer bovenkomt doet hem bijna stikken, en vermengt zich in zijn strot met de geschiedenis van de ayah Shahbanou; dan komt de duizeligheid opzetten. Terwijl hij die wolk weer voor zich ziet die langs de grens neerdaalde en hem zo hevig aan het schrikken maakte dat hij in Farahs armen bezwijmde, beseft hij dat zijn oude duizeligheid hem weer komt kwellen; hij wordt erdoor bestormd terwijl hij in een hotsende bus zit met kippen die hem in de nek pikken en wagenzieke pachtboeren in het gangpad die op zijn tenen kotsen. De duizeligheid voert hem terug naar zijn kinderjaren en toont hem weer die ergste van al zijn nachtmerries: de gapende muil van de leegte. Wat het diepst in Omar Khayyam verborgen heeft gelegen komt weer boven, opgerakeld door de duizeligheid, en hij wordt erdoor gewaarschuwd dat, wat iemand ook zeggen mag, deze grens de rand van zijn wereld is, de rand van alles, en dat de echte dromen die vergezochte denkbeelden zijn waarbij hij aan de andere kant van die bovennatuurlijke grens een wilde zinsbegoocheling van een beloofd land zal betreden. Keer terug naar 'Nishapur', fluisteren de stemmen in zijn binnenste, want daarheen ben je al je hele leven op weg, al vanaf die dag toen je er vertrok.

De angst wint het van de duizeligheid; dat geeft hem de kracht niet flauw te vallen.

Het ergste ogenblik beleven ze wanneer ze er bijna zijn. Ze klauteren de laatste bus van hun vlucht in, de bus die hen naar het eindpunt te Q. zal brengen, wanneer ze ineens een beangstigend grapje horen maken. 'Moet je zien hoever het in dit land al gekomen is,' zegt de buschauffeur, een enorme vent met armen als boomstammen en een gezicht als een paardeharen kussen, schamper lachend, 'zelfs de transvestieten doen tegenwoordig aan *purdah*.' Meteen gaat er in de bus vol arbeiders van de gasvelden en de bauxietafgravingen een oorverdovend lawaai op van gefluit, dubbelzinnig gelach, schunnigheden, indianengehuil en obscene liedjes; handen worden uitgestoken om de vluchtelingen in de billen te knijpen. 'Nu is het met ons gedaan, afgelopen, we zitten als ratten in de val,' denkt Omar Khayyam, want hij is ervan overtuigd dat iemand hun sluiers zal afrukken, en dat van Hyder is tenslotte een beroemd gezicht – maar net op dat moment grijpt Bilquìs Hyder in, en ze weet de passagiers volledig het zwijgen op te leggen. 'Schande over jullie,' roept ze met haar onmiskenbaar vrouwelijk stemgeluid, 'zijn de mannen in deze streek dan al zo diep gezonken dat dames als hoeren behandeld worden?' Er valt een gegeneerde stilte in de bus. De chauffeur, met het schaamrood op de kaken, beveelt drie helemaal voor in het voertuig gezeten landarbeiders hun zitplaats af te staan, 'om ervoor te zorgen, begums, dat jullie verder niet meer lastig gevallen worden; ja, ik beschouw het als een erezaak, want de waardigheid van mijn autobus is door het slijk gehaald.'

En zo: in een zwijgende en berouwvolle bus, en na een hevige schrik overleefd te hebben, bereiken Omar Khayyam Shakil en zijn twee metgezellen kort na middernacht het busstation in de buitenwijken van Q. Strompelend op pijnlijke voeten, uitgeput en de steun ontberend van de stok die hij heeft moeten achterlaten, gaat hij hen door onverlichte straten voor naar een groot huis tussen het kantonnement en de bazaar, waar hij zijn sluier afdoet en een bepaald gefluit laat horen, dat hij blijft herhalen tot hij boven achter een raam beweging ziet; en dan komt het door mistri Yakoob Balloch geconstrueerde gevaarte langzaam naar beneden, en worden ze opgehesen naar het inwendige van 'Nishapur', het moederland, hun nieuwe thuis, als emmers die uit een waterput worden opgehaald.

Toen Omar Khayyams drie moeders begrepen wie ze in huis hadden gekregen slaakten ze kleine zuchtjes, alsof ze na vele jaren ineens bevrijd waren van een aantal bijzonder knellende kledingstukken, en terwijl ze zich behaaglijk naast elkaar nestelden op hun krakende oude schommelbank verscheen er een glimlach op hun gezicht. Het was een gelukzalige en onschuldige glimlach die zich om die drie even stokoude mondjes plooide, maar niettemin straalde er iets uitgesproken maar toch ondefinieerbaar dreigends van uit. Het was midden in de nacht, maar een van de drie oude dames, die Omar Khayyam in zijn door het reizen uitgeputte toestand ternauwernood als moeder Chhunni had herkend, gelastte hem onmiddellijk naar de keuken te gaan en thee te zetten, alsof hij zojuist thuisgekomen was na slechts enkele minuten te zijn weg geweest. 'Er zijn geen bedienden meer,' zei Chhunni Shakil op minzame toon verontschuldigend tegen Raza Hyder, die zijn *burqa* had afgerukt en in een stoel was neergeploft in een versufte toestand die slechts ten dele door vermoeidheid te verklaren was, 'maar we moeten onze eerste bezoekers sinds meer dan vijftig jaar bij wijze van verwelkoming toch zeker een kop thee aanbieden.' Omar Khayyam sjokte weg en keerde na een poosje terug met het dienblad, om voor zijn moeite liefdevol te worden berispt door een tweede moeder, en wel het verschrompeld restant van Munnee-de-middelste: 'Het is gewoon hopeloos met je. Wat heb je daar nou voor pot bij je, jongen? Ga naar de *almirah* en pak de mooiste die we hebben.' Hij volgde haar wijzende vinger naar een grote djatihouten kast en ontdekte daarin tot zijn stomme verbazing het lang verloren gewaande, door de firma Gardner in het tsaristische Rusland vervaardigde duizenddelige servies, die wonderen van aardewerkmakerskunst die toen hij nog een kind was al tot louter legenden waren vervaagd. De teruggekeerde schalen en borden brachten een hete blos op zijn gezicht, vervulden zijn dwarrelende gedachten met een nostalgische angst en deden een ogenblik het ontstellende denkbeeld bij hem opkomen dat hij teruggekeerd was naar een huishouden dat slechts door geesten bevolkt was. Maar de blauw-met-roze kopjes en schoteltjes en gebaksbordjes voelden concreet genoeg aan; met een ongelovige huivering zette hij ze op zijn dienblad.

'Ga nu gauw naar de trommel en haal de cake,' commandeerde zijn jongste moeder, Bunny, en haar ruim tachtig jaar oude stem beefde van een verrukking die ze niet eens probeerde te verklaren; Omar Khayyam mompelde iets verwonderds en onverstaanbaars en strompelde weg om de oudbakken chocoladecake te gaan halen waardoor aan die door *takallouf* beheerste nachtmerrieachtige theepartij een laatste tintje bizarre onwaarschijnlijkheid werd toegevoegd. 'Dat lijkt er meer op,' zei Chhunni goedkeurend terwijl hij plakken van de uitgedroogde cake sneed en uitdeelde. 'Zo hoort het, voor zulke geëerde gasten.'

Omar Khayyam merkte op dat, terwijl hij de kamer uit was geweest, zijn moeders Bilquìs Hyder door de onverbiddelijke kracht van hun hoffelijke charme hadden weten te bewegen haar *burqa* af te leggen. Haar lijkbleke, door gebrek aan slaap weggetrokken wenkbrauwloze gezicht was als een dodenmasker, en slechts aan een paar rode vlekjes op haar jukbeenderen was te zien dat ze nog leefde; de onaangename voorgevoelens die Omar Khayyam al een poosje koesterde werden er nog door versterkt. Zijn theekopje rinkelde op het schoteltje terwijl zijn hart ineenkromp van hernieuwde angst voor de geheimzinnige sfeer die hier in het huis van zijn jeugd hing, en die van levende mensen weerspiegelingen van hun geest kon maken; toen sprak Bilquìs, en hij schrok op uit zijn uitgeputte fantasieën door het feit dat ze uiting gaf aan een hoogst eigenaardig denkbeeld.

'Eens zijn er reuzen geweest,' zei Bilquìs Hyder op nadrukkelijke maar weemoedige toon.

De ongeschreven *takallouf*-wetten hadden haar ertoe verplicht een gesprek te beginnen, maar het was al te lang geleden sinds Bilquìs voor het laatst over koetjes en kalfjes had gepraat; ze had er geen slag meer van en ook mogen we de spanning en de afmatting van die lange vlucht niet vergeten, om van haar excentrieke gedrag van de laatste jaren nog maar te zwijgen. Terwijl ze tijdens het gesprek van haar thee nipte en breed glimlachte in antwoord op de drievoudige glimlach van haar gastvrouwen, scheen ze zich te verbeelden dat ze een of andere kleine, amusante anekdote zat te vertellen, of een geestige, wereldwijze uiteenzetting hield over een intellectueel, eigentijds onderwerp. 'Er hebben eens reuzen rondgelopen op aarde,' herhaalde ze met klem. 'Ja, titanen gewoon, dat is een feit.'

Drie moeders schommelden krakend heen en weer met een uitdrukking van geboeide aandacht op hun glimlachende gezicht; maar Raza Hyder schonk er geen aandacht aan. Hij sloot zijn ogen en bromde zo nu en dan wat. 'Maar nu hebben de pygmeeën het overgenomen,' vervolgde Bilquìs. 'Heel kleine mensjes. Mieren. Eens was hij daar een reus,' ze wees met haar duim in de richting van haar dommelende echtgenoot, 'je zou het niet geloven als je hem zo ziet, maar toch is het zo. De straten waar hij liep beefden van angst en ontzag, ook hier, in deze stad. Maar zelfs een reus kan in een pygmee veranderen, ziet u, en hij is nu gekrompen, hij is kleiner dan een insekt. Overal waar je kijkt zijn pygmeeën, en ook insekten en mieren – de reuzen moesten zich schamen, vindt u ook niet? Ze moesten zich schamen dat ze zo gekrompen zijn. Dat is wat ik ervan vind.' De drie oude dames hadden Bilquìs' klaagzang ernstig knikkend aangehoord, en nu haastten ze zich haar bij te vallen. 'Heel juist,' sprak Chhunni beleefd, en Munnee deed ook een duit in het zakje: 'Reuzen, ja beslist, die moeten er wel geweest zijn,' en Bunny Shakil besloot met: 'Want per slot van rekening zijn er ook engelen, die zijn er nog steeds, o ja, daar zijn we van overtuigd.'

Een onnatuurlijk hoogrode kleur overtoog Bilquìs' gezicht terwijl ze met kleine slokjes van haar thee dronk, en het beeld van het dodenmasker werd erdoor tenietgedaan; ze had zich blijkbaar vast voorgenomen vertroosting te vinden in dit ontstellende tafereel en zichzelf ervan te overtuigen dat ze veilig was door een wanhopige en al te snelle vertrouwelijkheid tot stand te brengen tussen haar en de drie krakende stokoude vrouwen … maar Omar Khayyam merkte dat alles al niet meer, want op het moment dat zijn jongste moeder engelen ter sprake hadgebracht, had hij de vreemd opgewekte stemming van de gezusters Shakil eensklaps begrepen. Zijn drie moeders improviseerden deze waanzinnige voorstelling om te vermijden dat ze het onderwerp van een zekere dode jongeling zouden aansnijden; er zat een gat in het hart van hun glimlachende gastvrijheid, een lege open ruimte zoals ontsnappende schepsels in dichtgemetselde ramen achterlaten, en ze laveerden zorgvuldig om die afwezigheid in de vorm van de onnoembare Babar Shakil heen. Ja, dat was het, ze waren opgetogen omdat ze Raza Hyder eindelijk in hun klauwen hadden en maar één reden wisten te bedenken waarom Omar Khayyam de vent hierheen kon hebben gebracht; dus probeerden ze de boel niet te bederven en deden hun best hun slachtoffers een bedrieglijk gevoel van veiligheid te verschaffen, want ze wilden niet dat de Hyders verontrust raakten en trachtten te ontkomen. En tegelijkertijd zaten ze gelukzalig te zuchten, ervan overtuigd dat het nu eindelijk gebeuren ging: de wraak, pal onder hun ogen nog wel. Het duizelde Omar Khayyam Shakil toen het tot hem doordrong dat het drietal hem zou dwingen het te doen: Raza Hyder meedogenloos en in koelen bloede ter dood te brengen onder zijn moeders dak.

Toen hij de volgende ochtend wakker werd was het eerste wat hij hoorde dat Bilquìs Hyder luid de ramen dichtsloeg. Moeizaam hees Omar Khayyam zich uit een bed dat om onverklaarbare redenen doorweekt was van transpiratie; op benen die zwakker aanvoelden dan de dag tevoren en voeten die pijnlijker waren dan gewoonlijk, ging hij strompelend kijken wat er gaande was. Hij stuitte op zijn drie moeders, die Bilquìs stonden gade te slaan terwijl deze het hele huis rondrende en overal ramen dichttrok, met een heftigheid alsof ze ergens kwaad om was; ook vergrendelde ze luiken en trok jaloezieën omlaag. Als voor het eerst werd Omar Khayyam erdoor getroffen hoe lang zijn moeders waren, als armen die zich naar de hemel uitstrekten. Ze hadden alle drie een bezorgde houding aangenomen, elkaar ondersteunend onder de ellebogen, en lieten Bilquìs in haar raam-sluit-woede begaan. Omar Khayyam wilde haar tegenhouden, want naarmate de vensters werden gesloten werd de lucht in huis steeds dikker en klonteriger, totdat hij een gevoel kreeg alsof hij kerriesoep inademde, maar zijn drie moeders beduidden hem dat hij moest zwijgen. 'Ze is onze gast,' fluisterde moeder Chhunni, 'en dus mag ze hier voorgoed blijven als ze dat prettig vindt,' want de oude vrouw had al geraden dat het gedrag van Bilquìs dat van een vrouw was die al ver genoeg is gegaan, te ver; een vrouw die niet langer in grenzen gelooft en in wat daar misschien achter zou kunnen liggen. Bilquìs was bezig zich te barricaderen tegen de buitenwereld, in de hoop dat die dan misschien zou weggaan, en dat was een handelwijze die de gezusters Shakil begrijpen konden zonder dat er ook maar een woord hoefde te worden gezegd. 'Ze heeft geleden,' stelde Munnee Shakil met een raadselachtige glimlach vast, 'maar ze is hier welkom.'

Omar Khayyam voelde hoe de lucht zich verdikte tot soep, en hoe de bacteriën van de claustrofobie zich begonnen te vermenigvuldigen.

Maar er waren ook nog andere bacteriën in de lucht, en toen Bilquìs versuft en met hoge koorts in elkaar zakte, begreep Omar Khayyam de betekenis van zijn eigen zwakte van die ochtend, en van de hete opvliegingen en dat gevoel alsof zijn benen van rubber waren. 'Malaria,' dwong hij zichzelf te zeggen, en toen werd hij overmand door duizeligheid en viel hij naast Bilquìs Hyder neer, bewusteloos en gloeiend van koorts.

Op dat zelfde moment ontwaakte Raza Hyder uit een afschuwelijke droom waarin de diverse stukken van wijlen Sindbad Mengal aan hem verschenen waren, allemaal op de verkeerde manier aaneengevoegd, zodat het hoofd van de dode man in het midden van zijn maag zat en zijn voeten met de zolen omhoog als ezelsoren uit zijn hals staken. Mengal had hem in het geheel geen verwijten gemaakt, maar wel had hij Raza gewaarschuwd dat, zoals de zaken er nu voor stonden, de sahib generaal binnen enkele dagen zelf ook in stukken zou worden gesneden. Nog half slapend en 'Pas op!' roepend verhief de Oude Scherp-als-een-Scheermes zich van zijn bed, maar de ziekte had inmiddels ook hem te pakken en naar adem snakkend viel hij weer achterover, rillend alsof het winter was. De gezusters Shakil kwamen naast zijn bed staan om te zien hoe hij rilde.

'Wat prettig,' zei Bunny Shakil genoeglijk, 'de generaal schijnt geen haast te hebben om te vertrekken.'

De koorts was een vuur dat je een gevoel bezorgde alsof je het koud had. Het brandde de barrières weg tussen bewustzijn en slaap, zodat Omar Khayyam nooit wist of dingen nu echt gebeurden of niet. Terwijl hij in een verduisterde kamer lag meende hij op een gegeven ogenblik Bilquìs iets te horen schreeuwen over hersenkoorts, over bezoekingen en over geoordeeld worden, en dat de moeder thans in de stad van haar schande door de ziekte werd bezocht die haar dochter tot een gebrekkige had gemaakt. Ook meende hij Raza om dennezaadjes te horen roepen. En een andere keer was hij er zeker van dat de vergeten gestalte van de schoolmeester Eduardo Rodrigues beschuldigend naast zijn bed had gestaan met een dode baby in de armen – maar dat kon niet waar zijn, dat moest een koortsdroom zijn geweest. Er waren ogenblikken dat hij zich helder van geest voelde, dan riep hij zijn moeders bij zich en gaf hun de namen van geneesmiddelen op. Hij herinnerde zich dat hij medicamenten toegediend kreeg, dat armen zijn hoofd optilden en dat hij witte pillen in zijn mond had maar toen hij bij vergissing op een daarvan beet, smaakte die naar kalk, zodat in zijn koortsig brein de argwaan rees dat zijn moeders de medicijnen helemaal niet hadden besteld. Zijn gedachten raakten zo verhit dat hij zich op een gegeven ogenblik zelfs kon voorstellen dat de gezusters Shakil er vrede mee hadden de malaria het vuile werk voor hen te laten opknappen, en dat ze bereid waren hun overlevende zoon op te offeren, mits hij de Hyders maar met zich meesleurde in de dood. Of zij zijn gek, of ik ben het, dacht hij, maar toen nam de koorts weer bezit van hem en maakte alle denken onmogelijk.

Soms meende hij tot bewustzijn gekomen te zijn en door de gesloten vensters en luiken flarden opgevangen te hebben van woedende stemmen beneden, en ook van schoten, ontploffingen en brekend glas, en tenzij ook dat deel had uitgemaakt van zijn delirium betekende dat dat er in de stad onlusten waren uitgebroken, ja, bepaalde kreten kon hij zich nog heel duidelijk voor de geest halen, zoals bijvoorbeeld *Het hotel staat in brand.* Was dat zo, of niet? Door de moerassen van zijn ziekte kwamen herinneringen op hem af zetten en hij was er nu bijna zeker van dat hij had gehoord dat het hotel in brand stond, het geraas waarmee de gouden koepel was ingestort, de laatste gesmoorde wanklanken van een orkest dat verpletterd werd onder vallend metselwerk. Er was een ochtend geweest waarop de aswolk van het ten onder gegane hotel ondanks luiken en vensterglas kans had gezien 'Nishapur' binnen te komen en ongemerkt tot zijn slaapkamer door te dringen, zodat alles bedekt was met het grijze poeder van de dood van het hotel en het gevoel nog versterkt werd dat hij door ziekte geveld in een spookhuis lag. Maar toen hij een – welke? – van zijn drie moeders naar het brandende hotel had gevraagd, had ze – wie? – geantwoord: 'Doe je ogen nu maar dicht en maak je geen zorgen. Overal as, hoe kom je erbij.'

Hij bleef volharden in zijn geloof dat de wereld daar buiten aan het veranderen was, dat oude toestanden bezig waren te verdwijnen, dat grote bouwwerken werden neergehaald terwijl andere in de plaats daarvan verrezen. De wereld was een grote aardbeving; afgronden gaapten, droomtempels verrezen en stortten in, en de logica van de Onmogelijke Bergen was afgedaald om de vlakten te besmetten. In zijn delirium, in de gloeiende greep van de ziekte en de stinkende, bedompte atmosfeer van het huis, schenen echter alleen dingen mogelijk te zijn die op hun eind liepen. Hij voelde binnen in zich van alles bezwijken, verzakkingen, verschuivingen, het omlaag ploffen van verbrokkelend metselwerk in zijn borst, tandwielen die braken, een onregelmatig geluid in het snorren van de motor. 'Deze motor,' zei hij hardop, ergens in die stilstaande tijd, 'wil niet meer.'

Drie moeders bewogen zich krakend heen en weer op hun schommelbank naast zijn bed. Nee, hoe hadden ze dat ding hierheen gekregen, wat deed het hier, het was een spookbeeld, een luchtspiegeling, hij weigerde erin te geloven, hij kneep zijn ogen stijf dicht en deed ze een minuut of was het een week later weer open, maar nog altijd zaten ze daar op hun schommelbank, het was dus duidelijk dat de ziekte was verergerd en dat de hallucinaties zelfverzekerder werden. De zusters legden hem verdrietig uit dat het huis niet meer zo groot was als het eens was geweest. 'We raken aldoor kamers kwijt,' klaagde de spook-verschijning van Bunny, 'vandaag hebben we je grootvaders studeer-kamer zoek gemaakt. Je weet wel waar die was, maar als je nu die deur binnengaat kom je in de eetkamer terecht, wat onmogelijk is, want de eetkamer hoort aan de andere kant van de gang te liggen.' En moeder Chhunni knikte. 'Het is toch zo droevig, jongen, hoe het leven met oude mensen omspringt. Je raakt gewend aan een bepaalde slaapka-mer en dan, op een dag, pfft! is hij ineens weg, of de trap verdwijnt. Wat kunnen we eraan doen?' 'Het huis is aan het krimpen,' zei Mun-nee verbolgen. 'Eerlijk, het is te gek, net als een goedkoop overhemd. We hadden het een anti-krimpbehandeling moeten laten geven. Straks is het hele huis kleiner dan een lucifersdoosje en staan we op straat.' En moeder Chhunni had het laatste woord. 'In dat zonlicht, en zonder muren,' voorspelde het spookbeeld van zijn oudste moeder, 'zullen we niet in leven kunnen blijven. We zullen tot stof vergaan en door de wind worden weggeblazen.'

Daarna zakte hij weer weg in een bewusteloze slaap. Toen hij bij-kwam was er geen schommelbank, waren er geen moeders, en lag hij alleen in dat hemelbed met de kronkelende slangen rond de vier stijlen en dat baldakijn waarop het paradijs was geborduurd: het doodsbed van zijn grootvader. Hij besefte dat hij zich zo sterk als een paard voelde. Tijd om op te staan. Hij sprong uit bed en was al blootsvoets en in zijn pyjama de kamer uitgelopen voordat het tot hem doordring dat dit alweer niets dan een illusie was, maar toen kon hij zichzelf al niet meer tegenhouden. Zijn voeten, die geen pijn meer deden, voerden hem door de rommelige gangen vol kapstokken en opgezette vissen in glazen uitstalkasten en kapotte, verguld bronzen klokken, en hij zag dat het huis in plaats van gekrompen te zijn zich juist had uitgebreid; het was zo kolossaal groot geworden dat het binnen zijn muren iedere plek bevatte waar hij ooit was geweest. De som van al zijn mogelijkhe-den: hij opende een met spinnewebben bedekte deur en deinsde achteruit bij het zien van het kleine, door schijnwerpers verlichte groepje gestalten met witte maskers voor, dat over een lichaam gebo-gen stond. Het was een operatiekamer in het Mount Hira-ziekenhuis. De figuren wenkten vriendelijk naar hem, ze wilden dat hij hen bij de operatie zou helpen, maar hij durfde niet naar het gezicht van de pa-tiënt te kijken. Hij wendde zich met een ruk af en voelde dennezaadschilletjes onder zijn hielen knerpen terwijl om hem heen de vertrekken van de ambtswoning van de opperbevelhebber vaste vorm begonnen aan te nemen. Op een gegeven ogenblik zette hij het op een lopen en probeerde de weg naar zijn bed terug te vinden, maar de gangen bleven onverhoeds hoeken vertonen en hijgend kwam hij bij een met spiegeltjes bestikte tent waar een bruiloftsmaaltijd gaande was, in een stukje spiegelglas zag hij het gezicht van de bruid, ze had een strop om de hals en hij riep: 'Je had dood moeten blijven,' zodat alle gasten hem aanstaarden. Ze waren allemaal in lompen gekleed omdat het te gevaarlijk was zich goed gekleed te midden van het gewoel op straat te begeven, en in koor zongen ze: Schande, schande en nog eens schande. Toen holde hij weer verder, maar steeds langzamer nu; hij begon zwaarder te worden, zijn onderkinnen ploften zweterig omlaag tot ze zijn tepels raakten, de vetkwabben hingen tot over zijn knieën, zodat hij zich niet meer kon bewegen, hoe hij ook zijn best deed, hij zweette als een varken, die hitte, die kou, er is niet aan te ontsnappen, dacht hij, en tuimelde achterover terwijl er een lijkwade zachtjes over hem heen viel, wit, kletsnat, en hij besefte dat hij in bed lag.

Hij hoorde een stem die hij na enige moeite als die van Hashmat Bibi herkende. Ze sprak tot hem vanuit een wolk: 'Eniggeboren kinderen leven altijd veel te veel in hun verbeelding, de stakkers.' Maar hij was geen enig kind gebleven.

Hij brandt, brandt in dat koude vuur. Hersenkoorts. Bilquìs Hyder zat naast zijn bed, en wees nijdig naar de gebaktrommel. 'Vergif,' zei ze beschuldigend, 'er zaten giftige bacteriën in dat gebak. Maar we hadden honger, we konden er geen weerstand aan bieden en dus hebben we ervan gegeten.' Van streek vanwege deze smet op zijn familienaam begon hij de gastvrijheid van zijn moeders te verdedigen: nee, het lag niet aan de cake, die was weliswaar oudbakken maar doe niet zo belachelijk, denk eens aan die bustocht, aan wat we allemaal gedronken hebben, groen, roze, geel spul, ons weerstandsvermogen was gering. Maar Bilquìs haalde de schouders op, ging naar de kast, haalde er al het Gardner-porselein uit, stuk voor stuk, en smeet het op de vloer kapot tot er niets dan roze-met-blauw gruis van over was. Hij deed zijn ogen dicht, maar oogleden vormden ook al geen bescherming meer, ze waren slechts deuren naar elders, en daar was Raza Hyder in uniform met op elke schouder een aapje. Het aapje op zijn rechterschouder had het gezicht van Maulana Dawood en het had de handen voor de mond geslagen; op de linkerschouder zat Iskander Harappa zich onder zijn ape-oksel te krabben. Hyders handen gingen omhoog naar zijn oren, en na het krabben bedekte Isky zijn ogen, maar hij gluurde door zijn vingers heen. 'Aan verhalen komt een eind, en aan werelden komt een eind,' zei het aapje Isky, 'en dan komt de dag des oordeels.' Vuur, en de doden, die opstaan en dansen in de vlammen.

Wanneer hij even koortsvrij was herinnerde hij zich dingen gedroomd te hebben waarvan hij niet had kunnen weten of ze op waarheid berustten, visioenen van de toekomst, van wat er na het einde gebeuren zou. Twisten tussen drie generaals. Voortdurend rellen en ongeregeldheden. Grote mogendheden die van oordeel veranderden, tot de conclusie kwamen dat het leger onstabiel geworden was. En ten slotte werden Arjumand en Haroun in vrijheid gesteld, kwamen als herboren aan de macht, de maagd met de ijzeren broek en haar enige liefde namen de leiding over. De val van God, en in plaats daarvan de mythe van Iskander de Martelaar. En vervolgens arrestaties, vergeldingsacties, processen, ophangingen en bloed, een nieuwe kringloop van schaamteloosheid en schande. Terwijl er op Mohenjo scheuren in de aardbodem verschijnen.

Een droom waarin Rani Harappa voorkomt, die op Mohenjo verkiest te blijven en Arjumand op een dag bij wijze van geschenk achttien kostelijke sjaals stuurt. Deze sjaals bewerkstelligen dat ze het landgoed nooit meer zal verlaten: Arjumand laat haar moeder onder bewaking plaatsen. Mensen die zich bezighouden met het opbouwen van nieuwe mythen hebben geen tijd voor geborduurde kritiek. Rani blijft in dat huis wonen waar het water bloedrood uit de kranen stroomt; ze neigt haar hoofd naar Omar Khayyam Shakil. 'Naar het schijnt kan het in de wereld nergens veilig zijn,' spreekt ze haar eigen grafschrift uit, 'zolang Rani Harappa vrij rondloopt.'

Aan verhalen komt een eind, aan werelden komt een eind, en dan komt de dag des oordeels.

'Er is iets dat je moet weten,' zegt zijn moeder Chhunni.

Hij ligt hulpeloos tussen houten serpenten, gloeiend heet, ijskoud, met bloeddoorlopen ronddwalende ogen. Hij haalt hijgend adem, maar de lucht die hij binnenkrijgt voelt om de een of andere reden donzig aan, alsof hij door goddelijke gerechtigheid begraven is onder een gigantische berg wol. Hij is een gestrande walvis, die hulpeloos naar adem ligt te snakken terwijl vogels naar hem pikken. Maar ditmaal zijn ze daar werkelijk, die drie; het is geen hallucinatie, dat weet hij zeker. Ze zitten op zijn bed en hebben een geheim dat ze hem willen onthullen. Zijn hoofd duizelt; hij doet zijn ogen dicht.

En hoort, voor het eerst van zijn leven, het laatste familiegeheim, de afschuwelijkste vertelling in de geschiedenis. Het verhaal van zijn overgrootvader en diens broer, Hafeezullah en Rumi Shakil. Elk was getrouwd met een vrouw die door de ander ongeschikt werd geacht, en toen Hafeez in de stad rondvertelde dat zijn schoonzuster een vrouw van lichte zeden was en dat Rumi haar in de beruchte hoerenbuurt Heeramandi had opgepikt, was de breuk tussen de broers compleet. Toen nam Rumi's vrouw wraak. Ze wist haar echtgenoot ervan te overtuigen dat de reden voor de schijnheilige, afkeurende houding van Hafeez was dat hij met haar naar bed had gewild, na haar huwelijk, en dat ze dit ronduit geweigerd had. Rumi Shakil voelde zich zo koud worden als ijs en liep terstond naar zijn bureau en schreef een giftige anonieme brief aan zijn broer, waarin hij de vrouw van Hafeez ervan beschuldigde een buitenechtelijke verhouding te hebben met een beroemde sitarspeler uit die tijd, een beschuldiging die dodelijk was, want het was de waarheid. Hafeez Shakil had zijn vrouw altijd blindelings vertrouwd, dus werd hij doodsbleek toen hij de brief las, waarvan hij het handschrift overigens meteen als dat van zijn broer herkende. Toen hij zijn vrouw ondervroeg bekende deze direct. Ze zei dat ze de sitarist altijd al bemind had en met hem weggelopen zou zijn als haar ouders haar niet aan Hafeez hadden uitgehuwelijkt. Omar Khayyams overgrootvader had zich in zijn bed teruggetrokken, en toen zijn vrouw met hun zoon in haar armen was komen kijken hoe het met hem ging, had hij zijn rechterhand op zijn borst gelegd en zijn laatste woorden tot het kleine jongetje gericht.

'Deze motor wil niet meer,' had hij bedroefd gezegd.

Nog diezelfde nacht was hij gestorven.

'Jij hebt precies hetzelfde gezegd,' vertelt Munnee Shakil nu aan Omar Khayyam, 'toen je koorts had en niet wist waar je het over had. Precies hetzelfde, en in diezelfde woorden. Nu weet je dus waarom we je het verhaal hebben verteld.'

'Je weet nu alles,' vervolgt moeder Chhunni. 'Je weet dat dit een familie is waarin broers elkaar de ergst denkbare dingen hebben aangedaan, en misschien zie je nu wel in dat jij net zo bent.'

'Want ook jij had een broer,' zegt Bunny, 'en je hebt zijn nagedachtenis door het slijk gehaald.'

Eens, voordat hij de wereld was ingetrokken, hadden ze hem verboden schaamte te voelen; nu hakten ze met die emotie op hem in als met een zwaard. 'De vader van je broer was een aartsengel,' fluisterde Chhunni Shakil hem toe, 'en daarom was de jongen te goed voor deze wereld. Maar degene die jou heeft verwekt was een duivel uit de hel.' Hij was bezig weer weg te zinken in de moerassen van de koorts, maar deze opmerking trof hem op een gevoelige plaats, want geen van zijn moeders had ooit eerder spontaan het onderwerp van vaders ter sprake gebracht. Het begon hem duidelijk te worden dat zijn moeders hem haatten, en tot zijn verbazing vond hij het denkbeeld van die haat te afschuwelijk om te verdragen.

De ziekte trok nu weer aan zijn oogleden en bood hem vergetelheid. Hij vocht ertegen: een man van vijfenzestig die overweldigd was door de walging van zijn moeders. Hij zag die walging als een kolossaal, vettig, levend ding. Ze hadden het al die jaren gevoed met stukjes van zichzelf; al die tijd hadden ze hun weerzinwekkend huisdier stukjes van hun herinneringen aan de dode Babar toegestopt. Het beestje had ze gretig uit de lange benige vingers van de zusters gegrist en ze opgeslokt.

Hun dode Babar, wie het tijdens zijn korte leven nooit vergund was geweest ook maar een ogenblik te vergeten dat hij minder was dan zijn oudere broer, die grote, geslaagde man, die hen in staat had gesteld de pandjesbaas weg te sturen, om te verhoeden dat hun hele verleden uiteindelijk op de planken van de heer Chalaak terechtkwam. De broer die hij, Omar Khayyam, nooit had gekend. Moeders gebruiken hun kinderen als stokken – de ene broer dient als roede om de andere te kastijden. Verstikt door de hete wind van zijn moeders' aanbidding voor Omar Khayyam was Babar de bergen in gevlucht; maar nu waren de moeders overgelopen naar de andere kant en werd de dode jongen als wapen tegen de levende gebruikt. *Je bent met de dochter van de moordenaar getrouwd. Je hebt de hielen van de machtigen gelikt.* Van achter zijn gesloten oogleden zag Omar Khayyam hoe zijn moeders hem de guirlande van hun haat om de hals hingen. Ditmaal was er van een vergissing geen sprake; zijn met zweet doordrenkte baard wreef langs de rafelige veters, de versleten leren lipjes en de grijnzende monden van het halssnoer afgedankte schoenen.

Het Beest heeft vele gezichten. Het neemt iedere vorm aan die het verkiest. Hij voelde hoe het zijn buik binnenkroop en begon te eten.

Generaal Raza Hyder werd op een ochtend bij het krieken van de dag wakker met oren die tuitten van een rinkelend, versplinterend geluid als van het breken van wel duizend ramen, en hij besefte dat dit het geluid was van de koorts die begon af te nemen. Hij haalde eens diep adem, en ging rechtop in bed zitten. 'Koorts,' zei hij blijmoedig, 'ik heb je verslagen. Het is nog niet met de Oude Scherp-als-een-Scheermes gedaan.' Het lawaai hield op en hij had het gevoel alsof hij over een meer van stilte dreef, want voor het eerst in vier lange jaren was de stem van Iskander Harappa verstomd. Buiten hoorde hij vogels; het waren slechts kraaien, maar hun geluid klonk hem zo zoet in de oren als dat van Perzische nachtegalen. 'De zaken gaan vooruit,' dacht Raza

Hyder. Toen zag hij de toestand waarin hij zich bevond. Ze hadden hem laten liggen rotten in de poel van zijn eigen lichaamssappen. Het was duidelijk dat er al dagenlang niemand naar hem was komen kijken. Hij lag in de een verpestende stank verspreidende, glibberige brij van zijn eigen uitwerpselen, tussen lakens die geel waren geworden van zweet en urine. Op het beddegoed waren zich zwammen gaan vormen, en ook op zijn lichaam zaten groene schimmelplekken. 'Zo denken ze dus over me,' riep hij uit in het lege vertrek, 'die heksen, ik zal ze leren.' Maar in weerwil van de weerzinwekkende toestand waarin zijn ziekbed verkeerde weigerde zijn nieuwe, optimistische stemming zich te laten bederven. Staande op benen die slechts een beetje wankelden wierp hij de stinkende kledingstukken van zijn ziekte van zich af; vervolgens gaarde hij uiterst omzichtig en met grote afkeer het rottende linnengoed tot een bundel bijeen en wierp het uit het raam. 'De oude toverkollen,' grinnikte hij voor zich heen, 'laat ze hun eigen vuile was maar van de straat gaan oprapen, dat is hun verdiende loon.' Geheel naakt nu ging hij de badkamer binnen en nam een douche. Terwijl hij zich inzeepte en de koortsstank van zich afspoelde flitste hem een dagdroom over een terugkeer naar de macht door het hoofd. 'Natuurlijk,' zei hij bij zichzelf, 'dat doen we, waarom ook niet? Nog voor iemand ook maar beseft wat er aan de hand is.' Hij voelde een grote golf van genegenheid bij zich opkomen voor de echtgenote die hem uit de klauwen van zijn vijanden had gered, en hij wenste vurig ervoor te zorgen dat alles weer goed werd tussen hen beiden. 'Ik heb haar slecht behandeld,' dacht hij schuldbewust, 'maar toen de nood aan de man kwam heeft ze zich beslist van haar beste kant laten zien.' De herinnering aan Sufiya Zinobia was inmiddels niet veel meer dan een boze droom; hij was er zelfs niet zeker van of die wel op feiten had berust, en geloofde half en half dat het domweg een van de vele hallucinaties was geweest die de ziekte hem gezonden had om hem te kwellen. Hij stapte onder de douche vandaan, wikkelde een handdoek om zich heen en ging op zoek naar kleren. 'Als Bilquìs nog niet hersteld mocht zijn, zal ik haar dag en nacht verplegen,' zwoer hij. 'Ik ben niet van plan haar aan de genade van die drie geschifte aasgieren over te laten.'

Er waren nergens kleren te vinden. 'Godverdomme,' vloekte Raza, 'hadden ze dan niet op z'n minst een *sjalwar* en een overhemd voor me kunnen klaarleggen?'

Hij opende de deur van zijn kamer en riep: 'Is daar iemand?' Maar er kwam geen antwoord. Het meer van stilte vulde het hele huis. 'Ook goed,' dacht Raza Hyder, 'dan zullen ze me eenvoudig moeten accepteren zoals ik ben.' Hij knoopte de handdoek stevig rond zijn middel, en ging op pad om zijn echtgenote te zoeken.

Drie lege, verduisterde kamers en toen een vierde, waarvan de stank hem vertelde dat dit de kamer was die hij zocht. 'Feeksen!' riep hij woest door het weergalmende huis. 'Schamen jullie je niet?' Vervolgens ging hij naar binnen.

De stank was hier nog erger dan in zijn eigen kamer en Bilquìs Hyder lag roerloos in haar weerzinwekkende drek. 'Maak je maar geen zorgen, Billoe,' fluisterde hij haar toe, 'Raz is bij je. Ik zal je eerst lekker wassen en verschonen, en dan zul je eens zien. Die beestachtige wijven, ik zal ze met hun wimpers de drollen laten oprapen en ze in hun neusgaten rammen.'

Maar Bilquìs antwoordde niet, en het duurde enkele ogenblikken voordat Raza de reden voor haar stilte bespeurde. Toen snoof hij behalve de rottende geur van de afvalstoffen ook die andere lucht op, en hij kreeg een gevoel alsof rond zijn hals een strop strak aangetrokken werd. Hij liet zich op de grond zakken, en begon met zijn vingers op de stenen te trommelen. Toen hij sprak kwam het er helemaal verkeerd uit, het was niet zijn bedoeling geweest slechtgehumeurd te klinken, maar wat hem over de lippen kwam was dit: 'God nog toe, Billoe, wat voer je uit? Ik hoop maar dat je geen komedie speelt of zo. Wat heeft dit te betekenen, je kunt toch niet doodgaan?' Maar Bilquìs was haar grens overgestoken.

Nadat hij zichzelf door deze kribbige woorden in verlegenheid had gebracht keek hij op en zag de drie gezusters Shakil voor hem staan met in parfum gedrenkte zakdoeken voor de neus. In haar andere hand had moeder Chhunni tevens een antieke donderbus die eens aan haar grootvader Hafeezullah Shakil had toebehoord. Ze had het ding op Raza's borst gericht, maar het maakte zulke zwabberende bewegingen dat haar kansen hem ermee te raken uiterst gering waren en bovendien was het wapen zo onmogelijk oud dat het waarschijnlijk in haar gezicht uit elkaar zou vliegen als ze de trekker overhaalde. Maar ongelukkig genoeg voor Raza's kansen waren haar zusters eveneens gewapend. Met hun linkerhand hielden ze hun zakdoek vast, maar in Munnees rechterhand bevond zich een vervaarlijk uitziend kromzwaard voorzien van een met juwelen bezet gevest, terwijl Bunny's vuist de schacht omklemde van een speer met een deerlijk verroeste, maar nog onmiskenbaar scherpe punt. Raza's optimisme liet hem in de steek zonder zich de moeite te geven afscheid van hem te nemen.

'Jij zou in haar plaats dood moeten zijn,' verkondigde Chhunni Shakil.

De woede was tegelijk met het optimisme verdwenen. 'Ga jullie gang,' moedigde hij de zusters aan. 'God zal ons allen berechten.'

'Hij heeft er goed aan gedaan je hierheen te brengen,' zei Bunny bespiegelend, 'onze zoon. Hij heeft er goed aan gedaan je val af te wachten. Het is geen schande je nu te doden, want je bent toch al dood. Het zal slechts de terechtstelling van een lijk zijn.'

'Bovendien,' zei Munnee Shakil, 'ís er geen God.'

Chhunni gebaarde met de donderbus naar Bilquìs. 'Pak haar op,' beval ze. 'Gewoon zoals ze is. Pak haar op en kom met ons mee, en vlug een beetje.' Hij stond op; de handdoek raakte los, hij deed er nog een greep naar, miste, en naakt stond hij voor de oude vrouwen, die tenminste nog het fatsoen haden even naar adem te snakken ... zo onder de douche vandaan en volledig ontkleed droeg generaal Raza Hyder het stinkende, met schimmel overdekte lijk van zijn vrouw door de gangen van 'Nishapur', terwijl de drie zusters als zwarte kraaien om hem heen fladderden. 'Hier naar binnen,' beval Chhunni terwijl ze hem met de loop van de donderbus in de rug porde, en hij trad de laatste kamer van al de kamers van zijn leven binnen, en herkende de donkere omtrekken van de goederenlift, die buiten het raam hing en het licht grotendeels wegnam. Hij had zich vast voorgenomen niets meer te zeggen, wat er ook gebeuren mocht, maar zijn verbazing deed hem dit besluit vergeten. 'Wat nu?' vroeg hij. 'Sturen jullie ons naar buiten?'

'De generaal moet in onze stad toch wel heel bekend zijn,' zei Munnee peinzend. 'Zo veel vrienden die staan te popelen je weer te ontmoeten, denk je ook niet? Wat een ontvangst zullen ze bereiden wanneer ze te weten komen wie hier is.'

Raza Hyder naakt in de goederenlift naast het lijk van Bilquìs. De drie zusters begaven zich naar een paneel aan de wand: knoppen, schakelaars en hefbomen. 'Dit mechanisme is gebouwd door een handwerksman die een meester in zijn vak was,' legde Chhunni uit, 'vroeger, toen niets onmogelijk was. Een zekere Mistri Balloch; en op ons verzoek, dat we hem kenbaar hebben gemaakt door bemiddeling van onze dierbare, inmiddels overleden Hashmat Bibi, heeft hij in zijn toestel een aantal extra snufjes aangebracht; we zijn nu van plan die voor de eerste en tegelijk de laatste keer te gebruiken.'

'Laat me gaan,' riep Raza Hyder uit, die er niets van begreep. 'Waar wachten jullie toch op?'

Het waren zijn laatste woorden. 'Deze voorzieningen zijn op ons verzoek aangebracht,' zei Munnee Shakil terwijl elk van de drie zusters een hand op een van de hefbomen legde, 'met de gedachte dat zelfverdediging geen vergrijp is. Maar ook is het een feit, en dat zul je moeten toegeven, dat wraak zoet is.' Het beeld van Sindbad Mengal flitste Raza door de geest op hetzelfde moment dat de drie zusters de hefbomen overhaalden, in volmaakte eensgezindheid, zodat onmogelijk te zeggen viel wie het eerst of het hardst getrokken had, en de ouderwetse pallen en veermechanismen van Yakoob Balloch werkten nog voortreffelijk: de verborgen panelen klapten terug en de vijfenveertig centimeter lange stiletto's des doods schoten naar buiten en drongen Raza's lichaam binnen, zodat hij in stukken gesneden werd en hun rood geworden punten weer naar buiten kwamen door onder andere zijn oogbollen, zijn adamsappel, zijn navel, zijn liezen en zijn mond. Zijn tong, glad afgesneden door een zijdelings uitschietend mes, viel in zijn schoot. Hij maakte vreemd klokkende geluiden, huiverde, en verstarde.

'Laat ze daar maar,' gelastte Chhunni haar zuster. 'We hebben dit apparaat toch niet meer nodig.'

De weeë pijnscheuten volgden elkaar met regelmatige tussenpozen op en drukten tegen zijn slapen, alsof iets een poging deed geboren te worden. Het wemelde in de cel van de malariamuskieten, maar om de een of andere reden scheen de ondervrager, die een stijve nek had, een witte helm droeg en een rijzweepje onder de arm had, er niet door gebeten te worden. 'Voor je liggen pen en papier,' zei de ondervrager. 'Een verzoek om gratie kan niet in overweging worden genomen zolang er geen volledige bekentenis is afgelegd.'

'Waar zijn mijn moeders?' vroeg Omar Khayyam op meelijwekkende toon, met het stemgeluid van iemand die de baard in de keel heeft. Het schoot hoog uit en zakte diep weg; die capriolen brachten hem in verlegenheid.

'Vijfenzestig jaar oud,' spotte de ander minachtend, 'en dat gedraagt zich als een baby. Schiet een beetje op, ik heb niet de hele dag de tijd. Ik word zo dadelijk op het poloterrein verwacht.'

'Gratie is dus werkelijk mogelijk?' informeerde Omar Khayyam. De ondervrager haalde verveeld de schouders op. 'Alles is mogelijk,' antwoordde hij. 'God is groot, zoals je ongetwijfeld al weet.'

'Wat zal ik opschrijven,' vroeg Omar Khayyam zich hardop af terwijl hij de pen opnam. 'Ik kan zo veel bekennen. Het wegvluchten van de plek waar ik mijn wortels had, zwaarlijvigheid, dronkenschap, het hypnotiseren van mensen. Dat ik meisjes zwanger heb gemaakt, nooit met mijn vrouw heb geslapen, te veel dennezaadjes heb gegeten, en als jongen heb gegluurd. Dat ik seksueel bezeten was van een minderjarig meisje met beschadigde hersenen, en daardoor heb verzuimd de dood van mijn broer te wreken. Ik heb hem niet gekend. Het is moeilijk zulke daden ter wille van vreemden te plegen. Ik beken dat ik van mijn bloedverwanten ben vervreemd.'

'Daar hebben we niets aan,' viel de ondervrager hem in de rede. 'Wat ben je voor een vent? Welke schoft probeert er nu zijn schuld op zijn moeders af te schuiven?'

'Ik ben een randfiguur,' antwoordde Omar Khayyam. 'In mijn levensgeschiedenis hebben andere personen de voornaamste rollen gespeeld. Hyder en Harappa waren de mannelijke hoofdrolspelers: de immigrant en de ingeborene, de godvruchtige en de goddeloze, de militair en de burger. En er waren verscheidene vrouwelijke hoofdrolspelers. Ik heb van achter de coulissen toegekeken, aangezien ik niet wist welke rol ik moest spelen. Ik beken dat ik heb geprobeerd hogerop te komen, dat ik mijn werk heb gedaan maar niet meer dan dat en dat ik me bij polowedstrijden van anderen afzijdig heb gehouden. Ik beken dat ik bang ben voor slaap.'

'Zo komen we geen stap verder.' De stem van de ondervrager klonk nijdig. 'Het is allemaal onomstotelijk bewezen. Je degenstok, je geschonken door Iskander Harappa, de aartsvijand van het slachtoffer. Motieven zat en gelegenheid te over. Waarom blijf je onnozelheid voorwenden? Je hebt je tijd afgewacht, jarenlang heb je een dubbel leven geleid en hun vertrouwen gewonnen, en ten slotte heb je hen meegelokt naar de plek waar je hen wilde afmaken, door hun een vlucht over de grens in het vooruitzicht te stellen. Buitengewoon doeltreffend lokaas. Toen heb je hen besprongen en gestoken, gestoken en nog eens gestoken, steeds maar weer. Het ligt er allemaal dik bovenop. Hou nu op met dat onzinnige gezwets, en schrijf.'

'Maar ik ben onschuldig,' begon Omar Khayyam, 'ik heb de degenstok in de ambtswoning van de opperbevelhebber achtergelaten,' maar op dat moment begonnen zijn zakken ineens erg zwaar aan te voelen, en de ondervrager greep toe, om aan het licht te brengen wat die zakken zo zwaar maakte. Toen Omar Khayyam zag wat Talvar Ulhaq hem op een beschuldigend uitgestrekte handpalm voorhield, sloeg zijn stem ineens om in een falsetgeluid. 'Die moeten mijn moeders erin hebben gestopt,' schreeuwde hij schril, maar het had geen zin verder nog iets te zeggen, want van de hand van zijn ondervrager staarden de afschuwelijke bewijzen hem aan: keurig gesneden stukjes van Raza Hyder: zijn snor, zijn oogbollen, tanden en kiezen.

'Je bent veroordeeld,' zei Talvar Ulhaq; hij hief zijn pistool op en schoot Omar Khayyam Shakil door het hart. De cel was inmiddels in brand gevlogen. Omar Khayyam zag de afgrond zich onder zijn voeten openen, en voelde de duizeligheid over zich komen terwijl de wereld oploste in het niet. 'Ik beken,' riep hij nog, maar het was al te laat. Hij viel in het zwarte vuur en verbrandde.

Omdat men eraan gewend was geraakt het huis te negeren, merkte pas die avond iemand op dat er iets veranderd was en schreeuwde dat de grote voordeuren van huize Shakil voor het eerst sinds mensenheugenis openstonden; maar toen besefte iedereen onmiddellijk dat er iets belangrijks gebeurd moest zijn, en het kwam dan ook nauwelijks als een verrassing toen ze de plas stollend bloed onder de goederenlift van Mistri Balloch ontdekten. Lange tijd bleven ze als aan de grond genageld bij de open deuren staan, ondanks hun nieuwsgierigheid niet in staat naar binnen te gaan, zelfs niet om heel even om een hoekje te kijken toen, in een oogwenk, stormden ze ineens allemaal tegelijk naar binnen, alsof een of andere onzichtbare stem hun daartoe toestemming had gegeven: schoenlappers, bedelaars, arbeiders van de gasvelden, politieagenten, melkbezorgers, bankklerken, vrouwen op ezeltjes, kinderen met hoepels en stokken, bonenverkopers, acrobaten, hoefsmeden, vrouwen, moeders, iedereen.

Ze troffen het sombere paleis van de hooghartige trots der zusters in weerloze toestand aan, overgeleverd aan hun genade, en ze stonden zelf verbaasd van hun haat ten opzichte van dit huis, een haat die uit vijfenzestig jaar oude, vergeten bronnen omhoog kwam borrelen; ze braken de boel af terwijl ze jacht maakten op de oude vrouwen. Ze waren als sprinkhanen. Ze rukten de antieke wandtapijten van de muren en het weefsel viel in hun handen tot stof uiteen; ze braken geldkistjes open die gevuld bleken met bankbiljetten en munten die allang niet meer geldig waren; ze gooiden deuren open zodat ze braken en uit hun hengsels vielen; ze keerden bedden ondersteboven en doorzochten de inhoud van zilveren ketels; ze rukten badkuipen uit de vloer omwille van de vergulde poten en plukten de vulling uit de sofa's op zoek naar verborgen kostbaarheden; de waardeloze oude schommelbank smeten ze uit het dichtstbijzijnde raam. Het was alsof er een betovering verbroken was, alsof een oude goocheltruc waaraan men zich al die tijd geërgerd had eindelijk was verklaard. Naderhand zouden ze elkaar aankijken met een ongelovige, half trotse, half beschaamde blik in de ogen en vragen: hebben wij dat werkelijk allemaal gedaan? Maar we zijn toch gewone mensen...

De duisternis viel. Ze vonden de zusters niet.

Wel vonden ze de lijken in de goederenlift, maar de gezusters Shakil waren verdwenen, en niemand zou hen ooit weer zien, noch in 'Nishapur', noch ergens anders op aarde. Ze hadden hun huis in de steek gelaten maar waren hun gelofte van afzondering trouw gebleven, wellicht tot poeder uiteenvallend onder de stralen van de zon, of misschien hadden ze vleugels gekregen en waren ze weggevlogen naar het westen, de Onmogelijke Bergen in. Zulke geduchte vrouwspersonen als de gezusters Shakil doen nooit minder dan ze van plan zijn.

Nacht. In een kamer ergens op de bovenste verdieping vonden ze een oude man die met een frons op zijn gezicht in een hemelbed zat langs de spijlen waarvan zich houten slangen omhoogkronkelden. Het lawaai had hem wakker gemaakt; hij kwam met een ruk overeind en mompelde: 'Ik leef dus nog.' Hij was helemaal grijs, asgrauw van top tot teen, en zo uitgeteerd door ziekte dat onmogelijk te zeggen viel wie hij was; en omdat hij de indruk wekte een geest te zijn die uit de dood was teruggekeerd deinsden ze achteruit toen ze hem zagen. 'Ik heb honger,' zei hij met een verbaasde uitdrukking op zijn gezicht, en vervolgens tuurde hij naar de goedkope zaklantaarns en de smeulende toortsen van de indringers en wenste te weten wat ze in zijn kamer te zoeken hadden; waarop ze rechtsomkeert maakten en wegvluchtten, naar de politieagenten schreeuwend dat er daarboven iemand was, iemand die nog leefde of misschien wel dood was, maar hoe dan ook, in ieder geval was er iemand in dat huis des doods, iemand die recht overeind in bed zat en kapsones had. De politieagenten waren net op weg naar boven toen ze buiten op straat het begin van een soort paniek hoorden, en op hun fluitjes blazend renden ze terug naar beneden om te gaan kijken wat er aan de hand was, zodat de oude man de kans kreeg op te staan en de grijze zijden kamerjas aan te trekken die zijn moeders keurig opgevouwen op het voeteneinde van zijn bed hadden achtergelaten, en een paar grote slokken te nemen van de kan vers limoensap die daar net lang genoeg had gestaan om de ijsblokjes te doen smelten. Toen hoorde ook hij het gegil.

Het waren vreemde kreten. Hij hoorde ze hoog opstijgen, waarna ze ineens griezelig abrupt verstomden, en toen wist hij wat het huis binnenkwam: iets dat een schreeuw middenin kon doen afbreken, iets dat mensen kon doen verstenen. Iets dat, ditmaal, niet verzadigd zou zijn totdat het hem had bereikt; noch zou het zich om de tuin laten leiden, noch viel eraan te ontsnappen. Iets dat de nachtelijke straten van de stad binnengedrongen was en niet van plan was onverrichter zake terug te keren. Iets dat op dit moment de trap op kwam: hij hoorde het brullen.

Hij stond naast zijn bed en als een bruidegom op de huwelijksnacht wachtte hij haar komst af, terwijl zij naar boven kwam naar hem toe, brullend als een door de wind aangewakkerd vuur. De deur woei open. En hij stond rechtop in de duisternis en keek naar de naderende gloed, en toen was ze er ineens, naakt en op handen en voeten lopend, overdekt met modder en bloed en stront, met twijgjes die aan haar rug waren blijven kleven, en met torren in haar haar. Ze zag hem en er ging een rilling door haar heen; toen verhief ze zich op haar achterpoten en strekte haar voorpoten naar hem uit, en hij had nog net genoeg tijd om te zeggen: 'Ach, vrouw, ben je daar dan eindelijk,' voordat haar ogen hem dwongen haar aan te kijken.

Hij worstelde tegen hun hypnotische aantrekkingskracht, maar het was zinloos, hij sloeg zijn ogen op tot hij in haar vurige gele kern staarde en daar, een enkel ogenblik maar, een flikkeren, een zwakker worden, een aarzelen van de vlam zag, alsof ze gedurende die minuscule fractie van de tijd even de ongerijmde fantasie had gekoesterd dat ze inderdaad een bruid was die het vertrek van haar beminde binnentrad; maar het felle vuur brandde de twijfels weg, en terwijl hij daar stond, niet in staat zich te verroeren, werden haar handen, de handen van zijn vrouw, naar hem uitgestrekt en ze sloten zich om zijn hals.

Zijn lijk viel achterover, van haar af, een dronkeman zonder hoofd, en toen vervaagde het Beest in haar andermaal, dom met de ogen knipperend en onvast ter been stond ze daar, alsof ze niet wist dat alle verhalen gezamenlijk moesten eindigen, dat het vuur slechts bezig was krachten te verzamelen, dat op de dag des oordeels de rechters zelf ook niet vrijgesteld zijn van het oordeel en dat de macht van het Beest der schaamte niet lang geherbergd kan blijven binnen enig lichaam van vlees en bloed, want het groeit voortdurend en zwelt op, totdat de vat barst.

En dan komt de explosie, een schokgolf die het hele huis verwoest, en daarna de vuurbal van haar verbranding, die tot aan de horizon voortrolt als de zee, en het laatst van al de wolk, die opstijgt en zich verspreidt en boven het niets van het tafereel hangt, totdat ik niet meer zien kan wat er niet meer is; die zwijgende wolk, in de vorm van een reusachtige grijze man zonder hoofd, een droomfiguur, een spookbeeld met een arm opgeheven in een afscheidsgebaar.

Verantwoording

Dit boek is tot stand gekomen met financiële hulp van de Arts Council of Great Britain. Ik heb ook veel te danken aan de geheel onbaatzuchtige hulp van vele anderen, jegens wie ik mijn dankbaarheid wellicht het best tot uitdrukking kan brengen door hen ongenoemd te laten.

Het zonder bronvermelding op pagina 126 geciteerde is ontleend aan *The Life Science* door P.B. en J.S. Medawar. De cursief gedrukte zin op pagina 180 is afkomstig uit Saul Bellows *The Adventures of Augie March*. Ook heb ik geciteerd uit *The Book of Laughter and Forgetting* van Milan Kundera, vertaald door Michael Henry Heim; uit Muirs' vertaling van *The Trial* van Franz Kafka; uit *The Prince* van Niccolo Machiavelli, vertaald door Luigi Ricci en voor World's Classics, Oxford University Press bewerkt door E.R.P. Vincent; uit N.J. Dawoods vertaling van de koran; en uit de toneelstukken *The Suicide* van Nikolai Erdmann, vertaald door P. Tegel en *Danton's Death* van Georg Büchner, in de versie van Howard Brenton, vertaald door Jane Fry. Ik dank alle betrokkenen, en ook de vele journalisten en schrijvers, zowel westerse als niet-westerse, aan wie ik veel verschuldigd ben.

Bovendien dank ik Walter, voor zijn openhartige kritiek; en ten slotte, en zoals altijd, Clarissa, voor alles.

David Grossman
Zie: liefde

Zie: liefde beschrijft de speurtocht van de Israëlische jongen Momik
naar de waarheid over het oorlogsverleden van zijn familie. Hoewel
zijn ouders proberen om die geschiedenis voor hem verborgen te
houden, wordt Momiks nieuwsgierigheid opgewekt door zijn krankzinnig geworden oudoom Ansjel Wasserman. Omdat die beweert
dat elk levend wezen in een 'nazi-beest' kan veranderen, gaat de
kleine Momik dieren houden in de hoop een nazi-beest te betrap-
pen...
Zie: liefde is een duizelingwekkend bouwsel van verhalen en fantasieën waarin duidelijk wordt dat door de gruwelijke ervaring van de
jodenvervolging werkelijk alles in het leven ter discussie komt te
staan: de taal, de grens tussen verbeelding en werkelijkheid en het
begrip menselijkheid. De auteur is er met zijn groteske humor in
geslaagd om de tragiek van de geschiedenis voor de lezer tot leven te
brengen. Met zijn monumentale debuutroman *Zie: liefde* schaarde
David Grossman zich in één klap tussen grootheden als Salman
Rushdie, Günther Grass en Gabriel García Marquez.

'Een rijk boek vol wijsheid... een groot schrijver.'
– de Volkskrant

Pandora Pockets

Hermann Ungar
De verminkten

Deze bijzondere roman, die in meer dan één opzicht doet denken aan het werk van Franz Kafka, verscheen in 1923 en gold in literaire kringen jarenlang als een *Geheimtip für Kenner*.
De Praagse bankbediende Franz Polzer zit gevangen in een verstikkende routine. Dan ontmoet hij de jonge weduwe Klara en hij trekt bij haar in. Dat is het startsein voor een macabere dans van driften en dwangmatigheden die tenslotte zal leiden tot een even schokkende als gruwelijke catastrofe.

'IJzingwekkend (...) Een boek dat na 70 jaar nog zo schreeuwt moet wel een meesterwerk zijn.'
– *Nieuwsblad van het Noorden*

'Het lezen van *De verminkten* is een beklemmende ervaring die men niet licht vergeet.'
– *Vrij Nederland*

Uitgeverij Contact, Amsterdam/Antwerpen
in samenwerking met Coppens en Frenks